Pour un péché de trop

HEINZ G. KONSALIK	ŒUVRES
AMOURS SUR LE DON	*J'ai lu* 497/5*
DOCTEUR ERIKA WERNER	*J'ai lu* 610/3*
JE GUÉRIRAI LES INCURABLES	
BEAUCOUP DE MÈRES S'APPELLENT ANITA	
LE DESTIN PRÊTE AUX PAUVRES	
LA PASSION DU DOCTEUR BERGH	*J'ai lu* 578/3*
MANŒUVRES D'AUTOMNE	
NOCES DE SANG À PRAGUE	
BRÛLANT COMME LE VENT DES STEPPES	*J'ai lu* 549/4*
MOURIR SOUS LES PALMES	*J'ai lu* 655/3*
AIMER SOUS LES PALMES	*J'ai lu* 686/2*
DEUX HEURES POUR S'AIMER	*J'ai lu* 755/2*
L'OR DU ZEPHIRUS	*J'ai lu* 817/2*
LES DAMNÉS DE LA TAÏGA	*J'ai lu* 939/4*
L'HOMME QUI OUBLIA SON PASSÉ	*J'ai lu* 978/3*
LA CARAVANE DES SABLES	*J'ai lu* 1084/3*
UNE NUIT DE MAGIE NOIRE	*J'ai lu* 1130/2*
LE MÉDECIN DE LA TSARINE	*J'ai lu* 1185/2*
DEUX FILLES EN LIBERTÉ	
ALARME !	
AMOUR COSAQUE	*J'ai lu* 1294/3*
UN ÉTÉ PAS COMME LES AUTRES	
DOUBLE JEU	*J'ai lu* 1388/4*
LA CLINIQUE DES CŒURS PERDUS	
AUSWEIS POUR LA NUIT	
NATALIA	*J'ai lu* 1382/3*
L'AMOUR EST LE PLUS FORT	*J'ai lu* 1030/3*
LE MYSTÈRE DES SEPT PALMIERS	*J'ai lu* 1464/3*
ILS ÉTAIENT DIX	
L'HÉRITIÈRE	*J'ai lu* 1653/2*
LA FACE OBSCURE DE LA GLOIRE	
LA MALÉDICTION DES ÉMERAUDES	*J'ai lu* 1565/3*
AMOUR EN CAMARGUE	*J'ai lu* 1709/3*
IL NE RESTA QU'UNE VOILE ROUGE	*J'ai lu* 1758/4*
BATAILLONS DE FEMMES	*J'ai lu* 1907/5*
LE GENTLEMAN	*J'ai lu* 2025/3*
UN MARIAGE EN SILÉSIE	*J'ai lu* 2093/4*
COUP DE THÉÂTRE	*J'ai lu* 2127/3*
CLINIQUE PRIVÉE	*J'ai lu* 2215/3*
QUADRILLE	*J'ai lu* 2229/2*
LA NUIT DE LA TENTATION	*J'ai lu* 2281/3*
LA GUÉRISSEUSE	*J'ai lu* 2314/6*
CONJURATION AMOUREUSE	*J'ai lu* 2399/2*
LA JEUNE FILLE ET LE SORCIER	*J'ai lu* 2474/3*
POUR UN PÉCHÉ DE TROP	*J'ai lu* 2622/4*
L'ENFANT TRAGIQUE	
LE PRISONNIER DU DÉSERT	
UNE ÉTRANGE CROISIÈRE	
JANINA	
LE SACRIFICE DES INNOCENTS	
FEU DANS LA SAVANE	

Konsalik

Pour un péché de trop

traduit de l'allemand par Christiane POULAIN

Éditions J'ai lu

Ce roman a paru sous le titre original :

EINE SÜNDE ZUVIEL

L'explosion fut brutale. Rien ne l'annonça. Nul sifflement, nulle surpression, nul tapage. Elle ne fut pas non plus violente, aucune vitre ne vola en éclats, aucun plâtras ne tomba du plafond, aucune porte ne s'ouvrit sous le choc. Il n'y eut qu'une détonation sourde, une vapeur jaunâtre s'éleva, une odeur âcre emplit le laboratoire, se déposa sur les muqueuses, provoquant toux et étouffement.

Quelques secondes encore auparavant, Luise Dahlmann, debout devant la cornue de verre, observait le liquide jaunâtre qui y bouillonnait et la vapeur qui s'enroulait dans le serpentin en volutes paresseuses. Ernst Dahlmann, à la paillasse d'à côté, prenait, dans un carnet, des notes sur l'expérience n° 269.

– Si cet essai échoue, je laisse tomber ! avait dit Luise. Je n'aurais jamais pensé qu'un produit contre les taupes fasse des difficultés aussi stupides.

Ernst Dahlmann avait ri et bu une gorgée de cognac.

– Qu'as-tu fait de ton ambition, Luise ? (Il avait posé son verre et l'avait fait tourner dans ses doigts.) « Être pharmacienne ne me satisfait pas. » Te souviens-tu de cette phrase ? Franchement, je n'ai jamais eu, pour ma part, d'autre ambition que de me tenir derrière le comptoir d'une officine prospère, à me réjouir lorsqu'une épidémie de grippe ou une bénigne infection intestinale décuple les recettes de la journée.

– C'est bien de toi !

Luise Dahlmann avait ri. Cela faisait quatre ans qu'elle était mariée avec Ernst, et c'était un bon mariage. Elle avait accepté ses sarcasmes et son ironie souvent à la limite de l'offense. Lorsqu'elle avait fait sa connaissance à un bal de pharmaciens, elle avait trouvé cela charmant; plus tard, elle s'était rendu compte que c'était un trait de son caractère. Il voyait le monde qui l'entourait à travers les lunettes d'un critique impitoyable, il mettait à plat la nature humaine, l'analysait et la recomposait ensuite d'après sa propre logique. Ce qui, chaque fois, aboutissait à une seule et même chose : l'absurde.

Quiconque voyait les Dahlmann les enviait. Une grande pharmacie ancienne, fondée depuis plus de trois siècles – la pharmacie des Mores –, modernisée, avec un laboratoire dans une annexe, un bien transmis de génération en génération et qui avait survécu aux guerres et aux crises, une belle vie heureuse entre jeunesse et maturité – en un mot, deux êtres dont on disait qu'ils avaient été créés l'un pour l'autre et qu'on ne pouvait qu'envier.

Ce soir-là, Luise Dahlmann avait mis en train l'expérience n° 269, la dernière, avait-elle dit. Jusque-là, le laboratoire de la pharmacie des Mores avait déjà produit deux grands succès commerciaux : l'analgésique Dahlomed et le somnifère Dahlosan. Un laxatif portant le nom de Dahlaxan venait d'être récemment proposé et semblait lui aussi devoir connaître un égal succès. On en serait resté à ces produits pharmaceutiques si, un beau jour, Ernst Dahlmann n'était entré furieux dans le salon en criant :

– Attendons-nous sous peu à un triste spectacle – notre beau gazon, les roses, les arbustes qui entourent la plate-bande, tout est sapé et dévoré par les taupes ! Et la poudre que j'ai mise dans les allées a l'air d'être un produit hormonal pour ces bêtes... elles ont redoublé d'activité.

– Eh bien, faisons-le nous-mêmes ! avait répondu Luise. Avec un produit contre les taupes, on peut aussi gagner de l'argent.

Six mois durant, ils avaient fait des expériences, analysé d'autres produits, étudié des textes spécialisés, noirci des cahiers de calculs et de formules chimiques, jusqu'à arriver au numéro 269 de leur longue série d'expériences.

– Les taupes vivent toujours ! (C'était, depuis des mois, la remarque sarcastique d'Ernst Dahlmann.) Depuis le produit d'essai nº 174, elles semblent devenues plus vigoureuses, elles se multiplient comme des puces.

Ce soir-là, on était tombé d'accord : encore une distillation, et après, terminé !

– Ne t'approche pas trop près de la cornue, Luiserl, avait averti Dahlmann.

Luiserl... Parfois, Ernst Dahlmann aimait à parler viennois. « Mon grand-père était officier de l'Empire austro-hongrois... » C'était le début d'une histoire qu'il racontait volontiers en société et terminait toujours par cette constatation : « Regardez-moi, mesdames... c'est de feu mon grand-père que je tiens mon élégance. »

Cela aussi, Luiserl le connaissait depuis des années; elle en souriait et observait avec quelque mélancolie les regards chargés de vague à l'âme que les femmes portaient çà et là sur Ernst Dahlmann. Ses cheveux poivre et sel brillaient sous les lampes, sa chemise éclatait de blancheur, sa cravate unie s'harmonisait à la perfection à la couleur de son costume, de sa pochette et de ses chaussettes. Élégant et conscient de son effet, assis avec nonchalance dans son fauteuil, il s'amusait à tourner son alliance sur son annulaire, bavardait, riait, tournait des compliments et jouait au gentleman sûr de lui avec un zeste de tristesse et de pessimisme.

Luise évoqua une situation de ce genre lorsqu'elle entendit son « Luiserl » et son avertissement. Elle rit sous cape et renversa la tête en arrière.

– La vapeur de l'acide n'a pas la moindre pression, dit-elle. Et elle se refroidit tout de suite dans le serpentin. Allez, prépare-moi aussi un verre et apporte-le-moi. Si l'expérience échoue encore, j'aurai bien besoin d'un cognac.

Ce fut à cet instant, tandis qu'elle ramenait la tête en avant et regardait la cornue de verre, que survint l'explosion.

La cornue explosa comme ça, sans raison apparente. La vapeur bouillante, jaunâtre, s'éleva vers le plafond en sifflant et enveloppa en un éclair la tête de Luise Dahlmann. En même temps, le mélange d'acide bouillant jaillit de la cornue, à demi liquide, à demi évaporé déjà, pluie brûlante venue d'un nuage de soufre.

Ernst Dahlmann avait bondi et contournait sa paillasse pour se précipiter vers Luise.

– Luiserl ! cria-t-il. Luiserl ! Qu'y a-t-il ? Es-tu blessée ? Luiserl !

Luise Dahlmann n'avait pas même entendu la détonation sourde. Elle avait juste vu soudain devant elle le nuage de vapeur, senti la pluie brûlante, les gouttes qui jaillissaient sur son visage, pénétraient dans ses yeux... Des gouttes qui la brûlaient tel du nitrate d'argent liquide.

Mes yeux ! Ce fut sa seule pensée. Mon Dieu... mes yeux !

Elle jeta ses mains devant son visage, rejeta la tête en arrière; mais dès qu'elle sentit sa peau mouillée, elle sut qu'il était trop tard. Ernst Dahlmann l'arracha à la vapeur jaune et la projeta presque au milieu du laboratoire. Puis il courut vers les grandes fenêtres, en ouvrit le battant et se précipita de nouveau vers Luise qui, contorsionnée, s'appuyait contre l'une des longues paillasses, le visage toujours recouvert de ses mains.

– Luiserl... bégaya-t-il. Dis... es-tu blessée ?

Il n'osait pas la toucher, lui ôter les mains du visage. Le cou de Luise préfigurait déjà le spectacle qui l'attendait : quelques gouttes l'avaient éclaboussé et la peau en était rouge, gonflée, rongée.

Les premiers instants d'effroi passés, ils firent ce qu'ils avaient entendu dire des centaines de fois, ce qu'eux-mêmes conseillaient toujours à leurs clients : ne pas mettre d'eau sur les brûlures, tamponner l'acide avec une compresse. Et puis appeler un médecin sans perdre un instant.

La respiration manqua à Ernst Dahlmann lorsqu'il vit le visage de sa femme. Une grosse masse de chair rouge et tuméfiée, où disparaissaient le nez et la bouche. Sur le front, les sourcils dont les poils tombaient, comme de l'amadou brûlé, lorsqu'on les touchait. Les paupières, elles aussi, étaient rongées, des larmes coulaient sous les cils, ruisselets qui se cherchaient un chemin sur la peau dévastée. Et la douleur survint... la tête s'embrasait, comme plongée dans un feu ouvert.

Luise se cabra et se mit à crier. Un cri perçant, qui faisait froid dans le dos, un hurlement qui n'avait plus grand-chose d'humain. Elle étreignit sa tête et piétina le sol sous le coup de l'insupportable souffrance.

– Oh ! cria-t-elle d'une voix aiguë. Oh... j'ai la tête en feu... en feu... mes yeux... mes yeux...

Ernst Dahlmann se rua dans la pharmacie. Ce soir-là, ils n'étaient pas de garde. À la hâte, il prit une seringue stérile, ouvrit une boîte d'ampoules de morphine et retourna en courant au laboratoire. Mon Dieu, si au moins il y avait quelqu'un ! pensa-t-il. Il y a toujours quelqu'un, à la pharmacie, hier on était de garde, demain on assurera une permanence... et juste aujourd'hui, aujourd'hui que nous sommes seuls...

Luise était toujours recroquevillée contre la longue paillasse, la tête entre les mains. Lorsque Dahlmann la toucha, elle était comme pétrifiée. La douleur folle, cuisante, semblait l'avoir transformée en une scorie solidifiée.

– Viens, dit-il d'une voix rauque. Viens, tu peux marcher ?

Il la conduisit dans un petit local attenant au laboratoire, aménagé en pièce d'habitation. Il la fit étendre sur un vieux divan, déboutonna sa blouse blanche, releva sa jupe et lui fit la piqûre de morphine dans la cuisse. Lorsqu'il vit de nouveau son visage, rouge et gonflé, ce joli visage étroit aux grands yeux éloquents qui, à présent, étaient ternes, éteints et sans vie dans les orbites brûlées, sa gorge se serra. Il était presque incapable de prononcer un mot quand il appela le médecin de famille, le Dr Ronnefeld.

– S'il vous plaît, venez, balbutia-t-il. Tout de suite... je vous en prie, tout de suite... Une explosion... de l'acide dans les yeux. C'est... c'est épouvantable !

Puis il vint s'asseoir près de sa femme, tint sa main tremblante, attendant que la morphine fît effet et que Luise sombrât dans le monde paisible et léger des rêves, où toute souffrance est abolie.

Le premier effroi passé, un calme étrange l'envahissait, une sorte de placidité. Il se leva du divan, alla à la fenêtre; il alluma une cigarette et scruta la nuit. Une petite arrière-cour s'étendait devant lui, des poubelles au clair de lune, une barre à tapis, un sèche-linge, un tricycle d'enfant... le romantisme d'une grande ville.

Si soudainement ! pensa-t-il. Je ne m'y attendais

pas. Je m'étais préparé à une longue route, et voilà que le destin vient à ma rencontre, les bras grands ouverts...

Il ouvrit la fenêtre et inhala profondément l'air printanier plein de fraîcheur humide. Cinq ans plus tôt : un bal masqué des pharmaciens. C'était exceptionnel pour Hanovre, qui ne compte pas parmi les villes de carnaval. Mais la corporation avait organisé ses propres bals, et on se sentait bien entre soi. Vêtu en Mexicain, il était appuyé contre la colonne qui soutenait la galerie lorsqu'une jeune fille était passée devant lui : mince, de grandes jambes, de longs cheveux blonds. Son étroit pull-over de marin l'avait déconcerté un instant, puis cent aimants avaient semblé l'attirer. Il l'avait suivie, lui avait adressé la parole et avait dansé avec elle.

Il avait appris qu'elle s'appelait Monika Horten, qu'elle était la fille du pharmacien Horten, de la célèbre pharmacie des Mores, et qu'elle avait une sœur, émule de son père, également pharmacienne. Pour sa part, elle étudiait le dessin de mode et publicitaire.

Ce soir-là, Ernst Dahlmann avait eu l'impression d'être petit et laid. Il avait été présenté à l'important pharmacien et avait noté que, même s'il manœuvrait le vieux Horten avec habileté, il était un zéro à ses yeux. Un préparateur ! Un collègue, certes, mais une petite blouse blanche qui se tenait derrière le comptoir et disait : « Bonjour, chère madame », « Je vous en prie », « 8,75 marks, chère madame », « Merci, chère madame », et qui, en outre, ne détenait pas la clé de l'armoire aux produits à bande rouge : cette clé, c'était le pharmacien qui la gardait en lieu sûr dans la poche de sa blouse.

Un an plus tard, il avait – avec la ténacité d'un amoureux transi et le charme d'un homme qui connaît son effet sur les femmes – épousé non pas Monika Horten mais sa sœur Luise, la pharmacienne, la « dame » de la famille, ainsi que l'avait un jour appelée le vieux Horten. Ce fut un bon mariage, mais calme. L'espoir qu'avait conçu Dahlmann de se rapprocher de Monika grâce à Luise fut réduit à néant après l'examen de la cadette : elle partit pour Hambourg et devint dessinatrice dans une grande agence de publicité.

Ernst Dahlmann jeta le mégot de sa cigarette dans la cour et se tourna vers Luise. Elle était allongée sur le dos, son visage ravagé délivré, détendu dans l'ivresse de la morphine et d'autant plus effroyable dans sa désagrégation.

À présent, je vais demander à Monika de venir, pensa-t-il. Il chassa un reste de honte tandis qu'il se détournait pour scruter la nuit. Quelle évolution ! pensa-t-il encore. L'année précédente, le vieux Horten était mort et Luise avait hérité de la pharmacie. La première chose qu'elle avait faite avait été de lui donner le trousseau de clés paternel, avec ces mots : « Prends-le, c'est toi, l'homme ! Nous devons tout partager dans notre vie. » Ainsi était-il devenu, en apparence, le seul maître de la pharmacie des Mores. Mais en apparence seulement. Restait le sentiment de sa dépendance, la conscience de n'être quelqu'un que par la grâce et le cadeau de sa femme. Et cela lui était une offense de tous les instants, blessait sa fierté.

Désormais, Luise était défigurée; et il pressentait qu'elle était aussi aveugle. En l'espace d'un instant, sa femme de trente ans, heureuse de vivre, insouciante, était devenue une épave, une créature aveugle et démunie, pour qui le soleil s'était éteint à jamais, le ciel avec ses nuages en mouvement, les prairies printanières emplies de fleurs, la contemplation d'un tableau, la vision de la vastitude mouvante de la mer ou le balancement des épis de blé mûrs et dorés au vent de l'été.

Un être plongé dans une nuit éternelle, ne pouvant qu'entendre et toucher, un univers nouveau réduit à la seule distance des bras.

La sirène d'une ambulance tira Ernst Dahlmann de ses pensées. Il traversa en hâte le laboratoire et attendit sous l'auvent que le Dr Ronnefeld eût sauté de sa voiture et courût vers lui. En haletant, ils pénétrèrent dans la pharmacie tandis que les brancardiers ouvraient les portes de l'ambulance pour en sortir une civière.

– Que se passe-t-il, au nom du ciel ? (Le Dr Ronnefeld essuya son front en sueur.) Qu'avez-vous dit au téléphone ? Où est-elle ? Est-ce... est-ce vraiment si grave ?

– Je le crains, docteur.

– Les yeux...

– Oui.

– Et sinon ?

– Tout le visage... jusqu'au cou...

– Comment est-ce arrivé ? Comment un truc pareil peut-il exploser ? Où est-elle ?

– Derrière, dans la petite pièce. Je lui ai fait une piqûre de morphine... la douleur était insupportable.

Le Dr Ronnefeld fit appel à toutes ses forces pour garder son sang-froid à la vue de Luise Dahlmann. Il avait fréquenté la maison Horten tout jeune médecin, avait vu grandir les deux sœurs et soigné les petites maladies, bien que le vieux Horten sût quels médicaments utiliser. « Il faut bien que vous vous offriez une côtelette par-ci par-là, avait-il dit au jeune Dr Ronnefeld. Plus tard, lorsque vous vous serez fait une clientèle, je me soignerai de nouveau tout seul... au vin rouge, compris ? » Ainsi le Dr Ronnefeld avait-il vécu auprès de la famille Horten comme un frère aîné. Aussi se tenait-il, muet d'émotion, devant ce visage ravagé. Il souleva délicatement les paupières et considéra, empli d'effroi, les yeux éteints, aveugles.

– Il faut la transporter immédiatement à l'hôpital ! En quoi puis-je encore être utile ? Nous ne pouvons que prier pour que le nerf optique ne soit pas détruit. Quand est-ce arrivé ?

– J'ai appelé aussitôt, docteur. (Dahlmann s'assit sur le divan et prit dans la sienne la main flasque de Luise.) Une fois le premier moment d'effroi passé...

– Une dizaine de minutes, donc.

– À peu près.

Les brancardiers attachèrent Luise sur la civière, lui recouvrirent le corps et le visage de trois couvertures blanches et l'emportèrent à la hâte vers l'ambulance. Gyrophare et sirène en action, ils foncèrent ensuite à travers la ville endormie en direction du vaste complexe hospitalier municipal.

Le Dr Ronnefeld prit la cigarette que lui offrait Dahlmann. Sa main tremblait lorsqu'il tint l'allumette.

– J'y vais tout de suite, dit-il. Je vous emmène ?

– Je vous suis. Je dois d'abord aérer et ranger le laboratoire.

– Mais ne buvez rien, Dahlmann, hein ? Un accident suffit.

– Je vous promets, docteur, de faire bonne contenance, même sans cognac.

Dahlmann tenta un sourire ironique, qui ne fut qu'une grimace. Il raccompagna le Dr Ronnefeld jusqu'au seuil de la pharmacie et attendit qu'il eût démarré. Puis il ferma la porte, s'assit en soupirant sur une chaise derrière la réception et prit le téléphone.

– Mademoiselle, s'il vous plaît, un télégramme pour Hambourg, dit-il après avoir composé le numéro des télégrammes. Oui, Hambourg. L'adresse : Monika Horten, Hambourg, Irvingdamm 23. Le texte : « Viens immédiatement stop Luise accidentée stop Ernst. » Vous y êtes ? Oui, je vous en prie, un télégramme urgent, à remettre par exprès. La personne n'a pas de téléphone, sinon je l'aurais appelée...

Avant de se rendre à l'hôpital, il se doucha, changea de cravate et se rasa. Le Dr Ronnefeld vint à sa rencontre dans le couloir du service d'ophtalmologie. Il n'eut pas besoin de prononcer un mot, la vérité tout entière se lisait sur son visage.

Ernst Dahlmann pencha la tête et se mordit la lèvre inférieure.

– Les yeux ? demanda-t-il à voix basse.

– Oui.

Le oui fut un profond soupir.

– À vie ?

– Cela, nous l'ignorons. De nos jours, la chirurgie des yeux...

– Docteur... (Dahlmann secoua la tête)... à quoi bon me raconter les mêmes histoires qu'aux autres ? Qu'ai-je à faire de ces mensonges pieux ? Qu'en est-il des nerfs optiques ?

– Intacts, semble-t-il. De même que les corps vitreux, l'iris, la pupille... mais la cornée est complètement détruite. Cela, certes, nous permet de reprendre espoir. Vous le savez, on peut faire des greffes de la cornée. Nous tenterons l'impossible pour que Luise recouvre la vue. Cependant, il importe avant tout de surmonter l'énorme traumatisme psychologique. Elle ne sait pas encore qu'elle est aveugle...

– Est-elle... est-elle consciente ? (Dahlmann se passa la main sur le front.) Mon Dieu, docteur, que dois-je lui dire ?

– Parlez-lui comme si elle avait fait une banale chute. Et si elle aborde la question de ses yeux, tâchez d'afficher une gaieté confiante, dissuadez-la qu'elle est aveugle. Quand elle s'en rendra compte par la suite, elle aura surmonté le premier choc.

– Et après ?

– Pourquoi me le demander ? (Le Dr Ronnefeld se détourna. Sa voix était sourde.) Il est des questions auxquelles nul ne peut répondre...

L'express en provenance de Hambourg gronda dans la gare et s'immobilisa dans un grincement de freins. Ernst Dahlmann courut le long des voitures et agita son bouquet de fleurs lorsqu'il vit Monika Horten sauter d'un compartiment de première classe. Les bras déployés, elle s'élança vers lui. Son rond visage de poupée tressaillait d'émotion sous les cheveux de miel.

– Luise ? cria-t-elle. Qu'est-il arrivé ? Elle... Elle est morte ?

Quelques voyageurs se retournèrent. Le mot « morte » semblait singulier dans un hall de gare. Ernst Dahlmann secoua la tête et entraîna Monika loin de la cohue, des bagages et des chariots électriques qui klaxonnaient. Il ne parla qu'une fois dans la voiture, lorsque Monika lui agrippa le bras.

– Elle n'est pas morte, dit-il d'une voix creuse. Mais un jour, peut-être souhaitera-t-elle l'être...

– Elle... Elle est infirme ?

– Non.

Monika durcit son étreinte, ses ongles pénétrèrent dans le bras de Dahlmann à travers l'étoffe du costume. Son petit visage, doux, presque trop doux, et, par sa naïveté, invite à des caresses sans fin, semblait brisé.

– Ce... ce n'est pas vrai, dit-elle d'une voix atone.

– Si, Moni. Il n'y a plus guère d'espoir...

– Elle est aveugle !

Ce fut un cri. Puis Monika cacha son visage contre l'épaule de Dahlmann et pleura sans retenue. Prudemment, gêné qu'il était par son étreinte, il quitta la gare en sa compagnie pour aller à l'hôpital. Il se gara sur le grand parking. Monika pleurait toujours; elle mit les mains sur ses yeux lorsqu'elle vit où ils étaient.

– Je ne peux pas, Ernst... Je ne peux pas ! Si elle me voit dans cet état...

Elle redressa la tête. Une horreur sans nom se lisait dans ses yeux. Elle ne le verra pas, pensa-t-elle, et telles étaient aussi les pensées de Dahlmann. Elle ne verra plus jamais quoi que ce soit... elle ouvrira les yeux, et tout ne sera que ténèbres éternelles.

– Nous devons être très courageux, Moni, dit Dahlmann d'une voix rauque. Nous devons lui insuffler une parcelle de notre courage. Elle a besoin de nous, désormais, de nous deux. Pas seulement de moi, de toi également.

– Tu penses que je devrais...

– Oui. Je trouve qu'il vaudrait mieux que tu quittes ton appartement de Hambourg et viennes habiter chez nous. Je m'occuperai de Luise du mieux que je pourrai et le plus souvent possible... mais il y a la pharmacie, le laboratoire, les employés... Je n'aimerais pas que Luise reste seule des heures durant dans sa chambre... enchaînée à un fauteuil... environnée par le néant...

– Tais-toi, Ernst, je t'en prie ! (Monika, devant la voiture, leva les yeux sur la longue façade du bâtiment.) Si Luise a besoin de moi... il va de soi que je viendrai habiter chez vous.

– Nous avons tous besoin de toi, Moni ! (Ernst Dahlmann referma la portière et évita de regarder sa belle-sœur.) Oui, moi aussi j'ai besoin de toi. Tu peux t'imaginer l'épreuve que c'est pour moi. Je m'étonne que mes nerfs aient tenu le coup. Tu nous serais à tous d'une aide précieuse.

– Je reste, Ernst. (Monika fit trois pas en direction de l'hôpital puis se retourna. Le regard de Dahlmann était posé sur elle, appréciateur, dénué de toute tristesse ou de toute émotion.) Luise est-elle au courant de ma venue ?

– Non. Elle va en être très contente.

Il verrouilla les portières tandis que Monika prenait le chemin de l'entrée. Le menton dans le cou, Dahlmann la suivait des yeux.

Comme elle est svelte ! pensait-il. Et cette blondeur, cette jeunesse stimulante !

Le dernier vestige d'une tristesse compatissante disparut en lui. Il ne s'en étonna pas.

Il la rejoignit à pas pressés et lui prit le bras. Ce qui n'était qu'en apparence un geste de soutien affectueux rendit Dahlmann heureux. Son cœur se mit à battre lorsqu'il sentit le corps de Monika contre le dos de sa main. C'était comme cinq ans auparavant… l'artère de son cou pulsait.

Elle sera à jamais aveugle, pensait-il, tandis qu'ils suivaient de blancs couloirs paisibles pour gagner le service d'ophtalmologie. Une cécité bénie, qui lui cachera beaucoup de choses et la rendra heureuse. Ne pas voir peut aussi être une grâce…

Ils s'arrêtèrent devant la porte nº 29 du service d'ophtalmologie. Un écriteau était suspendu à la porte : *Entrée interdite*. Ils se regardèrent; les yeux d'enfant bleu layette de Monika scintillaient.

– Que… que dois-je dire, Ernst ? murmura-t-elle.

– Rien, Moni. Tu ne dois pas avoir l'air effrayé, c'est tout. Elle s'en rendrait compte. Parle-lui comme d'habitude, comme s'il ne s'était rien passé.

– Nous devrons toujours lui mentir, Ernst ?

– Toujours.

Et ce mensonge lui-même sera miséricordieux, songea-t-il.

Comme elle est merveilleuse, merveilleuse de jeunesse !

La chambre était claire, le soleil printanier

entrait à flots par la large fenêtre. Quelque part sur une gouttière ou sur une haute branche d'un des arbres du jardin, un étourneau amoureux chantait d'une voix flûtée. Sur la petite table contre le mur, sous une photo du château de Neuschwanstein, il y avait un gros bouquet de tulipes et de narcisses dans un vase vert. La chaleur était bienfaisante après l'humidité nocturne... Du jardin, montait dans la chambre l'odeur de la terre retournée et fumant au soleil.

De tout cela, Luise Dahlmann ne voyait ni ne percevait rien. Depuis qu'elle avait repris conscience, elle demeurait calmement étendue sur le dos, la tête bandée, une couche de ouate épaisse et moelleuse sur les yeux. Elle se rendait compte que les médecins lui avaient enduit le visage d'une pommade qui atténuait la sensation de brûlure et protégeait d'un film gras la peau corrodée.

Après le départ d'Ernst Dahlmann, elle était restée éveillée toute la nuit. La sœur, qui venait de temps à autre dans la chambre, la croyait endormie à poings fermés.

Luise Dahlmann, une fois passé le premier choc psychologique, n'émit plus la moindre plainte. Elle avait toujours été une femme à l'esprit rationnel, souvent de sang-froid, qui acceptait les faits et ne les déplorait pas. « Ça n'arrangera rien, disait-elle chaque fois qu'un événement imprévu surgissait dans le quotidien. Il faut regarder les choses en face et s'efforcer de tirer le meilleur parti de la nouvelle situation. » Rien ne servait de se lamenter sur ce à quoi on ne pouvait rien changer. C'était une perte de temps.

Avec la même logique, elle considérait à présent sa propre situation. Si effroyable fût-elle, il fallait y voir le fondement de sa vie future. Un visage dévasté par de l'acide, des yeux brûlés, morts, la cécité – voilà quels étaient les faits qu'elle connaissait déjà, bien que nul ne l'eût encore éclairée à ce sujet.

Ernst va diriger tout à fait seul la pharmacie, pensa-t-elle. C'est un brave homme, il a pleuré quand il était assis à mon chevet, je l'ai entendu à sa voix, même s'il prenait sur lui pour ne pas le montrer. Je serai pour lui une charge à vie, un être tâtonnant, démuni, qui doit réapprendre à marcher, à sentir, à entendre; un être qui doit s'orienter dans la nuit éternelle et qui ne voit qu'avec un œil intérieur ce qu'il attrape ou ce qui l'entoure. Un être qui doit sentir la joie et l'amour parce qu'il ne voit plus les petites preuves d'amour quotidiennes – un regard, un signe de tête, un sourire...

Mon mari aura une vie pénible, mais il le supportera par amour pour moi. C'était une pensée qui réchauffait le cœur de Luise. Une vie ne s'achève pas parce qu'on est aveugle. Un être frappé de cécité aspire à la joie, à l'amour et au bonheur avec une intériorité, une concentration plus fortes, on pourrait dire avec une plus grande avidité. Il lui faut de la tendresse et la chaleur d'une retraite; la certitude d'être doublement aimé. Et Luise n'en doutait pas – tout cela, Ernst Dahlmann le lui donnerait.

Elle se remémora les paroles de son père lorsque Dahlmann, voilà plus de quatre ans, avait demandé sa main : « Tu es en âge de savoir ce que tu fais. Tu es une fille fort intelligente... Mais qu'un homme apparaisse, dont on s'est amourachée, et toute l'intelligence du monde ne vaut pas plus qu'un monceau de tessons de verre. Quant à moi, je trouve ce garçon trop mielleux, trop plein d'ambition, d'une distinction trop ostentatoire. Mais fais donc, épouse-le si tu veux. C'est toi qui devras vivre avec lui, pas moi. Mais qu'il se le tienne pour dit : c'est à toi que je léguerai la pharmacie, pas à lui ! Et il en sera ainsi jusqu'à ce que tu aies un enfant. Alors, ce sera cet enfant qui héritera de l'affaire. Je le ferai par-devant notaire. »

Ainsi fut-il fait. Le vieux Horten exclut complètement Ernst Dahlmann de son héritage, mais Luise l'épousa. À présent, Luise songeait à quel point sa décision avait été bonne. Elle avait obéi à son cœur et à sa raison, et elle avait eu raison. Maintenant, après cet accident, elle se rendait compte comme Ernst était un homme précieux. Un homme à l'amour duquel elle pouvait se fier aveuglément...

Elle passa la nuit à songer ainsi. Épuisée, elle s'endormit jusqu'au milieu de la matinée. Elle venait juste de se réveiller et de prendre de la nourriture liquide dans une pipette entre ses lèvres brûlées lorsque Monika et Ernst pénétrèrent dans sa chambre.

– C'est moi, Luiserl.

Dahlmann lui caressa tendrement la main qu'elle tendait vers lui. Une main qui, à sa façon muette, implorait aide et amour. Il l'embrassa et la garda entre les siennes. Il adressa un signe de tête à Monika pour lui signifier de s'approcher et de fermer la porte.

– Qui d'autre est avec toi ? demanda Luise.

Elle leva un peu la tête. On aurait dit qu'elle voyait à travers l'épais bandage, son visage se tourna vers Monika, une tête bandée, dont les parties découvertes, rouges et ridées, luisaient de pommade.

Monika s'appuya au chambranle et pressa son poing contre ses dents. L'effroi, le cri qui montait dans sa gorge, elle ne devait pas les montrer mais les réprimer; et pourtant, le spectacle qui s'offrait à elle était bien trop cruel pour qu'elle pût le supporter.

Dahlmann, de la tête, l'invita à s'approcher. Elle haussa les épaules en signe d'impuissance, se détourna et pressa son visage contre le mur. Crier ! pensa-t-elle. Oh, si je pouvais crier ! Qu'est devenue Luise ! En un instant... Je n'arrive pas à comprendre, non, vraiment, je n'y arrive pas...

– Qui donc est là ? répéta Luise, serrant la main de son mari.

– Monika, répondit-il avec calme. Je l'ai appelée.

– Moni ! (Luise se redressa légèrement. Dahlmann bondit, arrangea les oreillers dans son dos. La vision était terrible... une tête épaisse, perdue dans des pansements blancs, barrés en leur milieu d'une fente d'où sortaient les mots, clairs et nets, à peine un peu sifflants, entre les lèvres brûlées.) J'ai l'air d'un épouvantail, Moni...

– Luise !

Le cri s'était libéré. Monika se précipita vers le lit et enlaça sa sœur. Elle pleurait comme une enfant; Luise lui caressait les cheveux et le visage, la serrant contre elle, la laissant pleurer tout son soûl sur son épaule.

Ernst Dahlmann était assis, muet et raide, sur le lit. Ses yeux suivaient le galbe des jambes de Monika... lorsque la jeune fille s'était jetée sur le lit, sa robe s'était relevée, dénudant un morceau de cuisse, un morceau de chair lisse et rose avec un grain de beauté minuscule.

Dahlmann détourna les yeux et passa une main nerveuse dans ses cheveux. Puis il se leva, alla à la fenêtre, respira profondément et tambourina des doigts sur sa cage thoracique.

Je suis un salaud, pensa-t-il. Un vrai salaud. Je m'en rends compte, à présent. Mais je n'y peux rien. J'ai cru, pendant cinq ans, être un homme honnête... et les voilà balayés, ces soixante mois ! C'est de nouveau tel que c'était près de la colonne de la salle de bal – je perds la tête lorsque je la vois. Seul celui qui connaît ce sentiment est à même de comprendre l'absurdité qu'il y a de vouloir lutter là contre...

– Ernst !

Dahlmann se retourna. Luise était assise dans son lit; Monika, apaisée, la tenait enlacée.

– Oui, Luiserl ?

Il s'avança vers le lit et lui caressa les épaules. Ce faisant, il effleurait le bras de Monika... et il lui semblait recevoir une forte décharge électrique.

– Moni va rester près de nous...

– Je sais.

– Pour toujours.

– Nous ne pouvons accepter, Luise.

En prononçant ces mots, il regarda Monika, une prière dans les yeux, une prière de chien : « Reste... reste... »

– Je ne quitterai plus Luise, dit Monika d'une voix ferme.

– Tu es encore si jeune, Moni... (Les mots avaient du mal à passer.) Un jour... un homme viendra... tu te marieras... la vie continue, et la tienne commence à peine...

– Il y a assez de place pour deux familles à la pharmacie des Mores. Je ne m'en irai plus.

Dahlmann serra les dents. Ce lui était une souffrance physique qu'elle n'eût pas dit : « Je ne me marierai jamais. » Il en eut mal jusqu'au bout des nerfs qu'elle eût l'idée de rencontrer quelque jour un homme qu'elle pourrait aimer. Sous le même toit, pensa-t-il. Un homme à ses côtés sous mon toit. Ce serait me pousser au crime... Ô Dieu, on ne saurait empêcher ce crime qu'en m'arrachant le cœur !

– C'est si bon que tu sois là, Moni, dit Luise avec tendresse. (Elle se remit à caresser les longs cheveux blonds de sa sœur et la pressa contre elle.) Cela fait presque un an que je ne t'ai vue, et maintenant...

Elle détourna brusquement la tête.

– Tu me verras de nouveau ! cria Monika. (Ses paroles se voulaient réconfortantes, mais le désespoir y transparaissait.) Crois-moi, tu vas recouvrer la vue, nous ferons des promenades, nous irons au lac de Steinhuder et, comme autrefois, nous y ferons de la voile. Te souviens-tu du jour où le voilier a chaviré et où tu m'as sauvée de la noyade ? Deux heures durant, nous avons dérivé avec le voilier renversé, nous cramponnant à la quille... Luise, crois-moi, tu verras de nouveau.

– Je le crois, ma chérie, je le crois.

Luise se laissa aller en arrière. Elle étreignait les mains de sa sœur, pour la consoler et l'apaiser, alors qu'en elle-même un nouveau brasier s'allumait, qui jetait à bas le mur artificiel de l'empire qu'elle gardait sur elle-même.

La peur, qu'elle avait jusqu'à présent tenté de toutes ses forces de repousser, revint soudain, et avec une puissance telle que toute la logique, tous les beaux discours de la nuit sombrèrent dans la tourmente que faisait naître en elle son incertitude.

– Ernst ! cria-t-elle. Ernst !

Dahlmann se pencha au-dessus de la tête informe.

– Je suis là, Luiserl !

– Tu as parlé aux médecins...

– Oui.

– Que disent-ils ? Je t'en supplie, ne me trompe pas ! Tu sais que je suis assez forte pour apprendre la vérité. Que disent-ils ?

– Ils ont bon espoir, Luiserl.

– Tu ne me trompes pas ?

– Non, mon amour. (Dahlmann se mordit la lèvre inférieure et se força à donner à sa voix un ton normal, plein d'espoir.) Tes yeux aussi ont été atteints.

– Personne ne me l'a encore dit... mais je le sais.

– Les cornées sont opaques. (Dahlmann respira profondément, il était dur de mentir, du moins dans le cas présent.) Il peut se faire que tout rentre spontanément dans l'ordre. On sera bientôt fixé. En tout cas, on est très optimiste.

– Et mon visage ? (Elle tourna vers lui sa tête bandée. Elle me regarde, pensa Dahlmann, et il frissonna. Elle me scrute, et je sais qu'elle me voit, même si elle n'est environnée que de ténèbres éternelles.) Ernst, mon visage... comment est-il ?

– Comme un visage brûlé, Luiserl. Que te dire d'autre ?

– C'est grave, alors ? Il est brûlé. Affreux.

– Pas à ce point-là. Et puis, il y a la chirurgie esthétique. Dans un an, tu seras comme avant, peut-être encore plus jolie.

La remarque se voulait badine. C'est ainsi, au reste, que la prit Luise; elle ne voyait pas que Dahlmann, en disant ces mots, regardait Monika et que « encore plus jolie » était une déclaration d'amour. Monika, elle non plus, ne le remarqua pas; elle regardait fixement le mur blanc, encore sous le choc.

Ernst Dahlmann quitta la chambre, conscient qu'il devait laisser les deux sœurs seules. Il est des choses que même un mari n'a pas à entendre.

Dans le couloir, il croisa le médecin-chef. Depuis l'admission de Luise à l'hôpital et le compte rendu du Dr Ronnefeld, c'était la première fois que le corps médical se prononçait de façon officielle.

– Je serai franc, dit le médecin en entraînant Dahlmann près d'une fenêtre palière. Votre femme est aveugle.

– C'est ce que je redoutais. (Les doigts tremblants, Dahlmann alluma une cigarette.) Et... et elle le restera, n'est-ce pas ?

– Selon toute hypothèse... oui. Si terrible soit-il, elle a une formidable envie de vivre, et vous, monsieur Dahlmann, serez son seul soutien. Vous devrez être les yeux de votre femme, être le soleil, les fleurs, la beauté, tout cet univers désormais pour elle dans les ténèbres. Nous sommes souvent confrontés à des cas semblables, vous n'êtes pas un cas isolé. Nous devons nous répéter sans cesse que le seul remède est l'amour. Un amour prêt aux plus grands sacrifices.

– Ainsi sera-t-il, docteur. (Dahlmann écrasa sa cigarette dans la terre d'un pot de fleurs. C'était, semblait-il, un cendrier en faveur; les mégots s'entassaient au pied de la primevère.) Je vous remercie. Quand pourra-t-elle rentrer à la maison ?

– Pas avant deux semaines.

– Merci, docteur.

Dahlmann suivit du regard le médecin qui entrait dans l'une des chambres. Deux semaines, pensait-il. Deux semaines seul avec Monika. Au cours de ces deux semaines, je connaîtrai l'enfer ou le paradis... et, enfer ou paradis, je deviendrai diable. Et rien ne me sert de le savoir.

Le soir qui suivit leur visite à l'hôpital, Ernst Dahlmann embrassa Monika.

Elle ne pensa pas à mal. Assise dans un fauteuil, elle se mettait à pleurer chaque fois qu'elle évoquait le visage ravagé de Luise. Lorsque Dahlmann la prit dans ses bras et l'embrassa, elle ne vit là qu'un geste de réconfort, une marque de tendresse d'un beau-frère.

Ce baiser, en revanche, embrasa Dahlmann. Il lui fallut faire un effort surhumain pour se détacher de Monika et se comporter en homme normal le reste de la soirée. Son agitation se devinait au tremblement de ses mains lorsqu'il remplissait les verres de vin ou donnait du feu à Monika.

Il arpentait nerveusement le grand salon alors que Monika dormait depuis longtemps dans la chambre d'ami. À plusieurs reprises, il alla à la porte de la chambre, les mains près de saisir le loquet. Mais le courage lui manqua pour franchir le dernier pas, en dépit de la violence de sa passion et de la puissante envie qu'il avait, non pas seulement de balayer cinq années, mais – et ce sentiment le domina alors tout entier – de rattraper ces cinq années perdues.

Il craignait aussi d'être repoussé. On se raidit d'instinct contre la tempête, pensa-t-il. Et si dur soit-il d'attendre sans rien entreprendre, cet amour doit croître, il faut l'ensemencer, il doit jeter des racines, être soigné avant que n'éclose la première fleur et ne soit promesse d'accomplissement. Luise restera aveugle à jamais, alors que signifient des semaines ou des mois ? Un jour viendra où le bonheur tombera dans les mains implorantes, le temps fera son travail d'érosion, à l'instar de la mer qui polit les pierres grossières en des galets ronds. On doit pouvoir attendre le bonheur.

Attendre... Ernst Dahlmann sortit dans la nuit et s'étira, comme au réveil d'une hibernation.

Le temps nous appartient, pensa-t-il. Un temps infini, de totale liberté. Suffisant pour conquérir le bonheur suprême ou pour le dérober. Et le choix des moyens sera fonction de la situation.

Il leva les yeux sur la fenêtre de la chambre d'ami. Monika ne dormait pas encore. Un faible rai de lumière filtrait à travers les rideaux, la lampe de chevet brûlait.

Nous avons le temps, pensa de nouveau Dahlmann. L'essentiel, c'est qu'elle reste ici. Qu'elle y reste à jamais.

Le Dr Ronnefeld, le médecin de famille, ne s'était pas accordé un instant de répit. Des semaines durant, il avait correspondu avec les sommités du monde médical, envoyé des radiographies, les rapports de l'hôpital, des photos. Il avait toujours reçu cette même réponse : attendre. Tout était encore trop récent. Les nerfs, l'ensemble de l'appareil optique étaient encore trop irrités par l'accident. La cornée brûlée elle-même devait d'abord revenir au repos avant que l'on pût oser envisager une greffe. Mais, là aussi, tout pronostic était exclu... trop souvent il y avait rejet de la greffe et une seconde opération n'était alors plus possible.

Luise Dahlmann rentra chez elle au bout de trois semaines. Le Dr Ronnefeld pensa que c'était une chance qu'elle n'eût pu voir son visage une fois les pansements retirés. Quelque chose de fripé, de couleur blanc-rose et parsemé de taches jaunes recouvrait l'étroit visage dépourvu de peau, de cils et de sourcils. Seule la muqueuse des lèvres s'était remarquablement régénérée, peut-être parce que Luise, au moment de l'accident, avait mis à temps les mains sur ses lèvres, empêchant ainsi qu'elles ne fussent brûlées. La vision en était bouleversante : dans un visage fripé, rongé, de jolies lèvres rouges fleurissaient... une fleur au milieu du désert, une tache de vie intense et chaude dans un paysage lunaire.

Retirer le bandeau des yeux dans une pièce obscurcie fut beaucoup moins dramatique que les médecins ne l'avaient craint. Luise, tranquillement assise sur une chaise, regardait de ses grands yeux hélas éteints le carré de la fenêtre, seule tache de lumière de la pièce. Lorsque, sur un signe, un assistant tira un peu le double rideau et qu'un rai de soleil tomba dans la pièce, le regard de Luise ne se modifia pas. Droite sur sa chaise, la tête levée, elle prêtait l'oreille aux bruits qui l'entouraient.

– Tout est noir, dit-elle d'une voix ferme. Tout est complètement noir... je ne vois pas même une lueur...

Elle entendit grincer le rouleau métallique dans son rail quand l'assistant ouvrit en grand les persiennes et que la claire lumière du soleil, presque aveuglante, pénétra dans la pièce. Elle secoua la tête et regarda fixement de ses yeux morts le soleil éblouissant.

– Je suppose que c'est une belle journée de printemps, dit-elle, très calme. Il fait si chaud dans la pièce, le soleil brille à coup sûr. Il me semble en sentir les rayons mais je ne le vois pas. Tout est noir... complètement noir.

Les médecins se regardèrent. Le Dr Ronnefeld baissa la tête et se détourna. Avec quel calme, quelle force elle supporte l'épreuve ! pensa-t-il. Alors qu'elle sait qu'elle est aveugle, elle reste assise, telle une statue dont le visage paraît avoir été creusé par des millénaires de vent et de pluie. Et elle parle du soleil, qu'elle sent sur sa peau et qu'elle ne reverra jamais plus...

À cet instant, le Dr Ronnefeld se jura que Luise Dahlmann recouvrerait la vue. Pas aujourd'hui ni demain... là aussi, le temps travaillait pour elle. Une greffe était peut-être possible, qui permettait à des centaines d'aveugles de réapprendre à voir – lorsque le nerf optique était intact. On devait l'espérer; espérer le moment où Luise Dahlmann pourrait voir de nouveau par les yeux d'un autre, les yeux d'un mort. Peut-être...

Septembre était venu; six mois s'étaient écoulés depuis l'accident dans le laboratoire de la pharmacie des Mores.

Chez les Dahlmann, la vie continuait. Monika Horten avait déménagé et habitait deux pièces de la grande demeure; elle s'occupait de la maison et prenait soin de Luise. Le reste du temps, elle dessinait, faisait des projets de costumes pour les théâtres municipaux et deux maisons de couture, esquissait des jaquettes de livre et des affiches pour la foire. Elle s'était aménagé un bel atelier sous le toit de la pharmacie, exposé au nord, avec une verrière, deux chevalets et un four pour la cuisson des émaux. Ernst Dahlmann lui rendait visite de temps à autre; il restait sagement assis, mains jointes, sur le divan et la regardait. Il prononçait à peine un mot, se contentant de la fixer. Il suivait sa démarche souple, les mouvements et les inclinations de son corps, le jeu de ses mains avec les couleurs et les pinceaux, la respiration de ses seins qui se dessinaient sous le vieux pull-over taché, maculé de peinture.

– Qu'as-tu ? demanda un jour Monika, comme elle remarquait l'avidité de son regard.

Il secoua la tête et passa la main sur ses yeux qui le trahissaient.

– Rien, Moni, rien. Je m'étonne simplement de voir comment naissent sous tes doigts silhouettes et objets... c'est comme une création.

Puis il s'en allait, mais restait dans l'escalier à fumer une cigarette pour apaiser son émoi. Lorsqu'il entrait dans le salon et voyait Luise assise à la table, la plupart du temps devant un magnétophone où elle passait des opéras ou un livre enregistré (Ernst Dahlmann avait enregistré un roman de Steinbeck), lorsqu'il la voyait ainsi, assise dans la lumière ébouissante du jour, la tête penchée de côté pour écouter, attentive à tous les bruits qui l'entouraient et souriant dès qu'elle l'entendait – de ce hideux sourire des lèvres éclatantes dans un visage mort –, alors il s'immobilisait sur le seuil et se demandait chaque fois si c'était grâce ou vilenie du destin qu'elle eût survécu à l'accident.

Six mois plus tard, le Dr Ronnefeld arriva porteur d'une nouvelle. Il était aux anges et embrassa presque un Dahlmann déconcerté.

– Nous y sommes ! cria-t-il. Monsieur Dahlmann, nous avons toute raison d'espérer. Oui, nous pouvons être plus que confiants. Le Pr Böhne a annoncé qu'il allait faire une greffe de la cornée. Le Pr Böhne, de Münster. Une sommité dans le domaine de la chirurgie des yeux ! J'ai obtenu un rendez-vous. Nous devons aller après-demain à une consultation. Alors, ça vous épate ? Allons vite le dire à Luise.

Il voulut se ruer dans le salon, mais Dahlmann le retint par sa veste.

– Un instant, docteur ! (Sa voix était sourde.) Avons-nous vraiment le droit de donner espoir à Luise ?

– Mais, monsieur Dahlmann, je vous en prie... Le Pr Böhne ! S'il a de l'espoir, comment pourrions-nous encore douter, pauvres vermisseaux que nous sommes ?

– Et si l'opération échoue ? Ce serait un second effondrement, plus grave. Elle s'est accommodée de la situation actuelle. Avons-nous le droit de l'entraîner encore dans l'incertitude et des espoirs peut-être chimériques ?

Le Dr Ronnefeld regarda Ernst Dahlmann sans mot dire.

– Cela signifie-t-il... dois-je comprendre... que vous ne voulez pas d'une opération ? Que vous refusez une chance énorme uniquement parce qu'elle bouscule quelque peu notre vie ?

Ernst Dahlmann se rendit compte qu'il ne lui restait qu'une façon d'endormir la soudaine méfiance du vieux médecin. Il hocha la tête, haussa les épaules et regarda par-delà le Dr Ronnefeld.

– Bon. Je m'incline. La décision n'appartient qu'à Luise. Mais j'aimerais, docteur, ajouter une chose tant que nous sommes entre nous : si l'opération échoue, ce sera la dernière ! Depuis des mois, Luise consulte des spécialistes, depuis des mois, on lui fait prendre patience, c'est miracle comme elle tient le choc ! Et à présent, Münster !

Soit ! Va pour Münster – mais après, terminé ! Je m'opposerai à toute nouvelle opération, eu égard à l'état psychologique de Luise. Nous nous comprenons, docteur ?

– Vous avez été suffisamment clair.

Le Dr Ronnefeld tourna les talons et gagna le salon. Dahlmann l'y laissa aller seul; il retourna à la pharmacie.

Le surlendemain, Luise, le Dr Ronnefeld et Ernst Dahlmann partirent pour Münster.

« Tentons-le », c'est tout ce qu'avait dit Luise.

Luise demeura trois mois dans la clinique du Pr Böhne. Trois mois durant, le chirurgien ne s'occupa pas de ses yeux; il fit appel à un chirurgien esthétique qui greffa sur le visage de Luise des morceaux de peau pris à l'intérieur de la cuisse.

– Les yeux peuvent attendre, dit le Pr Böhne, lorsque Dahlmann s'étonna du traitement. Nous savons maintenant que l'œil peut fonctionner, c'est-à-dire que le nerf optique, la pupille, l'iris, bref que l'œil est intact. Les deux cornées sont brûlées. Nous grefferons d'abord une nouvelle cornée à l'œil gauche, car il me paraît que l'œil gauche réunit pour ce faire les meilleures conditions. Imaginez un peu, votre femme recouvrerait la vue, et la première chose qu'elle verrait dans le miroir serait une caricature ! Croyez-vous qu'elle en serait heureuse ? On doit aussi tenir compte de l'aspect psychologique. C'est pourquoi nous nous occupons d'abord du visage... et ensuite, de l'œil.

Ernst Dahlmann regarda le chirurgien d'un air critique.

– Votre optimisme est effrayant, monsieur le professeur, dit-il avec un sarcasme perceptible. Pour vous, l'opération est réussie avant même d'être entreprise.

– En effet. (Le Pr Böhne essuya ses lunettes. Ce Dahlmann lui déplaisait, il ne savait pourquoi, mais il éprouvait une antipathie marquée à son endroit. Trop poli pour être honnête, se dit-il. Trop sûr de lui. Trop peu affecté par la cécité de sa femme. C'est comme s'il menait un chien aveugle à son arbre. « Viens, allez, viens... mais oui, c'est ton arbre... tu ne le sens pas ? ») Elle recouvrera la vue, dit le Pr Böhne à haute voix.

– Puisse Dieu vous assister !

Dieu ! pensa le Pr Böhne. Cela paraît étrange dans la bouche de ce Dahlmann. On dirait qu'il souhaite que Dieu lui-même soit aveugle...

L'opération eut lieu un matin de décembre. L'intervention, pratiquée des centaines de fois, et des centaines de fois réussie, échoua sur Luise Dahlmann. Le Pr Böhne opéra cependant plus d'une heure avec son assistant, le Dr Neuhaus. Puis on banda les yeux de Luise d'un pansement opaque, qui devait rester en place quelques jours.

Durant ces jours d'espoir latent, Dahlmann, Monika et le Dr Ronnefeld se relayèrent au chevet de Luise. Le visage de la jeune femme avait retrouvé son aspect lisse, la nouvelle peau avait bien pris. Une prochaine opération devait effacer cicatrices et coutures. Elles gênaient encore, mais ne défiguraient plus.

Par un après-midi lumineux et froid, où le soleil étincelait sur la neige, lui donnant un éclat bleuté, le Pr Böhne décida d'ôter le pansement. Pour ce moment capital, le plus beau dans la vie d'une aveugle, il fit amener Luise dans son bureau, qu'il assombrit par d'épais rideaux, et conduisit la jeune femme par la main jusqu'à une chaise en cuir au milieu de la pièce. Au fond, silencieux, retenant leur souffle, se tenaient le Dr Ronnefeld, Monika et Ernst Dahlmann. Le Dr Neuhaus, l'assistant du professeur, défit le pansement. Il hésita un instant tandis qu'il enlevait la couche de ouate, barrière ultime devant les yeux de Luise.

Luise ferma les paupières pendant que le Dr Neuhaus ôtait la couche de ouate. Le Pr Böhne alla ouvrir les rideaux, à peine, juste assez pour que la lumière baignât la pièce d'une semi-pénombre.

– Ouvrez les yeux, je vous prie, dit-il d'une voix calme et affable.

La tête de Luise fut agitée de tremblements.

– J'ai peur, murmura la jeune femme, j'ai une telle peur, soudain...

– Soulevez très lentement les paupières et tournez la tête vers la droite, voilà, comme ça. Et maintenant, regardez-moi.

Le Pr Böhne se plaça face à Luise. Il leva trois doigts de sa main droite et les tint devant ses yeux. Monika étreignit son beau-frère. Maintenant, maintenant elle va voir... Le Dr Ronnefeld lui-même retint sa respiration... C'est un instant rare, celui où un aveugle pousse un cri en retrouvant son univers.

Luise ouvrit lentement les yeux. L'œil droit était toujours terne, le gauche avait un peu de vie, de couleur et d'éclat.

– Que voyez-vous ? demanda le Pr Böhne d'une voix calme.

– L'obscurité.

Ce fut comme un gémissement. D'un bond presque furieux, le Pr Böhne alla à la fenêtre, tira les lourds rideaux, laissant entrer à flots la pleine lumière du soleil. De nouveau, il tint ses doigts devant les yeux de Luise, tout près, si près qu'il touchait presque son nez.

– Que voyez-vous ? répéta-t-il.

Mais, cette fois, sa voix était rauque et cassée.

Luise leva la tête et fixa la lumière éblouissante de ses yeux grands ouverts.

– Je ne vois rien qu'une ombre grise... dit-elle

dans un sanglot. On dirait un épais brouillard... partout du brouillard... Mais ce n'est plus la nuit... c'est gris... gris clair... comme une vitre en verre dépoli... gris clair...

Dans la pièce inondée de soleil, régnait un silence sépulcral. Le Pr Böhne tenait encore ses trois doigts devant les yeux de Luise. Il les agitait, comme s'il faisait des ombres chinoises, les repliait, les redressait – mouvements absurdes, que les yeux ternes ne suivaient pas. Ils regardaient fixement la lumière, grands ouverts, sans le moindre signe d'éblouissement.

– Des ombres se déplacent, murmura Luise, tandis que nul autour d'elle ne disait mot. Des ombres dans le brouillard, des taches... Est-ce... est-ce un début, monsieur le professeur ?

Le Pr Böhne regarda son assistant. Le Dr Neuhaus lui tendit le bandeau noir d'une main tremblante. Avec lenteur, presque avec compassion, le Pr Böhne remit le bandeau sur les yeux de Luise et baissa la tête. Au fond de la pièce, le Dr Ronnefeld se détourna, en proie à l'émotion. Monika étreignait toujours son beau-frère, et Ernst Dahlmann ne cessait de caresser avec bonté les cheveux blond clair, sans quitter sa femme du regard; sa femme qui, les yeux de nouveau bandés, était assise sur la chaise, les épaules agitées de tressautements et les mains jointes, mais faisant preuve d'un courage admirable.

– Il faut encore une petite correction, chère madame. (Le Pr Böhne donnait à sa voix un ton assuré et confiant.) Vous voyez déjà la clarté et percevez les ombres – c'est un grand progrès.

– As-tu entendu, Ernst ?

Luise tourna la tête vers l'endroit où elle supposait que son mari se trouvait.

– Oui, mon amour.

Dahlmann caressait toujours Monika, qui étouffait ses sanglots contre son épaule.

– Je vais voir de nouveau.

– Assurément, Luiserl !

– Je suis si heureuse...

Puis ils attendirent en silence que le Dr Neuhaus eût reconduit Luise dans sa chambre, où la sœur la mit tout de suite au lit. Elle lui fit une piqûre de calmant, après quoi Luise ne tarda pas à s'endormir.

Dahlmann se dégagea de l'étreinte de sa belle-sœur et s'avança vers le Pr Böhne qui, le dos tourné à la pièce, se tenait devant la fenêtre et regardait fixement la rue.

– Soyez franc, je vous prie, monsieur le professeur, intima Dahlmann d'une voix rauque. Ne nous cachez rien... l'opération est un échec ?

– Le succès n'est pas tel que je l'avais espéré.

– Pourquoi tourner autour du pot ? (Le ton de Dahlmann avait un je-ne-sais-quoi d'impérieux, de brutal. De nouveau, le Pr Böhne ressentit l'aversion qu'il avait éprouvée lors de sa première rencontre avec Ernst Dahlmann, une aversion qui lui rendait difficile de rester courtois. Il ne se retourna pas, continuant de regarder par la fenêtre.) Ma femme va donc rester aveugle ?

– Pour le moment, oui.

– Pour le moment, ça veut dire quoi ?

– La cornée greffée est bien implantée, mais elle s'est de nouveau si voilée que seules sont perçues l'ombre et la lumière. Je crains qu'elle ne s'opacifie davantage au cours du temps. Vous expliquer le processus physiologique serait trop complexe, mais...

– L'opération a échoué – c'est cela seul qui m'intéresse.

Ernst Dahlmann se tamponna le front avec sa pochette. Elle restera aveugle, pensa-t-il. Elle va demeurer assise, à écouter ses disques et ses cassettes, je lui lirai le journal, les recettes quotidiennes de la pharmacie, la correspondance commerciale, les lettres personnelles.

– Nous pouvons retenter l'opération dans un an, dit le Pr Böhne presque à contrecœur.

– Non !

Ce non plein de dureté contraignit le Pr Böhne à se retourner. Il plongea son regard dans des yeux marron, durs, dénués de toute émotion, de toute compassion. Le Dr Ronnefeld fit un pas en avant. Il respirait avec difficulté.

– Monsieur Dahlmann... on doit saisir la moindre chance, dit-il d'une voix forte.

– C'était la dernière, et c'est aussi mon dernier mot ! Je voudrais épargner à Luise de connaître une nouvelle fois ces espoirs, ces craintes et cette attente et, au bout du compte, l'effondrement moral. C'est la torturer... Vous l'avez vu, messieurs ! (Sa voix gargouilla. Quel comédien ! pensa tout à coup le Pr Böhne sans pouvoir dire pourquoi il lui venait une telle pensée et ne prenait pas au sérieux l'accès de sensibilité de Dahlmann.) C'était la dernière tentative. Je crois que vous-même, monsieur le professeur, ignorez à qui je devrais encore m'adresser, et qui me garantira que l'opération pourrait réussir. Acceptons donc le fait que ma femme restera aveugle. Sa vie n'est pas pour autant finie, elle ne fait que changer. Il est des choses pires dont il faut s'accommoder.

Le Pr Böhne ne répondit mot et regarda le Dr Ronnefeld. Puis il tourna les yeux vers Monika Horten. Appuyée au mur, elle pleurait encore.

– C'est une bonne chose que de pouvoir s'accommoder d'une situation, dit-il avec ambiguïté. Cela facilite beaucoup la vie.

Ernst Dahlmann ignora le double sens. Il approuva de la tête.

– Mais qui va lui dire, messieurs, qu'elle restera aveugle ? Elle a de l'espoir...

– Je m'en chargerai. (Le Pr Böhne tira les rideaux devant la fenêtre.) Je crois qu'elle s'en doute.

Le Dr Neuhaus revint. Dès le seuil, il adressa un signe de tête au Pr Böhne.

– Elle dort, monsieur.

– A-t-elle dit quelque chose ?

– Non. Pas un mot.

– Aucune question ?

– Rien.

– Alors, elle sait. (Ernst Dahlmann respirait fort.) Que doit-elle éprouver, à présent ? C'est précisément cela que je voulais lui éviter.

Le Pr Böhne mit les mains dans les poches de sa blouse. Ne seraient-ce ces yeux froids, on pourrait le croire ému, pensa-t-il. Mais ces yeux ont un regard qui parle un autre langage que la bouche... et les yeux, ça me connaît, et pas sur le seul plan anatomique.

– Nous l'apaiserons, monsieur Dahlmann. Et dans trois jours, vous pourrez venir la chercher. Peut-être qu'en un an vous finirez par vous persuader qu'une nouvelle opération peut être une bénédiction.

Peu après, le Pr Böhne regardait la rue en contrebas. Dahlmann et Monika Horten franchirent le seuil de la clinique. Ils étaient seuls, le Dr Ronnefeld visitait deux de ses patients dans le service de chirurgie. Dahlmann avait pris le bras de sa belle-sœur. Il ne la soutenait pas, il se blottissait amoureusement contre son joli corps délié. Ils restèrent debout à l'entrée du parking; Dahlmann dit quelque chose, rit et pressa contre lui le bras de Monika.

– Elle sera doublement aveugle. (Le Pr Böhne se détourna de la fenêtre. Le Dr Neuhaus se tenait à ses côtés, le visage grave, presque figé.) Ainsi va la vie, mon jeune ami ! En trente ans de pratique, j'ai vécu cela des centaines de fois. L'hypocrisie et le mensonge deviennent des lénitifs pour les aveugles.

– On devrait mettre son poing dans la figure

de ce type ! siffla le Dr Neuhaus. Et le dire à sa femme.

– À quoi bon ? Qu'y changeriez-vous ? (Le Pr Böhne eut un haussement d'épaules de résignation.) Le caractère de l'homme est l'unique ratage de la création divine…

La nuit qui suivit, après quelques verres de vin qu'il but en suisse dans le salon qu'éclairait juste un lampadaire, Ernst Dahlmann ne resta pas planté devant la porte de Monika comme il l'avait fait déjà si souvent; il saisit le bouton et le tourna.

La porte n'était pas fermée à clé. Elle ne grinça pas non plus lorsqu'il l'ouvrit avec précaution, se glissa dans la pièce sombre et la referma derrière lui.

Il perçut d'abord une odeur de parfum douce-amère ainsi qu'un souffle profond et régulier. Il s'immobilisa, s'adossa à la porte et scruta l'obscurité jusqu'à ce que ses yeux s'y fussent accoutumés. Des objets surgissaient de l'ombre : une armoire, un lavabo, une coiffeuse, deux petits fauteuils, une table, un lit, surmonté par les contours d'une reproduction, un couvre-pieds dessinant les courbes d'un corps, une minuscule tache claire… un morceau de visage et des cheveux blonds épars.

Ernst Dahlmann serra les lèvres et souffla bruyamment par le nez. Une vague brûlante reflua à ses tempes, qui lui dessécha la gorge et la bouche. Son cœur s'enflammait. Il déglutit à plusieurs reprises, et déglutir lui fit mal avec cette gorge qui le brûlait comme après une marche dans le désert.

À pas lents, il se dirigea vers le lit, s'assit avec précaution sur le bord et se pencha sur Monika. Elle dormait telle une enfant, la tête sur le côté, les lèvres un rien boudeuses, les jambes quelque peu tendues. Il vit le léger frémissement de ses paupières, les ailes de son nez palpiter à peine, il huma son corps et suivit la ligne blanche et douce de son cou jusqu'à la dentelle de la chemise de nuit qui cachait la naissance des seins. Les doigts tremblants, il rabattit lentement le couvre-pieds... centimètre par centimètre, comme s'il dépouillait une sculpture précieuse de son enveloppe protectrice, un bibelot de porcelaine, qui se casserait au moindre mouvement brutal. Monika soupira dans son sommeil, tourna la tête, s'étira et mit un bras sous sa nuque.

À cet instant, Ernst Dahlmann ne put se maîtriser davantage. Sans un mot, après une profonde inspiration, il se jeta sur elle et la prit avec violence dans ses bras. Elle poussa un cri qu'il étouffa sous ses lèvres, il la rejeta contre l'oreiller et, de ses mains, parcourut son corps.

– Tu es devenu fou ? cria-t-elle tandis qu'il libérait sa bouche pour reprendre souffle. (Elle mit ses poings entre eux deux et raidit les jambes.) Tu es ivre, Ernst ! Tu es... tu es...

– Je suis fou, en effet. Oui, fou. (Dahlmann écarta les poings de Monika.) Tu sais que je n'ai épousé Luise que pour être près de toi, pour te voir, pour espérer, à longueur de temps, qu'un jour ce moment viendrait, ce moment tel qu'il est à présent... Pour ce moment, j'ai tout accepté... les humiliations de ton père, l'indulgence de Luise, la supériorité de son intelligence qu'elle m'a toujours fait sentir... tout, j'ai tout ravalé, je me suis sacrifié. Moni, pensais-je quand Luise était tendre, et c'était rare... Moni, sentais-je lorsque je tendais la main et palpais son corps... Moni, toujours Moni... J'ai vécu pour toi, tout ce temps... et maintenant, nous sommes réunis, rien ne peut plus nous séparer désormais, le destin nous tend les bras...

Il l'attira à lui, ses mains brûlantes la caressèrent.

– Ernst ! cria-t-elle. C'est de la folie ! Ernst ! C'est ma sœur, et elle est aveugle !

– Elle ne verra jamais l'épanouissement de nos deux vies. N'est-ce pas une manière de fatalité ? Elle ne l'apprendra jamais, ne le remarquera jamais. Elle sera dans une maison de rêve. Et nous serons heureux. Nous tous.

– Je ne peux pas faire ça, Ernst ! Je ne saurais la tromper toujours. Je n'ai pas les nerfs pour ça.

– Je les aurai pour deux !

Il l'embrassa de nouveau et il sentit, en l'enlaçant, comme elle tremblait et comme sa résistance brûlait dans son ardeur à lui. Une fois encore, elle tenta de le repousser, de rouler sur le côté, de garder les lèvres serrées. Puis, tout à coup, telle une lampe qu'on éteint, elle mollit, cessa toute résistance, s'abandonna dans ses bras; tout aussi soudainement, elle se déchaîna de nouveau, mais d'une autre façon, don et exigence mêlés, laboura de ses ongles pointus le dos de Dahlmann, causant en lui une souffrance qu'il vécut comme un bonheur.

– C'est de la folie, Ernst, balbutia-t-elle. Mon Dieu, nous sommes fous !

Puis elle se tut, et le sentiment d'être une femme eut raison de ses derniers remords...

Le surlendemain, Ernst Dahlmann alla chercher sa femme pour la ramener à la maison. Plein de tendresse, il la conduisit à la voiture et l'embrassa sur le front.

– C'est bon que tu rentres chez nous, Luiserl !

Elle sourit et lui caressa la main.

– Désormais, j'ai doublement besoin de toi, Ernst.

– Je sais, Luiserl. (Il l'embrassa sur ses yeux morts.) Je serai toujours là, tu le sais.

Elle s'adossa au siège et opina.

– Ça me rend les choses si faciles, murmura-t-elle. Si je ne vous avais pas… toi et Monika…

Six mois ne représentent plus rien quand c'est la nuit perpétuelle. Le temps se réduit à des bruits : quand le réveil sonne sur la table de nuit, il est 7 heures du matin. Quand Monika vient l'aider à s'habiller, il est 7 heures et demie. Le courrier arrive à 10 heures. À 10 heures et demie, apparaît un professeur qui lui enseigne le braille avec une patience infinie. À 13 heures, on déjeune. Puis les disques, la radio. Monika parle. Une promenade dans la neige… on sent le soleil sur la peau. Et c'est le soir quand la voix d'Ernst l'enveloppe, quand il raconte la journée, qu'il évoque les clients désagréables ou drôles, quand on boit du vin et qu'on fume une cigarette, qu'on écoute un opéra ou une pièce de théâtre et qu'à partir des mots on reconstruit l'action par l'imagination devant son œil intérieur.

Encore un jour de passé – c'est ce que pense Luise lorsqu'elle se retrouve dans son lit. Juste une pensée, et non pas la notion du temps. Mais un désir nostalgique s'installe, un ardent désir de tendresse qu'elle n'a de sa vie éprouvé. Alors, elle cherche son mari à tâtons, le trouve, l'agrippe.

Ernst Dahlmann faisait montre envers sa femme d'une patience et d'une tendresse surprenantes. Le Dr Ronnefeld lui-même, qui venait souvent prendre des nouvelles de Luise, s'étonnait que sa cécité définitive s'accompagnât d'un changement en mieux de Dahlmann. Aucun souhait de Luise ne restait lettre morte : il l'emmenait à l'Opéra ou la conduisait à la campagne à seule fin qu'elle pût entendre bruire les arbres, murmurer un ruisseau, la rosée s'égoutter des branches mouillées, chanter les oiseaux, meugler les vaches ou caqueter les oies.

– Que tu es gentil ! ne cessait-elle de répéter,

la tête posée sur son épaule. Je ne me rends même pas compte que je ne vois rien. Je vois tout à travers toi.

Quelquefois, elle se réveillait la nuit et palpait à côté d'elle. Le lit jumeau d'Ernst Dahlmann était vide, la couverture rabattue. Le matin, il racontait que la pharmacie était de garde et qu'il était venu quelques clients.

– Ça ne s'est calmé qu'à partir de 4 heures du matin, disait-il avec un sourire sarcastique. Pourquoi faut-il que les gens soient malades aussi la nuit ?

C'étaient les nuits qu'il passait auprès de Monika; des heures sauvages, pleines de frénésie, qui vibraient encore en lui toute la journée du lendemain. Engourdi, il regagnait vers le matin la chambre conjugale, regardait fixement le visage de Luise avec ses cicatrices qui couraient sur sa peau tels de petits canaux blancs, voyait son beau corps de femme et n'éprouvait à cette vue qu'indifférence paralysante. Puis il frémissait d'horreur à l'idée du nouveau jour, des jeux de cache-cache, de la sollicitude et de l'amour hypocrites, de ces grands yeux morts qui le regardaient et pourtant ne le voyaient pas, qui le suivaient au bruit de ses pas, boutons de nacre pâlis dans un visage qui pouvait sourire, alors que, devant eux, il prenait en silence Monika dans ses bras et l'embrassait.

– Qu'es-tu en train de faire, Ernst ? demanda-t-elle une fois.

Il se sépara de Monika et dit :

– J'arrose les fleurs de la fenêtre.

– En effet... je sens l'odeur de terre humide. (Elle leva le nez et renifla.) Mais n'arrose les cyclamens qu'au pied, hein ?

C'étaient des situations qui faisaient perdre contenance à Monika. Chaque fois, elle s'enfuyait et Ernst Dahlmann avait toutes les peines du monde à la calmer.

– Nous sommes des misérables ! lui criait-elle dans sa chambre. De vulgaires misérables ! Je ne le supporterai pas plus longtemps. Je n'ai pas les nerfs pour !

La nuit, il la submergeait de nouveau de sa tendresse, et elle se noyait dans l'oubli.

Ainsi s'écoula la moitié d'une année. Luise Dahlmann était heureuse.

Un jour de printemps, Ernst Dahlmann n'échappa que de justesse à une catastrophe. C'était après le déjeuner. Luise était assise à son secrétaire dans le salon, un de ses gros livres de braille devant elle. Le bout de son doigt ne cessait de glisser presque tendrement sur les points en relief, tâtonnait sur les syllabes, les mots, les groupes de phrases. Ernst Dahlmann et Monika, étroitement enlacés sur le divan devant la fenêtre fleurie, s'embrassaient. Il faisait chaud dans la pièce, c'était le printemps, et leurs deux corps tremblaient tandis qu'ils se touchaient. La voix de Luise les arracha à leur félicité muette.

– Ernst ! Ernst !

Elle tourna la tête vers la fenêtre. Elle savait qu'après le repas il avait coutume de s'asseoir sur le divan et de lire le journal dans un silence religieux.

– Oui, Luiserl ?

Dahlmann s'efforça de comprimer sa respiration haletante.

– J'arrive déjà à lire une phrase, une phrase entière... (Son visage irradiait une profonde joie intérieure.) Puis-je te la lire ?

– Oui...

– C'est écrit... (Ses doigts glissaient sur les points pour les déchiffrer, sa tête était légèrement penchée, comme si elle devait non seulement toucher mais encore écouter.) « C'était... un... jour... d'été... virgule... lorsque... Friedrich... rencontra... la... jeune... fille... pour... la... première... fois... point. » (Elle redressa la tête d'un mouvement vif.) Ernst... je peux lire... je peux lire avec les doigts !

Ce fut alors que les nerfs de Monika flanchèrent. Elle éclata en sanglots, repoussa Ernst Dahlmann de ses poings et se rua hors de la pièce. La porte claqua derrière elle. Le visage de Luise prit une expression grave et interrogatrice.

– Qu'a-t-elle, Ernst ? Que s'est-il passé ?

Dahlmann déglutit convulsivement. Puis il essaya de rire – il eut l'impression de devoir fallait soulever un lourd bloc de plomb en sifflotant.

– Elle s'est piquée. Au grand cactus... tu sais, celui qui est tout à gauche. Et elle était furieuse parce que j'ai ricané.

– Tu es un monstre, Ernst ! (Luise sourit et secoua la tête.) Il faut toujours que tu embêtes Moni ! Pourquoi donc ? Tâchez de vous supporter. Elle m'assiste avec un tel dévouement... Ne peux-tu être plus gentil avec elle ?

– J'essaierai, dit Dahlmann, oppressé. Je vais aller voir ce qu'elle fait, non ?

– C'est gentil. (Luise lui adressa un signe de tête.) Je poursuis ma lecture.

Monika faisait ses valises lorsque Dahlmann entra dans sa chambre. D'un geste de la main, il éparpilla les vêtements sur le sol.

– Qu'est-ce que ça signifie ? cria-t-il.

Monika serra les poings et l'en menaça.

– Je n'en peux plus ! hurla-t-elle. Vraiment plus !

– Je t'aime !

Il ferma la porte derrière lui et baissa la tête. Monika recula jusqu'à la fenêtre.

– Tu es un monstre !

– Moni...

– Si tu me touches, je saute par la fenêtre.

– Et ça t'avancera à quoi ?

– J'aurai la paix, enfin la paix ! Tu me laisseras tranquille, et ma conscience aussi.

Ernst Dahlmann resta à la porte, conscient que le moindre pas déclencherait une catastrophe. Monika était dans un état d'esprit tel qu'elle avait perdu la claire notion de ses actes. Ses magnifiques yeux bleus étaient fixes et vitreux.

– Moni, dit-il avec une tendresse infinie, Moni, nous nous aimons, pourtant !

– C'est de la scélératesse... C'est... c'est... mon Dieu, il n'existe pas de mot pour ça !

– Qu'y pouvons-nous changer ? (Il lui faisait de grands yeux.) Comment pouvons-nous lutter là contre, Moni ? Avec la raison ? Où est la raison quand on s'aime d'un amour véritable ? Avec des remords ? Peut-on avoir des remords de s'aimer ? Avec la morale ? L'amour peut-il être immoral ? Avec des scrupules ? Un grand amour n'est-il pas sans scrupules ? Que reste-t-il alors à un être humain sinon la passion quand il aime vraiment ? Rien, rien du tout ! Il n'est plus qu'une flamme qui doit brûler... brûler et brûler encore tant que le sang coule dans ses veines ! Nous ne pouvons rien contre cela... Nul ne le peut ! (Il ouvrit la porte et regarda Monika de ses grands yeux marron.) Sois raisonnable, Moni. Défais tes bagages. Nous ne pouvons nous fuir.

Sans attendre sa réponse, il quitta la chambre. Une fois Dahlmann parti, Monika sentit ses forces l'abandonner; elle tomba sur le lit et se mit à pleurer éperdument.

Dans le salon, Luise lisait toujours et déchiffrait de nouvelles phrases en braille.

– Tu l'as calmée, Ernst ? demanda-t-elle lorsqu'elle entendit Dahlmann entrer.

– Oui, Luiserl ! répondit-il d'une voix ferme.

– Et que fait-elle ?

– Elle veut repasser, je crois. Veux-tu que j'aille te chercher une tasse de thé, Luiserl ?

Comme le temps devenait plus chaud et que Luise souhaitait se promener davantage, Ernst Dahlmann engagea une garde-malade.

– Vois-tu, Luiserl, dit-il avec conviction, je dois être à la pharmacie pour la bonne marche des choses, Monika a accepté de nouvelles commandes pour des maisons de couture et dessine les affiches pour la mode d'automne et quelques salons. Elle ne veut pas qu'être notre hôte, elle désire gagner son argent. Elle ne voulait pas te le dire, mais je trouve préférable que tu le saches. Et, au fond, elle a raison. Ce n'est pas une fille à tendre la main à longueur de temps et à s'en satisfaire. Jusqu'à présent, elle a travaillé tard la nuit dans son atelier. Elle serait prête à t'accompagner en promenade, mais j'y ai mis un veto ferme. Que deviendrions-nous si Monika tombait malade à son tour ?

– Je reconnais là ton esprit raisonnable. (Luise eut un sourire d'assentiment.) Très bien, Ernst. Prenons une garde-malade. Mais une jeune, tu m'entends ? Je veux l'entendre rire et non grommeler sans arrêt.

C'est ainsi que Mlle Erna Pleschke fit son entrée chez les Dahlmann. Elle avait vingt-quatre ans, et possédait un diplôme d'infirmière. C'était sa première place. Le Dr Ronnefeld l'avait proposée sur la recommandation du Pr Böhne, et ce que le Dr Ronnefeld conseillait ne pouvait qu'être bien.

Chaque jour, elles allaient se promener; dans le parc municipal, sur les rives de la Leine, dans les splendides jardins du château de Herrenhausen. Luise enregistrait tout ce qu'elle captait par l'oreille et le traduisait mentalement en images. Elle savait comment était l'allée qu'elles étaient en train de descendre, elle voyait les jeux d'eau quand elle entendait le murmure des fontaines, et elle se délectait de la vue du parc du château et de la faisanderie quand Mlle Pleschke disait :

– Nous sommes assises sur le banc qui est en bordure du parc de derrière, sur le côté gauche.

Erna Pleschke, lors de ces promenades, rencontrait sans cesse un jeune homme, qui se présenta un beau jour. Étudiant à l'Académie pédagogique, il visait le professorat; en vérité, il se sentait une vocation contrariée de médecin.

– Les études coûtent trop cher, disait-il, et mon père, petit fonctionnaire au ministère de la Justice, est content à l'idée que je toucherai bientôt un salaire régulier, si modeste soit-il, pour un travail convenable.

Il en résulta que, de promenade en promenade, Mlle Pleschke apparaissait dans le parc à des moments convenus, conduisait Luise à un banc au soleil puis s'absentait quelques minutes. Tantôt elle désirait cueillir des fleurs – ce qu'elle faisait alors souvent en compagnie de l'étudiant –, tantôt elle partait chercher des glaces, opération qui demandait plus de temps que nécessaire, parce qu'elle mettait à profit le trajet du banc à la voiturette du glacier et retour pour converser avec le professeur aspirant.

Par une chaude journée d'été – Mlle Pleschke, pour changer, était partie chercher des glaces et Luise prenait un bain de soleil sur le banc, penchée très en arrière, les yeux fermés, sa robe écartée des épaules –, quelqu'un prit place à ses côtés. Elle avait entendu crisser des pas, senti la vibration du bois lorsque le promeneur s'était assis, entendu le froissement d'un journal et le léger froufrou d'étoffe que fait un pantalon que l'on remonte lorsqu'on s'assoit pour éviter des poches aux genoux.

C'est un homme, donc, songea Luise. Elle garda la tête tournée vers le soleil, les yeux fermés, mais remonta sa robe d'un petit mouvement des épaules, afin de cacher la naissance de ses seins.

– Une journée magnifique, vous ne trouvez pas ? dit l'homme à côté d'elle.

Luise acquiesça de la tête. Il a une belle voix, pensa-t-elle. Mélodieuse et sourde. Et une bonne élocution. Il n'avale aucune consonne, il parle comme sur une scène.

– Tout à fait. Un ciel merveilleusement dégagé, répondit-elle.

Et elle mit la main sous sa nuque. L'homme la regarda, étonné, stupéfait même. Le ciel, certes, était d'un bleu éblouissant et embrasé de soleil, mais il n'était pas vraiment dégagé. D'épais nuages blancs, agglomérés telles de gigantesques boules de neige, filaient au gré du vent paresseux, cachaient le soleil, le libéraient en décomposant les rayons.

L'homme se pencha légèrement en avant et dévisagea Luise. Son étonnement céda alors la place à une profonde gravité et il se radossa.

– Oui, un ciel d'une clarté magnifique, dit-il. Un bleu invraisemblable. Après un long hiver et un printemps humide, cela fait du bien, madame Dahlmann.

Luise tourna la tête. Malgré elle, elle ouvrit les yeux... L'homme vit ses yeux ternes, morts. Il en fut effrayé et se félicita qu'elle ne pût voir son effroi.

– Vous me connaissez ?

– Mais oui. Je suis souvent allé dans votre pharmacie. Et j'ai appris par les journaux le terrible malheur. Mon nom est Sanden. Robert Sanden. Je suis comédien au théâtre municipal.

– Robert Sanden. (Luise eut un léger sourire.) Je vous ai vu souvent, vous aussi, et ces derniers temps, hélas, juste entendu. Attendez... votre dernier rôle a été celui de Heink, dans *Le Concert*, de Bahr. Je me trompe ?

– Non.
– Et avant cela, je vous ai vu, non, entendu dois-je dire, dans le rôle de Bolingbroke, dans *Un verre d'eau.* Vous y étiez merveilleux, intellectuel sarcastique plein de mordant.
– Merci.
La conversation retomba. Que dire, aussi ? La situation était d'une certaine manière pénible; pour un être qui voit, il est mille choses dont on peut parler – un aveugle, en revanche, épie les bruits au sein d'une nuit éternelle et se crée son propre univers dans lequel il ne peut que vivre seul, car nul ne le voit à sa façon.
– Pourquoi êtes-vous si silencieux, monsieur Sanden ?
Robert Sanden tressaillit et passa la main sur ses lèvres dans un geste d'embarras.
– Une pensée qui m'est venue à l'esprit, madame Dahlmann.
– Parlez-moi un peu de votre beau monde du théâtre. Apercevez-vous ma garde-malade ?
– Je vois là-bas une jeune fille en compagnie d'un garçon – serait-ce elle ?
– Un garçon ? (Luise eut un petit sourire.) Je comprends mieux à présent les glaces, les bouquets de fleurs...
– Pardon ?
– Oh, rien, monsieur Sanden ! (Luise reposa la tête sur le dossier du banc et ferma les yeux.) Ce doit être agréable d'être chaque soir sur scène et de pouvoir ravir les spectateurs dans un autre univers.
– C'est épuisant. On doit entrer chaque soir dans une nouvelle peau, dans une âme étrangère.
– Et à quoi pensiez-vous ? S'il vous contrarie de répondre à cette question, oubliez-la.
– Cela ne me contrarie pas, madame Dahlmann.
– Vous pensiez à moi, n'est-ce pas ?

– En effet.

– Vous pensiez : Je me souviens de sa gaieté à la pharmacie. Mon Dieu, et voilà à quoi elle en est réduite ! N'est-ce pas là ce que vous pensiez ?

– Non.

– Il est des mensonges miséricordieux...

– Je pensais autre chose.

– Et quoi ?

– Je pensais : Pourquoi ne tente-t-on pas l'impossible pour faire recouvrer la vue au moins à un œil ?

– Nous avons fait l'impossible. Récemment encore, à Münster. Tout a échoué. À présent, nous avons renoncé. Et, en toute franchise, je me suis accommodée de mon sort. On ne doit pas espérer l'impossible. Les miracles n'existent plus.

– En vous voyant, une idée m'est venue à l'esprit. (Robert Sanden regarda les flocons de nuages s'étirer avec paresse. Ils masquaient le soleil, mais des faisceaux de lumière en irradiaient de tous côtés, couronnes de rayons d'or brillant.) J'ai lu un article quelque part à propos de ces opérations de la cornée. Il y a un chirurgien qui compte à son actif toute une série de réussites. Un Italien, je crois. C'était dans un journal.

– Les journaux ! (Luise sourit.) Cher monsieur Sanden, combien de fois lit-on dans les journaux : « On a découvert le remède contre le cancer ! On sait désormais comment naît le cancer ! » Et qu'y a-t-il derrière ? Rien ! Il n'existe encore aucune panacée contre le cancer, et on ignore toujours comment il naît. On ne fait que susciter des espoirs trompeurs, et c'est dangereux ! Il n'en va pas autrement avec vos opérations de la cornée.

– C'était un compte rendu, un compte rendu sérieux. Attendez un peu... il faut que je me rappelle. (Robert Sanden ferma les yeux et réfléchit intensément. L'article était récent; il l'avait lu avec intérêt parce qu'on affirme que travailler à la lumière des forts projecteurs de scène finit par abîmer les yeux.) C'était un professeur en Italie... dit-il lentement. Oui, en Italie. À Padoue ou à Bologne, je crois, quelque part dans ce coin-là. Il avait un nom très court, ça ne me revient pas. L'article disait qu'avec lui les chances de réussite étaient de 95 %.

– Je fais partie des 5 % restants.

– Il faut tenter le coup. Je vais essayer de trouver l'article. Je vais parcourir tous les journaux et feuilleter les vieux numéros. Je retrouverai cet article. Où puis-je vous rencontrer demain, madame Dahlmann ?

– S'il fait beau, sur ce banc. Quand il pleut, je reste beaucoup à la maison. Ma sœur ou Mlle Pleschke vous conduira à moi.

– Je vais me mettre sur-le-champ à la recherche de cet article.

Robert Sanden bondit sur ses pieds. Luise le saisit par la manche de sa veste, qu'elle agrippa d'une poigne solide. Elle égratigna l'étoffe et son visage se décomposa soudain. Ses yeux éteints fixèrent Sanden avec un vide effrayant.

– Cet article... cet article n'est-il réellement pas qu'une des exagérations habituelles pour remplir les journaux ?

– Je n'ai pas eu cette impression.

– Vous croyez que ce professeur italien m'accordera une chance ?

– Sans doute.

– Vous ne cherchez pas simplement à me consoler... parce que... parce que je vous inspire de la pitié ?

– Non. (Robert Sanden déglutit. Il avait envie de tendre la main et de caresser les beaux cheveux bruns de la jeune femme.) La pitié ne vous sert plus de rien. Ce serait stupide de renoncer. Disons demain à la même heure – ici ou chez vous, d'accord ?

Sanden, après un instant d'hésitation, prit la main de Luise, la porta à ses lèvres et la baisa. Il n'entendit pas ses derniers mots; il s'enfuit, comme s'il avait commis quelque méfait.

– À présent, je reprends espoir, avait dit Luise.

Elle ignorait si Sanden l'écoutait encore, mais Mlle Pleschke, qui revenait enfin avec la glace, l'entendit murmurer :

– Mon Dieu ! S'il pouvait m'aider !

Le soir de ce jour, Ernst et Luise, dans le salon, écoutaient un opéra à la télévision. Monika était montée dans son atelier finir quelques projets. Dahlmann l'avait embrassée à la porte et lui avait chuchoté à l'oreille :

– Je vais la mettre au lit de bonne heure et j'irai te rejoindre après. Dois-je apporter une bouteille de mousseux ?

Monika avait acquiescé en silence et était partie à la hâte. Ernst Dahlmann, assis près de sa femme, avait devant lui le bilan comptable des six derniers mois. Ce que Luise ignorait – on le lui cachait –, c'était que Dahlmann avait entrepris la construction d'un immeuble de sept étages, une rue après la pharmacie. Le bâtiment était à son nom et l'érection en était financée par l'argent qu'il tirait de la pharmacie, cette pharmacie que, dans sa sage prévoyance, le vieux Horten avait léguée à sa mort à la seule Luise, après qu'il eut, avant le mariage de sa fille avec Dahlmann, fait faire une séparation de biens. Les recettes que Dahlmann lisait chaque semaine à Luise étaient déjà amputées des sommes qu'il détournait en secret à son profit.

– Les gens se portent de mieux en mieux, avait-il dit une fois en riant, alors que Luise trouvait les recettes en baisse. Il nous faudrait une ou deux épidémies. Les somnifères et les fortifiants ne suffisent pas à mettre du beurre dans les épinards.

Cette construction secrète sortait désormais de terre; et elle montait vite, avec ce mode de construction à base de béton; on posait étage sur étage, de la même façon que les enfants d'autrefois édifiaient des maisons avec des morceaux de bois.

– Lorsque l'immeuble sera fini, nous pourrons louer quarante-deux appartements, avait expliqué Dahlmann à Monika. Je ne dépendrai plus de Luise, nous pourrons mener la belle vie avec notre argent à nous, toi et moi...

Tandis que se déroulait l'opéra, et que Luise l'écoutait, assise dans son fauteuil, Dahlmann faisait et refaisait ses comptes, calculant combien il pouvait prélever pour son immeuble. Les chiffres qu'il venait de citer avaient satisfait Luise; elle ne se doutait pas que la somme totale atteignait presque le double et que le récent rayon de cosmétiques avait rapporté un gros profit. C'est pourquoi Dahlmann sursauta lorsque Luise l'agrippa par l'épaule et l'attira à elle.

– Ernst !

– Qu'y a-t-il, Luiserl ?

– J'ai réfléchi à une chose.

– Oui ?

– Si j'avais encore une chance... de recouvrer la vue ?

Ernst Dahlmann lança à sa femme un regard critique. Son visage était paisible. Ce sacré Dr Ronnefeld a encore parlé à tort et à travers ! pensa-t-il. Cela fait des mois qu'il nous harcèle pour tenter une nouvelle opération. Je vais finir par le jeter dehors s'il trouble notre paix domestique avec ses éternels espoirs.

– Nous avons fait tout ce qui était possible, Luiserl, dit Dahlmann d'un ton affable. Tu sais bien que je t'ai tout lu : les lettres de Londres, de New York, de Paris, de Stockholm et même de Tokyo. J'ai fait tout ce qu'on peut faire.

– Je sais, Ernst. (Luise posa une main apaisante sur le bras de son mari. En effet, Dahlmann lui avait lu toutes les lettres qu'il avait reçues des meilleurs chirurgiens du monde entier – sauf que ces lettres n'avaient jamais été écrites. Dahlmann lui donnait lecture de textes qu'il avait lui-même rédigés. Elle le croyait et, à chaque lettre qu'il lui lisait, la certitude se renforçait en elle que sa cécité était définitive.) Tu ne crois donc pas au bien-fondé d'une nouvelle tentative ?

– Je m'y oppose catégoriquement. (La voix de Dahlmann était dure.) Ce serait pour toi une nouvelle torture, un choc psychologique terrible si l'opération devait encore échouer. Du moins as-tu tes yeux ! Veux-tu les perdre tout à fait par des expériences absurdes ? Je flanquerai à la porte quiconque me parlera d'une opération. Tu as enfin droit à la paix !

Luise opina et ne répondit mot. Elle se remit à écouter l'opéra, la tête penchée, comme si la conversation n'avait pas eu lieu. Dahlmann la considéra, le front plissé. Elle ne doit pas recouvrer la vue, pensait-il. Jamais plus ! À cent mètres d'ici, un immeuble surgit du sol, là-haut, sous le toit, Monika m'attend et, dans quelques mois, Luise en sera arrivée à me transmettre la pharmacie – j'ai déjà un plan. Elle sera là, assise et heureuse dans ses ténèbres, et nous serons heureux, Moni et moi, sous le soleil. Non ! Elle ne doit plus jamais voir !

– Je vais une heure au laboratoire. (Il se leva.) Les analgésiques touchent à leur fin, je dois les remplacer. À tout à l'heure, Luiserl.

– À tout à l'heure, Ernst.

Il arrondit les lèvres, se gratta le nez et quitta la pièce. Mais il ne descendit pas au laboratoire;

il monta à l'atelier. Monika, devant son chevalet, dessinait une affiche pour un salon de prêt-à-porter. Elle sursauta lorsque Dahlmann l'enlaça par-derrière. Elle n'avait entendu ni bruit de porte ni pas.

– Viens ! murmura Dahlmann. (Il l'embrassa sur la nuque.) Jette ton pinceau. Nous avons une heure... jusqu'à la fin de l'opéra.

Comme il l'avait promis, Robert Sanden fut ponctuel au parc. Luise, assise sur le banc, prenait un bain de soleil. Cette fois-là, cependant, ce n'était pas Mlle Pleschke mais Ernst Dahlmann qui l'avait accompagnée. Mlle Pleschke avait son jour de congé et Monika devait terminer un projet – Dahlmann avait pris sur lui pour laisser la pharmacie un après-midi. Une fois au parc, il était allé acheter des glaces sur la prière de Luise.

– J'ai l'adresse, dit Robert Sanden, heureux. (Il s'assit sur le banc près de Luise.) J'ai cherché trois heures dans tous les journaux avant de trouver enfin l'article. Ce docteur miracle s'appelle le Pr Battista Siri et il vit à Bologne. Puis-je vous lire l'article ? Je l'ai découpé.

– Non, s'il vous plaît, non ! Mon mari m'a accompagnée aujourd'hui et il est opposé à toute nouvelle opération. (Elle tourna la tête du côté par où devait revenir Dahlmann, comme si elle pouvait le voir.) Vous connaissez mon mari ? demanda-t-elle, la respiration précipitée.

– Oui.

– Vous le voyez ?

– Non.

– Comment puis-je vous joindre ?

– Le mieux est que vous me préveniez au théâtre. Le portier fera la commission. Mais pourquoi ?

– Ce serait trop long de vous expliquer tout cela maintenant. (Luise, agitée, ne cessait de se tordre les doigts.) Voyez-vous mon mari ?

– Non. Si ! Il est tout là-bas, avec deux cornets de glace dans les mains.

– Alors, nous n'avons plus le temps. (Luise parlait avec un débit rapide, haché.) J'y ai réfléchi toute la nuit. Je vous en supplie, écrivez au Pr Siri, faites-lui un tableau complet. Dans quinze jours, je vais partir me reposer à Montreux. Je vous ferai écrire de là-bas et vous m'y ferez savoir la réponse du Pr Siri. Peut-être m'opérera-t-il... dans ce cas, je le ferai en cachette. Et si l'opération réussit... monsieur Sanden, imaginez-vous cela... si elle réussit... je serai partie aveugle et je reviendrai voyante. Quelle surprise pour mon mari !

– C'est entendu. J'attends de vos nouvelles. (Sanden pressa la main de Luise. Il vit approcher Dahlmann, qui hâta le pas en voyant un homme debout près de sa femme.) J'informerai en détail le Pr Siri; et je suis persuadé qu'il vous opérera. Tous mes vœux !

Il ne serra pas la main de Luise, fit à Ernst Dahlmann un signe de tête amical et s'éloigna.

Dahlmann posa les glaces sur le banc et suivit Sanden des yeux, le front barré de rides.

– Qui était ce gandin ? demanda-t-il, grossier.

– Un certain M. Sanden. Robert Sanden, du théâtre municipal. Tu sais, nous l'avons...

– Ah, ce type ? Un coureur de jupons, un mauvais garçon si on en croit ce qu'on raconte. Que te voulait-il ? T'a-t-il importunée ?

– Il me connaissait de la pharmacie. Il passait par hasard, m'a reconnue et saluée brièvement.

– Si je le retrouve près de toi, je lui fiche mon poing dans la figure ! (Dahlmann mit la glace dans la main de Luise.) Une glace à la fraise. Un de tes parfums préférés.

Il s'assit et gratta le sol sableux du bout des pieds. Luise l'entendit et sourit.

– Tu es nerveux, Ernst ?

– Ce type m'a rendu furieux. Un flagorneur pareil !

– Serais-tu jaloux ? (Elle eut un rire clair.) Mon chéri, comment peut-on être jaloux d'une aveugle ?

– Je t'aime... peut-être davantage qu'avant...

Les mots franchissaient ses lèvres sans effort et sonnaient vrai.

– C'est merveilleux, Ernst ! (Elle posa la tête sur son épaule et regarda le soleil qui ne pouvait plus l'éblouir.) C'est la première fois que tu me le redis depuis six mois.

– Ne l'as-tu pas toujours senti, Luiserl ?

– Si, si... mais une femme aime qu'on le lui dise. Qu'on le lui répète à satiété. Nous autres femmes sommes de drôles de créatures; sentir ne nous suffit pas, nous voulons entendre.

– Que t'a dit ce type... ce Sanden ?

– Rien. Des banalités. « Bonjour, bon rétablissement... » Des politesses... (Elle mangea sa glace tout en frottant sa joue contre l'épaule de Dahlmann.) La glace est bonne... peut-être particulièrement bonne parce que c'est toi qui es allé me la chercher.

– Tu es une enfant, Luiserl. (Dahlmann se mit à rire. Son rire aussi était convaincant.) À propos, j'ai retenu l'hôtel, à Montreux. J'ai le bulletin de réservation. Veux-tu y aller ?

– Mais oui. Je m'en réjouis tant ! Le lac Léman, les excursions en bateau, l'air pur... Je vais prendre quelques semaines de vrai repos. Combien de temps puis-je y rester ?

– Aussi longtemps que tu le voudras, Luiserl.

– Et toi ?

– Il me faudra supporter que Monika s'occupe de moi. Mais à cela aussi je survivrai. Il s'agit de ta santé, et d'elle seule.

– Et si... et si, peut-être, je restais deux mois ?

– Eh bien, va pour deux mois ! Dans ce cas,

je me réjouirai doublement de te retrouver en pleine forme, hâlée et heureuse.

– Tu es si gentil, Ernst !

– Tu sais bien que je ferais tout pour toi, Luiserl.

Deux mois, songeait-il, ravi. Deux mois seul avec Moni. Le matin, le midi, le soir, la nuit avec la seule Moni. Ses longs cheveux blonds, dans lesquels on peut s'envelopper; son corps fragile et svelte; la chaleur de sa jeunesse, de sa séduction, de son parfum; son amour impétueux comme une tempête et qui, pourtant, a la fragrance des roses... Deux mois entiers avec elle seule... avec elle... avec elle...

– Quand veux-tu partir ? demanda-t-il, la gorge sèche.

– Pour quelle date as-tu réservé la chambre ?

– On la tient à ta disposition.

– Alors, dans quinze jours. Ça va ?

– Mais oui, Luiserl.

Ils restèrent encore une heure sur le banc, jusqu'à ce que le soleil eût disparu derrière les arbres et que le banc fût à l'ombre. Ils revinrent à la voiture, bras dessus, bras dessous, tels deux amoureux pour qui le monde alentour n'est que le décor de leur amour.

Mon Dieu, quand je verrai de nouveau ! pensait Luiserl tandis qu'ils cheminaient dans l'allée du parc. Quand je rentrerai de Montreux et verrai de nouveau ! Il en deviendra fou de bonheur !

Dans quinze jours, pensait-il, et il pressa contre lui le bras de Luise. Ensuite, j'aurai Moni pour moi tout seul pendant deux mois. On dit que le paradis est un mythe... je vais le vivre ! Et je vais m'engloutir dans cet océan de bonheur et ne plus songer à ce qu'il adviendra ensuite... quand elle reviendra, deux mois plus tard.

– Je t'aime, dit Luise avant qu'ils ne montent en voiture.

– Moi aussi, Luiserl.
– Embrasse-moi !

Et il l'embrassa en pensant à Monika. Il vit le sourire heureux de Luise et ferma les yeux... ce sourire le glaçait.

Le train pour Montreux quitta la gare. Mlle Pleschke, debout à une portière, faisait des signes à son étudiant professeur. À l'autre portière, Dahlmann courait le long de la voiture, étreignant la main de Luise et criant :

– Bon séjour, Luiserl ! Bon séjour !

Puis il lâcha sa main, s'arrêta et suivit le train des yeux, reprenant haleine, jeune, plein d'entrain; il renonça à adresser un signe qu'elle ne pouvait voir; ses cheveux poivre et sel flottaient au vent... un bel homme, conscient de son effet sur les femmes; un homme qui se sentait en pleine possession de sa virilité, tandis que le train amorçait un virage et disparaissait à sa vue.

Il tourna les talons et se dirigea vers la sortie.

Je pourrais déraciner un arbre, pensa-t-il avec orgueil. Je pourrais, tel Samson, briser les piliers d'acier de la gare. Libre ! Libre ! Libre pour deux mois !

Luise était tranquillement assise sur son coin de banquette lorsque Mlle Pleschke regagna le compartiment, les yeux légèrement humides. Le cliquètement régulier des roues était comme une musique. Une heure avant son départ, elle avait appelé au théâtre, pendant qu'Ernst chargeait les bagages dans la voiture. Robert Sanden était venu aussitôt au téléphone, comme s'il avait attendu son appel auprès du portier.

– Oui, j'ai écrit, avait-il dit. Un certain Dr Saviano m'a répondu au nom du Pr Siri. Le professeur veut se faire envoyer les comptes rendus opératoires de Münster et les étudier avant d'accepter. Il n'est pas contre, c'est déjà un point important. À présent, il nous faut attendre. Le Dr Saviano ajoute que le Pr Siri prendra sa décision dans une vingtaine de jours.

Trois semaines à attendre ! avait pensé Luise. Et si c'est oui... je prendrai l'avion pour Bologne, je compterai chaque heure jusqu'à ce qu'on m'ôte le bandeau des yeux. Et ensuite, je verrai de nouveau, je verrai... j'y crois tellement; je sais que je verrai de nouveau. Je dois seulement être forte, pendant trois semaines, puis les jours que je passerai à Bologne... très, très forte... Je dois prendre mon cœur à deux mains et le tenir, bien le tenir, pour qu'il n'éclate pas en morceaux.

Les roues sous elle dansaient et chantaient. Le train fonçait vers le sud.

Vers le soleil.

Vers une lumière nouvelle ?

Des deux mains, Ernst Dahlmann chassa de son visage ses cheveux décoiffés, rajusta sa cravate, essuya de son mouchoir quelques gouttes de sueur sur sa lèvre supérieure – le court trajet qu'il avait parcouru le long du train l'avait plus fatigué qu'il ne voulait l'admettre (à quarante-deux ans, on n'est tout de même pas un vieillard que peuvent essouffler quarante mètres de course) – et quitta les quais d'un pas sciemment élastique pour rejoindre le hall. Il but un cognac à un buffet; il sentit l'effet bienfaisant de l'alcool, réconfortant, qui atténua quelque peu les picotements qui lui engourdissaient l'extrémité des doigts et des orteils.

Monika, pensait-il. Il ne faut pas même imaginer ce qu'il adviendra quand Luise sera de retour. Nous nous serons tellement habitués l'un à l'autre que les vœux épouvantables que nous formerons nous accableront, nous persécuteront.

Il s'obligea à ne plus penser à ce genre de

choses. Laisser faire... voilà ce qu'il fallait. Vivre le moment présent, l'instant que l'on peut saisir. Prendre ce qui s'offre, prendre ce que les mains sont à même de saisir. Et ne pas penser – ne jamais penser au jour suivant ni à l'avenir. Seul importe l'instant, le battement de cœur qui est en train de se faire, le moment que l'on est en train de vivre et dans lequel on s'abîme.

Il acheta un énorme bouquet de roses jaunes dans la grande boutique de la gare. Moni les aimait, et davantage que les roses rouges. « Dans le jaune, il y a le soleil », disait-elle. Dahlmann trouvait semblables remarques merveilleuses. Ce à quoi, autrefois, il n'avait jamais cru, il le vivait désormais avec un sentiment de félicité : il se vautrait dans le romantisme et voyait les nuages rouge-rose ou couleur d'orange quand Moni les décrivait ainsi.

Dans son atelier, sous le toit de la haute pharmacie, Monika Horten attendait le retour de Dahlmann. Elle s'était obligée à continuer son travail, mais ça ne marchait pas. Sans cesse, elle levait les yeux sur la pendule près du lit et pensait : Ils sont sur le quai... maintenant, elle monte en voiture, le train s'ébranle... et à présent, nous voilà seuls... deux êtres humains qui savent combien leur amour est vil, honteux, et qui pourtant ne peuvent rien contre. Qui se laissent porter, car quel autre choix ont-ils ? Parce qu'ils n'ont pas la force de dire non – non à un péché qui est de trop. Deux êtres humains attirés l'un vers l'autre comme le fer par l'aimant. Et si puissamment que tous les obstacles tombent telles des feuilles fanées. Qui n'ont plus de pensées, plus de remords, plus de morale, plus de croyance sinon celle-ci : toi... toi... toi... et rien d'autre n'existe au monde à part ça.

Elle s'accroupit devant le chevalet, observa l'affiche à demi terminée et leva ses épaules étroites.

Elle frissonnait en dépit de la chaleur. Elle avait peur. Une peur terrible à l'idée des semaines à venir, peur d'Ernst Dahlmann, peur d'elle-même, peur de penser qu'elle ne serait heureuse que dans l'oubli total. Elle avait conscience de la servitude dans laquelle elle entrait, mais ne pouvait y résister, car elle la ressentait comme un bonheur.

Lorsqu'elle entendit les pas rapides d'Ernst Dahlmann dans l'escalier, elle se redressa et courut à la fenêtre. Ses cheveux d'or flamboyaient derrière la large vitre de verre et Dahlmann s'immobilisa, ébloui, après qu'il eut ouvert la porte, brandissant son bouquet.

– Moni ! cria-t-il. (C'était un cri d'allégresse. Puis il respira profondément et agita le bouquet.) Que tu es belle ! murmura-t-il. Je t'en prie, reste ainsi devant la fenêtre, au soleil. On dirait qu'il irradie à travers toi, que tu es en porcelaine la plus fine. Moni, je t'aime !

– Comment... comment est-elle partie ?

– Heureuse.

– Tu l'as embrassée ?

– Cette question !

– N'as-tu jamais songé à quel point nous étions vils ?

– Non.

– Que c'est ignoble ! Abominable ! Dépravé ! Oh, pour cela, il n'existe pas de mot !

– Nous nous aimons, voilà le seul mot qui a cours entre nous. (Il avança vers elle. Il posa les roses sur un tabouret à côté du chevalet, elles passaient au second plan. Dans les yeux de Monika flottait un reste de conscience morale, ultime révolte contre un destin que nul n'était plus en mesure d'arrêter.) Moni, murmura-t-il en tendant les mains vers elle. (Il l'attrapa par les épaules, l'attira à lui et la caressa de ses doigts tremblants.) Moni, c'est absurde de penser. Nous ne pouvons plus nous séparer, nous ne le pouvons plus – tu le sais, nous en sommes tous les deux conscients. Nous n'aurons jamais la force de nous quitter. D'être raisonnables. Nous vivrons dans la déraison, car il n'y a que dans la déraison que nous pouvons être heureux. Et nous sommes heureux, non ?

– Oui... (Monika fit un léger signe d'assentiment. Puis elle jeta ses bras autour de son cou et l'embrassa avec une sauvagerie à couper le souffle.) Reste avec moi ! balbutia-t-elle. Tiens-moi fort, ne me laisse jamais !

Lorsque le crépuscule fit rougeoyer le ciel et que, par la verrière, le coucher de soleil revêtit d'orange foncé chaque objet, Ernst Dahlmann mit ses roses jaunes sur le corps de Monika. Une fleur près de l'autre, jusqu'à ce qu'elles recouvrent son corps des seins aux hanches.

– C'est ainsi qu'on pare une morte, dit-elle d'une voix à peine audible.

Il secoua la tête et l'embrassa sur les yeux.

– Je pare une vie nouvelle. Nous ne sommes plus deux êtres mais un être unique né d'un feu ardent.

Au même moment, l'express passait à toute vitesse à Offenburg, en direction de Bâle.

Luise, la nuque sur l'appui-tête, dormait. Elle souriait dans son sommeil, ce devait être un joli rêve.

Mlle Pleschke faisait des mots croisés. Un opéra de Verdi en quatre lettres.

Aïda.

On n'arriverait pas à Montreux avant le matin.

Ernst Dahlmann ne supporta pas longtemps d'attendre. Après deux jours de service à la pharmacie et deux nuits sans sommeil dans les bras de Monika, il alla voir Me Fritz Kutscher, son avocat. Il avait annoncé sa venue par téléphone et fut introduit incontinent dans son bureau. Me Kutscher avait une vaste clientèle. Il passait pour un expert en matière de fiscalité, et avait partant quelques clients très à l'aise et connus à Hanovre ; mais c'était aussi un spécialiste pour les affaires épineuses qu'engendre trop souvent le quotidien et dont on ne peut se tirer qu'avec beaucoup de logique et davantage encore de subtilité. Dans ces cas-là, un conseil de Me Kutscher était toujours salvateur. Là où d'autres perdaient tout empire sur eux-mêmes, il restait calme et faisait montre d'une sécheresse qui n'avait plus rien de commun avec le sang-froid d'un juriste. Ce qu'on disait de lui en confidence était d'autant plus étonnant. Avec ses quarante-quatre ans et sa silhouette moyenne, un peu ronde, son visage banal et ses manières rien moins que charmantes, c'était, paraît-il, un viveur... un autre aspect de sa vie qui lui permettait d'être ouvert à toutes les faiblesses humaines et prêt à donner des conseils.

– Que puis-je pour vous, mon cher Dahlmann ? dit Me Kutscher d'un ton fort jovial. Votre femme est à Montreux ?

– D'où le tenez-vous ?

– De notre cher Dr Ronnefeld. J'avais mal aux cheveux ce matin, je me suis fait prescrire un remède. Bien que vous lui fassiez grise mine, ce bon bougre de docteur prend part de loin à la vie de la famille Dahlmann.

– C'est un importun ! dit Dahlmann, du fond du cœur.

Me Kutscher eut un petit sourire.

– Tout est relatif. Là où vous ressentez de l'importunité, d'autres y voient le souci de ses patients. Alors, comment est-ce d'être momentanément veuf ?

Dahlmann s'assit et prit un cigare dans la boîte que l'avocat avait poussée vers lui. C'était un long et mince cigare de Virginie. Me Kutscher les aimait, quoiqu'ils fussent passés de mode. Il les fumait depuis l'époque où il avait été étudiant à New York, en manière de souvenir de ses deux semestres aux États-Unis, au cours desquels, disait-il, il avait appris non pas le droit mais ce que signifie être un homme.

Me Kutscher ne rompit pas le silence qui régnait tandis que Dahlmann ôtait la tige de paille du cigare et l'allumait. Dans ce cas, l'avocat avait fait sienne la vieille devise des psychanalystes : Ne rien dire, les patients parleront d'eux-mêmes. Et puis les laisser parler, sans les interrompre. Qui se met à parler en dit plus que ne pourraient lui faire dire cent questions.

– J'ai un problème, maître, dit enfin Dahlmann. (Me Kutscher hocha la tête.) Il s'agit de la pharmacie. (Dahlmann leva les yeux, mais l'avocat se retranchait derrière son silence. Parle donc ! pensait-il. Dahlmann prit une profonde inspiration et tira nerveusement quelques bouffées de son cigare. Il ne va pas tenir le choc, pensa Me Kutscher, sardonique. Moi aussi, je fumais comme ça, quand j'étais étudiant... Et de la cécité de ma femme... Vous comprenez ? (Me Kutscher ne répondit pas, se contentant d'opiner en silence. Dahlmann poursuivit sur un débit saccadé :) Nous avons désormais assez consulté pour savoir qu'elle ne recouvrera pas la vue. C'est une tragédie, dont nous devons nous accommoder. Mais cette cécité définitive entraîne des problèmes. D'abord, le testament de feu mon beau-père. Le vieux Horten avait deux filles, Luise, ma femme, qui, ainsi que vous le savez, est pharmacienne, et Monika, ma belle-sœur, qui habitait Hambourg et vit avec nous depuis l'accident. Monika a reçu une somme sur l'héritage global et perçoit une rente mensuelle de 500 marks, à prélever sur les recettes de la pharmacie. Luise, ma femme, a hérité de la pharmacie et des biens-fonds, et nous sommes mariés sous le régime de la séparation de biens. En d'autres termes, tout appartient à Luise – et la voilà aveugle ! Jusqu'à présent, j'étais en quelque sorte l'employé de ma femme, avec les droits que la loi concède à un époux. Rien de plus ! J'avais la jouissance de la pharmacie et des revenus, mais aucun pouvoir de décision. Ma femme est seule habilitée à signer tous les chèques qui concernent la pharmacie, c'est elle encore qui prend toutes les mesures qui s'y rapportent. Je ne possède que le droit de signer les quittances. En clair : je suis un commis conjugal, un méprisable grouillot, de par la sollicitude de feu mon beau-père. Que peut-on faire ?

– Rien, rétorqua Me Kutscher d'un ton sec.

Dahlmann tira nerveusement une bouffée de son cigare. Me Kutscher observait son interlocuteur d'un regard critique. Aucun effet encore, pensait-il. Ce gaillard doit avoir un estomac en béton.

– Rien ? Et c'est là la réponse d'un avocat ? De tels conseils ne sauraient vous faire vivre !

– On me paie des honoraires coquets pour la seule peine que je prends à éviter à mes clients de faire des sottises. Lorsqu'un client vient me voir et me dit : « Mon cher, j'ai fait la connaissance d'une veuve qui possède 500 000 marks; seulement, elle a tout d'un épouvantail, j'ai décidé de ne pas l'épouser... », je lui réponds toujours : « Mon ami, mettez-vous la tête sous l'eau froide, reprenez-vous, épousez-la – 500 000 marks justifient que l'on répète à un épouvantail matin, midi et soir : “Ma chérie, tu es ensorcelante !” » Et je prends 10 % au bienheureux. À vous, mon cher Dahlmann, je ne peux que dire : non.

– Vous ne comprenez pas ma situation, maître !

– Mais si, parfaitement. Comment trouvez-vous ce cigare ?

– Bon. (Dahlmann, consterné, regarda le cigare incandescent.) Pourquoi ?

– Oh, comme ça ! (Me Kutscher secoua la tête.) Vous devriez consulter un gastro-entérologue.

– Je vous en prie, maître ! (La nervosité et la colère de Dahlmann étaient extrêmes.) Je viens vous voir avec un problème sur l'être et le non-être...

– Hamlet !

– Pardon ?

– « Être ou ne pas être »... c'est tiré de *Hamlet* ! Dans le texte original, j'ai récolté un 20 au bahut ! Je ne l'oublierai jamais.

Dahlmann se leva avec raideur.

– Au revoir, maître. Il me paraît qu'il vous manque aujourd'hui tout le sérieux que doit avoir un avocat.

– Vous êtes un homme terriblement dépourvu d'humour, Dahlmann. Et moi qui vous tenais jusqu'alors pour un causeur plein de charme de la vieille école viennoise ! Qu'en est-il ? Même avec l'âge, il me semble impossible que votre âme primesautière se soit sclérosée... (Me Kutscher leva les mains comme Dahlmann voulait répondre.) Non ! Plus d'insultes ! Je comprends trop parfaitement votre détresse. Vous voulez vous libérer des chaînes posthumes de feu beau-papa. Vous voulez être *moi,* Ernst Dahlmann, avec sa propre pharmacie et son épouse Luise, et non le pharmacien Dahlmann dans la pharmacie de sa femme Luise. C'est ça ?

– Tout à fait, maître. Et maintenant, on introduit la pièce de monnaie.

– Mais la machine ne crache aucune solution, mon bon. Vous ne pouvez attaquer ce testament.

– Je le sais. Mais sa cécité frappe ma femme d'une incapacité partielle, sinon totale, non ?

C'était dit. Dahlmann reprit haleine et, interrogateur, jeta à Me Kutscher un regard de biais.

L'avocat ne montra nulle émotion. Qui, en pareil cas, marque son intérêt perd l'apparence de la parfaite objectivité. Ah ! Ah ! pensa juste Me Kutscher. C'est donc ça. Tu es un rusé compère, mon cher. Tu veux tirer profit de la cécité définitive de ta femme. Un joli coco, oui ! Mais tu es aussi mon client, et mes clients ont toujours raison. C'est ainsi dans notre profession. Défendre les scélérats et blanchir le linge sale constituent pour l'essentiel la source de nos revenus.

– Comment comptez-vous vous y prendre ? interrogea l'avocat.

– C'est précisément la raison de ma visite, maître.

– Je suppose que votre femme ne doit pas s'apercevoir qu'elle est dépossédée de ses pouvoirs ?

– En effet.

– C'est là, voyez-vous, que l'affaire devient tout à fait utopique. On ne peut faire quoi que ce soit dans le dos de quelqu'un sans qu'il le remarque. Si votre femme, en raison de sa cécité – qui, par ailleurs, doit encore être attestée comme définitive –, est frappée d'incapacité, elle le saura, croyez-moi ! Plus grave encore, si vous envisagez de la faire mettre sous tutelle, vous devrez fournir la preuve qu'outre sa cécité elle est méchante, ou folle, ou mélancolique, ou prodigue – toutes choses qui déclencheront un scandale sans nom et, partant, un divorce. Reste une entente amiable entre époux.

– C'est impossible. Toutes les tentatives dans ce sens ont jusqu'à présent échoué. Si liés soyons-nous, ma femme et moi, et si fort nous nous aimions, les dernières volontés de son père annulent toute procédure. Oui, elle dit même : « Nous devrions avoir un enfant, alors tout lui appartiendrait, ainsi que père l'a voulu. »

– Eh bien ? Qu'est-ce qui vous empêche d'apporter la preuve de vos qualités génitrices ?

– Je suis d'avis que nous avons passé l'âge d'élever un enfant.

– Sottises, mon cher ! J'ai un client qui est devenu père hors du mariage à soixante-dix-huit ans ! Ne minimisez pas vos capacités biologiques !

– Il est difficile, maître, de ne pas répondre à vos propos par des insultes... soupira Dahlmann. Pensez enfin de façon réaliste : par quels moyens peut-on me transférer la direction des affaires en raison de la cécité de ma femme ?

– Aucun, sauf acceptation de votre femme. Je lui parlerai à son retour de Montreux. Je tâcherai de la persuader tel un séducteur une jeune fille. Peut-être consentira-t-elle.

– Et sinon ?

– Sinon, il faudra continuer comme par le passé, sous peine d'en venir à de vilaines scènes qui risqueront de briser la communauté conjugale.

– Que diriez-vous d'un séjour dans un hôpital psychiatrique ?

Me Kutscher haussa les sourcils, seule réaction émotive à la proposition. Tu es un fieffé vaurien, pensa-t-il. Un bâton merdeux qui passe sur les cadavres. Je n'aurais pas cru cela de toi. Mais c'est ainsi – derrière les belles façades, ça pue le cloaque.

– Si vous apportez la preuve que votre femme souffre d'un trouble nerveux; qu'elle est, disons, maniaco-dépressive, schizophrène, hallucinée, psychotique... mais un trouble sérieux, mon bon. Autant que je connaisse votre femme, elle est fondamentalement saine – sa cécité exceptée. (Me Kutscher haussa les épaules.) J'en reviens à ma première réponse, qui était non. Je sais que je ne vous donne là aucun conseil. L'avantage est que je ne vous réclame pas non plus d'honoraires.

– Et si je puis prouver que ma femme n'a plus sa santé mentale ? demanda Dahlmann d'une voix rauque.

Me Kutscher le regarda avec de grands yeux, stupéfait.

– Dans ce cas, oui – mais j'ignore comment vous...

– Attendez donc, maître. (Dahlmann posa le cigare à demi fumé dans le grand cendrier et se leva, l'air délivré.) Réfléchissez déjà à ce qu'il faut faire en pareille circonstance. Dans à peu près deux mois, ma femme sera de retour. Je gage que les premières requêtes pourront être introduites à la fin de l'année.

Me Kutscher renonça à raccompagner son client Dahlmann jusqu'à la porte de son bureau, ainsi qu'il le faisait avec tous ses clients. Il resta assis et se gratta le menton.

Quel tour de cochon projette-t-il ? pensait-il. Sapristi, je devrais mettre sa femme en garde contre lui ! Mais le secret professionnel me l'interdit. Je ne puis que refuser cette affaire... et, mon cher Fritz Kutscher, tu vas bien réfléchir aussi à tout ça.

Au coin de la rue du cabinet de Me Kutscher, Dahlmann acheta chez un fleuriste un nouveau bouquet.

Cette fois, c'étaient des roses rose pâle. À longue tige et sans épines.

– Il m'en faut trente-deux, dit-il.

Avec trente-deux roses, le corps de Monika était recouvert des seins jusqu'aux hanches.

Elles lui coûtèrent 76,80 marks – le prix en était de 2,40 marks pièce.

C'était une dépense que Dahlmann voulait bien s'offrir deux fois par semaine.

À Montreux, les journées étaient remplies par les promenades à pied ou les excursions sur le lac Léman. C'était la première fois que Mlle Pleschke faisait l'expérience du grand monde, de l'atmosphère d'un hôtel de luxe, du fluide, excitant pour le novice, de l'argent. Pour elle, ce voyage était un séjour au pays des fées; pour Luise, ce n'étaient que des jours d'attente et d'espoir. Bien sûr, elle sentait la caresse du vent lorsqu'elle était assise sur le solarium des bateaux qui glissaient sur le lac, elle écoutait le murmure de l'eau contre la coque, les explications en trois langues du guide qui, par le haut-parleur, décrivait les curiosités des rives. Ce n'était pas nouveau pour elle, elle connaissait Montreux depuis l'époque où, jeune fille, elle flânait sur la promenade de la rive et où les jeunes hommes sifflaient et s'arrêtaient pour la suivre des yeux.

Tout cela ne datait pas d'hier. Pour Luise, Montreux n'était plus désormais qu'une vaste salle d'attente, le lieu d'un espoir silencieux. Le Pr Siri, de Bologne, va-t-il accepter, va-t-il m'opérer, va-t-il seulement m'examiner pour décider si ça vaut la peine de tenter une nouvelle entreprise risquée ?

Afin d'avoir la paix, Luise restait le plus souvent dans sa chambre, s'asseyait sur le grand balcon à l'abri d'un parasol et écoutait les bandes qu'elle avait emportées d'opéras et de symphonies, parfois aussi de variétés quand la musique grave oppressait par trop son cœur anxieux d'espoir.

Tous les trois jours, une lettre d'Ernst Dahlmann arrivait de Hanovre. Il envoyait chaque fois une bande sur laquelle il avait enregistré ses salutations. Luise n'avait plus besoin d'aide pour manœuvrer le magnétophone.

« Pour nous, tout va bien, disait-il d'une voix calme sur le dernier enregistrement. Moni a vendu ses projets d'affiches et est heureuse comme peut l'être une artiste quand son travail est reconnu. La pharmacie marche bien, comme toujours. Ne te fais donc aucun souci, repose-toi, profite du soleil et de l'air pur et n'oublie pas que je t'aime... »

Un matin – Luise, devant la porte-fenêtre ouverte du balcon, offrait son front à la caresse du vent chaud du lac; Mlle Pleschke était partie acheter les dernières éditions des journaux pour lui en faire lecture –, on frappa et la femme de chambre entra. Elle apportait une enveloppe sur un plateau.

– C'est pour vous, madame, dit la jeune fille.

Et elle fit une révérence, bien qu'elle sût que Madame ne la pouvait voir.

– Qu'est-ce que c'est ?

– Un télégramme, madame.

– Un... (Le corps de Luise fut ébranlé par une secousse électrique.) S'il vous plaît, donnez-le-moi ! S'il vous plaît !

Elle tendit la main; la jeune fille lui mit l'enveloppe entre les doigts, Luise la déchira et déplia le formulaire avec un tremblement soudain. Un télégramme, pensa-t-elle. Le bout de ses doigts glissait sur le papier. Elle sentait les lignes collées; elle les toucha. Cinq lignes... un long télégramme.

C'est un refus, songea-t-elle. Et elle s'appuya au montant de la porte-fenêtre. Pour un refus, nul besoin de cinq lignes. C'était comme si quelque chose se brisait en elle. Une faiblesse paralysante l'envahit, qui se posa sur son cœur. Son souffle se fit difficile, sa gorge devint sèche, elle eut l'impression qu'elle allait étouffer. Rassemblant ce qui lui restait de forces, elle tendit le papier à la jeune fille.

– S'il vous plaît, lisez-moi ce télégramme, dit-elle d'une voix atone. Il vient bien de Bologne, n'est-ce pas, d'un certain Pr Siri ?

La jeune fille regarda le télégramme et acquiesça.

– Oui, dit-elle.

– Lisez-le-moi, je vous prie.

La jeune fille survola le texte. Il était rédigé en allemand. C'était une langue qu'elle parlait plus facilement qu'elle ne la lisait. Enfin, elle lut à haute voix :

– « Examen possible le 23 stop le Pr Siri vous attend vers 11 heures stop prévoyez un séjour en clinique d'au moins 3 semaines stop attendons votre confirmation rendez-vous stop clinique Santa Anna, Bologne. »

Luise se détourna et fit un pas sur le balcon. Son visage frémissait. Il lui en coûta de rester droite et de ne pas lever les bras au ciel dans un cri, de ne pas pleurer de bonheur et de soulagement.

– Quand... quand tombe le 23 ? murmura-t-elle.

– Dans trois jours, madame.

– Je vous remercie.

La jeune fille posa le télégramme sur la table.

– Puis-je m'en aller, madame ?

– Oui. Et je vous remercie du fond du cœur.

– Oh, ce n'est rien, madame !

Lorsque Mlle Pleschke revint avec les journaux et, pleine d'excitation, rapporta qu'un jeune homme, sûrement un Italien, l'avait abordée sur la promenade par ces mots : « Hello, signorina... amore bonne ? », Luise s'était déjà calmée au point qu'elle était prête à suivre par le menu le plan qu'elle n'avait cessé de retourner dans sa tête jour après jour.

– Nous allons partir en voyage, Erna, dit-elle dans le flot de paroles de Mlle Pleschke.

– Partir en voyage ?

– À Bologne.

– En Italie ? Pour l'heure, j'en ai ma claque, des Italiens !

– Lisez, je vous prie, le télégramme. Il doit être sur la table.

Mlle Pleschke lut les nouvelles de Bologne et regarda Luise avec effroi.

– Cela signifie-t-il que vous allez de nouveau vous faire opérer ? demanda-t-elle, à la limite de l'épouvante.

– Oui.

– En cachette ?

– Oui. C'est pourquoi nous avons à discuter de beaucoup de choses, Erna. Je dois faire de vous ma complice. Vous savez que mon mari ne veut plus entendre parler d'une nouvelle opération pour m'épargner la tension morale d'aller de l'espoir à l'échec. C'est pour cette raison que je veux à présent tenter seule la dernière possibilité. La dernière, vraiment, je n'en supporterais pas une autre. Le Pr Siri de Bologne sera ma dernière étape. Si l'opération devait échouer, elle aussi, mon mari ne devra jamais en apprendre le premier mot... si elle réussit, ce sera pour lui une surprise immense. Vous devez garder le silence, vous devez entrer dans mon jeu, Erna !

– Oui, murmura Mlle Pleschke d'une voix basse et émue. Mais votre mari va vouloir savoir comment ça va à Montreux, et je...

– Vous m'accompagnerez à Bologne et reviendrez ensuite ici. Tous les trois jours, vous enverrez une bande. Je vais les enregistrer à l'avance et vous les numéroterez discrètement afin de ne pas les mélanger. Vous me ferez parvenir à Bologne celles de mon mari.

– Et s'il appelle ?

– Il ne l'a jamais fait. Sous ce rapport, il est économe. Ce qu'il veut savoir, il l'a sur la bande. Et s'il téléphone, je serai chez le coiffeur ou chez le médecin. Vous aurez bien une idée. (Luise prit la main d'Erna Pleschke et l'étreignit.) Nous sommes désormais deux conspiratrices, Erna, dit-elle avec insistance. Et je dépends de votre silence, de votre collaboration.

Mlle Pleschke posa son autre main sur les doigts tremblants de Luise dans un geste apaisant.

– Je ferai tout pour vous, répondit-elle d'une voix chevrotante, vous le savez. J'ai... j'ai si peur que ça puisse être un nouvel échec...

– N'y pensons pas, Erna. Dans trois jours, nous devons être à Bologne. D'ici là, nous avons fort à faire. Nous devons au moins travailler pour quatre semaines...

La clinique du Pr Siri était située en dehors de Bologne, au milieu d'une pinède. Un haut mur la ceignait, comme une prison ou une maison de correction. Mais cette première impression s'effaçait quand on pénétrait par le large portail de fer forgé et qu'après un coude de l'allée on se trouvait soudain devant un de ces splendides palais blancs que seuls ont su édifier les Italiens de la Renaissance.

Dans le monde médical, on racontait des prodiges à propos de ce palazzo. Isolé, entouré d'un parc et de jets d'eau magnifiques, dans une salle d'opération dont le sol était fait de marbre artistement poli, le Pr Battista Siri pratiquait des opérations qui laissaient d'abord incrédules puis sans voix les cercles médicaux. « Siri est soit un fou qui a bénéficié jusqu'ici d'une veine éhontée, soit un génie comme il en naît un par siècle », avait dit un jour de lui un de ses confrères, à la lecture d'un compte rendu opératoire de la clinique bolonaise Santa Anna. Et Siri, à qui on rapporta cette réflexion, répondit promptement : « Admettez que je suis un fou ! »

Dans sa clinique, il régnait en roi, en monarque incontesté. Lorsque, avec sa crinière blanche, sa blouse trop courte, il courait, en balançant les bras, à travers son palazzo à petits pas pressés d'une chambre à l'autre, faisant naître partout l'agitation, parce qu'il trouvait toujours dans chaque chambre quelque chose qui, selon lui, clochait, alors c'était vraiment comme au temps de la Renaissance, où un regard perçant du prince était synonyme d'exécution capitale.

Ces visites du patron, qui avaient lieu chaque jour vers 11 heures, étaient les cauchemars des médecins et des sœurs. En dépit de ses rugissements répétés et de ses jurons méridionaux, aucun des médecins ni aucune des sœurs n'aurait quitté la clinique Santa Anna, à moins que le Pr Siri ne l'eût jeté dehors. Qui travaillait chez Siri vivait au sein de La Mecque de la médecine. Il avalait tout ce qu'on lui jetait à la tête, puis ce qu'il voyait plus tard en salle d'opération lui faisait tout oublier. Le Dr Saviano, l'assistant en chef du Pr Siri, servait de tampon. C'était un petit Italien du Sud plein de tempérament et doué, qui débordait d'activité et était le seul qui osât dire à Siri : « Monsieur... si je puis me permettre d'avoir une opinion... » Et il se le permettait par-ci par-là.

Luise Dahlmann arriva à la clinique Santa Anna avec une heure d'avance. Elle ne put parler ni au Pr Siri ni au Dr Saviano. Un jeune interne la conduisit à travers le palazzo jusqu'à l'unité ophtalmologique II, où une jolie sœur aux boucles brunes vint à sa rencontre, charmante image en blanc.

– Voici sœur Angelina, dit l'interne dans un allemand heurté. Buon giorno, signora...

– Venez, signora. (Sœur Angelina fit un signe de tête à l'adresse de Mlle Pleschke et prit Luise par le bras.) Nous vous attendions. Je vous emmène à votre chambre. M. le professeur va vous parler à la fin de la visite.

Luise ne bougea pas. Au lieu des odeurs typiques d'un hôpital, l'endroit sentait les fleurs – le mimosa, les camélias, les roses.

– Elle doit être belle, cette clinique...

Elle tourna la tête comme si elle pouvait tout

absorber en elle : les larges portes-fenêtres, le parc, les jets d'eau, le ciel bleu et sans nuages, embrasé de soleil.

– Vous verrez tout cela bientôt, dit sœur Angelina avec assurance.

– Vous parlez un bon allemand, ma sœur.

– J'ai étudié deux ans à Heidelberg, signora.

Tandis que Mlle Pleschke et sœur Angelina défaisaient les bagages et en rangeaient le contenu dans les placards, Luise, assise près de la fenêtre, écoutait le murmure des jets d'eau. Venant du parc, des rires, des voix joyeuses, le crissement de pas qui couraient résonnaient vers elle. Quelque part, elle entendait de la musique. Des chants italiens d'amour et de vin, deux choses sans lesquelles les Italiens sombrent dans la mélancolie.

Bientôt, je verrai tout, pensait Luise, les mains jointes sur ses genoux. Je verrai de nouveau comme la vie est belle. Avant, tout était tellement naturel, je l'acceptais sans même y faire attention : un arbre en fleurs, un bourgeon qui se balance au vent, le vert d'une pelouse, un mur blanc recouvert de lierre, le plumage d'un oiseau... elles étaient là, ces choses, c'était banal... Mais combien tout cela devient somptueux, combien tout cela ressemble à un souhait réalisé quand on émerge d'une nuit dans laquelle le monde n'était plus qu'un mur noir contre lequel se répercutaient les bruits !

À 11 heures et demie, le Pr Siri entra dans la chambre. « Entrer dans la chambre » n'était pas à proprement parler l'expression appropriée. Quelqu'un ouvrit violemment la porte, se précipita dans la chambre et rugit d'une voix sonore :

– Il y a un courant d'air ! Angelina... même si vous vous appelez Ange, je vous interdis un courant d'air tel que nous puissions tous apprendre à voler ! (Puis ce fut le silence, le temps d'une respiration; le Pr Siri regarda Luise, qui avait tourné la tête vers lui, se tourna vers le Dr Saviano et lui tapota la poitrine de l'index.) Qui est-ce ?

– Signora Luise Dahlmann, de Hanovre. Vous savez, monsieur, que nous...

– Ah oui, bien sûr ! C'est pour aujourd'hui ?

– Oui.

– Les deux cornées brûlées à l'acide, n'est-ce pas ?

– Oui. Examen pour déterminer si une kératoplastie partielle est possible.

– Chez moi dans dix minutes. (Le Pr Siri considéra une nouvelle fois le visage de Luise Dahlmann, attendant, écoutant. Durant les nombreuses années de son activité de chirurgien, il avait vu beaucoup d'aveugles et, à la vue de ces yeux morts, la même pensée lui venait toujours : Que pensent-ils ? Que leur foi doit être immense !) Au revoir, signora, dit-il brièvement.

Puis il disparut aussi vite qu'il était venu. Reprenant souffle, sœur Angelina remettait en ordre son béguin blanc.

– Qui était-ce ? demanda Luise.

– C'était une visite, signora. (La voix de sœur Angelina tremblait encore.) Tous les matins à 11 heures, une tempête souffle dans ces lieux. Et c'était le patron en personne, le Pr Siri.

Luise respira profondément.

– Il a dit quelque chose... je ne connais pas l'italien... Qu'a-t-il dit ?

– Qu'il va vous examiner dans dix minutes, signora. Le Dr Saviano viendra vous chercher. Mais nous avons le temps; quand il dit dix minutes, ça peut tout aussi bien être une demi-heure.

– C'est typiquement italien ! dit Mlle Pleschke avec hargne.

Sœur Angelina eut un doux sourire.

– Néanmoins, nous sommes heureux ainsi, répondit-elle, affable. N'est-ce pas l'essentiel, signorina ?

La salle d'examen du Pr Siri n'avait rien de commun avec les cabinets de médecin traditionnels. Elle ressemblait davantage à un laboratoire et à une salle des machines qu'à une pièce où on pose un diagnostic. On y trouvait de grands et de petits appareils munis d'échelles graduées et d'aiguilles, des tableaux et des verres dépolis, des projecteurs, des appareils semblables à des mitraillettes, d'où jaillissaient non des balles mais des faisceaux lumineux, des électrocardiographes et des oscillographes, sur les verres dépolis desquels dansaient des points et des ondes électroniques. Au milieu de cet appareillage de haute technicité, le Pr Siri était assis sur une simple et vieille chaise de bois.

Il bondit sur ses pieds lorsque le Dr Saviano introduisit Luise. Il baisa la main de la jeune femme et dit avec sincérité :

– Vous avez l'air, signora, de quelqu'un qui, de toute l'année, n'a rien fait d'autre que s'exposer au soleil. Cela me réjouit toujours lorsque mes patients viennent à moi non pas accablés mais heureux de vivre. Et maintenant, nous allons regarder ce qui ne va pas. J'ai étudié votre dossier dans le détail, ainsi que le rapport de mon confrère Böhne, de Münster.

– Alors vous savez, monsieur le professeur, que tout a échoué jusqu'à présent.

La voix de Luise était ferme et claire. Siri haussa les épaules.

– Si j'étais Dieu, je dirais : « Vois ! » Mais nous devons nous battre pour ce peu de lumière. Cependant, ce combat a lui aussi quelque chose de créateur. Il fut un temps où on appelait la greffe de la cornée l'« opération sainte ». Aujourd'hui, elle appartient quasiment à la routine.

Tout ce discours donnait une impression de fierté et d'arrogance, mais il était en même temps réconfortant et tonique. Le Dr Saviano conduisit

Luise à un fauteuil confortable. Elle s'assit et sentit avec quelle délicatesse deux doigts soulevaient ses paupières. Le Pr Siri examina la cornée brûlée de l'œil droit, puis la cornée greffée et redevenue opaque du gauche. Cela ne l'empêchait pas de parler, d'une voix calme et bienveillante.

– On enregistre de nombreux succès, signora. Le premier médecin à avoir réussi une greffe cornéenne était un Allemand, justement, le Dr Eduard Zirm, d'Olmütz. C'était en 1905. Puis suivit la grande époque de la chirurgie des yeux : Wladimir Petrovitch Filatov fit à Odessa des centaines de greffes de la cornée et développa la technique que l'on emploie encore à grande échelle aujourd'hui. Pour ma part, toutefois, je procède différemment. Et nous avons tout de même des réussites, n'est-ce pas, Giulio ?

– Oui, monsieur, acquiesça le Dr Saviano.

– Bien, regardons maintenant en profondeur.

Sur un geste de Siri, le Dr Saviano approcha un complexe appareil sur roulettes. Délicatement, il appuya le menton de Luise sur un étrier de métal rembourré et son front contre un appui-tête arrondi.

– Ne bougez pas, signora, je vous prie, dit-il.

Le Pr Siri rapprocha sa chaise.

– Je vais vous expliquer ce que nous allons faire. Non pour vous distraire, mais afin que vous sachiez que nous faisons tout pour vous aider. Vous êtes devant un appareil simple, et qui est cependant une petite merveille. Jusqu'alors, il était impossible à un chirurgien d'examiner les zones internes de l'œil à travers une cornée opaque; pourtant, ce n'est que par l'observation précise de ce qui se trouve derrière la cornée que l'on est en mesure de déterminer la tactique chirurgicale, car la cornée peut être collée à l'iris. Cela n'étant qu'une parmi de nombreuses complications. Et voici à présent un appareil merveilleux qui a été mis au point par le directeur de l'institut Helmholtz de Moscou, A. W. Roslawzew, en collaboration avec le directeur du laboratoire expérimental, L. S. Uhrmacher : la lampe à infrarouge. Les rayons infrarouges invisibles nous permettent désormais, par des systèmes précis de lentilles, de regarder l'intérieur de l'œil à travers la cornée opaque, comme si c'était du verre. Voilà... et c'est ce que je vais faire sur vous.

Luise entendit le claquement d'un interrupteur. Elle ne percevait rien, ne voyait rien, elle n'entendait plus rien, excepté le bruit très bas et rythmique de la respiration des deux médecins.

– Ah ! Ah ! dit le Pr Siri au bout d'un long moment. Merci, Giulio ! (Nouveau claquement; Luise ferma les yeux. Une faiblesse la gagnait. Une chance que sa tête reposât sur l'étrier de métal, elle ne pouvait tomber en avant.) Allons, fit le Pr Siri, affable. Ce n'est pas le moment de se relâcher. J'ai vu ce que je voulais voir.

– Et... et... (La voix de Luise s'éteignit. La jeune femme se mit à pleurer et étreignit la main que le Dr Saviano posait sur son épaule.) Je vais voir de nouveau... Dites-moi si je vais voir de nouveau !

Le Pr Siri repoussa la vieille chaise de bois et mit les mains dans les poches déformées de sa trop courte blouse blanche.

– Je ne puis rien vous promettre, dit-il avec une lenteur appuyée. Nul ne le peut, et ce parce que nous ne sommes pas des dieux. Mais il nous reste l'espoir. Et tandis que j'examinais votre œil, je songeais qu'on ne doit jamais renoncer à cet espoir, le gaspiller, le refuser. Oui, je vais vous opérer.

Le cœur de Luise cessa de battre. Lorsqu'il se remit en marche, ce fut un battement ténu comme un souffle.

– Et… quand ? demanda-t-elle d'une voix à peine audible.
– Demain matin à 8 heures… À 8 heures et demie, vous devriez voir la lumière.

La salle d'opération, nue et vide, sans ornement à l'exception du sol de marbre représentant des scènes dionysiaques, avait presque la forme d'un cercle. Au centre, sous une lampe gigantesque qui se composait de vingt-quatre projecteurs, brillait la table d'opération, flanquée d'une petite estrade de deux marches sur laquelle prenait place le Pr Siri lorsqu'il devait se pencher fort avant sur son patient. Contre l'un des murs se dressait une armoire renfermant les instruments, près d'une longue table avec des stérilisateurs et des bocaux garnis de ouate, quelques seaux à couvercles qui se rabattent, un lavabo, rien d'autre. Une pièce vaste et froide, qui irradiait le froid et n'avait pas ce je-ne-sais-quoi de fascinant qu'on attend d'une salle où des chirurgiens luttent pour la vie, ainsi que le décrivent les romans de si romantique façon. C'était une salle de travail claire, un atelier blanc, dont le centre était occupé par une table orientable juchée sur un pied chromé.
La sœur avait préparé tous les instruments et attendait, assise près de la fenêtre, lorsque, peu avant 8 heures, le Dr Saviano amena Luise dans le bloc opératoire. Dans sa chambre, il lui avait fait une piqûre de calmant; c'était un produit merveilleux, tout devenait indifférent à Luise, si dénué d'intérêt, si complétement égal ! Elle était certes consciente qu'on la conduisait à la salle d'opération, mais le fait ne faisait naître aucune tension en elle. Qu'elle fût là, devant la table d'opération, ou en promenade dans le parc, son esprit réagissait par une apathie totale. Elle ressentait une paix infinie, oui, presque une joie tranquille. Elle entendit la sœur remonter la partie antérieure de

la table d'opération et l'assujettir selon un angle précis. Quelque part, des instruments cliquetaient, elle perçut un léger roulement de roues... Ils approchent la table avec les instruments, pensa-t-elle, et cela ne l'effraya pas, mais éveilla plutôt son intérêt et sa curiosité.

– Signora, prenez place, je vous prie, dit le Dr Saviano à sa façon juvénile. Lorsque vous redescendrez de la table, vous aurez franchi le tunnel obscur et verrez de nouveau le soleil.

– Croyez-vous, docteur ?

La voix de Luise était tout à fait calme.

– Je n'en doute pas, signora.

Le Dr Saviano aida Luise à s'étendre sur la table d'opération. La sœur la recouvrit de draps blancs, lui attacha les bras et fixa également une courroie sur ses jambes. Luise sentit sur son visage une chaleur soudaine – on venait d'allumer la grande lampe. Elle connaissait tout cela pour l'avoir vécu à Münster. À présent, ils me font une anesthésie locale, pensa-t-elle, puis l'opération va commencer. Je vais la vivre par l'ouïe... la prise en main des instruments, leur cliquètement, chaque mot chuchoté...

À travers la vaste salle, des pas vifs résonnèrent. À côté de Luise, les deux marches de l'estrade craquèrent, une main douce effleura ses yeux.

– Bonjour, signora.

– Bonjour, monsieur le professeur.

– On va y aller. Vous avez peur ?

– Même pas.

– C'est bien. (Le Pr Siri regarda le Dr Saviano. L'assistant opina. Le calmant fait son effet, signifiait ce hochement de tête. L'anesthésie locale est faite, l'œil à greffer est dans la couveuse, il n'a pas douze heures, c'est celui d'un mécanicien bolonais de vingt et un ans mort dans un accident.) Nous allons un peu bavarder pendant que je vais vous rendre le soleil, dit-il presque joyeusement. Le temps vous paraîtra moins long.

Le Pr Siri tendit la main. On lui passa un minuscule et fin scalpel. Il incisa sur trois côtés une bande de la conjonctive qui recouvrait le globe oculaire et la releva, obtenant ainsi un volet qu'il pourrait rabattre plus tard sur la cornée greffée, comme protection supplémentaire.

Tandis que Siri exécutait cette opération préparatoire, le Dr Saviano se mit à préparer l'œil du donneur. Il l'aspergea d'antibiotique et y fixa le greffon de la cornée qui devait être implanté. Un léger bourdonnement près de sa tête fit plisser le front à Luise. Le Pr Siri tapota sa joue recouverte. Seule la région de l'œil était visible.

– Vous vous étonnez, n'est-ce pas, signora ? On dirait un rasoir, et ça lui ressemble aussi. Il s'agit d'un instrument tout à fait nouveau que je suis le premier à utiliser en Europe. J'en ai entendu parler par hasard et je n'ai pas lâché prise tant qu'on ne me l'avait envoyé. Il a été mis au point à l'institut de recherche de Moscou pour les appareils chirurgicaux et a été baptisé du nom de kératotom. Nous grattions autrefois l'épithélium de la cornée, c'est-à-dire son revêtement le plus fin, avec un bistouri; à présent, nous l'ôtons à l'aide du kératotom selon le principe du rasoir électrique. C'est plus sûr, plus propre, plus précis. Il n'y a pas de résidus et, surtout, la couche enlevée est régulière.

Siri tamponna de nouveau l'œil de Luise avec de la ouate imbibée d'antibiotique et lança un coup d'œil au Dr Saviano. Le travail de précision pouvait commencer.

Une nouvelle fois, le Pr Siri examina l'œil opaque, puis il prit le trépan que lui tendait silencieusement la sœur. Il découpa une lamelle circulaire dans la cornée de l'œil du donneur et plaça délicatement le greffon sur une plaque à paupière, un instrument de chirurgie oculaire spécial ayant la forme d'une plaque métallique. Sans y toucher, il pressa le greffon, à l'aide d'un pas de vis fixé au trépan, sur la plaque, et le tendit au Dr Saviano.

– Nous avons déjà la fenêtre ouvrant sur le soleil. (Siri se pencha fort avant sur les yeux de Luise.) À présent, nous devons encore vous enlever les rideaux et remplacer les vitres aveugles de votre fenêtre. (Il lui caressa le front, il savait qu'elle souriait sous ses draps.) Si vous sentez quoi que ce soit, dites-le aussitôt. Nos anesthésies sont toujours sur mesure.

De nouveau, le kératotom bourdonna et rasa l'épithélium de la cornée de Luise. Puis elle sentit une pression légère, à peine perceptible, sur le globe oculaire, nullement douloureuse, un peu comme lorsqu'on effleure ses yeux de la main.

Cela correspondait au moment où le Pr Siri avait mis le trépan en marche et découpé, dans la cornée opaque de Luise, une lamelle d'égale dimension à celle du greffon. Le Dr Saviano, à côté du Pr Siri, tenait l'œil avec une pincette au niveau du limbe de la conjonctive, une cannelure peu profonde à la jonction de la cornée et de la sclérotique. C'est le tégument solide de l'œil.

Siri avait posé le trépan perpendiculairement sur l'œil et le tournait avec une pression régulière. Lorsque la cornée fut enfoncée à un endroit, il recourut à ses pincettes et à ses ciseaux fins et ôta avec précaution la lamelle opaque.

La lampe au-dessus de la table d'opération s'éteignit. Dehors, derrière les grandes fenêtres, le soleil brillait. On y voyait assez, le nerf optique ne devait pas être irrité.

– Vous... vous êtes si silencieux, monsieur le professeur, dit Luise dans le silence. Quelque chose ne va pas ?

– Mais, signora, quelle idée ! (Siri eut un petit rire.) Nous abordons l'acte suivant de la mécanique de précision; à présent, nous allons mettre en place la nouvelle petite fenêtre...

Le Dr Saviano tendit la plaque à paupière avec le greffon. Le Pr Siri l'amena au bord de l'ouverture découpée et le poussa avec lenteur mais sûreté dans le logement prévu. Le greffon s'ajustait à la perfection.

– Ce qui va suivre est aussi une nouveauté, dit-il avec calme. Jusqu'à présent, on recousait les blessures de la cornée et de la sclérotique avec des fils de soie ou de perlon. Mais la soie est perméable à l'eau et à l'air, on avait sans cesse des complications postopératoires, surtout des infections, qui réduisaient tous les espoirs à néant. J'utilise des crampons métalliques. Des crampons de tantale. Si vous pouviez voir l'instrument... il a l'air d'un petit pistolet. Il me permet une couture fine, compacte, qui a en outre l'avantage de ne pas irriter la cornée. Feu à volonté !

Le travail alla vite avec le nouvel instrument. Puis Siri rabattit le volet de cornée prévu pour protéger le greffon.

À cet instant, le corps de Luise fut parcouru par un violent frisson. Sa tête se souleva, bien qu'elle fût maintenue par le Dr Saviano et la sœur, ses bras et ses jambes s'agitèrent sous les courroies. Un cri retentissant jaillit, que les draps ne purent étouffer :

– Je vois de la lumière ! cria-t-elle. Je vois de la lumière... de la lumière...

Puis son corps se détendit, tandis qu'elle poussait un gémissement. Luise Dahlmann avait perdu connaissance.

Le Pr Siri couvrit les deux yeux d'un bandeau. Le Dr Saviano fit une piqûre à Luise pour soutenir le cœur. Siri regarda la pendule au-dessus de l'armoire aux instruments.

– 8 heures et demie, dit-il. Elle voit de nouveau la lumière, Giulio, l'opération semble avoir réussi.

– Félicitations, monsieur ! s'écria le juvénile Dr Saviano.

– Félicitations ! (Le Pr Siri sauta à bas de son estrade, et ouvrit sa blouse. Il faisait très chaud dans la salle d'opération, le soleil chauffait les vitres. L'opération était terminée, le chirurgien sensible cédait la place au tyranneau.) Comme si ça n'allait pas de soi ! La visite d'aujourd'hui *aura* lieu ! Et donnez un somnifère à la signora Dahlmann et vérifiez constamment sa tension artérielle. Félicitations... (Siri secoua sa crinière blanche.) Entendre ça !

À pas rapides, il sortit de la salle d'opération. Le Dr Saviano sourit à la sœur. Il n'était pas affecté le moins du monde.

– Le patron est content, dit-il d'un ton joyeux. Et dans quinze jours, nous saurons exactement si la cornée a guéri et si la signora pourra voir définitivement.

Recouverte d'un drap blanc, Luise Dahlmann fut ramenée à sa chambre. Sœur Angelina l'attendait déjà.

Vingt-quatre heures, ce n'est pas grand-chose. Dans la vie de tous les jours, elles passent en un éclair. Quand on attend, elles semblent longues, mais encore supportables. Quand on est alité, un bandeau sur les yeux, et qu'on sait que le bandeau sera ôté au bout de vingt-quatre heures et que cet instant crucial décidera si le premier rayon de lumière est visible ou non, si un objet se détache ou non de la lumière, si on voit ou non, si le monde renaît ou non, elles se confondent alors avec l'éternité.

À son réveil, Luise reposait calmement sur le dos, les mains croisées sur sa poitrine. Elle ignorait combien de temps elle avait dormi quand sœur Angelina lui apporta son repas.

– Qu'y a-t-il pour le déjeuner ?

Sœur Angelina tomba dans le piège.

– Votre dîner se compose d'artichauts farcis,

signora, et d'une cassate nappée de crème chantilly.

C'était donc le soir. Elle avait dormi toute la journée. Il restait toute une nuit à passer. Douze heures encore à attendre le matin, à attendre ce soleil que le Pr Siri lui avait promis et dont elle avait entrevu l'éclat. Juste un rayon, avant de ressentir la terrible impression que son cœur se brisait. Puis ç'avait été la nuit. L'oubli bienfaisant.

Une envie formidable, irrépressible la prit d'ôter le bandeau de ses yeux ou de le tirer à peine... C'était si facile... il suffisait de lever la main, de tirer légèrement... et elle saurait si la lumière était revenue ou si les ténèbres perdureraient à jamais.

Sœur Angelina devina ses pensées.

– Ne le faites pas, signora, dit-elle en manière de réconfort. Je sais combien il est dur de devoir attendre encore. Ç'a été la même chose pour tous les patients que le Pr Siri a opérés. Mais tous ont été assez forts – deux exceptés, qui ont l'un et l'autre reperdu la vue... le premier est devenu fou, le second s'est jeté sous une voiture.

– Je serai courageuse, ma sœur, répondit Luise, telle une enfant grondée. Je vous promets de ne pas toucher au bandeau.

Après le repas, on lui refit une piqûre. Elle s'endormit peu après, alors qu'elle luttait contre le sommeil. Le médicament fut plus fort que sa volonté.

Elle se réveilla et sut tout à coup qu'il faisait un jour lumineux. Quelque part, elle entendait de nouveau une radio. Sœur Angelina arrosait les fleurs de sa chambre. Le bruit de l'eau jaillissant de l'arrosoir parvenait jusqu'à Luise.

– Le Dr Saviano est déjà venu deux fois. (Sœur Angelina s'assit sur le lit de Luise.) Mais il a dit que je devais vous laisser dormir. Et de ne l'appeler que lorsque vous auriez pris votre petit déjeuner.

Il était 10 heures quand Luise fut conduite dans le cabinet du Pr Siri. Comme à l'accoutumée, le professeur était assis sur sa vieille chaise, parmi ses appareils, mais, cette fois, d'épais rideaux aux fenêtres cachaient l'éblouissante lumière du soleil. Le Dr Saviano poussa Luise dans un fauteuil et se plaça derrière elle. Siri se pencha et lui saisit les mains; elles étaient glacées.

– N'ayez pas peur, signora, dit-il avec gentillesse. Je vais vous dire ce que vous allez voir.

– Voir... balbutia Luise.

– Vous ne verrez rien !

– Rien... ?

– Aucun objet. Juste de la lumière. Mais si vous la voyez, cette lumière, nous saurons que tout s'est bien déroulé. Sur votre nouvelle cornée – la fenêtre – que nous avons implantée, nous avons placé un volet de conjonctive pour protéger le greffon. Il voile encore l'image de votre environnement; chaque jour, nous allons vous mettre du collyre, le huitième jour nous enlèverons le volet de conjonctive, et vous serez encore dans les ténèbres pendant vingt-quatre heures car nous vous remettrons le bandeau... Ce n'est qu'après que vous pourrez voir le monde qui vous entoure. Nous ne saurons avec certitude si l'opération a parfaitement réussi et si la cornée restera définitivement transparente que d'ici à neuf mois. Au cours de ces neuf mois, nous devrons prévenir d'éventuelles inflammations. Voilà. J'ajoute qu'après-demain nous pratiquerons semblable intervention sur l'autre œil. Car même si vous nous venez de la Germanie, je ne vous laisserai pas repartir avec un seul œil, tel Wotan !

Siri approcha sa chaise. Le Dr Saviano défit le bandeau mais le maintint contre les yeux de Luise.

– Fermez les paupières, signora, dit Siri d'une voix calme. Et ne les ouvrez que quand je vous le dirai.

Luise fit un faible signe d'acquiescement. À ce moment le bandeau tomba. Un frisson lui parcourut le corps, une peur panique à l'idée de devoir ouvrir les yeux à l'instant et de ne rien voir. Le Pr Siri caressa ses mains glacées.

– Du calme, signora, restez parfaitement calme ! (Sa voix avait des accents hypnotiques.) Ouvrez les yeux très lentement... très lentement...

Luise souleva les paupières. Lorsqu'elle les eut à demi ouvertes, elle tressaillit, comme sous un coup.

– De la lumière... balbutia-t-elle. De la lumière, monsieur le professeur ! Mais terne... complètement terne...

– Les rideaux sont tirés, la pièce est obscurcie. Vous ne voyez qu'une lueur ?

– Oui...

– Et maintenant ?

Le Dr Saviano avait écarté les rideaux en une fente. Un rayon de soleil jaillit dans la pièce.

– Maintenant, il fait plus clair.

Le Pr Siri attrapa une banale lampe de poche et la dirigea vers le plafond, en la tenant latéralement par rapport à Luise.

– Et maintenant ?

– Il y a davantage de lumière... un faisceau lumineux...

– Magnifique, signora ! Giulio... ouvrez les rideaux !

Le soleil inonda la pièce lorsque, d'un coup vigoureux, le Dr Saviano écarta les lourds rideaux. Luise, raide dans son fauteuil, avait les yeux grands ouverts. L'un était toujours opaque et mort, l'autre vivait, et la lumière s'y réfléchissait.

– Le soleil... dit-elle d'une voix à peine audible. Il y a du soleil... un soleil rayonnant dans du brouillard...

– C'est le volet de conjonctive. Dans sept jours, nous enlèverons ce voile.

Luise étreignit les accoudoirs du fauteuil. Ses doigts s'enfoncèrent dans le rembourrage.

– Je... je vois vraiment... Monsieur le professeur... je vois vraiment...

La voix lui manqua; elle laissa tomber sa tête dans les mains de Siri. Puis elle se mit à pleurer à gros sanglots. Siri la laissa pleurer, tenant sa tête tremblante dans ses mains, comme un père étreint son enfant qui a besoin de réconfort. Le Dr Saviano, appuyé à la fenêtre, fumait avec nervosité. C'étaient ces instants qui le remuaient chaque fois autant que Siri, quand bien même il les avait vécus des centaines de fois. Chaque fois, c'était la même émotion : un être voit de nouveau ! De nos mains, nous avons réédité une parcelle de la création : « Que la lumière soit ! »

Au bout de quelques minutes, le Pr Siri releva la tête de Luise et lui posa le menton sur un étrier. À l'aide d'une petite lampe, qui projetait un mince rayon lumineux, il examina l'œil et eut un hochement de tête satisfait. Les fils de tantale tenaient bien, le greffon se comportait à souhait et ne montrait aucun signe de rejet. Étant donné qu'il provenait d'un œil frais et non d'un œil conservé, c'était une cornée vivante, une homogreffe, qui devait d'abord se familiariser avec un monde cellulaire qui n'était pas le sien.

– Bon ! Remettons le bandeau, signora. (Le Pr Siri caressa légèrement les cheveux décoiffés de Luise.) Et nous serons assez forte pour ne souhaiter voir que lorsque l'autre œil aura lui aussi sa petite fenêtre. Serons-nous assez forte ?

– Oui, monsieur le professeur, répondit Luise dans un soupir.

– Dans quinze jours, vous me direz la couleur de la fleur que je vous offrirai.

– Je... je ne sais comment vous remercier, monsieur le professeur...

– Arrêtez, je vous prie, signora ! (Le Pr Siri

se leva. Il se fit grossier, et cette attitude prouvait qu'il avait peur de montrer sa sensibilité profonde.) Puisque aussi bien vous serez, à bref délai, en mesure de voir, vous comprendrez alors que de longs remerciements sont hors de saison. Vos yeux seront noyés de larmes quand vous recevrez mes honoraires.

– Je ne saurais m'acquitter de la dette que j'ai envers vous par de l'argent.

– Mais si, je vous assure ! Au revoir !

Le Pr Siri sortit à la hâte. Luise tourna la tête vers la fenêtre. Derrière le brouillard, à travers lequel dansaient des points lumineux comme dans un kaléidoscope fou, elle vit une ombre; qui ne s'estompa pas, qui avait une forme. Le Dr Saviano s'avançait vers elle.

– Il est en colère, n'est-ce pas ? murmura Luise.

– Pas le moins du monde, signora. (Le Dr Saviano lui remit le bandeau sur les yeux. La lumière s'éteignit, la nuit revint et, aussitôt, un poids écrasa le cœur de Luise, la peur réitérée à la pensée de dire, quand on le lui enlèverait : « Tout n'est que ténèbres... ») Le professeur craint seulement que l'on ne puisse découvrir qu'il a un cœur. Dans sa clinique, on doit le tenir pour César; et en cachette, il lit les odes amoureuses de D'Annunzio. (Il prit Luise par le bras et la conduisit hors de la pièce. Dans le couloir qui menait aux chambres, il s'arrêta soudain.) Nous devons prévenir votre mari du succès de l'opération, signora. Ça m'était complètement sorti de l'esprit !

– Non, je vous en prie !

Luise s'arrêta net.

Le Dr Saviano haussa les épaules.

– Non ? Mais...

– Il ne doit pas le savoir. Je veux lui en faire la surprise quand je rentrerai à la maison. J'entrerai d'un coup dans le salon et je lui dirai : « Ernst, tu portes une jolie cravate bleue. »

Le Dr Saviano rit un tantinet jaune.

– La surprise, assurément, sera réussie, signora. Mais mieux vaut en parler au Pr Siri. Jusqu'à ce jour, aucun voyant n'a été renvoyé incognito de la clinique Santa Anna.

Les jours suivants, tout se déroula comme prévu et sans complication aucune. L'opération de l'autre œil réussit elle aussi. C'était l'œil dans lequel le Pr Böhne, de Münster, avait placé la lamelle cornéenne qui était redevenue opaque. À présent, il fallait la découper au trépan, un peu plus que pour l'autre œil, ce qui fit proférer au Pr Siri des jurons méridionaux bien sentis.

– Vous auriez pu y penser, bousilleur ! cria-t-il au Dr Saviano. Maintenant, cette jeune femme va se balader avec des fenêtres cornéennes de différentes grandeurs ! *Madonna mia !* Une idiotie pareille, c'est à se battre ! Vous saviez pourtant qu'on avait besoin d'une plus grande fenêtre à cet œil ! C'est du travail salopé, oui, salopé !

Le Dr Saviano ne répliqua mot. Le flot de paroles déferla sur lui et fut absorbé telle l'eau sur une serviette. La faute en incombait au Pr Siri, mais nul n'aurait osé de sa vie le lui dire. Siri lui-même le savait; cependant, son statut de César lui interdisait de passer aux aveux. Il s'abandonna donc à la fureur et déchargea sur le Dr Saviano toute l'animosité qu'il avait contre lui-même.

Après l'opération, il apparut que la différence se remarquait à peine. Seul un observateur très attentif pouvait se rendre compte que les lamelles cornéennes n'étaient pas d'égale grandeur.

– Et alors ? cria le Pr Siri. Quand j'ai une cicatrice derrière, nul ne la voit non plus... n'empêche qu'elle est là. Entendre de telles stupidités !

Ce fut la dernière douche à se déverser sur Saviano. Puis vint l'instant où Luise put aussi distinguer la lumière et l'ombre avec l'autre œil. Elle se jeta au cou du Pr Siri et l'embrassa. En comparant les deux fenêtres cornéennes, force fut à Siri d'admettre qu'une polémique à propos de la différence de grandeur serait une perte de temps.

– Mais vous avez eu une sacrée veine, Giulio, grommela-t-il. Une veine de cocu.

– Merci, professore…

– De quoi ?

– De ce que nous soyons de nouveau d'accord.

Le Pr Siri demeura un instant déconcerté. Il regarda le Dr Saviano fixement. On ne peut en tenir rigueur à ce gamin, pensa-t-il. C'est un chirurgien remarquable, mon meilleur élève, sans doute mon successeur… Sans un mot, il se rua dehors et fit violemment claquer la porte derrière lui pour montrer qu'il était furieux.

Le dixième jour après la seconde opération, on ôta les deux volets qui protégeaient le greffon. Après qu'on lui eut instillé des gouttes de cortisone et tamponné les yeux, Luise se tenait assise, telle une statue, devant le Pr Siri et le regardait.

– Eh bien ? (Il lui fit un signe de tête.) Ce sont mes cheveux rouges qui vous étonnent ?

– Vous avez les cheveux blancs… une crinière blanche. (Luise bougea la tête avec lenteur et regarda autour d'elle. La pièce était de dimension moyenne. Derrière les fenêtres, des pins se balançaient au soleil; sur un socle, un Apollon de marbre se dressait contre le mur entre les deux fenêtres. Le plafond de la pièce était voûté et s'ornait de peintures et de stuc doré. Pesamment, comme si elle avait du plomb au lieu de sang dans les veines, Luise se leva et fit quelques pas jusqu'à une table incrustée. Un vase de verre vénitien y était posé, contenant des roses. Luise en prit une, mit la fleur dans ses mains en coupe et la tint devant ses yeux. Un sourire de félicité sans nom envahit son visage aminci.) Elle est rouge, dit-elle du ton bas et fervent de la prière. Elle est rouge et a de minces raies jaunes... Je vois qu'elle est rouge... je vois...

– Le monde est de nouveau vôtre, signora, dit le Pr Siri d'une voix quelque peu enrouée. Vous pouvez retourner dans la vie.

Luise pencha la tête. Elle pressait la rose contre ses yeux, qui pleuraient et la brûlaient à cause de la lumière à laquelle ils n'étaient plus habitués.

– Le monde est merveilleux ! fit-elle, en proie à l'émotion. Le monde tout entier est une pure merveille !

Luise dut rester une semaine de plus à la clinique Santa Anna pour ne pas interrompre le traitement postopératoire. Le Dr Saviano préparait à l'intention du Dr Ronnefeld un programme de soins précis ainsi qu'un tableau pour la clinique de Münster où Luise devait encore se faire examiner à fond neuf mois plus tard.

Le Pr Siri avait pris congé avant de s'envoler pour San Francisco où il devait prendre la parole à un congrès de chirurgie moderne. Et il voulait se rendre à la célèbre banque des yeux new-yorkaise, cette Mecque des aveugles, fondée le 1er mai 1945, et qui, après plus de quinze mille opérations réussies, dispose aujourd'hui d'une clinique où l'on apprend aux meilleurs chirurgiens des yeux des États-Unis la technique des greffes et les recherches pour sauver l'œil humain. Le Pr Siri voulait y rencontrer son grand confrère, le Dr R. Townley Patton, et montrer son fil de tantale.

Il était aux environs de midi, peu avant le déjeuner. Luise se mit en quête du Dr Saviano à travers le palazzo. Elle avait commis une sottise – on lui avait prescrit de ne se promener qu'à l'ombre dans un premier temps. À présent, ses yeux pleuraient, et Luise était la proie d'une peur panique. Elle pressa son mouchoir contre ses yeux papillotants et courut jusqu'au bureau du Pr Siri quand elle n'eut pas trouvé le Dr Saviano dans le sien. Il était possible qu'il fût dans le bureau du patron puisqu'il dirigeait la clinique en l'absence de Siri.

Mais le bureau du professeur était vide, lui aussi. Désemparée, Luise resta devant le bureau, regardant le courrier ouvert et les papiers qui le recouvraient. Soudain, elle tressaillit. Parmi d'autres lettres dépassait l'en-tête d'une feuille où elle put nettement lire le nom de Robert Sanden.

Elle s'approcha, se pencha au-dessus des lettres… « Robert Sanden, Hanovre, Kirchheller Weg 12. » Une lettre portant la date de l'avant-veille. Une lettre qui était arrivée avec le courrier du matin.

« Très honoré professeur Siri », lut-elle encore, mais la suite des lignes dactylographiées était cachée par les lettres.

Luise hésita, brève résistance contre sa curiosité. Elle tira la lettre de la pile et se mit à lire.

« Très honoré professeur Siri,

On m'a appris de Montreux que vous aviez examiné Mme Dahlmann et que vous aviez pris la décision de l'opérer. Puis-je me permettre de vous demander si l'opération a réussi ? Comme vous vous en souvenez sûrement, c'est moi qui vous avais prié d'examiner Mme Dahlmann. Ma question n'est pas simple curiosité, elle revêt une grande importance pour Mme Dahlmann. Si, grâce à votre talent, elle devait recouvrer la vue, il serait nécessaire que je vienne à Bologne afin de lui parler avant son retour à Hanovre, car je crains que certaines affaires d'ordre privé, dont elle n'a pu se rendre compte auparavant, ne débouchent sur un conflit pénible. C'est pourquoi je vous prie, du fond du cœur, de me dire si l'opération s'est déroulée avec succès et si je… »

– Eh bien, eh bien, signora… gronda le Dr Saviano.

Luise se retourna et laissa retomber la lettre sur le bureau. Elle n'avait pas entendu venir le médecin, tant les lignes de Robert Sanden l'avaient stupéfiée. Le Dr Saviano regarda l'en-tête et opina.

– Elle est arrivée aujourd'hui. Je vous l'aurais montrée. Une question indiscrète : quelles sont vos relations avec ce M. Sanden ?

– Une bonne connaissance, rien de plus. C'est grâce à lui que j'ai su qu'il existait un Pr Siri. Au fond, c'est à M. Sanden que je dois d'avoir recouvré la vue. Sans lui, je me serais résignée et aurais accepté ma cécité comme définitive. (Luise se mordit la lèvre inférieure et jeta un coup d'œil sur la lettre.) Cette lettre est extrêmement singulière, docteur, vous ne trouvez pas ?

– Je ne suis hélas pas au fait de vos rapports avec votre mari…

– Nous nous aimons comme au premier jour. Ernst a fait pour moi tout ce qui était en son pouvoir de faire.

– Y aurait-il d'autres causes de soucis possibles ? Professionnels, peut-être ?

– Non, pas le moins du monde. Cette lettre est pour moi une énigme. Que veut-il dire par : « certaines affaires d'ordre privé qui pourraient déboucher sur un conflit pénible » ? Je n'y comprends goutte.

Luise haussa les épaules et se tamponna les yeux de son mouchoir. Ils pleuraient de nouveau. Le Dr Saviano leva un index menaçant.

– Vous étiez en plein soleil, signora ! Sans lunettes !

– En effet.

– Au lit ! Chambre dans le noir. Pas de discussion !

Luise acquiesça.

– J'y vais de ce pas, docteur. (Elle reprit la lettre de Robert Sanden et en survola une nouvelle fois le texte.) Le professeur est en Amérique. Il ne rentrera qu'après mon départ. Pensez-vous à la requête que je vous ai faite de ne pas écrire à mon mari parce que je souhaite le surprendre en ayant recouvré la vue ? J'aimerais réitérer à présent cette requête... après cette lettre, précisément. Et peut-être me comprenez-vous, docteur.

– Concevez-vous quelque soupçon ?

– Je n'en sais rien. Rien qu'un étrange sentiment. Je redoute presque de rentrer. Pourquoi, je ne saurais le dire. Et maintenant, cette lettre !

– Peut-être n'auriez-vous pas dû la lire.

Luise regarda le Dr Saviano d'un air résolu. Elle a de beaux yeux bruns, pensa le médecin. Voilà trois semaines, ils étaient encore aveugles, tel un verre dépoli malpropre. Et désormais ils rayonnent et, au fond d'eux, on voit la vie avec toutes ses nuances.

– Je vous en prie, laissez-moi continuer de jouer à l'aveugle, docteur ! insista Luise. Ma garde-malade viendra me chercher pour me ramener à la maison. J'aimerais voir, aveugle, ce que je n'aurais jamais remarqué voyante.

– Quand le patron apprendra ça ! s'écria le Dr Saviano.

– Il n'en saura jamais rien. Je vous en prie, acceptez, docteur ! Peut-être tant de choses dépendent-elles de votre oui, que nous ne pouvons même pas imaginer aujourd'hui. Sinon, il ne s'agira que d'une surprise de quelques minutes... ce serait encore plus beau ! Je vous en prie, docteur !

Le Dr Saviano allait et venait avec nervosité.

Au fond, ce sont ses affaires, pensait-il. Nous lui avons redonné la vue – si elle veut continuer à passer pour aveugle, ça ne nous concerne pas, tant qu'elle ne fraude pas les caisses d'assurance maladie. Et ce n'est pas le cas. Le mieux est de faire comme si je n'étais au courant de rien.

– Bon ! Admettons que je ferme les yeux, signora. Votre garde-malade va venir vous chercher et vous lui direz que vous êtes toujours aveugle. Mais reste sœur Angelina...

– Elle ne me trahira pas.

– Tiens donc ! Lui en auriez-vous déjà touché un mot ?

– Oui. (Luise baissa la tête.) Elle a trouvé cette idée de surprise d'un drôle !

– Drôle ! C'est bien ça ! On ne comprendra jamais rien aux femmes ! Faites donc ce que bon vous semble. Je n'en sais pas le premier mot.

– Merci, docteur.

Le Dr Saviano donna le signal du départ.

– Et à présent, dans la chambre noire. Marche ! Sœur Angelina doit vous baigner votre œil sur-le-champ. Voyez-vous, si le nerf optique est altéré, nul ne pourra plus rien pour vous, pas même un Battista Siri.

Trois jours plus tard, Mlle Pleschke arriva à Bologne.

Luise vit sa garde-malade pour la première fois. C'était une jolie fille un peu boulotte, aux grands yeux d'enfant qui considéraient le monde avec un regard étonné. Les jours ensoleillés au bord du lac Léman lui avaient fait du bien. Elle était hâlée, avait bonne et joyeuse mine et ne cachait pas son contentement de retourner à Hanovre où l'attendait le futur professeur.

Prête à partir, Luise était assise sur une chaise près de la fenêtre lorsque Mlle Pleschke entra.

Dans le couloir, sœur Angelina lui avait confié que l'opération n'avait pas réussi et que Mme Dahlmann resterait aveugle. Mlle Pleschke pressa les mains de Luise avec une compassion sincère.

– Quel dommage ! dit-elle.

Elle s'interrompit. Ses lèvres tremblèrent, elle ravala courageusement ses larmes et s'efforça de conserver une voix ferme. Un court instant, Luise eut envie de l'attirer à elle et de la consoler... Elle serra les lèvres et regarda fixement devant elle, comme elle avait coutume de le faire aveugle. Mlle Pleschke observait avec surprise les yeux transformés. Ils ne sont plus ternes, pensait-elle. Ils ont de l'éclat et de la couleur. Et pourtant, elle ne voit rien. Mais lorsqu'on la regarde, on pourrait croire que ce sont des yeux sains. Du moins l'opération a-t-elle servi à quelque chose – on ne remarque plus sa cécité.

Le Dr Saviano était à Bologne. Il avait fait en sorte de ne rien voir du début du jeu. À l'ombre d'un parasol, il buvait un campari à la terrasse d'un café. Une manière de fuite devant la complicité.

Ainsi le départ de Luise de la clinique Santa Anna fut-il un départ tranquille, qui passa inaperçu. Seule sœur Angelina l'accompagna jusqu'au taxi qui devait l'emmener à la gare de Bologne.

– Tous mes meilleurs vœux, signora, dit la petite sœur.

Elle pressa la main de Luise. Des larmes brillaient dans ses yeux ronds et noirs.

– Je vous remercie pour tout, ma sœur.

Luise l'étreignit. Cette étreinte était moins un geste d'adieu qu'une bouffée d'angoisse à la pensée de l'avenir. Puis Luise s'écarta, monta dans le taxi, aidée par Mlle Pleschke, et ferma les yeux. Ainsi ne fut-elle pas tentée de se retourner pour adresser un signe à la petite sœur en larmes, au palazzo blanc, au parc avec ses plates-bandes de fleurs, aux pins, aux cyprès et aux jets d'eau murmurants – à un monde qu'elle ne devait plus voir.

Je ne le supporterai pas, pensa-t-elle tandis que le taxi se dirigeait vers Bologne. La cécité est une chose effroyable; mais il est encore plus dur de se faire passer pour aveugle. Voir la vie et feindre de vivre dans la plus profonde des nuits, c'est une tension qui fera un jour craquer mes nerfs.

Elle se forçait à regarder toujours droit devant elle ou à regarder comme si elle ne faisait qu'entendre ce qui fondait sur elle des images colorées. Dans le hall de la gare, elle aperçut une vitrine avec une robe magnifique. L'espace d'une seconde, elle hésita puis continua sa route. Mlle Pleschke n'avait rien remarqué, elle cherchait les billets dans son sac.

Tu ne dois rien voir de tout cela, se redisait Luise. Tu es aveugle... aveugle... Tu marches droit devant toi ou bien là où on te conduit. Et si quoi que ce soit se met en travers de ton chemin, tu vas droit dessus, tu ne le vois pas, et tu t'y cognes... et tu ne dois jamais hésiter, ne jamais modifier l'expression de ton visage, tu n'as le droit de rien... et si tu veux saisir un objet, tu dois tâtonner comme avant, le chercher du bout des doigts, pas le prendre tout net – tu ne le vois pas... Tu ne vois pas... tu dois palper... palper...

Le retour fut un bon exercice. Mlle Pleschke s'occupait de Luise de touchante façon, elle lui lut les illustrés les plus récents, lui apporta du jus d'orange et des sandwiches. Dans le wagon-restaurant, au déjeuner, Luise fut bien près d'oublier son rôle lorsqu'une goutte de sauce tomba sur sa robe. Sa main bougeait déjà pour tamponner la sauce avec la serviette. Ce n'est que parce que Mlle Pleschke fut plus rapide et ôta la goutte avec un couteau que Luise ne fut pas percée à jour.

Je dois faire attention, ne cessait-elle de se répéter. Je ne vois rien. Tout ce qui se passe autour de moi doit me laisser parfaitement indifférente. Et si la terre s'ouvre devant mes pas, je dois marcher droit à l'abîme. Je ne le vois pas, je suis aveugle...

La nuit, dans les couchettes, elle put redevenir enfin un être normal. Mlle Pleschke, étendue sur le dos, dormait à poings fermés. La bouche un peu ouverte, elle ronflait légèrement, la respiration sifflante. Luise l'appela à voix basse, elle ne se réveilla pas. Elle toqua contre le lit, Mlle Pleschke se tourna à demi sur le côté et continua de dormir. Luise s'assit dans sa couchette, releva à peine le rideau de la fenêtre et scruta la claire nuit d'été.

Des villages défilaient devant ses yeux, petits carrés scintillants, des fenêtres derrière lesquelles des hommes s'asseyaient, mangeaient, buvaient, se dévêtaient, s'aimaient, mouraient. Points de vie brillants, dont chacun avait son propre destin, problèmes mille fois répétés... et ce n'étaient que des lumières qui passaient à la vitesse de l'éclair...

Ce fut par une matinée un peu brumeuse que le train pénétra dans la gare de Hanovre. Depuis une heure déjà, Erna Pleschke s'agitait – d'une part parce qu'elle se réjouissait de revoir son étudiant, d'autre part parce qu'elle avait peur tout à coup d'Ernst Dahlmann. Elle le dit à Luise à mots hésitants.

– Votre mari va me faire des reproches. Il va dire que je lui ai menti, que je l'ai trompé, dupé.

– Mais comment cela ? s'étonna Luise.

– Les bandes préenregistrées que je devais envoyer de Montreux tous les trois jours...

– Mais il ignore que je n'étais pas à Montreux.

– Il va s'en rendre compte.

– S'en rendre compte ?

– Oui. Vos yeux ne sont plus les mêmes depuis l'opération. Ils ont perdu leur aspect terne.

– C'est donc ça ! (Luise réfléchit. Je dirai que le bon air marin de Montreux m'a éclairci les yeux. Ernst le croira, car il croira à ma cécité.) Je vais bien trouver quelque chose, Erna. Si on vous questionne, répondez que nous n'avons jamais quitté Montreux.

– Comptez sur moi !

À la gare, elles prirent un taxi pour rentrer. Elles pénétrèrent dans la maison par l'entrée réservée aux fournisseurs. Un employé de la pharmacie resta muet d'étonnement à la vue soudaine de sa patronne.

– Bon... bonjour, dit-il, presque effrayé. Nous ne savions pas, madame Dahlmann, que vous deviez rentrer aujourd'hui...

– Et nul ne doit le savoir, compris ? (Luise posait son regard à côté du jeune commis.) S'il vous plaît, n'en dites rien à la pharmacie. Je veux faire une surprise à mon mari.

Appuyée sur le bras de Mlle Pleschke, elle monta l'escalier qui menait à l'appartement. Ce n'étaient que quelques marches mais ce fut pour Luise l'ascension d'une montagne géante. Elle s'immobilisa devant la porte du vestibule et chercha le loquet à tâtons. Comme ça marche bien, ce jeu de l'aveugle ! pensa-t-elle.

– Ouvrez, je vous prie, Erna, chuchota-t-elle. Ensuite, vous pourrez rentrer chez vous. Dans l'appartement, je m'oriente seule. J'en connais jusqu'au moindre recoin... (Elle eut un pâle sourire.) Je me suis assez cognée...

Mlle Pleschke ouvrit la porte et la referma sur Luise. Puis elle partit chez elle, contente de se retrouver seule après le long voyage. En outre, elle voulait appeler son étudiant. « Je suis de retour... Nous nous verrons demain matin au parc, comme d'habitude. »

Luise traversa le grand vestibule, s'arrêta devant le miroir, se recoiffa et prêta l'oreille; l'appartement était silencieux. Venant du salon, elle discerna la voix d'Ernst, puis des rires étouffés qui, étrangement, moururent comme en un soupir.

Son cœur cessa un instant de battre; il lui sembla qu'à cette seconde elle allait éclater, déchiquetée par une explosion intérieure. Tel un automate, elle mit un pied devant l'autre et se dirigea vers la porte du salon.

Encore ces mêmes rires étouffés... la voix de Monika... quelques paroles d'Ernst... des grattements de pied... un cri de gorge poussé par Monika...

Luise appuya sur le loquet et ouvrit la porte.

Ce qu'elle vit changea le sang qui coulait dans ses veines en un fleuve de glace. Ernst Dahlmann et Monika étaient sur le divan près de la fenêtre aux fleurs. Dahlmann tenait sa belle-sœur penchée très en arrière et était à demi couché sur elle. Il l'embrassait avec passion et ébouriffait de ses mains ses longs cheveux d'or. Elle l'enlaçait et s'abandonnait à ses caresses avec un air de félicité égaré.

La porte, que Luise ne retenait plus, claqua. Le couple, effrayé, se sépara. Monika poussa un cri aigu et entoura le cou de Dahlmann. Ils regardèrent tous deux Luise comme une revenante, sans voix, épouvantés, désemparés. Puis Dahlmann se ressaisit et embrassa encore Monika, pour la réconforter cette fois. Elle est aveugle, signifiait ce baiser, elle ne voit pas. Pourquoi nous troubler ?

– Luiserl ! dit-il d'une voix vibrant d'une excitation joyeuse. Quelle surprise ! Mon Dieu, tu nous as fait une peur bleue lorsque la porte s'est ouverte apparemment d'elle-même. (Il bondit sur ses pieds, repoussa Monika sur le divan et se précipita vers Luise. Il l'étreignit, l'embrassa sur le front, et Luise se laissa faire, raide, glacée au plus profond d'elle-même d'horreur et de chagrin.) Viens, Luiserl. (Dahlmann la conduisit à un fauteuil.) T'es-tu bien reposée ? Viens, je vais t'aider... tu ne vas pas te cogner... Monika aussi est là... elle est encore paralysée par la surprise. Eh bien, Moni, dis quelque chose !

– Tu es resplendissante, Luise.

Monika se leva, se pencha sur sa sœur et l'embrassa. Ce baiser fit à Luise l'effet d'une brûlure au fer rouge. Elle ferma les yeux pour ne pas se mettre à hurler, pour ne pas marteler de ses poings, encore et encore, ces visages rouges et en sueur à cause de leur péché, et dont les bouches lui disaient, à elle, l'aveugle, les plus tendres mensonges.

– Moni, prépare-nous un café corsé ! cria Dahlmann. (Il tapota les mains de Luise.) Tu as envie d'un café, n'est-ce pas, Luiserl ? Après ce long voyage...

Elle acquiesça et vit Monika et Ernst se jeter des coups d'œil, elle vit Ernst caresser les cheveux décoiffés de Monika en un geste de réconfort et l'embrasser sur la tête.

Canailles ! pensa Luise. Viles canailles ! Mon mari et ma sœur, les êtres les plus chers que j'avais au monde, auxquels, aveugle, je me raccrochais, avec tout l'amour, toute la confiance, toute la foi dans le bien, sous le charme des illusions...

Sa tête retomba sur le dossier du fauteuil, elle étreignit l'accoudoir et se mit à sangloter. Dahlmann se pencha sur elle. Sous ses cils, elle vit son regard – investigateur, froid, aux aguets. Mais ses paroles étaient pleines de sollicitude et d'amour.

– Luiserl, que se passe-t-il ? Pourquoi pleures-tu ? Luiserl ! Tu ne dois pas pleurer ! Pourquoi ces larmes ?

Elle détourna la tête. Elle ne supportait plus

son souffle, le parfum de son after-shave, et l'odeur de tabac qui émanait de son costume. Un dégoût l'envahit, une détresse qui l'étouffait. Elle posa la main sur ses yeux pour ne plus rien voir.

– C'est... c'est fini, Ernst, dit-elle avec difficulté. Ce n'était que la joie de me retrouver chez nous...

La journée ainsi que la soirée s'écoulèrent dans l'harmonie – il n'y a pas d'autre mot. Après que Monika se fut calmée et eut apporté une cafetière de café fort, on s'occupa de Luise comme d'une princesse de la Chine ancienne. Eût-elle encore été aveugle, elle aurait eu le sentiment d'une magnifique sécurité; un sentiment qu'elle avait toujours connu jusqu'alors et qui avait paré Ernst Dahlmann d'une auréole. J'ai un bon mari, n'avait cessé de penser Luise. Comme il supporte ce coup du destin, comme il redouble d'affection envers moi, avec quelle tendresse il s'occupe de moi... j'ai un mari formidable !

Maintenant encore, il n'était pas différent – lorsqu'elle fermait les yeux et n'écoutait que ses paroles, lorsqu'elle n'évaluait que l'enveloppe de sa sollicitude. Mais désormais elle voyait la réalité qui se cachait derrière ces belles paroles, et Ernst Dahlmann ne jugeait pas utile de se donner la peine de cacher quoi que ce fût car, pour lui, Luise était toujours aveugle et le resterait à jamais.

Il lui tendit sa tasse de café de la main droite tandis que, de la gauche, il caressait avec tendresse les hanches de Monika qui, à côté de Luise, lisait à haute voix une nouvelle intéressante dans le journal. Ernst Dahlmann parla des clients drôles de la pharmacie et rit puérilement... Entre ses phrases, il donnait de rapides baisers à Monika, et il l'embrassait avec une impudeur éhontée qui, chaque fois, faisait monter le sang aux joues de Luise.

C'était là que son jeu devenait dangereux : elle ne pouvait cacher la rougeur de ses joues.

– Tu es bien silencieuse, Luiserl, dit-il le soir.

Il était assis sur le divan avec Monika et mangeait des gâteaux secs. Monika avait posé la tête sur son épaule, ses longs cheveux blonds balayaient le visage de Dahlmann. Les yeux de l'aveugle étaient fixés sur eux. Monika leva légèrement les épaules, comme sous l'effet d'un froid subit.

Si ces yeux voyaient ! pensa-t-elle. Si, à présent, devant ces grandes pupilles, ce n'était plus la nuit ! Si soudain le voile tombait devant eux et qu'elle vît ce qui se passe autour d'elle. Ce serait épouvantable ! Je mourrais de cette honte et de cette faute...

Elle regarda Ernst Dahlmann du coin de l'œil. Il n'avait aucun scrupule, à le voir, on n'en doutait pas. Il buvait sa bière avec délectation, grignotait ses gâteaux secs en regardant le journal télévisé. De temps en temps, il tournait la tête et baisait les lèvres tremblantes de Monika. Il ne remarqua pas même ce tremblement tant il était sûr de lui, tant il jouissait sans remords de la liberté que lui offrait la cécité de Luise. Que sa femme fût assise devant lui ne le gênait pas le moins du monde. À ses yeux, elle n'était plus qu'un objet qui faisait partie de la pièce au même titre que la vieille pendule du XVIIe siècle ou la madone gothique dressée sur son socle. C'était certes un objet doté de la vie et de la parole, mais au fond, pour lui, c'était une image morte qui n'avait plus aucune fonction dans son existence. On pouvait faire devant lui ce qu'on voulait – il ne réagissait plus. Et Ernst Dahlmann faisait ce qu'il voulait et, ce faisant, se sentait merveilleusement bien.

– Je suis lasse, fit Luise d'une voix sourde après un nouveau baiser de Dahlmann sur les lèvres de Monika.

– Mais on va donner une opérette, Luiserl ! Tu

aimes tant les opérettes ! D'Offenbach. Cela va te rendre ta gaieté, ma chérie.

– Le voyage a été long, Ernst... (Luise posa la tête sur le dossier du fauteuil. J'aimerais l'étrangler, pensa-t-elle. Oui, j'en serais capable. Je n'avais jamais conçu qu'on pût tuer un homme par haine, par jalousie ou par amour. Je secouais toujours la tête quand je lisais pareilles choses dans le journal. Ces gens doivent être malades... ou fragiles, disais-je. Rien au monde ne pourrait m'amener à tuer un homme, à moins de devoir sauver ma vie. Et maintenant ? Maintenant, elle éprouverait de la joie si Ernst Dahlmann gisait mort à ses pieds.) J'aimerais aller au lit, Ernst, dit-elle d'une voix rauque. Je suis exténuée.

– Tout de suite, Luiserl !

Peu après, elle reposait dans le grand lit sculpté où quatre générations de Horten avaient dormi et s'étaient éteintes. Ernst Dahlmann avait pris congé d'elle par un baiser. Elle l'avait enduré, hérissée de chair de poule, comme si un crapaud l'embrassait. Du salon, à travers le vestibule, elle entendait les accents joyeux de l'opérette d'Offenbach.

Dois-je me lever et aller à la porte du salon ? Dois-je regarder par le trou de la serrure ? Je sais quel spectacle m'attendra alors ! Ce sera une nouvelle gorgée de poison, qui me dévore à l'intérieur.

Étendue sur le lit, elle enfonçait ses ongles dans le dur bois de chêne des montants. La scélératesse qui l'entourait était si monstrueuse que Luise ne pouvait la saisir que par petits morceaux, et plus nombreux devenaient les morceaux qui s'assemblaient pour former une image, plus il lui semblait insupportable de continuer à jouer le grand jeu de la cécité pour apprendre et pour voir davantage de choses encore plus cruelles.

À la fin de l'opérette, Ernst Dahlmann vint

dans la chambre. Dans un mouvement juvénile, il ôta sa cravate, jeta à terre ses vêtements et sautilla, nu, vers la salle de bains. Il se doucha, un nuage de parfum tabac envahit la chambre, puis le rasoir électrique bourdonna. Luise, les yeux grands ouverts, attendait. Il se rase pour la nuit, il se parfume le corps, pensait-elle. Mon Dieu, fais qu'il n'ait pas le manque de goût d'aller rejoindre Moni dès la première nuit de mon retour !

Dahlmann sortit de la salle de bains. Luise ferma les yeux et le regarda de dessous ses cils. Il jeta sa robe de chambre de soie sur son corps nu, renonçant au pyjama, se pencha de nouveau sur Luise et se persuada qu'elle dormait profondément, la respiration longue, épuisée qu'elle était par son voyage; un sommeil qui durerait jusqu'au matin. Elle vit son visage rasé de près et brillant, ses yeux froids, fixes, puis il sortit sans bruit, sur la pointe des pieds, de la démarche balancée d'une ballerine. Il laissa la porte entrebâillée pour qu'elle ne grinçât pas à son retour.

Luise se glissa hors du lit et courut jusqu'à la porte. Elle l'entendit monter l'escalier de l'atelier où dormait Moni. En haut, une porte claqua doucement... la porte du péché s'était refermée.

Dans le vestibule, Luise, indécise, regardait fixement l'escalier. Le suivre, pensait-elle. Le surprendre dans les bras de ma sœur ! Et les tuer, tous les deux, alors que l'effroi hurle encore dans leurs yeux. Les tuer avec n'importe quoi, un couteau de cuisine, une hache, une barre de fer – tout, tout peut désormais devenir instrument mortel, un barreau de chaise avec lequel je les tuerai comme des chiens enragés, un vase, un chandelier, un tisonnier... Il y a tant d'objets avec quoi tuer, l'univers est rempli d'objets meurtriers... mais là, il ne s'agit plus d'un meurtre, c'est une libération, une délivrance, une punition.

Elle s'appuya à la rampe de l'escalier et étreignit les barreaux. Juste vingt-deux marches, vingt-deux fois un pied devant l'autre, puis une porte... et tout sera terminé ! Vingt-deux marches jusqu'à l'enfer. Tout cela est à portée de main. Une phrase de Jean-Paul Sartre lui traversa soudain l'esprit : « L'enfer, c'est les autres. » Elle hocha la tête et posa la main sur la rampe.

Mais elle n'avait pas la force de monter ces vingt-deux marches. Elle n'avait pas la force d'envisager cette image qui s'offrirait à ses yeux, même si elle voulait et pouvait ensuite la détruire. Elle resta debout dans le vestibule, leva une fois encore les yeux et retourna au salon.

Je sais, à présent – et cette pensée lui déchirait le cœur. Mais le temps n'est pas encore venu où je vais leur dire que je puis tout voir. D'autres choses se préparent. Ce ne peut être qu'un début.

Elle s'assit dans le coin aux fleurs et scruta la nuit silencieuse, éclairée par la lune. Il était extrêmement difficile de détruire et de hacher menu l'image idéale d'un homme qu'elle avait forgée pendant les années d'une union heureuse. Luise savait que les relations de son mari avec Moni auraient des conséquences. Dahlmann n'était pas homme à se contenter de demi-mesures. S'il était encore tenu, pour sauver les apparences, de jouer le rôle de l'époux aimant et attentionné, on pouvait supposer que ce rôle lui pèserait et qu'il réfléchirait à un moyen de se défaire de ce dernier fardeau... non par la violence, mais avec élégance, oui, d'une manière pleine de charme, à l'image de son être tout entier, environné d'une aura de tragique telle que son entourage ne la plaindrait pas, elle, Luise, mais plaindrait Ernst Dahlmann et lui serrerait la main avec compassion.

Lorsqu'il avait embrassé Moni pour la première fois, passé sa première nuit dans ses bras juvéniles, Luise était morte pour Ernst Dahlmann. Elle le savait, désormais. Elle représentait un obstacle pour lui, même si elle ne voyait rien et ne faisait qu'entendre, même si elle n'était qu'assise et pareille à un meuble. Elle était une gêne de tous les instants; sa seule présence constituait un frein pour le manque de retenue total dans lequel s'engageait Dahlmann avec une seconde jeunesse.

Comment va-t-il s'y prendre ? songeait Luise cette nuit-là. Quel moyen va-t-il trouver pour m'éliminer ? Et quel rôle infâme Monika va-t-elle jouer dans l'affaire ? Ô mon Dieu... Monika, ma propre sœur... ma sœur...

Suivant une inspiration, Luise descendit à la pharmacie. Elle savait qu'ils n'étaient pas de garde. Le laboratoire, la réception, l'officine, la réserve, tout baignait dans une obscurité silencieuse. Il y flottait la même odeur de médicaments et d'épices, de parfum et de savon; singulier mélange d'odeurs fortes et sucrées qui, dans une pharmacie, répand le fluide de la guérison.

Luise s'assit derrière le bureau d'Ernst Dahlmann et sortit les comptes de la journée. Ils étaient portés fort proprement dans un registre. Un comptable s'occupait du détail des comptes, Dahlmann, pour sa part, ne s'intéressait qu'à la somme qui restait une fois les retenues faites. Pour ces colonnes de chiffres, il avait ouvert un petit livre à part. Luise savait où il le gardait.

Les chiffres qu'elle lut étaient impressionnants, et fort différents de ceux que Dahlmann lui avait cités. « Les gens deviennent trop bien-portants, Luiserl... ne cessait-il de répéter. La médecine se tue elle-même ! C'est un suicide euphorique. Nous découvrons sans cesse de nouveaux médicaments plus efficaces – résultat : les gens vivent en parfaite santé à l'instar des tortues et atteindront un jour l'âge de deux cents ans. Le médecin et le pharmacien auront alors rejoint les rangs des indigents. Un prolétariat de diplômés... »

Ainsi enrobait-il ses mensonges sur les prétendues mauvaises affaires.

La vérité était autre. La pharmacie des Mores enregistrait des recettes considérables, surtout grâce au nouveau rayon de cosmétiques. Les gens n'étaient pas en meilleure santé non plus, les maladies changeaient. Les affections cardio-vasculaires occupaient la première place, suivies par le cancer, mais là, il n'existait encore aucun médicament efficace.

Ici aussi, il me trompe donc, pensa Luise. Elle referma le petit livre. Il me donne les deux tiers des chiffres réels, un tiers des recettes va sur son propre compte. Pourquoi ? Comment une aveugle pourrait-elle vérifier ce qui est inscrit dans un registre ? Pourquoi ces efforts absurdes pour cacher les choses si un jour Luise Dahlmann doit disparaître de cette maison ?

Il mijote quelque chose, pensa-t-elle. Quelque scélératesse. Mon mari...

Luise ignora à quelle heure Dahlmann était revenu de l'atelier de Monika. Elle s'éveilla au petit matin et vit son mari couché dans le lit jumeau. Dormant d'un sommeil d'enfant, avec un léger sourire satisfait.

Maintenant, ce serait facile de le tuer, pensa-t-elle. Les deux mains autour de son cou, et serrer, les pouces appuyés sur sa pomme d'Adam... il se rendrait à peine compte qu'il est en train de mourir.

Elle ne le tua pas. Elle resta couchée, éveillée; enfin, il bougea, bâilla, s'assit sur son séant, se passa la main dans ses cheveux poivre et sel et se gratta la poitrine. Puis il la regarda. Elle maintint son regard fixé sur le plafond. Dahlmann cessa de se gratter.

– Tu es réveillée, Luiserl ? demanda-t-il d'une voix très douce.

– Oui, Ernst.

– Depuis longtemps ?

– Je ne sais pas. Dans la nuit éternelle, on perd la notion du temps.

– Pardonne-moi. Ma question était stupide. Bonjour, ma chérie !

Il se pencha sur elle et l'embrassa. La pensée avait dû lui venir à l'esprit qu'il était homme marié et qu'on attendait de lui certains devoirs. Il tâtonna sous la couverture et enlaça le corps de Luise. Ce désir était si monstrueux que Luise se figea, incapable de la moindre résistance. Elle était un bloc de glace dans les bras de Dahlmann, et il aurait aussi bien pu faire l'amour à un mannequin dans une vitrine. Il ne parut pas le remarquer; en revanche, il découvrit que le corps de Luise, lui aussi, excitait sa passion. Cela l'étonna et il le mit sur le compte de la longue séparation. Après quelques semaines d'absence, un corps depuis longtemps familier gagne une manière d'attrait nouveau.

Ensuite, étendu sur le dos, des gouttelettes de sueur au front, il fuma une cigarette. Il étreignit les mains glacées de sa femme et en caressa la paume du bout des doigts.

– À présent, tu es vraiment rentrée à la maison, Luiserl, dit-il d'un ton qui paraissait si sincère. Es-tu heureuse ?

– Oui, Ernst, oui...

Elle fixa le plafond et se sentit vide. Sa voix résonnait en elle comme dans un hall gigantesque.

– La journée va être belle. Vas-tu retourner au Herrenhausen ?

– Oui. Mlle Pleschke va venir me chercher.

– Veux-tu une bouffée ?

– Non.

– Un autre baiser ?

Elle ne répondit pas. Espèce de porc ! pensait-elle. Scélérat ! Comment un homme peut-il être aussi abject...

Cet après-midi-là, Ernst Dahlmann mit en place l'appareil qu'il avait imaginé. Il avait téléphoné à son avocat, Me Fritz Kutscher, pour lui demander s'il connaissait un bon psychiatre.

– Et pourquoi cela ? avait rétorqué Me Kutscher. Voulez-vous qu'il localise votre conscience ? Je puis vous dire très exactement où elle est : dans votre cerveau, à gauche, mais vous ne trouverez rien.

Dahlmann avait raccroché, hors de ses gonds.

L'appareil était une sorte de compte-gouttes géant. Dans un récipient de fer-blanc, qui multipliait le bruit des gouttes en un sonore clic-clic-clic, une grosse goutte d'eau tombait, par une canule, d'une grande cornue de verre, à un rythme régulier, éprouvant pour les nerfs. Il plaça l'appareil en haut de la bibliothèque, un endroit que les bras tâtonnants de Luise ne pourraient jamais atteindre. Il ôta le bouchon de la canule, tapota la cornue et respira profondément, lorsque la première grosse goutte tomba dans le récipient de fer-blanc. Clic, fit-elle. Un bruit sonore et qu'on ne pouvait pas ne pas entendre. Clic. Et ensuite, prenant son rythme, clic-clic-clic.

Ernst Dahlmann remit le bouchon. L'essai était concluant. Restait à voir comment allait réagir Luise. Monika sortit de la cuisine et considéra l'appareil, simple et éprouvant pour les nerfs.

– Tu es si abject, Ernst ! (Elle s'assit. Ses jambes se dérobaient.) Luise est toujours ma sœur.

– Les semaines passées, nous n'y pensions pas, et ce serait une erreur que d'y penser à présent ou à l'avenir. (La voix de Dahlmann était claire et d'une froideur terrible.) Le fait est qu'elle est pour nous un obstacle. Qu'elle ne nous intéresse plus. Il s'agit de *notre* amour, de *notre* vie, de *notre* monde, que nous voulons nous bâtir.

– Par la vilenie, par l'imposture !

– Y a-t-il un autre moyen ?
– Oui ! Tout avouer à Luise et partir.
– Et de quoi vivrons-nous ? De tes dessins ?
– Tu as un métier.
– Sais-tu combien gagne un préparateur en pharmacie ? Non, j'ai fait de cette boutique vétuste la meilleure pharmacie de la ville ! Et qu'ai-je reçu en échange ? De l'argent de poche ! Je devais rendre compte de chaque mark que je prenais dans la caisse, comme un apprenti ! Lorsque les fournisseurs venaient, je courais trouver Luise pour lui faire signer le chèque, car je n'avais pas pouvoir pour le signer moi-même. Je me suis humilié des années durant, j'ai mis ma dignité d'homme sous le boisseau, je me suis laissé dégrader par le testament de ton père, qui n'était qu'une vengeance à mon égard. Maintenant, c'est terminé ! J'ai un droit sur ce bien, de même que j'ai le droit de t'aimer – toi, la jeunesse, la beauté, l'avenir... (Il essuya ses mains humides, car le bouchon de ouate s'était imbibé d'eau, repoussa un peu l'appareil contre le mur et rajusta sa cravate.) Tu sais ce que tu dois dire, Moni ?
– Je ne dirai rien !
– Ne déchaîne pas une catastrophe ! Elle t'entraînerait aussi dans ses remous. (Il la saisit par ses épaules étroites et l'attira vers lui.) Tu m'aimes, n'est-ce pas ?
– Tu n'as encore eu aucune occasion d'en douter.
– Un amour véritable, comme le nôtre, n'a pas de scrupule. Qui se met en travers de sa route est écrasé – quel qu'il soit ! Seuls les amoureux dénués de scrupules sont de grands amoureux.
– Tu me fais peur, dit Monika avec sincérité. J'ai peur de toi. Comment tout cela va-t-il tourner ?
– N'y pense pas. (Dahlmann considéra son appareil sur la bibliothèque.) Contente-toi de faire ce dont nous sommes convenus...

– Et Luise ?

– Qui interroge n'a pas de certitude. Tu ne dois songer qu'à notre amour... et à lui seul.

Luise rentra peu avant le déjeuner. Elle était partie faire des emplettes avec Mlle Pleschke. Quelques nouvelles bandes, quelques disques – le monde réduit qui fait la joie d'une aveugle.

Dahlmann ôta le bouchon de la canule lorsqu'il entendit la voix de Luise dans le vestibule. Les premières gouttes tombèrent dans le récipient de fer-blanc.

Clic-clic-clic...

Comme à l'accoutumée, Mlle Pleschke prit congé à la porte après avoir ramené Luise. Elle devait revenir à 13 heures et l'emmener se promener dans le parc du château de Herrenhausen.

Luise était assise à table, Monika apportait les plats. Dahlmann était peu loquace.

– Des problèmes avec le nouveau préparateur, indiqua-t-il brièvement. Les jeunes d'aujourd'hui se prennent pour de grands messieurs. Ce ne sont que des morveux !

Au vrai, il voulait éviter toute longue conversation qui couvrirait le bruit des gouttes d'eau.

Luise leva la tête. Dans le silence de la pièce, qui pour l'oreille d'une aveugle n'était jamais total, la chute de la goutte d'eau fut pareille à un coup de marteau. Clic-clic-clic. Et encore... Et encore... toutes les deux secondes... clic...

– Qu'est-ce que c'est ? demanda-t-elle.

Dahlmann adressa à sa belle-sœur et amante un regard significatif.

– Quoi donc, Luiserl ? s'enquit-il en réponse.

– Ce cliquetis.

– Je n'entends nul cliquetis.

– Ça recommence... là... là... Très net ! Tu ne l'entends pas ?

– Non, Luiserl, je n'entends rien. Tais-toi...

– Là !

– Non. (Dahlmann sourit jusqu'aux oreilles.) Je ne sais pas ce que tu entends... tout est silencieux...

Luise tourna la tête. Une aveugle sait d'où provient un bruit... C'est alors qu'elle aperçut l'appareil, simple mais efficace, sur la bibliothèque. C'est donc ça, pensa-t-elle, effrayée. Il veut me rendre folle. Il veut me brouiller l'esprit au point qu'on m'enferme un de ces jours. Ce pauvre M. Dahlmann ! dira-t-on. Quel manque de chance dans sa vie ! D'abord l'explosion qui rend sa femme aveugle, et la voilà à présent devenue folle, par-dessus le marché ! Et tout le monde de plaindre le criminel...

– Ça recommence, dit Luise. (Il lui était pénible de tenir son rôle.) Monika... (Elle tourna la tête vers sa sœur et la regarda. Elle nota l'effroi de Monika, le regard suppliant qu'elle jeta à Dahlmann, le frémissement qui courut sur son visage. Blanche comme un linge, de sombres cernes autour des yeux, elle était assise devant son assiette, les mains crispées sur ses couverts. Elle le fait contre sa volonté, songea Luise, presque compatissante. Elle est sous son influence, elle est devenue son esclave. Elle veut lutter... et dès qu'elle se retrouve dans ses bras, sa résolution est réduite à néant, elle n'est plus qu'une femme amoureuse en proie à une sexualité animale, un corps qui donne et qui reçoit.) Monika... n'entends-tu pas un bruit de gouttes ?

Monika ouvrit la bouche, mais aucun son n'en sortit. Dahlmann la regardait avec une impérieuse sévérité, secouant énergiquement la tête. Monika prit une profonde inspiration.

– Non, Luise... je... je n'entends rien... dit-elle d'une voix enrouée.

– Quelque chose goutte sans cesse.

– Non.

– Le voyage t'aura sans doute un peu surmenée.

(Dahlmann caressa avec douceur l'épaule de Luise et lui tapota la joue.) Allez, mange, Luiserl ! N'écoute pas ce bruit imaginaire.

Ils mangèrent. Dans le dos de Luise, sur la bibliothèque, les gouttes continuaient de tomber. Toutes les deux secondes... clic... clic... Luise posa sa fourchette et rejeta la tête en arrière.

– C'est à ne pas tenir, Ernst ! Cette goutte permanente...

– Mais, Luiserl ! (La voix de Dahlmann marquait le souci, alors que Luise voyait le triomphe flamboyer dans ses yeux durs.) Il n'y a vraiment rien. Rien ne goutte. Moni... tu entends quelque chose ?

– Non.

– Alors... alors, je dois être folle...

Luise fixa le vide. Je lui donne la réplique, pensa-t-elle. Il va être content.

– Quelle idée, Luiserl ! (Dahlmann se leva d'un bond, il jouait son rôle comme s'il n'avait pas affaire à une aveugle mais devait convaincre une voyante.) Tu ne dois pas penser des choses pareilles ! Bien sûr, ce sont les nerfs, mais comment ne pas le comprendre ? C'est la réaction à toute la tension des mois écoulés. Peut-être est-ce le signe que le repos de Montreux fait de l'effet.

Comme tout cela paraît plein de sollicitude ! pensa Luise, et quel esprit diabolique se cache derrière ! « Bien sûr, ce sont les nerfs »... C'était là, dans cette phrase, que résidait le danger, la menace, voilà quel était le plan de Dahlmann.

– Tu n'entends donc vraiment rien ? demanda-t-elle une fois encore avec l'entêtement des aveugles. Et toi, Moni, tu n'entends rien non plus ?

– Non !

– Non !

– Là... clic... clic... clic... Une goutte après l'autre... C'est franchement absurde ! Comment peut-il goutter dans le salon ?

– Calme-toi, Luiserl ! dit Dahlmann, apparemment inquiet. Mon Dieu, ce sont là choses qui arrivent ! On entend des bruits qui n'existent pas. Moi-même, une fois, alors que j'étais de garde la nuit, je suis allé à la porte – j'entendais très nettement la sonnette. Et il n'y avait personne. De telles hallucinations existent.

La cornue de verre se vida pendant le repas. De temps en temps, Luise regardait le haut de la bibliothèque et attendait. Elle ne parla plus des gouttes. Ce ne fut que lorsque la dernière retentit qu'elle releva la tête dans un effet dramatique.

– C'est fini ! cria-t-elle d'une voix sonore.

Dahlmann, qui mangeait son pudding à bouchées gourmandes, tressaillit.

– Quoi ?

Instinctivement, son regard se leva sur son appareil. La cornue était vide.

– Les gouttes. C'est fini, d'un seul coup. Tout à fait fini... Ne faites plus de bruit... Mais oui, c'est fini !

– Tu vois bien, Luiserl ! (Dahlmann avalait avec bruit la sauce à la vanille du pudding.) Ce n'est qu'un demi-mal puisque tu ne l'entends plus. Eh bien, ce sont les nerfs ! (C'était dit d'un ton léger, mais ce fut un nouveau coup de marteau pour Luise.) Qu'est-ce qui pourrait bien goutter ici, dis-moi ?

– En effet, Ernst.

Le soir, lorsqu'elle revint du Herrenhausen, Dahlmann avait suspendu au support une cornue plus grande. Deux litres d'eau, dosés de façon que les gouttes tombent toutes les deux secondes – cela ferait bien toute la soirée.

– Ça recommence, dit Luise ainsi qu'elle le devait, ainsi que le lui prescrivait le rôle qu'elle s'imposait.

– Quoi ?

Dahlmann se caressa les lèvres de contentement.

– Les gouttes...

– Mais enfin, Luiserl !

– Elles sont revenues. Je vais devenir folle ! Folle !

Dahlmann jeta un regard éloquent à Monika. Tout marche à souhait, disait ce regard. Moni, nous n'avons pas de souci à nous faire.

– Si cela peut te tranquilliser, Luiserl, je vais appeler un médecin, dit-il doucement.

Elle hocha la tête.

Du vestibule, où était le téléphone, elle l'entendit parler. Il appelait un certain Dr Vierweg. Luise le connaissait de la pharmacie. C'était un psychiatre. Elle tourna la tête vers sa sœur. Monika, assise à la table, son mouchoir pressé contre sa bouche, pleurait sans bruit.

Toi aussi, tu es sa victime, pensa Luise, et elle détourna son regard. Mais tu l'ignores encore.

Le Dr Vierweg ne trouva rien. Il examina Luise, posa des questions, la laissa parler.

Naturellement, les gouttes s'étaient tues. Dahlmann avait enlevé son appareil.

Mais le lendemain matin, au petit déjeuner, les gouttes recommencèrent. Un jeu infernal, qui eût réussi si Luise avait encore été aveugle.

Le lendemain, elle resta au Herrenhausen à l'heure du déjeuner. Dès le matin, elle l'avait fait officiellement savoir à Dahlmann; le temps était si beau, il eût été dommage d'interrompre la promenade uniquement à cause du déjeuner. Dahlmann avait acquiescé aussitôt. Il avait prévu deux démarches importantes ce jour-là et s'était creusé la tête pour trouver le moyen de se libérer. Sa première visite devait être pour le Dr Vierweg, à qui il voulait dire que Luise entendait de nouveau les gouttes et demander ce que l'on pouvait envisager. L'autre visite serait pour Me Kutscher, à qui il devait faire clairement comprendre la nécessité d'un séjour imminent de Luise dans un établissement psychiatrique.

Luise, de son côté, avait mis à profit un moment d'amour entre Dahlmann et Monika pour appeler Robert Sanden au théâtre et prier également le Dr Ronnefeld de la rejoindre au Herrenhausen. Depuis que Dahlmann avait flanqué dehors le vieux médecin de famille, le téléphone était le seul contact que Luise avait avec lui. Du temps de sa cécité, elle avait cru comprendre la fureur de son mari quand il rendait le Dr Ronnefeld responsable de susciter chez elle de faux espoirs qu'aucune opération ne pouvait concrétiser. Aujourd'hui, elle se rendait compte que c'était le regard vigilant du Dr Ronnefeld qui dérangeait son mari. Il se devait d'éloigner Ronnefeld afin de pouvoir vivre avec Monika à l'abri de la méfiance du vieux médecin et tromper l'aveugle.

Mlle Pleschke fut contente lorsque Luise la renvoya.

– Laissez-moi seule, Erna. Personne ne va m'enlever. Je suppose que vous avez mieux à faire que de veiller sur moi.

Mlle Pleschke s'empourpra, bien que sa malade ne pût le voir.

– D'où... d'où le tenez-vous ? demanda-t-elle après un silence embarrassé.

– Moi aussi, j'ai été jeune, Erna. À vingt-quatre ans, le soleil paraît deux fois plus brillant, non ?

Erna Pleschke acquiesça.

– C'est vrai, madame Dahlmann. (Elle hésita puis dit avec fierté :) Il est étudiant à l'Académie de pédagogie. Il veut devenir professeur.

– Un beau métier, Erna. Ne laissez pas partir ce garçon. Et, plus tard, il aura une retraite. C'est une sécurité. Pour une femme, un fonctionnaire c'est une valeur sûre. Erna, dépêchez-vous de filer ! Les professeurs – même en puissance – sont en général précis et pédants. Ils n'aiment pas attendre.

Mlle Pleschke s'éloigna à petits pas pressés. Elle s'était acheté à Montreux des chaussures vernies à très hauts talons. Le futur professeur aimait les filles aux jambes longues, il le lui avait un jour laissé entendre dans la conversation.

Une demi-heure plus tard, Luise vit Robert Sanden arriver par le chemin de l'orangerie. Elle ne le connaissait que pour l'avoir vu sur scène, maquillé et en costume. Elle ne savait pas quelle allure il avait en privé. Mais il lui parut aller de soi que cet homme élégant, aux cheveux bruns et aux foulées larges était Robert Sanden.

Elle ne s'était pas trompée. Il s'arrêta devant le banc et la considéra un long moment sans mot dire. Luise regardait devant elle, indifférente – elle était aveugle, n'est-ce pas, elle ne voyait aucun homme devant elle. Robert Sanden prit une profonde inspiration.

– Madame Dahlmann !

Luise leva la tête, aux aguets, puis sourit.

– Monsieur Sanden ? Enfin !

Il s'assit à côté d'elle et la considéra de nouveau. Le silence entre eux était pénible; chacun d'eux cherchait ses mots.

– Je... je sais tout, finit-il par dire, hésitant. Le Dr Saviano m'a informé par téléphone. C'est terrible... (Il lui prit la main, hésita avant de la porter à ses lèvres. Le geste trahissait une émotion sincère, un besoin de réconforter et d'aider.) Il ne faut pas baisser les bras, dit-il en étreignant la main de Luise. Même si l'opération n'a pas réussi, vos yeux brillent, comme s'ils voyaient. Ils ont l'éclat des yeux vivants.

– Vraiment ? murmura Luise.

– Oui. Le Pr Siri est un artiste ! Sans doute

regardent-ils dans la nuit, mais la vie s'y exprime de nouveau.

– Comme c'est joliment dit, monsieur Sanden ! Il est dommage que je ne puisse répondre par un autre compliment.

Robert Sanden se mit à rire.

– Ce serait difficile, je suis laid, j'ai un grand nez, un menton pointu, une bosse, une épaule plus haute que l'autre – sans maquillage, je suis prédestiné à jouer le sonneur de cloches de Notre-Dame.

– Je n'en crois pas un mot. (Luise le regarda. C'est un bel homme, pensa-t-elle. Puis elle eut peur. Une fois déjà, elle s'était éprise d'un bel homme. D'un homme qui, à présent, se proposait de la détruire avec méthode, afin d'obtenir ce qui était le but de son existence : Monika, la pharmacie, l'argent.) Je vous ai vu sur scène. Vous êtes grand, mince, droit.

– Tout est dans le costume ! Sur scène, on peut se faire aussi laid que Richard III ou aussi beau que Roméo. Quand il le faut, les nains se transforment en géants, les géants en nains, de jeunes hommes deviennent le vieux père Moor. Tout est possible. (La conversation s'épuisa. Du bout de sa chaussure, Robert Sanden dessinait des cercles dans le sable devant le banc et se mordait la lèvre inférieure. Ce qu'il voulait dire, il ne pouvait le dire. Ce qu'il savait, il ne pouvait le répéter. Ce que les gens racontaient, il ne voulait pas s'en faire l'écho.) Vous semblez bien reposée, dit-il, histoire de combler le silence.

– Oui, c'est aussi l'avis de mon mari et de ma sœur.

Robert Sanden prit le fil que Luise lui jetait.

– Tous deux ont dû se réjouir de votre retour.

– Ernst et Monika ? Et comment !

– Et votre mari ne s'est douté de rien, pour l'opération ?

– Non.

– Vos yeux brillants...

– Si fait. Il croit que c'est dû à l'air du lac Léman.

De l'entrée du parking, elle vit surgir le Dr Ronnefeld. Il examinait les bancs du regard, la main en visière pour se protéger du soleil. Il portait un panama et des chaussures jaune clair, accessoires un rien voyants pour un monsieur de son âge si plein de dignité. Mais le Dr Ronnefeld n'avait jamais prêté beaucoup d'attention à sa mise; souvent, il se contentait de mettre ce qui lui tombait sous la main dans son armoire, sans regarder ce que c'était. C'est ainsi qu'un jour de consultation il avait passé un smoking, et tous ses patients s'étaient efforcés de sortir à la hâte – le Dr Ronnefeld, à coup sûr, avait quelque grand projet. Le médecin, pour sa part, s'était étonné que, ce jour-là, sa clientèle eût déjà vidé les lieux à 11 heures et demie, bien que son carnet de rendez-vous fût plus chargé que la veille.

– Je voudrais encore une fois vous remercier, monsieur Sanden, pour vos nombreux efforts, même s'ils n'ont pas été couronnés de succès, dit Luise. Combien j'eusse aimé vous dire : « Regardez-moi... Je vous vois ! Vous avez le visage rond et les cheveux blonds. » (Elle le dit à dessein : Sanden avait un visage mince et des cheveux brun foncé.) Hélas, cela ne devait pas être ! Vous vous êtes donné tant de peine pour moi ! Je vous remercie du fond du cœur. Et maintenant... Dieu vous garde, monsieur Sanden !

– Est-ce... est-ce un adieu ?

Sanden la regarda, les yeux écarquillés. On y lisait la même peur que chez un gamin qui vient d'envoyer son ballon dans une vitre.

– Oui.

– Mais pourquoi, madame Dahlmann ?

– Qu'attendez-vous d'une aveugle, monsieur Sanden ? Les jeunes filles sont à vos pieds.

– Je… je n'apprécie pas ces jeunes créatures. Je vous demande la permission de m'occuper de vous.

– Mais pourquoi ? J'ai Mlle Pleschke, j'ai mon mari, ma sœur.

Elle le regarda de tous ses yeux. C'est maintenant qu'il doit parler, pensa-t-elle. C'est maintenant qu'il doit dire ce qu'il insinuait dans sa lettre au Pr Siri. Mais Robert Sanden se taisait. Il se contenta de mordre sa lèvre inférieure et de gratter le sable du bout du pied.

– Quand même… Permettez-moi d'être là où vous êtes. Vous êtes… J'ai mes raisons.

– Vos raisons ?

– Oui. Ne me questionnez pas plus avant, je vous en prie ! Ne soyez pas cruelle, dites oui.

– Je n'ai de ma vie été cruelle. Pourrais-je jamais l'être ?

Luise pencha la tête sur le côté. Oui, je puis l'être, pensa-t-elle. Je pourrais torturer Ernst comme au Moyen Âge, je pourrais regarder comme on lui brise les os, comme on lui étire les membres, comme on l'écartèle sur la roue, comme on lui arrache la langue, et j'assisterais tranquillement à ses tourments, j'éprouverais une joie sans nom. Je le hais tant… tant… si effroyablement…

– Viendrez-vous au parc demain ? s'enquit Sanden.

Elle acquiesça en silence, encore émue par sa cruauté.

– Il y aura un concert dans l'aile gauche du château. Puis-je prendre deux places ?

– Oui, s'il vous plaît.

Robert Sanden lui prit la main et la baisa. Puis il s'en fut sans ajouter un mot. Il lui était impossible de dire ce qu'il avait sur la langue.

Venant du côté opposé, le Dr Ronnefeld arriva près du banc.

– C'est du propre ! dit-il avec affabilité. Je vous y prends, à flirter avec des jeunes gens !

– Docteur Ronnefeld...

Luise laissa son regard se fixer à côté du médecin et lui tendit la main, cinquante centimètres trop loin sur le côté. Le médecin la prit et la baisa, lui aussi.

– Nous étions éduqués dès notre plus jeune âge à faire ce à quoi s'essaient les freluquets d'aujourd'hui. Vous avez l'air d'aller bien, Luise. Vous êtes épanouie. (Il lui prit la main et la pressa.) Le vieux Ronnefeld est un homme contrariant, tout le monde le sait. Mais, en d'autres termes, je n'ai pas encore abandonné l'espoir que vous puissiez recouvrer la vue. Une année s'est écoulée depuis l'opération de Münster, et je suis convaincu que le Pr Böhne va refaire une tentative. Et qu'elle réussira !

– C'est à ce sujet que je voulais vous parler, docteur. (Luise s'adossa loin en arrière.) J'ai besoin de vos conseils. Et de votre appui. Surtout de votre appui.

– Quelque chose ne va pas dans votre ménage ? demanda le Dr Ronnefeld, empli de pressentiments.

Luise secoua la tête. Et, tout à coup, elle fondit en larmes, s'appuya contre l'épaule du médecin et cacha sa figure dans sa veste.

Au soir de cette journée, le destin joua son va-tout. Il créa une de ces situations où la peau se hérisse de chair de poule.

Ernst Dahlmann avait effectué ses démarches de façon satisfaisante. Le Dr Vierweg était prêt à venir aussitôt que Luise aurait une nouvelle crise et à lui faire une piqûre de calmant.

– Ce clic-clic de gouttes est typique d'une névrose, avait-il déclaré. Elle a pu être provoquée par le choc de l'explosion. Il est rare, en psychiatrie, qu'on sache d'où viennent les maladies quand il n'y a aucune altération organique ou induite par une infection. Ainsi, la folie survient d'un coup.

Dahlmann était très satisfait de cette information. Elle montrait que le Dr Vierweg ne concevait aucun soupçon, qu'il considérait Luise comme une malade au sens psychiatrique du terme.

L'information étonna Me Kutscher.

– Vous avez joliment goupillé votre affaire, dit l'avocat, sarcastique. Comment peut-on être aussi prompt ? Confiez-moi votre truc.

– Mon truc ? Ma femme a réellement l'esprit dérangé.

– Mais non ! Et vous le saviez quelques semaines à l'avance ?

– Les premiers signes...

– Mon cher, je ne suis pas un enfant au berceau, et même un nourrisson fait la différence entre le lait maternel et le lait en poudre. Je ne veux rien savoir. Cependant, je ne sais pas encore si je vais accepter ou non cette affaire douteuse.

– Vous pouvez tripler vos honoraires.

– Dans un cas pareil, l'argent aussi sent mauvais !

– Un psychiatre éminent attestera la maladie.

– C'est bien ce qui me renverse ! (Me Kutscher alluma une cigarette.) Le coup que vous avez monté doit être génial pour pouvoir ainsi tromper la Faculté.

L'un dans l'autre, Dahlmann était content de sa journée. Il s'octroya un cognac. Luise était encore dans leur chambre, elle se changeait après sa promenade au Herrenhausen. Elle y parvenait seule. Son sens du toucher était extraordinairement développé.

À cet instant, le destin retint son souffle.

Monika vint chercher Luise dans sa chambre

pour le dîner et voir où elle en était de son habillement.

Luise n'était pas dans sa chambre. La porte de la salle de bains était entrebâillée; par la fente, de la lumière scintillait dans la chambre obscure.

Monika s'avança, poussa un peu plus la porte et jeta un coup d'œil dans la salle de bains.

Luise, debout devant le grand miroir au-dessus des deux lavabos, se coiffait. Avec sûreté, rapidité, à coups précis. Ses yeux suivaient le trajet du peigne, ses doigts remettaient une mèche en place, repoussaient une boucle.

Le cœur de Monika cessa un long moment de battre. Puis elle se détacha de la porte et se rua hors de la chambre. Poussant un cri, elle entra précipitamment dans le salon et fit peur à Dahlmann qui regardait les informations régionales à la télévision.

– Elle voit ! balbutia-t-elle. (Elle mit ses deux mains devant son visage. Dahlmann la saisit au vol, avant qu'elle ne tombât à terre, paralysée d'effroi.) Elle voit... elle se coiffe devant son miroir...

Le cœur de Dahlmann, lui aussi, cessa un instant de battre. Puis il secoua la tête, laissa Monika glisser en douceur sur le divan et repoussa ses cheveux de son front.

– Absurde ! dit-il. (Sa remarque, toutefois, manquait quelque peu d'assurance.) Tu vois des fantômes, Moni. Je t'en prie, pas d'hystérie ! La seule pensée que Luise pourrait voir... c'est tout à fait absurde ! Et comment le pourrait-elle ? Par un miracle ? Ma chérie, le temps des miracles est révolu. Et même un miracle ne saurait remplacer une cornée brûlée à l'acide par une cornée saine. Réfléchis donc à ce que tu dis !

– Elle se coiffe devant son miroir, haleta Monika. Seul un être qui voit peut se coiffer ainsi.

– Luise a un toucher fantastique. Tu sais avec

quelle sûreté elle se déplace par toute la maison. Elle ne se cogne nulle part. Elle doit posséder l'orientation au radar d'une chauve-souris.

Dahlmann trouva la comparaison jolie. Il se surprenait, ces derniers temps, à être pétillant d'esprit. Par le passé, Luise avait toujours une espèce de sourire malicieux au coin des lèvres quand il bavardait en société et brillait par ses bons mots. Cela irritait Dahlmann. Il en était venu à faire beaucoup moins de charme. À partir de ce moment-là, il avait ressenti un manque d'assurance, une sorte de complexe d'infériorité, qui n'avait cessé de croître aux côtés de Luise, quand tout le monde l'entourait, la complimentait, louait son zèle et l'incluait, lui, l'époux, dans l'inventaire de la pharmacie. Désormais, les choses avaient changé. C'était lui le point de mire ! Depuis plus d'un an, la pharmacie des Mores s'était développée pour devenir une grosse entreprise. On voyait le zèle et les compétences d'Ernst Dahlmann et, dorénavant, on riait aussi des fadaises spirituelles dont il pimentait ses discours.

– J'ai peur, dit Monika à voix basse. Cela m'inquiète de me trouver auprès d'elle.

– Si cela peut te calmer, je procéderai à une vérification. (Dahlmann regarda l'écran. Un politicien baptisait une rue. Des drapeaux flottaient, on tendit une paire de ciseaux. Gros plan sur une tête de ministre épaisse, souriante. Hourra !) Réfléchis donc, Moni, répéta Dahlmann. Comment pourrait-elle avoir recouvré la vue ? L'air de Montreux ? Sois un peu logique !

Il alla dans le vestibule. À cet instant, Luise sortit de la chambre. Comme tous les aveugles, elle marchait en ligne droite, prêtant l'oreille aux bruits alentour, tâtant imperceptiblement du bout des pieds. Elle regarda Dahlmann, mais d'un regard qui allait au-delà de lui, comme s'il était en verre. Pour elle, le monde était fait de ténèbres et de bruits.

Dahlmann la considéra en silence. Impossible, pensa-t-il. Voir, quelle absurdité ! Suivant une inspiration, il se baissa et posa un vase d'argile, qui se trouvait par terre dans un coin, en plein milieu du vestibule, juste dans la trajectoire que Luise prenait toujours pour se rendre au salon. Puis il attendit, collé contre le mur.

Luise continua son chemin sans dévier. Elle semblait compter mentalement les pas. Cela lui fit gros au cœur pour le vase, c'était un souvenir de sa mère.

Dahlmann l'observait avec acuité. La moindre hésitation, le moindre arrêt la trahirait. Encore deux pas… encore un pas… Là ! Luise heurta le vase et le renversa. Il roula sur le tapis, frappa le mur; un fragment du col se brisa.

Luise s'immobilisa d'un coup et leva la tête, l'oreille dressée. Elle s'accroupit, tâtonna autour d'elle, ne trouva rien. Elle se remit debout et écouta, flairant comme un chevreuil. Dahlmann retint sa respiration. Elle est aveugle, pensa-t-il. Et cette pensée le décrispa. Comment pouvait-on en douter, ne fût-ce qu'un instant ?

– Ernst ! cria Luise d'une voix forte. Moni ! Ernst !

Dahlmann fit claquer la porte du salon et s'approcha.

– Luiserl ! s'écria-t-il. (Il saisit ses mains tâtonnantes. Il alla même jusqu'à les baiser – et c'était un véritable baiser de joie : il était sûr qu'elle était aveugle.) Pourquoi n'as-tu pas sonné ? Moni serait venue te chercher.

– Je suis toujours venue seule. Il y avait quelque chose sur mon chemin, je m'y suis cognée. Qu'était-ce ?

– Un vase ! (Dahlmann prit Luise par le bras.) Tu sais, ton vieux vase d'argile. La femme de ménage ne l'aura pas remis à sa place.

– Il est cassé ?

– Juste ébréché au col. On peut le recoller. Remarque : « Si un objet t'échappe – pas grave, la colle Dahlmann le réchappe ! »

Luise sourit. Je voudrais pleurer, pensa-t-elle. Je voudrais crier une bonne fois, et mettre dans ce cri tous les tourments, toutes les tromperies de l'année écoulée. Et tous devraient l'entendre. Un cri qui devrait les lacérer, lui et Moni...

Puis elle s'assit au salon, la télévision donnait une émission musicale; elle but un verre de vin et mangea des petits gâteaux. Près d'elle, son mari et sa sœur étaient assis main dans la main, et ils s'embrassaient avec la passion de la dernière intimité.

À un moment, comme elle tournait la tête vers eux et les regardait, Moni, effrayée, repoussa Dahlmann et passa avec effarement ses mains dans ses cheveux blonds en désordre. Elle considéra Luise avec des yeux papillotants, saisit le bras de Dahlmann et, d'un signe de tête, attira son attention sur l'aveugle. Dahlmann secoua la tête, agacé. Il se retourna, en quête d'un objet, aperçut un chandelier et le tira à lui. C'était un lourd chandelier de bronze à deux bras. En silence, couvert par la musique de la télévision, il souleva le chandelier et le brandit au-dessus de la tête de Luise. Monika avait plaqué ses mains sur sa bouche.

Luise resta assise et regarda sans broncher dans le vide. Elle inclina même la tête en avant, comme si elle offrait sa nuque au coup.

– Qui chante ? demanda-t-elle avec naturel. Je ne connais pas cette voix.

Dahlmann posa le chandelier sur la table et sourit. Sans force, les mains de Monika retombèrent sur les coussins. Elle est aveugle ! Aucun être humain ne peut posséder pareille maîtrise !

Pas un battement de cils, pas un mouvement de recul, nul émoi...

– La chanteuse s'appelle Daniela Duvar, dit Dahlmann. Un nom nouveau. Elle te plaît ?

– Oui, beaucoup.

– Nous aurions dû l'enregistrer.

Les joyeux accents de la musique continuaient de résonner, mais toute intimité avait disparu de la pièce. Monika s'était éloignée de Dahlmann qui, de mauvaise humeur, s'était accroupi près de Luise et fixait un œil hagard sur l'écran. Tous sentaient qu'une cassure venait de se former entre eux, que tous trois étaient isolés, chacun seul avec lui-même, et qu'un fossé s'était ouvert entre chacun d'eux qu'aucun pas ne pouvait franchir, sinon le son de leurs voix.

– Tu es bien silencieux, Ernst, dit Luise avec une tendresse pressante. Et Moni non plus ne dit mot. L'émission est-elle si belle à voir ?

– Oui. (Dahlmann respira à fond. Il avait parlé d'une voix rauque.) Un décor d'une rare somptuosité.

Luise posa sa tête sur le haut dossier. L'écran de télévision révélait une scène sombre et dépouillée, avec trois flaques de lumière. Dans ces flaques, sautillaient trois ballerines. Luise enfonça ses doigts dans le bras de Dahlmann. Il sursauta et tenta de se libérer.

– Qu'y... qu'y a-t-il, Luiserl ?

– Je n'entends plus rien.

– Quoi ? (Il bondit sur ses pieds et se pencha sur elle.) Tu n'entends plus rien ? Tu ne m'entends pas... ? Luiserl ! (Il jeta un regard rapide à Monika; elle aussi s'était levée.) Luiserl... Luiserl... tu m'entends ?

Elle hocha la tête et sourit.

– Comme tu t'inquiètes, Ernst ! (Elle chercha son visage à tâtons, passa les doigts sur son front, ses yeux, son nez, sa bouche, son menton puis son cou. Là, elle immobilisa ses doigts, juste sur la gorge. Presser, à présent, pensa-t-elle. Qui pourrait m'en tenir rigueur ? Y aurait-il un juge qui pourrait me condamner sans penser : Moi aussi, je l'aurais fait ?) Ton cou tremble, chuchota-t-elle.

– La frayeur, Luiserl.

– Je voulais dire que je n'entendais plus les gouttes.

– Quelles gouttes ?

– Cet éternel clic-clic de gouttes d'eau.

– Ce bruit n'a jamais existé, Luiserl. Nous te l'avons pourtant répété !

– Vous êtes si bons pour moi !

En prononçant ces mots, elle regarda enfin Monika droit dans les yeux. Monika baissa la tête. Tu es la colonne fragile de ce vil édifice du mensonge, pensa Luise. Ma chère sœurette, Ernst Dahlmann te brisera, toi, mais pas moi. Vous aviez un joli plan, simple, génial et d'une scélératesse sans nom. Tromper une aveugle ne suffisait pas... elle dérange, c'est un obstacle, sa présence est une mise en demeure permanente. Un jeu d'enfant que de la rendre folle ! Désormais, les choses vont changer, Monika. Tu vas déambuler, dévorée de doutes et d'angoisse, et je serai après toi, après toi sans répit, telle une ombre dont tu ne peux te défaire. Voit-elle ou est-elle toujours aveugle ? Cela, tu ne le sauras pas. Je te fournirai l'occasion de croire que je vois; et puis je jouerai pour toi à l'aveugle, plus démunie qu'un nouveau-né. Et ce, jusqu'à te détruire, jusqu'à te voir broyée par la meule d'un amour interdit, de la peur, d'un péché qui est trop pour toi, et la conscience que tu n'y peux échapper – parce que tu n'es pas une femme mauvaise, mais juste une faible créature. Une esclave, asservie à un homme que j'ai autrefois autant aimé que tu l'aimes aujourd'hui, et que désormais je hais d'une haine que seule une femme peut porter. Crois-moi, Monika, il n'est au monde élément plus puissant que la haine d'une femme trahie...

– Je suis fatiguée, dit Monika d'une voix qu'elle s'efforçait de rendre ferme. J'ai beaucoup dessiné, aujourd'hui. Excusez-moi.

Elle regarda de nouveau Luise avec fixité. Luise lui adressa un signe de tête amical accompagné d'un sourire, comme on se sépare d'une sœur pour la nuit, comme on prend congé de quelqu'un qu'on voit.

Monika quitta la pièce; c'était une manière de fuite. Dahlmann, le visage mauvais, buvait son vin. Il était de garde cette nuit-là et projetait de passer la nuit entière à la pharmacie. Une carne hystérique, cette Moni ! pensa-t-il, furieux. Il débarrassa les verres et éteignit la télévision. Luise regarda avec étonnement dans la pièce silencieuse.

– Qu'y a-t-il, Ernst ? Je ne suis pas encore fatiguée. Pourquoi éteins-tu ?

– Je suis de garde, Luiserl. Je dois aller à la pharmacie.

– Dans ce cas, je vais t'attendre.

– Cela risque d'être long. Toute la nuit, peut-être. Va au lit.

– Je vais écouter des bandes encore une heure.

– Bonne nuit.

Dahlmann sortit. Pour la première fois, il oublia son langage fleuri; il était dans une telle rage qu'il tira la porte plus violemment qu'il ne le voulait.

Luise se leva et se dirigea vers le divan. Sur le coussin près duquel Monika s'était assise, il y avait un petit sac à main en crocodile. Monika l'avait laissé dans sa fuite.

Avec un sourire dur, Luise prit le sac, le posa sur la paume de sa main et l'égratigna de ses ongles. Un tressaillement lui parcourut le corps, elle rejeta la tête en arrière, un je-ne-sais-quoi de la fierté d'un vainqueur irradia d'elle, puis elle quitta le salon à pas rapides et monta l'escalier qui menait à l'atelier de Monika.

Monika, encore habillée, était debout devant la grande fenêtre de l'atelier; elle avait ouvert un des battants et contemplait la nuit.

Pour elle, la vie s'était transformée en énigme. À chaque moment de solitude, elle prenait la ferme résolution de s'en aller. De s'échapper de ces rets. De se terrer n'importe où, là où l'oubli était possible, loin de toute faute, de toute honte. Puis Ernst Dahlmann réapparaissait, son sourire l'ensorcelait, ses mains la caressaient, son étreinte la transportait dans une retraite heureuse... Et après, elle retrouvait la même question accablante : pourquoi agissait-elle ainsi, pourquoi le tolérait-elle, y participait-elle, pourquoi trompait-elle sa sœur et trahissait-elle sa propre volonté ? Un courant d'air qui fit voler ses cheveux la fit se retourner.

On avait ouvert la porte du palier. Quelqu'un se tenait dans l'obscurité de la pièce, devant le rideau rouge foncé qui, le jour, cachait le lit.

– Ernst ? demanda Moni à voix basse.

Elle s'appuya contre la vitre.

– Non.

– Luise ! (Ce fut un cri étranglé.) Comment... comment es-tu montée ici ? Que veux-tu ?

À pas lents, Luise sortit de l'ombre de l'alcôve. D'une démarche tranquille et assurée, elle s'avança vers sa sœur figée, lui tendit le sac et, comme Monika ne le prenait pas, le laissa tomber sur la table près du chevalet où Monika posait ses palettes.

– Ton sac, Moni, dit Luise avec cordialité. (Elle lui adressa un signe de tête.) Un joli sac en crocodile clair, du reste... il me plairait bien.

Elle regarda encore sa sœur, sans un mot cette

fois, la tête inclinée sur le côté, comme si elle contemplait une image remarquable à laquelle il faut donner un sens. Puis elle tourna les talons et s'en fut. Sans hésiter, sans tâtonner, oui, elle fit même un détour pour éviter une pile de papier à dessin sur le sol.

Les yeux agrandis par l'effroi, Monika la suivit d'un regard fixe. Ce ne fut que lorsque la porte se referma que sa paralysie cessa. Elle se précipita vers la porte, voulut l'ouvrir, crier... « À l'aide ! » ou « Ernst ! » ou « Luise ! » Il lui semblait brûler à l'intérieur; la force lui manqua pour soulever le loquet et dévaler l'escalier. Elle se jeta sur son lit, le plafond au-dessus d'elle se mit à tourner, la fenêtre dansa, le chevalet, les étoiles au firmament nocturne... Mon cœur... pensa-t-elle encore... mon cœur ne bat plus, je meurs de peur... je meurs...

De l'autre côté de la porte, appuyée contre la rampe de l'escalier, Luise attendait. Elle attendait que Monika sorte. Comme rien ne se passait, elle alla coller l'oreille contre la porte. L'atelier était silencieux. Aucun pas, aucun bruit, rien.

Elle s'est évanouie, pensa Luise. Demain, elle dira à Ernst : « Elle était là, dans l'atelier, elle m'a apporté mon sac à main, le sac en crocodile, et elle a dit que c'était un sac en crocodile. Elle voit, elle voit... D'où sait-elle que c'est un sac en crocodile clair, celui que tu m'as offert voilà trois semaines ? »

Et alors, que fera-t-il ?

Luise retourna au salon. Elle ne savait pas ce qu'elle avait mis en branle en ce début de soirée. En tant qu'aveugle, elle aurait dû aller au lit; mais, ange de la vengeance doté d'yeux, il fallait qu'elle aille et vienne. Tel un oiseau de proie, elle parcourait la cage qu'était devenue la pièce. Elle tournait en rond, suivant le mur, les yeux vides, et qui brûlaient dans leurs orbites parce que ses larmes séchaient dans les braises de la haine.

Ce ne fut que bien après minuit que Dahlmann remonta de la pharmacie. Il fut surpris de voir Luise. Elle écoutait des opéras enregistrés. Il portait sous le bras une nouvelle invention de son cru; il se proposait d'en vérifier l'efficacité.

– Tu es encore debout, Luiserl ?

Il posa l'appareil sur la table. C'était une espèce de métronome, mais à la place d'un pendule qui aille et vienne en mesure, un petit écrou de métal tapait en rythme un épais morceau de bois. Il en résultait un bruit semblable à celui que fait un pivert en creusant son trou dans un arbre. Le mécanisme, simple, était mû par une batterie de lampe de poche. Luise considéra l'appareil tandis que Dahlmann allait au bar se verser un grand verre de cognac.

De quelle imagination diabolique fait-il preuve ! pensa-t-elle. Il a toujours été bricoleur. On devine à son air à quel point il est ravi d'avoir inventé pareille diablerie.

– Pourquoi ne vas-tu pas dormir ?

– Je n'arrive pas à dormir, Ernsti.

– Prends un Dahlosan.

– Je suis si nerveuse... j'ignore pourquoi...

– Les nerfs, c'est tout. (Dahlmann posa les mains sur son pivert artificiel. Dès demain matin, il va taper, pensa-t-il, lorsqu'on prendra notre café, il résonnera à travers la pièce. Tac-tac-tac... sans arrêt, des petits coups de marteau dans le cerveau de Luise, et nous dirons : « Non, nous n'entendons rien. Ne vaudrait-il pas mieux appeler un docteur ? Peut-être le Dr Vierweg ? C'est un spécialiste des nerfs. ») Allez, viens te coucher, dit-il à voix haute.

Il prit Luise par le bras et la conduisit dans leur chambre. Il l'aida même à se dévêtir, et elle se raidit quand il la toucha. Il sentit sa résistance et retira ses mains.

Il la borda comme une enfant, l'embrassa sur le front et demeura assis sur le bord du lit, indécis. Luise l'observait de sous ses yeux à demi clos. La peur écrasait sa poitrine, il pouvait la reprendre dans ses bras et jouer le rôle du mari amoureux. À la peur se mêlait le dégoût, de lui, de ce corps dont elle avait cru qu'il n'appartenait qu'à elle et qu'elle partageait désormais avec sa propre sœur. Un corps dont elle connaissait chaque parcelle. Dorénavant, une autre femme participait au secret de son union, qui caressait ce corps avec un égal amour et se blottissait dans sa chaleur, ainsi qu'elle-même l'avait fait. Y penser seulement risquait de la rendre folle, lui envoyait le sang aux tempes et faisait trembler ses membres.

Dahlmann parut s'être décidé. Il se leva, regarda une fois encore Luise endormie et quitta la chambre.

Dans le salon, il commença sa répétition générale. Il remit l'appareil sur la bibliothèque, abaissa un petit interrupteur et attendit, les mâchoires crispées.

Le minuscule marteau se mit à cogner contre le bois. La batterie, l'interrupteur, le ressort fonctionnaient à merveille. Le pivert artificiel toquait et martelait.

Tac-tac-tac...

Dahlmann arrêta l'appareil. Il but un autre cognac, regarda la pendule et décida, contrairement à son intention de rester à la pharmacie, d'aller rejoindre Monika et de voir comment elle allait. À cette heure-là, l'expérience lui avait appris qu'il ne venait guère de clients. La plage de temps comprise entre 1 heure et 3 heures du matin était toujours un moment creux. Il pouvait s'offrir un peu d'amour.

Luise l'entendit monter à l'atelier. Elle s'assit

dans le lit et écouta. La porte claqua, puis claqua encore peu après. Dahlmann entra si vite dans la chambre que Luise eut à peine le temps de feindre de dormir. Il paraissait égaré, désemparé; il alla dans la salle de bains, fit couler de l'eau dans un verre et avala apparemment un calmant. Puis il sortit, traversa la chambre et se rendit au salon. Il s'assit sous le lampadaire.

L'atelier était vide, Monika était partie. Sur le chevalet, elle avait laissé une lettre. Quelques lignes :

« S'il te plaît, ne me cherche pas. Je ne reviendrai jamais. Je sais à présent que Luise voit. J'en suis certaine. Elle était ici, dans l'atelier, cette nuit. Nous nous sommes conduits de façon honteuse, j'ai honte de moi, je ne peux plus soutenir ma vue dans une glace. Quoi que tu fasses désormais, ne l'oublie pas : Luise voit. Monika. »

Dahlmann lut et relut cette lettre, et plus il en parcourait les quelques lignes, plus il se persuadait que les nerfs de Monika avaient lâché et qu'elle reviendrait une fois calmée. Seule une phrase le laissait songeur : « Elle était ici, dans l'atelier, cette nuit », et rognait quelque peu son assurance.

Il prit la lettre et retourna dans sa chambre. Il alluma toutes les lumières et dirigea la lampe de chevet sur le visage de Luise. Elle ne le voit ni ne le remarque, pensa-t-il. Elle vit dans la nuit éternelle.

Il la saisit à l'épaule et la secoua.

– Luiserl !

Luise fit mine de s'éveiller. Elle regarda fixement la lumière éblouissante, sans un frémissement, sans un clignotement d'yeux. Il lui fallut une force surhumaine pour regarder fixement dans cet éblouissement, sans se détourner ou au moins fermer les paupières.

– Oui… que se passe-t-il, Ernst ? Quelle heure est-il donc ? Est-ce déjà le matin ?

Elle s'adossa contre son oreiller. Elle vit la lettre de Monika dans la main de Dahlmann et elle sut d'un coup qu'ils étaient seuls dans la maison. Dahlmann tint la lettre devant ses yeux. Elle regardait à côté, si difficile cela lui fût-il. Avec un soupir, Dahlmann se redressa et froissa la lettre entre ses doigts.

Elle ne voit pas ! Si tout était aussi sûr que cela ! Seule une aveugle peut regarder fixement une lumière éblouissante, il n'y a qu'une femme aveugle pour ne jeter aucun coup d'œil sur la lettre d'une rivale reconnue.

– Ce n'est rien, Luiserl, rien du tout, dit Dahlmann d'une voix enrouée. Lorsque je suis entré, tu as gémi dans ton sommeil. Je t'ai réveillée. As-tu fait un rêve ?

– Non, j'ai dormi comme un loir.

– Alors, rendors-toi, Luiserl. (Il l'embrassa sur les yeux.) Et si tu rêves, que ce soit de moi !

Elle hocha la tête et s'allongea sur le côté. Il éteignit toutes les lampes et descendit à la pharmacie.

Salaud ! pensa-t-elle. Salaud !

Ô mon Dieu, qu'ai-je fait pour mériter ça ?

Et, soudain, elle fut de nouveau capable de pleurer.

Le lendemain, Dahlmann déploya une activité intense. En premier lieu, il ne renonça pas à faire taper son pivert. Au petit déjeuner, un martèlement joyeux retentissait du haut de la bibliothèque, et Luise accomplit une performance théâtrale consommée : à tout instant, elle se bouchait les oreilles et criait :

– Ce bruit… tac-tac… Tu n'entends donc pas ?

Dahlmann répondit que non et appela le Dr Vierweg.

– Pourriez-vous passer dans l'après-midi, docteur ? pria-t-il en présence de Luise. Ma femme ne se sent pas bien. Non, pas un bruit de gouttes. Cette fois, il s'agit d'un tapement. (Il se tourna vers Luise.) Tu l'entends toujours, ma chérie ? (Luise opina. Il reprit l'appareil.) Ma femme vient de me dire que oui, docteur. En fait, tout est parfaitement silencieux. Vous viendrez vers 16 heures... merci, docteur.

En dépit de la fatigue qu'il ressentait à cause de sa garde de nuit et de l'émotion due au départ de Monika, Dahlmann se rendit chez Me Kutscher dans la matinée.

L'avocat se versait un cognac lorsque Dahlmann fut introduit.

– De l'alcool aux aurores, maître ! dit Dahlmann en riant.

– Il est des clients qu'on ne peut supporter que l'esprit embrumé. (Me Kutscher pointa son verre sur Dahlmann puis sur un siège.) Reposez-vous. Vous avez la mine défaite.

Dahlmann demeura debout, sa bonne humeur envolée.

– Vous n'aurez à me supporter que quelques petites semaines, dit-il, mordant. Et encore le jour où je vous remettrai un chèque en récompense de votre peine.

– J'ai réfléchi. (Me Kutscher s'assit derrière son grand bureau, érigeant une barrière entre lui et Dahlmann.) Connaissez-vous Frédéric-Auguste ?

– Que signifie ?

– Frédéric-Auguste était roi de Saxe. Lorsqu'il abdiqua en 1918, il prononça une phrase devenue classique, qui vaudrait de figurer comme le onzième commandement : « Démerdez-vous tout seuls. » J'abdique, moi aussi, et prends congé de vous avec cette sentence royale.

Dahlmann serra les dents. Ce traitement humiliant le gênait moins que le fait de se retrouver sans avocat.

– Vous refusez de vous occuper de mon affaire ?
– Votre intelligence est stupéfiante.
– Et pourquoi ?
– Épargnez-moi, je vous prie, d'avoir à vous fournir des explications qui violeraient un ou deux alinéas du code pénal.
– Vous défendez des meurtriers et des voleurs, des malfrats et des souteneurs, des prostituées et des criminels… et vous auriez tout à coup des scrupules ? cria Dahlmann.
Me Kutscher hocha la tête à plusieurs reprises.
– Précisément ! Un meurtrier, je sais qu'il a tué. Qu'un souteneur encaisse l'argent de sa nénette, qu'une prostituée fait le plus vieux métier du monde, qu'un voleur a chapardé… rien que des faits ! Vous, par contre, restez anonyme et ma mission ne consiste pas à vous aider à sortir du pétrin mais à vous prêter assistance pour traîner dans la boue une tierce personne – votre femme. Il ne s'agit pas pour moi d'être votre défenseur, mais votre complice. Cher monsieur Dahlmann – voyez de quelle politesse je suis capable en vous appelant encore « cher » –, cela ne se peut payer avec de l'argent. Ce que vous exigez est d'une telle abjection que l'envie me démange de vous jeter dehors sans autre forme de procès !
Dahlmann respirait avec difficulté. Cramoisi, il tirait d'un geste nerveux sur sa cravate.
– J'attire votre attention sur le fait que vous êtes tenu au secret professionnel !
– Hélas !
Dahlmann tourna brusquement les talons.
– Au revoir ! siffla-t-il.
Me Kutscher leva les mains, comme pour s'en défendre.
– Au nom du ciel, surtout pas !
Après le départ de Dahlmann, il but un autre grand verre de cognac. Malgré lui, il s'était énervé plus que ce type ne le méritait. Pourtant, il se

sentait plus léger, même s'il lui en coûtait quelques milliers de marks.

Avant de se mettre en quête d'un nouvel avocat, Dahlmann appela un ophtalmologiste de la cabine d'un restaurant.

– Juste une question, docteur. A-t-on les moyens de déterminer si quelqu'un est réellement aveugle ou ne fait que simuler la cécité ?

– Qui est à l'appareil, je vous prie ?

La voix de l'ophtalmologiste marquait de l'étonnement. Dahlmann avait prévu cette question. Sa réponse fut sans faille.

– Ici l'inspecteur-chef Barth, des services sociaux. Nous avons appréhendé un clochard qui affirme être aveugle et qui se livrait à la mendicité en tant qu'aveugle. Toutefois, il se comporte comme s'il voyait. Comment peut-on savoir la vérité ?

L'ophtalmologiste resta court et réfléchit. Dahlmann commença à s'énerver. Le médecin appelait peut-être les services sociaux sur une deuxième ligne.

– C'est à la fois simple et compliqué, répondit enfin le médecin. On peut vérifier le bon fonctionnement de l'œil en pratiquant un fond de l'œil ou autres examens divers. Il est plus difficile d'examiner le nerf optique. En général, lors d'un examen des yeux, c'est le patient qui nous aide en décrivant ce qu'il perçoit.

Dahlmann remercia et raccrocha. L'information était inquiétante. Grandement effrayante, même. Elle confirmait la validité théorique de l'affirmation de Monika : Luise se ferait passer pour aveugle alors qu'elle voyait. Mais comment aurait-elle recouvré la vue ? Lui était-il arrivé quelque chose à Montreux ?

Dahlmann se rendit chez Mlle Pleschke. Elle

habitait une chambre meublée à proximité du champ de foire; il ne la trouva pas. La logeuse ignorait où elle était.

– Elle m'a dit que sa patronne lui avait donné quelques jours de congé, raconta-t-elle. Elle a un bon ami. Peut-être font-ils un petit voyage...

Dahlmann poursuivit sa route. Il rendit visite au Dr Vierweg et fut introduit aussitôt. La salle d'attente était vide, le psychiatre ne semblait pas avoir une grande clientèle.

– Par anticipation, docteur, que peut-on faire ? (Dahlmann avait l'air d'un époux bouleversé.) Si ces perceptions s'aggravent, si elle entend goutter ou taper nuit et jour, que peut-on faire ?

– Je recommanderais l'hospitalisation dans un établissement psychiatrique. (Le Dr Vierweg haussa les épaules en signe de regret à la vue du visage rempli d'effroi de Dahlmann.) Il n'y a, hélas, pas d'autre solution ! On peut, médicalement, atténuer ce genre de psychoses, voire les faire disparaître, par médicaments ou électrochocs. Cela, toutefois, ne peut se faire que sous surveillance médicale constante.

– Et combien de temps le traitement peut-il durer ?

– On ne peut le prévoir.

– Des mois ?

– C'est possible.

– Peut-être des années ?

– Espérons que non !

– Et la pharmacie ? (Dahlmann s'arrachait les cheveux de désespoir.) Ma femme en assure seule la direction. Je ne peux que signer les quittances...

Le Dr Vierweg hésita. Cet homme brisé lui faisait de la peine, qui devait désormais supporter, outre sa cécité, la folie naissante de son épouse.

– Dans le cas d'une incapacité de votre femme, on pourrait requérir la mise sous tutelle.

– C'est possible ? demanda Dahlmann, l'air faussement ingénu.

– Oui. En se fondant sur les attestations médicales, un tribunal peut prononcer la mise sous tutelle. On désigne un tuteur. Dans ce cas spécial, ce serait vous, monsieur Dahlmann...

– C'est terrible ! (Dahlmann se leva. Sa main tremblait quand il la tendit au Dr Vierweg.) C'est effrayant de penser à une chose pareille ! J'aime tant ma femme.

Dahlmann parti, le psychiatre fut convaincu d'avoir vécu le début d'une tragédie. Mais il voyait ce jeu cruel autrement que Dahlmann ne le mettait en scène.

Dahlmann entreprit ensuite la tournée de tous les clients de Monika qu'il connaissait et à qui elle avait remis des projets, des affiches et des dessins. Il sillonna Hanovre. Le dernier, une agence de publicité, avait reçu un appel de Monika une heure auparavant. Des landes de Lunebourg. De Soltau.

Dahlmann remercia avec la plus extrême cordialité.

– Sachez que j'ai un contrat à proposer à Mlle Horten. Une affaire tout à fait coquette. Je représente les laboratoires chimiques Helmstedt, et nous souhaitons donner leur chance à de jeunes artistes doués.

Ce ne fut qu'une heure plus tard que le directeur de l'agence réfléchit aux propos de son singulier visiteur. Il feuilleta un annuaire professionnel et reçut confirmation de ses soupçons : il n'y avait pas de laboratoires chimiques à Helmstedt.

On n'a pas à se mêler d'affaires qui ne vous regardent pas, pensa-t-il. Mais, par ailleurs, Monika était une fille sympa, intelligente et douée. Il saisit son téléphone et appela Soltau. L'auberge de la Cruche verte. Le visage blême, raviné par les larmes, Monika écouta ce que lui rapporta le directeur de l'agence de Hanovre.

– Aujourd'hui, nous allons faire une promenade !

Ce fut la première chose que cria Dahlmann en arrivant chez lui. Luise était assise, comme à l'accoutumée, près de la fenêtre aux fleurs et s'exerçait au braille. Dahlmann resta debout près d'elle à l'observer. Folie ! pensa-t-il. Assise là, à tâter les points saillants tout en remuant les lèvres, le regard fixe et droit, comme si ses yeux étaient de verre... aucun être doté de la vue ne pourrait feindre ainsi !

Il regarda la pendule. Dans deux heures, il serait fixé. Dans deux heures, on saurait comment allait se poursuivre la vie du pharmacien Dahlmann.

– Le docteur va venir ? dit Luise, interrompant sa lecture.

– J'ai fait reporter la visite à demain. Il fait si beau, il faut en profiter.

– Où allons-nous ?

– Je te propose le lac de Steinhuder.

– Splendide, Ernsti !

– C'est une bonne idée ?

– Magnifique ! Tu es si gentil. (Elle referma l'épais livre de braille et se leva.) Où est Moni ? Je ne l'ai pas vue de la matinée. Serait-elle malade ?

– Moni ? Ah oui... mon Dieu, j'avais complètement oublié, Luiserl ! Moni a dû partir tôt ce matin, très tôt, chez un client à Braunschweig. Elle va y rester trois jours. Tu dormais si bien, je n'ai pas voulu te réveiller. Mon Dieu, que je suis distrait !

Il cite deux fois le nom de Dieu en quelques phrases, pensa Luise. Elle se passa la main sur les cheveux. Pour enrober un mensonge, pour masquer un péché, il blasphème contre Dieu.

Ils se mirent en route sans tarder. À midi, ils déjeunèrent dans un restaurant sur la route de Wunstorf, puis le voyage se poursuivit en direction du lac de Steinhuder. Mais Dahlmann n'allait pas au lac. À Wunstorf, il se dérouta et mit le cap sur le nord.

Luise était silencieuse. Elle regardait les forêts de bouleaux et les bosquets de sureau, les prairies et les plaques de lande violettes, les buissons de genêts et les canaux étroits qui sortaient des marais pour se perdre dans la terre sèche. La journée était merveilleusement chaude, l'un de ces derniers jours d'automne où l'on a peine à croire que l'hiver est imminent.

Dahlmann quitta la route et s'engagea dans un chemin vicinal, qui menait à un bois de bouleaux situé à l'écart de la circulation, dans une cuvette allongée et douce. Luise reconnut soudain l'endroit. La peur lui noua la gorge, elle étreignit la poignée de la portière et eut envie de crier à l'aide, de sauter de la voiture, de tenter n'importe quoi qui pourrait la sauver de cette forêt qui fondait sur eux.

Elle savait ce que la forêt recelait. Longtemps auparavant, une grosse entreprise avait extrait le sable fin, ce sable jaune d'or à l'aspect velouté, dont étaient constituées les vieilles vallées fluviales. La carrière avait été abandonnée lorsqu'on avait atteint les graviers. Les eaux des nappes souterraines s'y étaient infiltrées, les pluies et les fontes des neiges avaient empli d'eau le trou de dragage, et un petit lac circulaire s'était formé, d'une profondeur de plus de quarante mètres, entouré de bouleaux, de sureaux et d'herbe verte mais dure.

Ernst et Luise, du temps où ils étaient jeunes amoureux, s'étaient une fois baignés dans ce petit lac rêveur. Ils s'y étaient embrassés, la solitude avait été l'unique témoin de leur amour. Ils avaient découvert là un paradis dans lequel il n'y avait qu'eux, les nuages, le vent et quelques insectes qui bourdonnaient autour des tiges d'herbe. C'était là que, pour la première fois, ils avaient découvert et compris qu'ils devaient passer leur vie ensemble, parce qu'ils s'aimaient comme jamais encore deux êtres humains ne s'étaient aimés – du moins le croyaient-ils en ces moments heureux où, couchés dans l'herbe haute entre les bouleaux et les sureaux, ils regardaient, éperdus de félicité, le bleu du ciel et chevauchaient les nuages jusqu'au pays des rêves.

Combien d'années avaient passé depuis lors ? N'était-ce pas une éternité ? « On ne peut concevoir pareil bonheur, avait dit Ernst alors. Il y faut une vie entière. »

Elle toucha le bras de son mari.

– Où sommes-nous ?

– Nous y voilà presque, ma chérie.

– Mais où ?

– Au lac de Steinhuder, sotte !

Il eut un rire joyeux et lui jeta un regard de biais. Elle regardait droit devant elle. Si elle est aveugle, elle marche dans les ténèbres.

– Il y a un tel silence, Ernsti !

– J'ai évité exprès les endroits où il y a foule. Mieux vaut profiter de cette belle journée le plus possible seuls. Ou préférerais-tu du bruit, être parmi la cohue ?

– Non, Ernst. Tu sais bien que c'est quand je puis être seule avec toi que je suis le plus heureuse.

Il ne répondit pas et se contenta de lui tapoter la main. Il lui fallait se concentrer pour accéder au petit lac sur ce chemin creusé d'ornières. Il arrêta la voiture non loin de l'endroit où, couple d'amoureux, ils avaient rêvé à l'avenir, et aida Luise à descendre.

Il regarda sa montre sans savoir pourquoi. Bientôt 4 heures, pensa-t-il. Il pencha la tête, enfonça son menton dans son col et regarda fixement Luise qui, désemparée, restait près de la voiture et attendait la suite des événements. Elle ne bougeait pas; comme tous les aveugles, elle s'en remettait à l'aide d'autrui, dans une immobilité patiente, jusqu'à ce que quelqu'un trouve le temps de se préoccuper d'eux et de les guider sur des trajets inconnus.

Dahlmann hésita. Il se retourna pour regarder le lac rond. Vingt mètres plus loin, la rive formait un brutal à-pic au-dessus de l'eau. La pluie et les orages, la glace et la neige avaient effrité et raviné les bords. L'à-pic faisait près de sept mètres, puis c'était l'eau, froide et claire, profonde de plus de quarante mètres.

Dahlmann parcourut les vingt mètres qui le séparaient du lac et plongea son regard dans les profondeurs. Maintenant, je vais savoir si elle voit, pensa-t-il. Et à cette pensée s'en ajouta une autre, plus effroyable : Que ferai-je si elle voit ? Là, il ne savait répondre; il avait envie de prier pour qu'elle fût aveugle.

Luise l'observait avec des frissons glacés. Il veut me tuer, pensait-elle. Voilà où nous en sommes : il cherche un endroit d'où me précipiter dans le lac, à dix mètres du lieu où nous avons vécu les moments les plus heureux de notre vie commune.

De savoir que les choses en étaient arrivées à ce point la rendit soudain indifférente. Elle s'étonna de sa réaction. Je suis aussi soumise qu'un agneau qu'on mène à l'abattoir, se dit-elle. Je ne résisterai pas, je ferai ce qu'il dira, je supporterai tout... mon Dieu, quel vide en moi ! D'une voix claire, elle cria :

– Ernsti ! Où es-tu ? Où sommes-nous ?

– Je suis ici, Luiserl, ici ! (Dahlmann mit les mains dans les poches de son pantalon, elles tremblaient comme s'il avait la fièvre.) Je nous cherche un joli coin. Viens... guide-toi à ma voix... le chemin est plat... allez, viens !

Luise n'hésita qu'une seconde puis elle se mit en marche, raide et droite, pour se diriger vers la voix de Dahlmann.

À cinq mètres de lui, elle comprit ses intentions. Il ne veut pas me tuer, il veut juste vérifier si je vois, si je vais hésiter quand je ferai le dernier pas au bord du lac, le pas dans l'abîme, si je vais m'arrêter, reculer devant un précipice que je ne saurais voir aveugle...

– Viens, Luiserl, viens, répéta Dahlmann. Il y a là un petit coin tout à fait ravissant... protégé et ombreux... Viens, viens...

D'un léger pas de côté, il s'écarta de la trajectoire de Luise. Elle devait le frôler si elle ne déviait pas de sa route vers le lac.

– Où es-tu ?

Elle le vit près d'elle. Son regard le traversa.

– Là... viens donc...

Elle continua à pas lents, levant haut les pieds, les bras tendus en avant, la tête légèrement dressée... Encore six pas... cinq... quatre... trois...

À présent, elle va hésiter, à présent, elle va ralentir, à présent, elle va s'arrêter... Dahlmann écarta les doigts. De la sueur baigna tout son corps, trempant ses vêtements en un instant.

Luise ferma les yeux quand elle vit l'abîme devant elle. Les bouleaux et un petit nuage blanc se reflétaient dans l'eau. Aide-moi, mon Dieu ! pensa-t-elle. Dieu... Dieu...

Elle leva la jambe droite... ses doigts tâtonnants d'aveugle flottèrent au-dessus de l'eau... Dahlmann bondit vers elle, la tira en arrière par les épaules; son étreinte fut si brutale, sa force si grande qu'il projeta Luise sur la prairie à trois mètres de la rive. Elle tomba à terre, se contorsionna tel un ver et demeura sur le dos.

– Luiserl ! (Quelque chose, en Dahlmann, se brisa. Était-ce l'horreur dont il avait été le témoin, était-ce la lâcheté qui maintenant l'envahissait –

il tomba dans l'herbe près de Luise, l'étreignit et l'embrassa avec un désespoir sauvage.) Je t'aime... balbutia-t-il. Luiserl, crois-moi, je t'aime... je... je...

Il ne savait plus ce qu'il faisait. Il agissait comme dans le délire qui suit un choc. Il se jeta sur elle, la força avec la dernière brutalité. Il pressa ses mains sur sa bouche pour l'empêcher de crier. Il ne s'aperçut pas qu'elle lui mordait la main, il ne vit pas que le visage de Luise était barbouillé de sang.

Puis il s'assit dans l'herbe, tamponna de son mouchoir sa main mordue et se haït. Luise était étendue près de lui, le regard fixé sur le ciel. Elle avait vomi de dégoût et il lui avait soutenu la tête en balbutiant des mots tendres. Des mots d'excuse et de justification qui ne l'atteignaient plus. À cet instant, tout en elle était mort, broyé, déchiré, le dernier reste d'amour, la dernière impression d'avoir été jadis heureuse avec cet homme.

Sans échanger un mot, ils repartirent peu après pour rentrer à Hanovre. Tout aussi silencieusement, il fit entrer Luise dans la maison par la porte de derrière et la conduisit à la salle de bains. Il n'était plus besoin de mots. Dahlmann était certain qu'elle était aveugle; Luise comprenait désormais qu'il y allait de sa vie.

En passant le seuil de la maison, Dahlmann retrouva son assurance habituelle. Si Luise parlait à quiconque de l'épisode du lac, il nierait. Il nierait être jamais allé au lac de Steinhuder ou n'importe où ailleurs, oui, il contesterait toute excursion, il dirait : « Elle a les nerfs malades, elle a perdu la raison. Demandez au Dr Vierweg, elle entend des gouttes d'eau et des tapements nuit et jour... »

Il quitta la chambre à grands pas pour appeler le Dr Vierweg. Il s'immobilisa à la porte du salon, comme frappé à la tête. À travers la porte, il entendait très distinctement, à ne pas s'y méprendre, tac-tac-tac...

D'un geste frénétique, il ouvrit violemment la porte. Son pivert artificiel n'était plus sur la bibliothèque. Il tapait sur la table. Me Kutscher, confortablement assis, fumait et observait l'appareil avec intérêt. Il agita son cigare à la vue de Dahlmann et en désigna du bout le petit marteau.

– Génial ! Tout bonnement génial ! dit-il. On n'en voit pas de pareils dans les meilleurs films policiers ! Quel don diabolique saisissant ! Je rends hommage à votre machiavélisme.

D'un mouvement furieux, Dahlmann referma la porte derrière lui.

– Comment êtes-vous entré ? (Dahlmann vint vivement vers la table et arrêta le balancier.) Que voulez-vous encore ?

Me Kutscher envoya un rond de fumée en direction du plafond. Il avait l'air d'un joueur de cartes qui a en main un atout sûr et n'attend plus que de pouvoir le jeter sur la table.

– À la question numéro un, dit-il, débonnaire, je réponds que votre employée s'est laissé persuader qu'un avocat a le droit d'entrer dans une maison. Elle n'a pas inventé la poudre, cette fille. Elle confond avocat et huissier.

– Infâme ! dit Dahlmann d'une voix enrouée.

– À la question numéro deux, je réponds que je suis ici en ma qualité d'avocat.

– Je ne comprends pas...

– Cette incompréhension n'exclut pas que de tels faits existent. Le Dr Ronnefeld m'a chargé, au nom de votre gracieuse épouse, de m'occuper d'une affaire.

Dahlmann prit appui sur le plateau de la table et se pencha en avant. Son visage s'était empourpré.

– Elle est bien bonne ! Ma femme vous aurait demandé...

– Par le truchement du Dr Ronnefeld...
– Qu'a ce médecin sénile à voir là-dedans ?
– Beaucoup, apparemment. Il m'a fait part de ce qu'il soupçonne... c'est exactement ce que je sais déjà.

Dahlmann respirait avec difficulté. Il réfléchissait à ce que pouvait savoir le Dr Ronnefeld. Cela ne pouvait être que peu de chose. Il ignorait ses relations avec Moni; ils s'étaient toujours montrés particulièrement réservés en sa présence. Ce que savait le médecin ne pouvait donc être que ragots stupides. Des commérages de voisins, rien de plus.

– Ma femme croit à ces racontars idiots ?

Me Kutscher leva les sourcils.

– Le petit diable amateur que vous êtes devrait s'accoutumer à faire au moins preuve de franchise entre frères ! Que voulez-vous me faire accroire, je vous prie ? Je ne puis dire ce que votre femme croit ou sait, je dois avoir aujourd'hui mon premier entretien avec elle. Il s'agit au reste d'un conseil d'ordre notarial.

– Vous n'êtes pas notaire, que je sache !
– Cela n'exclut pas un conseil d'ordre juridique.

Me Kutscher donna un léger coup au pivert; celui-ci se mit aussitôt à taper. Tac-tac-tac. Dahlmann s'empressa de l'arrêter.

– Il n'est pas normal que vous, mon ex-avocat, représentiez à présent ma femme. Aucun avocat ne peut faire ça ! Je puis vous garantir que si vous vous occupez de son affaire, je m'emploierai à déchaîner un scandale qui brisera votre réputation !

Dahlmann remit son pivert sur la bibliothèque et tendit l'oreille vers la porte. Dans le lointain, on entendait des bruits d'eau. Luise prenait un bain. Me Kutscher hocha la tête et eut un sourire épanoui.

– Je le sais.

– Dans ce cas, que faites-vous encore ici ?
– La curiosité.
– Je vous prie de quitter ma maison ! dit Dahlmann d'un ton dur.
– Non.
– Vous savez que désormais vous...
Me Kutscher balaya la phrase d'un mouvement de main.
– Ne parlez pas de violation de domicile. En tant que juriste, je suis plus au fait que vous.
– Je vous chasse de ma maison et vous...
– Voilà l'erreur, Satan au petit pied ! La maison ne vous appartient pas, elle est à votre femme. Tout, ici, appartient à votre femme – la pharmacie, la maison, les biens, les biens-fonds, le nouvel immeuble à côté. La séparation de biens que votre intelligent beau-père a instaurée avant que la demoiselle Horten ne devînt la dame Dahlmann fait de vous un usufruitier, point final.
– Un Polichinelle, oui ! cria Dahlmann.
– C'est une question de point de vue. Je vois que vous essayez de changer cette situation à l'aide de la technique. Je vous ai déjà dit que le moyen était plus que sordide.
– Je ne vous ai jamais demandé votre avis là-dessus. Et maintenant, allez-vous-en !
– Pas avant d'avoir parlé à votre femme.
– Je m'y opposerai.
– Alors, vous feriez aussi bien de partir tout de suite pour la Terre de Feu. (Me Kutscher secoua la tête, presque avec compassion.) Cher Belzébuth, pourquoi cette agitation ? Puis-je vous dire une chose ? Depuis le début, vous avez tout fait de travers ! Vous vous êtes conduit comme un nourrisson à qui on aurait donné des biberons de cognac à la place de lait. Pour commencer, vous avez agrippé votre charmante belle-sœur par le pan de sa jupe en gémissant : « Embrasse-moi,

je t'en prie, je t'en prie, embrasse-moi ! » On ne baisse pas ainsi son pantalon en public !

– Continuez, dit Dahlmann d'une voix sourde. Vous n'allez pas tarder à recevoir mon poing dans la figure...

– L'entourage est vigilant, figurez-vous, il a l'ouïe plus fine que ne le croit un coq amoureux. On pense avoir agi dans la plus grande discrétion, on croit que nul ne soupçonne quoi que ce soit alors qu'on est comme dans une vitrine et qu'on figure pour les spectateurs un tableau vivant. Cela est une chose. L'autre chose, c'est votre refus de faire opérer votre femme une nouvelle fois. Voilà de quoi surprendre un médecin comme le Dr Ronnefeld. Et les autres aussi. La cécité de sa femme l'arrange bien, celui-là, dit-on. Une femme aveugle, une belle-sœur sous son toit et dans son lit, plus de contrôle des dépenses... et si, à présent, on déclare en outre votre femme folle, n'allez pas croire que quiconque le gobera. Vous n'avez pas le don de pouvoir attendre. Tout le monde ne l'a pas. C'est là qu'achoppent les meilleures filouteries ! On veut faire les choses aussi vite que possible. Retenez bien ceci, Dahlmann : une scélératesse accomplie est pareille à un arbre. On la plante, il faut l'arroser, la nourrir, lui prodiguer des soins et pouvoir attendre son épanouissement – comme un arbre – contre vents et marées. (Me Kutscher jeta un regard à sa montre.) Pour ce conseil de seize minutes, je devrais demander au moins 300 marks, eu égard à votre importance.

Dahlmann n'eut pas le loisir de répliquer. La porte s'ouvrit; Luise entra, les cheveux mouillés, vêtue d'un peignoir de bain rouge à motifs de fleurs jaunes, chaussée de mules, une serviette éponge jaune autour du cou. Elle s'immobilisa à la porte et pencha la tête. C'est ainsi qu'elle faisait toujours quand elle tendait l'oreille pour reconnaître son environnement aux bruits.

– Il y a quelqu'un ? demanda-t-elle.

Et elle sourit. Cette vision frappa Me Kutscher au cœur. Il regarda Dahlmann avec une fureur soudaine et même avec un rien de dégoût et de haine.

– Me Kutscher, dit-il. (Sa voix était sourde; il s'étonna de ce ton inhabituel.) Vous avez chargé le Dr Ronnefeld de me demander de passer, chère madame.

– Oh ! (Luise croisa le peignoir sur sa poitrine en un geste touchant de pudeur virginale.) Je... je ne suis pas habillée pour... Ernst ?

– Oui, Luiserl ?

Dahlmann serra les dents. Il se rendit compte que son ton mielleux était plus que stupide en présence de l'avocat.

– Pourquoi ne m'as-tu pas prévenue ?

– Me Kutscher arrive à l'instant. Je n'en ai pas eu le temps, ma chérie.

– Que doit-il penser de moi ?

– Que d'excellentes choses, chère madame ! (Me Kutscher lança à Dahlmann un regard furibond.) Votre vue est toujours une joie pour un homme. Hélas, ce n'est pas en tant qu'homme que je suis ici, mais en tant qu'avocat.

Luise rit. Ce faisant, elle se renversa un peu en arrière, découvrant une partie de sa jambe nue sous le peignoir.

Quel porc tu fais ! pensa Me Kutscher, et il regarda de nouveau Dahlmann. Dans l'exercice de sa profession, il avait souvent eu des cas qui l'avaient hérissé mais qu'il avait pourtant accepté de défendre parce qu'il se disait qu'un homme est capable de tout. Mais là, son intelligence s'y refusait. Une sorte d'esprit chevaleresque, rare chez lui, l'obligeait à se ranger du côté de Luise et à s'opposer à Dahlmann de tous ses moyens.

Luise s'assit et croisa le peignoir sur ses jambes. Elle posa son regard à côté de Me Kutscher et hésita. J'ai peur, pensa-t-elle. Ce serait simple de bondir sur mes pieds et de dire : « Hors d'ici, scélérat ! Maître, je ne suis pas aveugle, entamez la procédure de divorce... » mais cela signifiait aussi qu'il devrait partir sur-le-champ, qu'il aurait toute latitude de quitter l'Allemagne avant même qu'on n'eût lancé un mandat d'arrêt contre lui. Elle passa une main tremblante sur ses cheveux. Un mandat d'arrêt ? Pour quel motif ? Et les preuves, où étaient-elles ? On ne peut arrêter un homme parce qu'il trompe sa femme avec la sœur de celle-ci. On ne peut emprisonner quiconque avant d'avoir démontré sa culpabilité. On ne peut emprisonner un homme parce qu'il veut rendre sa femme folle... cela aussi, il faut d'abord le prouver.

Et la peur revint. La peur que Dahlmann pût la tuer. Peu auparavant, elle avait vu la sûreté de sa main tandis qu'il brandissait le lourd chandelier au-dessus de sa tête, et ce qu'elle venait de vivre ce même jour au bord du gouffre était la preuve qu'il ne reculerait pas devant la dernière extrémité s'il se rendait compte qu'elle n'était pas aveugle. Elle devait se protéger, ériger un mur de séduction et d'espoirs pour gagner du temps, un temps qui travaillerait pour elle, qui lui fournirait de quoi anéantir Dahlmann. Anéantir l'homme auquel elle avait voué autrefois un amour d'une ardeur égale à celle de la haine qu'elle lui portait désormais. Elle mit ses lunettes noires. Elle considéra tour à tour Me Kutscher et son mari. Nous pouvons commencer, pensa-t-elle, et elle posa les mains sur ses genoux.

Dahlmann, blême d'énervement, debout près de la fenêtre aux fleurs, effeuillait la tige d'un haut palmier.

– Je serai brève, maître, dit Luise d'une voix claire. (Elle regarda son mari et s'effraya de la froideur avec laquelle elle pouvait le contempler.)

Je ne t'ai pas dit, Ernsti, que j'avais prié le Dr Ronnefeld d'arranger cette rencontre. Ce devait être une surprise.

– Pour une surprise, c'en est une, Luiserl !

Dahlmann s'efforçait de retrouver son habituel ton enjoué et affectueux.

– Je suis aveugle, et je le resterai. (Luise fixa Dahlmann.) Je sens que mes nerfs me lâchent un peu plus chaque jour. J'entends des bruits qui n'existent pas. Je dois me forcer à ne pas faire des choses qui risqueraient de tourner à la catastrophe. Qui sait combien de temps encore j'en aurai la force, combien de temps il me reste avant que je ne sois réellement folle... Vous voyez que je puis en parler tout à fait calmement. Et je voudrais régler une chose tant que je suis en possession de toutes mes facultés mentales, selon l'expression des juristes. Je voudrais réparer une erreur.

– Réparer une erreur ? demanda Me Kutscher, déconcerté.

– Oui. Mon père ne pouvait souffrir mon mari, j'ignore pourquoi. Il fit instaurer une séparation de biens absurde, avant que nous ne puissions nous marier. Cependant, durant les années de mon mariage et surtout au cours de ma maladie, j'ai pu mesurer à quel point mon mari était un homme bon. Le meilleur homme qu'une femme puisse souhaiter avoir. Sans mon mari, ma vie n'aurait plus aucun sens. Lui seul me donne force et amour.

Me Kutscher déglutit à plusieurs reprises. Il évitait de regarder Dahlmann; mais il serra les poings lorsque celui-ci, de son coin, dit d'une voix chevrotante :

– Luiserl... ma chérie...

Il faudrait remettre les choses à leur place, pensa l'avocat. Hurler la vérité. Cette femme est doublement aveugle.

– Je voudrais vous prier, maître, poursuivit Luise, de voir avec un notaire si, eu égard à ma maladie, les dernières dispositions de mon père peuvent devenir caduques. J'aimerais instituer mon mari mon unique héritier. Non pas à ma mort, mais de mon vivant.

Me Kutscher retint son souffle. Mon Dieu ! pensa-t-il. Ô Ciel ! Elle dicte son propre arrêt de mort. S'il est loisible de concrétiser cette intention, elle peut s'épargner tous les détours et se mettre tout de suite la tête dans le four de la cuisinière ! Il se retourna et regarda vers la fenêtre aux fleurs. Dahlmann, éclairé par la rougeur du soleil couchant, dans son cadre de fleurs, affichait un sourire de contentement. Il ne disait mot, mais à l'avancée arrondie de sa lèvre inférieure, l'avocat comprit qu'il réfléchissait intensément et que son sourire était l'expression du plus extrême danger.

– Vous… vous agissez de façon très impulsive, chère madame… balbutia Me Kutscher.

– Oh que non, j'y ai mûrement réfléchi ! Qu'en penses-tu, Ernsti ?

– L'émotion me laisse sans voix. (La voix de Dahlmann tremblait réellement.) Tu n'as pas le droit de parler ainsi, Luiserl. On a l'impression que tu as abandonné tout espoir de guérison. Et cela, tu ne le dois pas. Il te faut toujours croire qu'un jour les choses changeront, que tu recouvreras la vue, que tes nerfs se calmeront…

Je devrais lui mettre mon poing sur la figure, pensa Me Kutscher. Le prendre à bras-le-corps et le jeter par la fenêtre, telle une araignée répugnante qu'on pousse dehors avec un balai.

Luise tourna la tête vers l'avocat.

– Entendez-vous comme il est affectueux ? (Elle sourit, au comble du bonheur.) Ne se doit-on pas de récompenser un tel amour ? (Me Kutscher se retint de répondre.) Voulez-vous en parler à un notaire ?

– Peut-être devriez-vous repenser l'affaire.

– Pourquoi ? Mon mari, jusqu'à présent, s'est tenu dans l'ombre. Je le sais. Il ne s'en est jamais plaint, mais je l'ai deviné. Je n'y pouvais rien changer, les dispositions de mon père sont trop spécifiques. Mais mon état physique aussi bien que mental crée des conditions nouvelles qui n'étaient pas prévues dans le testament. Toutefois, je voudrais faire une réserve.

Dahlmann leva les sourcils, intéressé. Me Kutscher ne présageait rien de bon, il joignit les doigts.

– Oui ? dit-il, comme Luise hésitait.

– Si je devais avoir un enfant, celui-ci aurait les trois quarts de tous les biens Horten. Un quart resterait à mon mari à titre de rente; de quoi assurer ses vieux jours sans qu'il ait à dépendre de son enfant et de ses humeurs.

L'avocat acquiesça sans un mot. Plaise à Dieu que nous n'ayons pas à considérer cette éventualité dans les semaines à venir ! pensa-t-il. Il sursauta comme sous le coup d'une explosion brutale, lorsque Dahlmann rompit le silence.

– Je ne puis l'accepter, Luiserl ! J'ai toujours été heureux avec toi. Je ne veux pas que tu penses que je me sois jamais senti mal à l'aise.

– Quand même. (Luise dressa la tête, aux aguets.) Le temps m'est compté, je le sais. Là... ça recommence... le tapement... tac-tac-tac...

Me Kutscher bondit de son siège. Dahlmann avança la tête, tel un vautour qui fond sur sa proie. Tous deux levèrent en même temps les yeux sur la bibliothèque : l'appareil ne marchait pas.

– Que... qu'entendez-vous, chère madame ? demanda l'avocat d'une voix que l'émotion rendait rauque.

– Des tapements, des cliquetis, des craquements... rythmés, incessants, uniformes, toutes les deux secondes... Comme des coups de marteau... qui résonnent, et résonnent et résonnent...

– Mais il n'y a aucun bruit, absolument aucun ! cria l'avocat, quasi au désespoir.

– Je le sais bien. C'est dans ma tête. (Luise se boucha les oreilles et pencha la tête en avant.) Je vous en prie, parlez à un notaire... vite, je vous prie...

L'avocat, en proie à l'émotion, quitta la pièce. Dahlmann le suivit. Entre ses doigts écartés, Luise vit son enjouement. Elle se leva et colla l'oreille contre la porte. Elle l'ouvrit à peine pour mieux entendre ce qui se disait dans le vestibule. D'où tiré-je la force de jouer ce rôle ? pensa-t-elle. Et que va-t-il faire ? Va-t-il tomber dans le piège ? Pourquoi donc est-ce que je fais tout ça ? Pourquoi ne pas dire : « Je vois ! J'ai tout vu ! Dehors, misérable ! » Ma haine est-elle si grande que je m'y consume ? Elle retint son souffle. Dahlmann parlait.

– Qu'allez-vous faire, maître ?

Me Kutscher toussota.

– Rien.

– Cela va surprendre.

– C'est précisément ce que je veux. Le secret professionnel m'empêche de dire la vérité à votre femme. Car je la tiens de vous, du temps où vous étiez encore mon client. Mais nul ne saurait m'empêcher de ne rien faire.

– Il y a d'autres avocats, à Hanovre.

– Assurément. Au reste, vous pouvez démonter votre appareil. Il semble que le choc s'est déjà produit. On devrait vous réduire en bouillie !

– Vos tirades sont risibles, maître. Portez-vous bien.

– S'il arrive quelque chose à votre femme (l'avocat regarda Dahlmann avec mépris), disons un accident, soyez sûr que je déposerai une dénonciation pour meurtre.

– Merci. (Dahlmann eut un rire dur.) Croyez-vous que je sois idiot au point d'entreprendre quoi que ce soit après la donation ?

– Pensez à la clause additionnelle... l'enfant.

– Cela ne m'effraie pas.

– On va s'étonner quand vous cesserez soudain de jouer à l'époux aimant.

– Je suis pharmacien, maître. (Luise entendit Dahlmann rire de nouveau.) À cause de ses nerfs et des bruits, Luise va devoir prendre des calmants. Des gélules, des comprimés, que sais-je... Et chaque jour, en même temps que ces comprimés, elle avalera une pilule anticonceptionnelle. Vous voyez, il n'y a aucun risque à accomplir ses devoirs conjugaux. Et de le faire sans devoir jamais songer à l'éventualité de ne disposer un jour que du quart des biens.

– Je vous ai sous-estimé. (La voix de l'avocat était chargée d'horreur.) Vous n'êtes pas un diablotin amateur, vous êtes le diable incarné.

La porte claqua. Luise regagna son fauteuil à la hâte et se reprit la tête à deux mains. Elle tressaillit quand Dahlmann, derrière elle, se pencha sur elle et passa ses mains sous le peignoir. Elle se dégagea d'un mouvement brutal.

– Laisse-moi ! dit-elle durement. Ne me touche pas ! Tu t'es conduit comme une bête.

– Et pourtant, tu m'as somptueusement gâté !

– Je veux que l'héritage de mon père – la pharmacie – demeure intact.

– Ne m'aimes-tu donc plus, Luiserl ?

– Non.

– Mais...

– Pourquoi as-tu fait ça, cet après-midi ?

– J'ai eu si peur ! Je t'ai vue soudain te diriger sur une grosse pierre, il n'était plus temps de t'avertir. Alors, je t'ai poussée. Si tu étais tombée sur cette pierre... tu risquais de te briser un membre.

Quelle abjection, quelle virtuosité dans le mensonge ! pensa-t-elle. Et, une fois encore, elle songea à ce qu'il ferait si elle lui disait : « Menteur ! Je vois ! »

Elle l'observa aller au bar et se verser un cognac. Il leva haut son verre contre le soleil rouge sang qui jaillissait à flots par la fenêtre aux fleurs et nimbait le jour de pourpre d'agonie. On eût dit qu'il trinquait à lui-même.

Je ne pourrai jamais le lui dire, pensa Luise, pas ainsi. Elle éprouva une peur soudaine. Peur de Dahlmann, qu'elle savait désormais capable de la tuer au moment où il apprendrait la vérité. Il lui fallait renoncer au triomphe de tout lui lancer à la figure. Elle jetterait le masque à l'abri d'une retraite sûre, un lieu inconnu de lui. À la fin de son jeu, qui coïnciderait avec la fin d'Ernst Dahlmann. Elle était résolue à le faire bientôt; elle n'avait plus la force de jouer encore longtemps la cécité.

– Et après ? demanda-t-elle. Pourquoi as-tu... fait cela... ensuite ?

– J'étais si heureux que tu fusses saine et sauve, et je t'aimais tant à ce moment-là...

Dahlmann prononçait ces paroles entre deux gorgées de cognac. Pour une aveugle, elles semblaient pleines de franchise. Pour celle qui voyait, c'était une gifle – le visage de Dahlmann affichait une indifférence totale, on avait même l'impression que le souvenir lui en était pénible, désagréable.

– Je suis lasse, je vais m'étendre.

Luise quitta le salon, tâtonnant. Dans le vestibule, elle entendit tinter le téléphone qu'on soulevait de sa fourche. Dahlmann appelait quelqu'un. Monika ? Savait-il déjà où se cachait Monika ?

Elle revint sans bruit à la porte. Dahlmann parlait à un employé de la pharmacie.

– Oui, je descends tout de suite, dit-il. Préparez-vous à l'idée que vous allez faire marcher seul la boutique pendant trois jours. Je dois m'absenter.

S'absenter ? Luise se faufila dans sa chambre. Où veut-il aller ?

L'auberge de la Cruche verte, très isolée, était sise en dehors de Soltau. C'était une de ces vastes chaumières des landes de Lunebourg transformées en hôtel, sans qu'on eût fait au modernisme d'autres concessions que l'électricité, l'eau courante et l'installation de salles de bains. Les guides ne lui accordaient aucune étoile et les dépliants touristiques la mentionnaient à peine. L'habitant de ces lieux se croyait transporté à l'époque où l'on logeait avec les moutons et où l'on buvait deux ou trois godets d'eau-de-vie, à la lueur d'une lampe à huile, pour bien dormir. C'étaient surtout des artistes qui fréquentaient la Cruche verte; ils s'y retrouvaient pratiquement entre eux, loin de l'hypocrisie de la civilisation et dans le calme nécessaire pour se consacrer à leurs œuvres. Monika connaissait cette auberge depuis son passage aux Beaux-Arts, et ce n'était donc pas un hasard si elle y avait cherché refuge pour se soustraire à l'influence d'Ernst Dahlmann.

Dès le premier jour, elle fit la connaissance d'un grand garçon blond qui habitait une chambre minuscule sous les toits et qui aidait à la cuisine en faisant la vaisselle.

Il se présenta à Monika avec une révérence polie et la maladresse d'un ours.

– Je m'appelle Julius Salzer. Vous pouvez aussi m'appeler Jules Salaire, c'est mon nom de plume – sauf que personne ne le connaît encore ! Ce qui ne veut pas dire qu'il ne resplendira pas un jour en lettres majuscules sur de gros bouquins à la devanture des librairies. L'ennui, c'est qu'il ne s'est encore présenté aucun éditeur qui *a)* veuille faire éditer un jeune inconnu et qui *b)* ait le courage, dans ce siècle de l'amoralité, d'imprimer un livre romantique. Attendons donc, j'ai le temps. On verra si je suis né cent ans trop tôt ou trop tard.

Monika rit, bien que sa gorge fût nouée. La peur lui avait fait perdre la tête. Quand elle avait réussi à reprendre ses esprits, elle n'avait plus eu qu'une idée en tête : s'enfuir de la maison Dahlmann, s'enfuir de Hanovre, s'enfuir de la vie de deux êtres où elle n'avait plus sa place. La révélation, épouvantable, que Luise voyait l'avait jetée dans la panique. Ce n'est qu'à présent, dans cette chambrette de l'auberge, qu'elle prenait conscience qu'elle n'avait plus de sœur, plus de foyer, plus de patrie. C'étaient des conséquences auxquelles elle n'avait jamais réfléchi tandis qu'elle se pliait aux exigences pressantes de Dahlmann et se livrait sans condition à un amour qu'elle considérait à tort comme un fait élémentaire – si grand, si puissant, si irrésistible que, tel un torrent, il renversait tous les obstacles et justifiait leur attitude envers Luise. « Un amour comme le nôtre, avait-elle dit un jour à Dahlmann, est inconcevable, en vérité. On ne saurait le mesurer aux normes courantes. Ce n'est pas un péché, car des forces originelles se font jour en nous que nul ne serait à même de maîtriser. Le moyen d'être coupable quand on est soi-même victime ? »

Tout cela avait volé en éclats le soir où elle s'était aperçue que Luise voyait. Il ne lui restait que la fuite; elle était suffisamment femme pour savoir ce qu'elle pouvait attendre de sa sœur si elle demeurait à Hanovre.

Puis était venu l'appel du directeur de l'agence de publicité. Ernst Dahlmann connaissait donc son adresse. L'envie la reprit de fuir encore –

mais où ? Le monde, certes, était vaste mais pas assez pour qu'un Ernst Dahlmann ne pût la retrouver.

Dans cet état de désespoir, elle fit un pas en avant : elle s'attacha au blond Julius Salzer, le poète inconnu, qui payait sa petite chambre mansardée et sa nourriture par des tâches domestiques à la Cruche verte.

Dès le soir de son arrivée, elle se fit lire un extrait de son roman *Du givre sur Ursula,* un texte singulier évoquant une jeune fille qui attend si longtemps son amoureux que le givre dont elle est recouverte la transforme en glace, statue de l'amour immortel.

Monika, assise en face du jeune poète, mains jointes, ne pensait à rien. Elle n'était que vide. Elle entendait des mots et ne les comprenait pas; ce n'étaient que des sons, hauts ou bas, timbrés ou atones, longs ou courts, presque un bourdonnement. Lorsqu'il cessa, elle leva les yeux et sourit à Julius Salzer.

– C'est beau !

– Des bêtises !

Julius referma d'un coup sec le cahier d'écolier dans lequel il avait écrit son roman.

– Mais pourquoi ?

– Parce que personne ne l'éditera et que personne ne le lira. Ce serait autre chose si mon Ursula avait quinze ans et aimait un vieillard de quatre-vingt-dix ans.

– Fi donc !

– Vous lisez trop peu de romans modernes et couronnés par des prix, ma petite demoiselle. (Julius jeta son roman dans un coin.) À l'heure actuelle, un auteur n'a une chance de voir percer son livre dans le monde des lettres que s'il y met du pervers. Pas de prix littéraire sans perversité – tel devrait être le premier impératif pour les jeunes écrivains. Cela leur épargnerait bien des déceptions futures. Je suis trop vieux jeu, hélas, pour ça.

– Si vous continuez sur ce ton, ce sera notre première et dernière conversation, monsieur Salzer.

Monika regarda de nouveau devant elle. Comme tout cela est anodin en regard de mon passé, pensa-t-elle. Et ce grand garçon blond qui me regarde et imagine que je suis une fille timide, douce, intacte, pure. Que cette satanée vie peut être abominable, mensongère !

– Pardonnez-moi. (Julius entoura de ses bras ses genoux serrés et leva les yeux sur la lande obscurcie par la nuit. Les sureaux, tels des soldats sac au dos, se dressaient contre le ciel blafard.) Vous êtes-vous posé parfois cette question stupide – pourquoi vivons-nous ?

– Oui.

– Et quelle est votre réponse ?

– Je n'en ai jamais trouvé une.

– N'avez-vous jamais aimé ?

– Pourquoi ?

– On dit que quand on aime, on sait pourquoi on vit.

– C'est une erreur.

– Comment pouvez-vous dire ça si vous n'avez jamais réellement aimé ?

– Et vous ? Avez-vous déjà été amoureux ?

– Non. Mais je voudrais que ça m'arrive.

– Qu'est-ce qui vous en empêche ?

– L'autre.

– Comment ça ?

– Je n'ai encore trouvé personne. Peut-être est-ce là une des raisons pour lesquelles mes romans sont si médiocres et éloignés de la vie. Il y manque le moteur, le vécu, l'ardeur de l'instant, la chaleur d'un corps, le don de soi qui déchire le ciel... le diable sait tout ce qui est caché dans l'amour !

– La fadeur de la folie, murmura Monika.

Julius secoua la tête. Il scrutait toujours la lande nocturne et ne vit pas les yeux vides de Monika.

– Ça ressemble trop à du Sartre, ma petite demoiselle ! L'amour doit être quelque chose de volcanique, qui projette vers le haut du noyau fondamental de l'homme. L'amour doit être au-delà de toute description. Il ne se désigne pas avec des mots humains, Dieu lui-même ne connaissait pour ce dire qu'un seul mot : l'amour !

– Vous êtes un incurable romantique.

– Peut-être serais-je un moderne si je savais ce qu'est l'amour. Cependant, de ma vie, je ne saurais me représenter que l'amour n'est rien d'autre qu'une distribution d'hormones en surnombre.

– C'est souvent le cas.

– Hé ! Hé ! Voilà l'expérience qui parle ! (Julius éclata de rire et se tourna vers Monika. Prêt à ironiser davantage, il lut la souffrance dans ses yeux. Il se pencha vers elle.) Qu'avez-vous ? Est-ce de m'écouter divaguer qui vous fait cet effet ? Si tel est le cas, je me lève incontinent et m'en vais. Je ne vous en tiendrai pas rigueur. Je le sais, je lave mieux les assiettes que je ne torche des phrases. On ne dit plus aujourd'hui : « Le vent jouait dans les feuilles comme sur les cordes d'une harpe... » mais : « Le vent pétait dans les branches... » C'est clair et net, voilà de l'art, et pour ça on reçoit des prix, on peut s'acheter une maison dans le Tessin. (Il se leva et s'étira.) Bonne nuit, ma petite demoiselle. Oubliez cette conversation inepte avec un béjaune encore plus inepte. Je vais m'asseoir dans ma mansarde, prendre une feuille de papier, un stylo à bille et écrire : « Les nuages glissent sans rails/Et sur la terre rampe un ver jaune/Où est la grandeur/Quand la pluie, la neige et la tempête les balaient tous ? » Croyez-vous qu'on le lira ?

– Non.

– Et pourquoi pas ?

– Parce que c'est à côté de la vie. (Monika leva les yeux sur Julius. Je veux oublier, pensa-t-elle. Oublier hier, avant-hier et toute une année. L'oubli est-il possible ?) Vous êtes si grand ! Vous devriez vous rapprocher un peu de la terre. La tête dans les nuages, on ne voit plus la vie.

Elle fit un signe, Julius se pencha en avant. Elle lui prit la tête, l'attira à elle et l'embrassa. Elle perçut l'hésitation du garçon, son étonnement, sa résistance... elle enfonça ses doigts dans sa nuque, ouvrit les lèvres et le mordit. Elle ne ressentit nul triomphe quand elle se rendit compte que sa résistance se brisait sous cette morsure. Il l'enlaça et la souleva vers lui; son baiser fut dur et douloureux.

Oublier, pensait-elle. Laisse-moi oublier... tout... tout. Me libérer du passé, chasser l'abjection par l'abjection, les mensonges par de nouveaux mensonges... Ô mon Dieu, à quelle extrémité suis-je arrivée...

Pour Julius, le ciel tomba sur la terre. Il lui parut qu'il s'éveillait dans un autre monde. Dans le monde de la réalité, dans un monde humain.

Deux jours plus tard, Ernst Dahlmann vint à Soltau.

Luise n'avait aucun doute sur la destination de son mari. Il lui avait déclaré devoir se rendre à Cologne, à un congrès de pharmaciens, où on parlerait de médicaments récents et échangerait des expériences sur des médicaments connus. Elle n'en croyait pas un mot. Toutefois, elle n'empêcha pas son départ, elle ne colla pas à ses pas. Elle attendit que sa voiture eût démarré pour appeler un taxi, afin de se renseigner à l'aéroport avec Mlle Pleschke.

Il avait dit qu'il serait absent trois jours. C'était assez pour s'assurer que son opération avait réussi.

La chance, qu'elle défiait par sa soudaine décision, joua en sa faveur. Elle obtint deux places pour Francfort et apprit par téléphone qu'il restait des places sur un vol à destination de Milan à midi.

L'après-midi, elles étaient à Bologne et se mirent aussitôt en route pour la clinique Santa Anna, le palazzo blanc derrière ses murs sombres.

Le Pr Siri était en train de faire une de ses visites redoutées. Elles firent appeler le Dr Saviano. Réjoui, il vint vers elles, les mains tendues.

– Signora ! s'écria-t-il avec sa fougue méridionale. Quel plaisir de vous revoir déjà ! Comment allez-vous ?

Luise tourna la tête vers Mlle Pleschke.

– Qui est là ?

– Un médecin, je crois. (Mlle Pleschke fit un signe de tête au Dr Saviano.) Vous êtes médecin, n'est-ce pas ? Il me semble vous connaître.

Le Dr Saviano attacha son regard sur Luise. Elle lui fit un clin d'œil. Sourcils levés, il se pencha vers elle et la prit par le bras.

– Accompagnez-moi à la salle d'examen, je vous prie. Je vous y conduis. (Mlle Pleschke s'installa dans un fauteuil et se mit à feuilleter des illustrés colorés.) Jouez-vous toujours à l'aveugle, signora ? demanda-t-il dès qu'ils furent seuls. C'est un tantinet exagéré ! Je sais, je sais, ce sont vos affaires, mais le professeur est furieux que vous lui ayez défendu de publier le compte rendu de l'opération dans la presse médicale.

– L'interdiction ne va pas tarder à être levée.

– Et pourquoi êtes-vous venue ?

– Il faut que je sache si je vais conserver la vue ou si les cornées greffées risquent de redevenir opaques.

– On ne pourra se prononcer que dans quelques mois.

– Je pourrais donc redevenir aveugle ?

– Tout est possible. Son corps est à la fois l'ami

et l'ennemi de l'homme. (Le Dr Saviano tendit l'oreille. Des pas nombreux résonnaient dans le couloir.) Voilà le Pr Siri.

Le Pr Siri reconnut Luise au premier coup d'œil et pencha la tête, tel un taureau attaqué. Ses cheveux blancs voletaient autour de ses tempes. Il venait de piquer une colère. Dans le service IV, le régisseur Pietro Stragazzi, lors d'une virée dans un bistrot, avait parié son œil de verre contre deux litres de vin... et il avait perdu son pari. Et il était là, l'orbite creuse, à réclamer un nouvel œil. Le pire était qu'il ignorait qui avait gagné son œil. Le Pr Siri avait crié et s'était arraché les cheveux.

– Plutôt trois incontinents toute la nuit comme bouillotte que toi une heure en consultation ! avait-il beuglé. Retourne à Bologne et trouve-t'en un autre !

Maintenant, il faisait face à Luise Dahlmann, les mains dans les poches de son éternelle blouse trop courte. Le Dr Saviano fit sortir les internes et les sœurs de la pièce et ferma la porte.

– Ah ! Ah ! (Le Pr Siri souffla bruyamment par le nez.) Notre double opération ! Je vous redonne le soleil, et vous, qu'est-ce que vous faites ? Vous bottez les fesses d'un vieillard ! Un cas qui serait un bijou à publier !

– Vous pourrez le publier dans quelques semaines.

– Vraiment ? (Le Pr Siri indiqua un siège d'un signe.) Asseyez-vous. (Luise obéit. Siri se pencha sur elle et souleva ses paupières.) Remuez les yeux dans tous les sens, sur le côté, vers le haut... merci. (Il se recula et lissa ses cheveux de la main.) Tout est en ordre, signora. Le soleil brille toujours.

– C'est tout à fait sûr ?

– Autant qu'on puisse en juger, oui.

– Je vous remercie, monsieur le professeur.

(Luise lui tendit la main; Siri leva les sourcils. Elle connaissait cette réaction – elle secoua la tête.) Non, non, je ne vais pas entonner des louanges, monsieur le professeur. Je veux simplement vous dire que vous avez sauvé plus que ma vue.

– Plus ?

– Oui. Ma vision de la vie. J'étais aveugle alors même que je voyais encore; et j'ai appris à voir aveugle. Cela semble absurde, non ?

Le Pr Siri secoua la tête.

– J'entends cela si souvent, hein, Saviano ? Certains sont revenus me crier : « Pourquoi m'avoir rendu la vue, professore ? Avant, la vie était si simple, si limpide... à présent, elle est d'une complexité et d'une dureté terribles. Désormais, je vois des choses qu'on me cachait. » Et un jour, signora, l'un de mes patients s'est suicidé... Je crois vous l'avoir déjà raconté...

– En effet. Mais ne craignez rien de ce genre de ma part. Je vois ma vie autrement, plus nettement, plus froidement, c'est tout. Si elle est plus belle ? Je ne crois pas. L'illusion s'est dissipée en même temps que la nuit éternelle. Il est vrai qu'une illusion qu'on se fait à soi-même a ses bons côtés, a un charme singulier. Cependant, je vous remercie. Vous n'avez pas fait que rendre la vue à deux yeux, vous m'avez transformée...

Luise et Mlle Pleschke passèrent la nuit dans un petit hôtel de Bologne. Le lendemain matin, elles allèrent à Milan par la route et s'envolèrent pour Hanovre via Francfort. L'employé de la pharmacie apprit à Luise que son mari avait téléphoné trois fois la veille.

– D'où ? demanda-t-elle.

Elle était parfaitement calme.

– De Cologne.

– Et qu'avez-vous dit ?

– Que pouvais-je dire sinon que vous étiez partie avec Mlle Pleschke nul ne savait où !

L'employé s'en fut, un peu déconcerté. Une demi-heure plus tard, Dahlmann rappela.

– Luiserl ! s'écria-t-il. Enfin ! Où étais-tu ? Je me suis fait un sang d'encre. J'ai appelé encore à minuit. Où diantre étais-tu ?

– Au théâtre. Je suis allée entendre *La Traviata*. Et pour finir, nous sommes allées boire un verre. Je dormais sans doute à poings fermés quand tu as appelé à minuit. Où es-tu ?

– À Cologne. Un congrès fort intéressant.

– Je le crois. (Il n'y avait aucun sarcasme dans la voix de Luise.) Où loges-tu ? Puis-je te rappeler ?

– Hélas non ! Je loge chez l'habitant. Tous les hôtels sont complets. C'est encore la foire. J'ai eu toutes les peines du monde à obtenir un lit à l'office du tourisme.

Ils échangèrent encore deux ou trois banalités puis se quittèrent. Luise considéra pensivement l'appareil longtemps après que Dahlmann eut raccroché.

Où peut-il être ? pensait-elle. Où est Monika ? Était-elle à ses côtés tandis qu'il téléphonait ? Pourquoi a-t-il appelé ? Avait-il peur que je ne fusse partie à sa recherche ?

S'il existait un indice sur l'endroit où Monika se cachait, il devait se trouver à l'atelier.

– Rentrez chez vous, Erna, dit-elle à Mlle Pleschke. Je vous donne votre après-midi. Demain matin, nous retournerons au Herrenhausen, à la même heure que d'habitude, pour tranquilliser votre étudiant.

Mlle Pleschke s'empourpra, remercia et s'en fut.

Luise attendit quelques minutes avant de monter à l'atelier de Monika. Il y régnait une odeur de peinture et de colle, de parfum et d'air vicié. Du linge et des vêtements étaient épars sur le sol. Monika avait emporté le nécessaire en grande hâte et avait pris la fuite.

Luise fouilla méthodiquement la pièce. Elle commença par la commode. Les femmes ont pour habitude de cacher leurs secrets parmi leurs sous-vêtements.

Julius Salzer fut la première personne que Dahlmann rencontra à la Cruche verte. Il sortait de la cuisine, un tablier autour des reins, et halait un cuveau d'eau de vaisselle à travers le corridor. La conduite qui allait à la fosse à purin était bouchée. On attendait le plombier.

– Ah ! Ah ! (Salzer posa le cuveau.) Vous voilà déjà ! On est rapide au pays du miracle économique ! Vous ne donnez pas l'impression d'avoir besoin de vous tuer au travail. Traversez la cuisine puis prenez la porte à main gauche. Vous tomberez pile sur la fosse à purin.

– Pardon ? rétorqua Dahlmann, consterné. Qui êtes-vous ?

– Jules Salaire, auteur des *Élégies bleu ciel.* Mais maintenant, au boulot, maestro ! La conduite doit être débouchée ce soir, sinon j'aurai quatre cuveaux à me coltiner.

– Vous confondez certainement, monsieur... je ne me rappelle plus votre nom.

– Salaire ! Ouvrez n'importe quel index d'auteurs. Si vous trouvez mon nom à la lettre S, je vous embrasse.

Dahlmann recula d'un pas. Il faut toujours maintenir une certaine distance entre les fous et les gens normaux, au moins une longueur de bras. Il jeta un coup d'œil alentour puis regarda de nouveau Salzer.

– C'est bien l'auberge de la Cruche verte ?

– Mais oui ! Et le tuyau d'écoulement refoule l'eau. À vous de jouer, maestro ! Je suis un leptosome, voyez-vous, inapte à charrier des cuveaux.

– Une demoiselle Horten vit-elle ici ?

– Oui. (Salzer se fit attentif.) Pourquoi ? Qu'est-ce que ça a à voir avec une conduite bouchée ?

– Vous me confondez vraiment. (Dahlmann examina Salzer presque avec sans-gêne. Un béjaune, pensa-t-il, dédaigneux. Il cache sa stupidité derrière la gaillardise.) Je ne suis pas plombier, je suis un nouveau pensionnaire de l'auberge. Où est l'aubergiste ? Où est Mlle Horten ?

– L'aubergiste est en train de traire les vaches. Tournez deux fois à droite, contournez le tas de fumier et franchissez une des portes d'où ça fait des meuh.

– Vous vous croyez spirituel, hein ? dit Dahlmann, grossier. Arrêtez vos crétineries !

– En revanche, vous trouverez Mlle Horten chez moi.

– Chez vous ?

Dahlmann sentit une vibration dans ses membres.

– Oui, sous le toit. Une chambrette, mais c'est chouette ! C'est de moi. Sur recommandation, vous pouvez acheter cette sentence sur bois peint. (Salzer devint soudain sérieux.) Que voulez-vous à Monika ?

– Vous appelez Monika Monika tout court ? cria Dahlmann.

Il lui semblait que son cerveau allait éclater tant le sang battait dans ses tempes.

– Parce que Monika est tout bonnement mienne ! cria Salzer en réponse. Peut-être êtes-vous dur d'oreille, monsieur. Quant à moi, j'ai de bons poumons.

Dahlmann s'appuya au mur. Il transpirait, son cœur tapait dans sa gorge.

– Vôtre ? répéta-t-il d'une voix atone.

– Oui, avec votre permission. Que lui voulez-vous ? Êtes-vous directeur d'une agence de publicité ? Apportez-vous un contrat ? Dans ce cas, montez. Mais n'est-il pas un tantinet gênant qu'un directeur d'agence de publicité soit quelque peu dur d'oreille, dites-moi ?

Dahlmann, furieux, ne répliqua pas et se mit à gravir les marches. Salzer le suivit des yeux et secoua la tête. Il est si simple, pourtant, d'être heureux, pensa-t-il.

Sans frapper, Dahlmann entra dans la chambre minuscule. Monika, assise sur ce qui était censé être un lit, dessinait. Sans se retourner, elle fit signe d'approcher par-dessus son épaule.

– Viens voir le projet que j'ai fait, Julius. (Sa voix avait un accent de bonheur enfantin. Dahlmann connaissait cet accent qui, désormais, le frappait au cœur.) Une page de titre pour ton livre. Tu es content ?

– Non, fit Dahlmann d'une voix enrouée.

Monika se retourna dans un cri. Le carnet de croquis tomba sur le sol de terre battue.

– Toi !

– Oui, moi !

– Que veux-tu ici ?

– Je te réponds : que fais-tu ici ?

– Cela ne te regarde pas.

– Un peu, que ça me regarde !

Dahlmann s'avança. Monika tendit les bras, doigts écartés.

– N'approche pas ! dit-elle à voix basse. Pas un pas de plus... Je vais crier... je te préviens... je vais crier !

– Pour appeler ce jeune singe ? Jules ? « Une chambrette, mais c'est chouette »... Quelle idiotie ! Tu sais où est ta place. Nous reparlerons de ce benêt blond.

Il avança encore d'un pas et saisit les doigts qu'elle écartait en un geste de défense.

Elle se mit à crier, à voix forte, stridente, tout en se débattant, petite furie blonde et sauvage.

– Jules ! Jules ! À l'aide ! À l'aide !

Sans plus de façons, Salzer renversa son cuveau d'eau de vaisselle dans la cour et tourna les talons. Il grimpa l'escalier quatre à quatre et arracha presque la porte de la chambre de ses gonds. Quand il entra, Dahlmann donnait à Monika gifle sur gifle.

Salzer empoigna Dahlmann. Avant que ce dernier n'eût compris pourquoi la résistance désespérée de Monika faiblissait d'un coup et ce qui se passait dans son dos, il vola dans les airs et atterrit assez douloureusement dans un coin de la pièce. Une chaise vermoulue, qui lui servit de point de chute, s'effondra sous son poids.

Un instant, Dahlmann demeura abasourdi sur le sol; il s'essuya le front puis tenta de se remettre sur ses pieds. Une main vigoureuse le repoussa dans les débris de la chaise.

– On reste couché ! (La voix de Salzer avait perdu son ton railleur.) Essayez de vous lever, salaud, et vous passez par la fenêtre, compris ?

Dahlmann s'appuya au mur. Il avait l'air misérable. Monika, près de la fenêtre, pleurait en silence. Ses cheveux blonds étaient ébouriffés, son visage rougi par les coups.

– Vous... vous ne comprenez pas la situation, dit Dahlmann d'une voix rauque.

– Tout ce que je comprends, c'est que vous giflez Monika. (Salzer se tourna vers elle.) Combien de fois t'a-t-il frappée ? Honnêtement ! J'ai toujours été partisan de rendre au décuple. Dans ce genre de choses, je suis généreux. J'ai vu deux gifles... ça fait déjà vingt, mon cher partenaire !

– Non, je t'en prie, dit Monika d'une petite voix. C'est mon beau-frère.

– Qui ça ?

Dahlmann se redressa. Salzer ne l'en empêcha pas, il était déconcerté.

– Mlle Horten est la sœur de ma femme. J'avais à discuter avec elle.

Salzer fourragea à deux mains dans ses cheveux hirsutes.

– Singulière façon de converser entre parents, je dois dire.

– S'il te plaît... laisse-nous, pria Monika.

Elle se détourna.

– Pas question !

– Je t'expliquerai tout plus tard.

– À mon avis, mieux vaudrait le faire tout de suite. J'arrive dans ma chambre parce que ma fiancée crie à l'aide et je vois un inconnu la gifler à tour de bras. Cela fournit motif suffisant à réflexion. Quel droit a ce monsieur...

– Dahlmann !

– ... Dahlmann de te traiter ainsi ?

– C'est une stricte histoire de famille, dit Dahlmann d'une voix forte.

Salzer pencha la tête d'un air belliqueux.

– Joyeuse famille ! Je vous conseille de redescendre l'étroit perchoir à poules et de disparaître de la Cruche verte. Votre famille ne m'intéresse pas. Seule Monika m'importe. Alors, nous partons ?

– Non.

– Dans ce cas, vous serez le premier être humain à pouvoir voler sans le concours de la technique.

– Juli... (Monika leva les mains.) Je t'en prie, laisse-nous. Si tu m'aimes, va-t'en.

Salzer hésita. Il regardait tour à tour Monika et Dahlmann. Il voulut dire quelque chose, mais les yeux de Monika lui adressaient une prière de désespoir muet. Il rentra la tête et ouvrit la porte.

– D'accord, je m'en vais ! Mais pas plus loin que le bas de l'escalier. Et au moindre son qui excède trente phones, me revoilà ! Ce n'est certainement pas aujourd'hui que je ferai reluire la cuisine, je prendrai mon repas à crédit, mais baste ! Je suis à côté, monsieur !

Dahlmann attendit que Salzer eût descendu les marches. Il ferma la porte et s'y adossa. Monika était près de la fenêtre; le soleil étincelait dans sa chevelure d'or.

– Pourquoi ne lui as-tu pas dit les choses telles qu'elles étaient ? demanda-t-il à voix basse. (Monika ne répondit pas et lui tourna le dos.) Je le sais. Il ne doit pas savoir que tu es ma maîtresse. Il doit continuer à vivre dans l'illusion qu'il a trouvé avec toi le grand et pur amour. Tu as peur de le perdre s'il apprend la vérité... (Dahlmann eut un léger sourire – un sourire de triomphe, un sourire démoniaque.) Comprends-tu que je dispose là d'un bon moyen de pression ?

– Tu serais assez abject pour t'en servir...

– Mais oui !

– Si tu fais ça, je me tue !

– C'est une menace en l'air.

– J'y étais résolue. Et puis j'ai rencontré Julius.

– Sauvée par l'amour ! Monika, de grâce, épargne-moi le jargon des romans de quatre sous ! Tu sais pourquoi je suis ici.

– Oui.

– Et ?

– C'est non !

– Tu ne repars pas avec moi ?

– Non.

– J'oublierai que tu t'es conduite comme une putain.

– C'est quand je couchais avec toi que j'en étais une ! (Monika le regarda.) J'ai trompé ma sœur – c'est une chose que je ne pourrai de ma vie réparer. J'ai honte quand je me vois dans une glace, je voudrais me cracher au visage ! Je ne dis pas que tout est ta faute; moi aussi, je suis coupable, j'ai cédé, j'ai été complice, je t'ai laissé faire et j'en ai même été heureuse. Du moins croyais-je que c'était le grand bonheur. Aujourd'hui, je sais qu'il n'est pas pire scélératesse que la nôtre vis-à-vis de Luise. Je me suis libérée de toi, complètement. J'en suis sûre à présent que tu es de nouveau devant moi. Je n'éprouve plus rien, plus rien du tout... si, cependant : de la répulsion. J'ai appris à oublier...

– Dans les bras de ce rustre !

– Peut-être. Insulte-le, cela m'attache encore davantage à lui. Les gens que tu hais, je les embrasserais.

Dahlmann se mordit la lèvre inférieure. Monika lui avait-elle réellement échappé ? N'y avait-il aucun moyen de la ramener dans la maison de la pharmacie des Mores ? La pensée de la perdre lui faisait mal. Sa passion n'était pas brisée parce que Monika avait un autre homme dans sa vie. Celui-ci lui servait à oublier, un point c'est tout. C'était une fuite. Il la regarda avec des yeux avides. Cette blondeur, pensa-t-il. Ce corps jeune et fragile... Et tout cela ne devrait plus être qu'un souvenir ? Et tout cela ne devrait pas être reconquis ? Par de bonnes paroles ? Par de l'argent ? Par la force ? Par la ruse ?

– Reviens, Moni, dit-il à voix basse.

– Non ! Je te hais !

– De quoi vivras-tu ?

– Et quand je devrais mendier... je reste !

– Tu ne parleras de toute ta vie de ce que tu sais... fit-il prudemment, presque aux aguets.

– Non.

– Tu es consciente des conséquences que cela aurait... Ta complicité...

– Ça suffit, je t'en prie ! (Monika mit les mains sur ses oreilles.) Fais-moi un dernier plaisir, Ernst... va-t'en, et vite ! Je t'en implore ! Je ne veux plus te voir...

Dahlmann hésitait toujours. La fin de son grand amour – pour lui, Monika avait incarné la jeunesse, la beauté, la nostalgie comblée et la splendide liberté de la vie – était si brutale qu'il avait du mal à comprendre tout à fait. Une fin qui le surprenait à l'instant où il était près de réaliser tous ses plans. Des plans qu'il avait élaborés pour consolider son bonheur avec Monika.

– Luise est disposée à tout me transmettre... bégaya-t-il.

Monika se retourna.

– Tu mens !

– Non. Elle a chargé un avocat de la rédaction de l'acte.

– C'est un de tes ignobles mensonges ! Pourquoi Luise ferait-elle pareille folie ?

– Elle s'est faite à l'idée qu'elle restera à jamais aveugle.

– Elle voit ! cria Monika.

– Sottises ! Elle est toujours aveugle.

– Elle te joue le rôle de l'aveugle.

– Non. Je l'ai mise à l'épreuve. Un être humain ne peut faire montre d'une telle maîtrise s'il voit. C'est tout à fait impossible... Et si réellement elle voyait... (Dahlmann se passa la main sur le visage. Quelle pensée absurde ! songea-t-il. Et cruelle... Je ne sais pas au vrai ce que je ferais.) Moni, réfléchis donc ! Pourquoi ferait-elle alors cette donation ?

– Je ne sais pas, répondit Moni, incertaine.

– Eh bien, tu vois !

En bas de l'escalier, Salzer regardait sa montre avec impatience.

– Monika ! appela-t-il. Monika ! Que se passe-t-il ?

– Il faut que tu t'en ailles. (Monika se tourna vers la fenêtre.) Et pas de longs adieux, s'il te plaît ! Va-t'en comme ça.

– Nous ne nous reverrons jamais plus ?

– J'espère que non.

– Tu veux vraiment rester près de ce Salzer, ce rêveur romantique ?

– Oui.

– Et que dois-je dire à Luise ?

– Je lui écrirai.
– La vérité ?
Monika hésita. Puis elle dit d'un ton dur :
– Peut-être.
– Elle ne recevra jamais cette lettre, tu le sais. (Dahlmann posa la main sur le vieux loquet de fer.) Passons un contrat, Moni : tu écris à Luise une lettre raisonnable où tu lui expliques ton absence par n'importe quel motif, et, de mon côté, je tairai à Julius qu'une année durant tu as rendu heureux un homme vieillissant.
– Satan !
– Ce ne sont pas des paroles d'adieu, Moni !
– Va-t'en, je t'en prie…
Dahlmann quitta la chambrette sous les toits. Salzer l'attendait en bas de l'escalier. Il avait ôté son tablier.
– Ce n'est pas trop tôt, dit-il rudement.
Dahlmann l'examina d'un bref coup d'œil. Il est jeune, pensa-t-il avec envie. Il a la légèreté de l'insouciant et l'élan de sa génération. Mais il n'est rien et il n'a rien.
– Monika aime un certain luxe, déclara-t-il, haineux, comme il passait devant Salzer. Tenez-vous-le pour dit.
– Pour sûr ! (Salzer étreignit la rampe de l'escalier.) Pour son anniversaire, je lui regonflerai moi-même le matelas pneumatique.
– Cela lui fera assurément plaisir. (Arrivé près de la porte, Dahlmann se retourna.) Il vous faudra lutter sans répit pour garder Monika. Je ne vous envie pas.
Un tantinet satisfait d'avoir planté cette pique dans le cœur de Salzer, il rejoignit sa voiture. Dans le rétroviseur, il aperçut Salzer sur le seuil, le regard sombre, pensif, irrésolu. Il a marché ! se dit Dahlmann. Il écrasa l'accélérateur et fit hurler le moteur. C'était comme un hurlement de

triomphe. La vengeance d'un petit perdant qui se contente de s'illusionner.

Après cette explication – si on peut ainsi l'appeler –, beaucoup de choses s'étaient éclaircies. Dahlmann supputait tandis qu'il conduisait en direction de Hanovre. C'étaient là supputations de fripouille solitaire.

Monika était perdue. Il s'agissait donc de faire machine arrière et de se montrer de nouveau d'une extrême gentillesse envers Luise. Il était nécessaire de jouer au mari aimant dont la passion vient de se rallumer, de façon crédible et énergique, afin que Luise, se sentant aimée, fût davantage incitée à lui donner l'ensemble des biens Horten. Après la donation, il aviserait. Ou bien il prendrait sur lui pour supporter Luise, comme faisant partie de l'inventaire, ou bien il mettrait à exécution son projet originel, avec, pour conséquence, l'envoi de Luise dans un établissement psychiatrique. Les deux solutions méritaient réflexion et, une fois qu'il aurait l'« héritage » en poche, la situation se dénouerait d'elle-même. Mais l'essentiel, à ses yeux, était que Luise ne fût pas enceinte. La clause relative à l'enfant le rendrait de nouveau dépendant, et la seule pensée de n'être qu'un usufruitier toléré des biens Horten lui donnait des ailes pour commettre des vilenies, même à l'encontre d'un enfant qui n'était pas encore conçu.

Peu avant Hanovre, Dahlmann décida de ne pas rentrer directement chez lui. Il se rendit chez Me Kutscher; il ne fit pas longtemps antichambre – il entra sans façon dans le cabinet avant que la secrétaire n'eût pu l'en empêcher.

Me Kutscher n'afficha nul signe d'étonnement ni de colère. Il fit un signe de tête et indiqua le divan de cuir.

– Asseyez-vous. Je ne suis pas habitué, de votre part, à la politesse. N'en attendez donc pas de moi. Venons-en au fait. Vous voulez me demander où j'en suis de la rédaction de l'acte de donation.

– Vous avez des dons de voyant, maître !

– Je n'ai pas ébauché une ligne.

– Et pourquoi ?

– Je refuse de me mêler de cette saloperie.

– Vous n'avez tout de même pas l'intention de violer le secret professionnel...

– Chère canaille, me croyez-vous stupide ? Je m'y refuse tout bonnement. Je passe à l'opposition. Je fais de la résistance passive. (Me Kutscher joignit les mains et regarda Dahlmann avec bonhomie et délices.) Au contraire... j'ai là un prétexte rêvé à mon refus. Et c'est le mari de Luise Dahlmann lui-même qui me l'a fourni.

– Comment ça ?

Dahlmann bondit sur ses pieds, blême.

– C'est tout simple : votre épouse est frappée d'incapacité.

– Quoi ?

– De grâce, n'écarquillez pas les yeux ainsi, on ne vous demande pas de mimer l'épouvante ! Réfléchissez plutôt : une telle donation, qui représente tout de même – je l'ai estimée –, avec les biens meubles, immeubles, la pharmacie, les liquidités et tout le reste, 2 millions et demi de marks, ne peut être faite que par une personne en pleine possession de ses facultés mentales.

– Mais c'est le cas de Luise !

– Mon bon ! (Me Kutscher secoua la tête.) N'oubliez pas ce que sait même le Dr Vierweg : votre femme entend sans cesse – tic, tic, tic – une goutte d'eau tomber et – tac, tac, tac – un pivert... et ce, alors qu'il ne tombe aucune goutte d'eau et qu'aucun oisillon ne tape dans l'écorce d'un arbre. Vous en avez vous-même déjà témoigné...

L'air manqua à Dahlmann. Il sentit ses genoux

fléchir, un tremblement lui parcourut le corps, sa vision se troubla, la pièce se mit lentement à tourner.

– Ce n'est pas possible... balbutia-t-il.

– En tant qu'avocat, je dois refuser de prendre au sérieux les affaires dont me chargent des clients qui « entendent des voix » et qui, selon toute apparence, ont les nerfs malades.

– C'est ce que vous dites, vous...

– Oui.

– Quand vous connaissez la vérité !

– Justement ! Seuls vous et moi la connaissons. Et ni l'un ni l'autre ne peut la révéler. Vous – je le comprends –, moi – je le regrette profondément. Et en ce qui concerne la vérité « officielle », seul le Dr Vierweg, le psychiatre, la connaît en sa qualité de spécialiste. Il va parler de névrose ou de psychose... Vous avez fait tout ce qu'il fallait pour que ce diagnostic soit lumineux.

Dahlmann se rassit sur le divan de cuir et se prit la tête à deux mains. Cela n'avait aucun sens de tempêter et de crier, de dire à Me Kutscher ce qu'il avait sur le bout de la langue. Rien ne changerait le fait qu'il s'était pris lui-même à son propre piège.

Me Kutscher alluma un cigare et envoya de magnifiques ronds de fumée au plafond. Lorsqu'il était étudiant, son art lui avait valu de nombreuses tournées de bière. Dahlmann suivit les ronds d'un regard fixe et se mordit les lèvres.

– Échec et mat, dit l'avocat. Un bon criminel devrait être aussi un bon joueur d'échecs. On apprend sur l'échiquier ce dont on a le plus besoin dans la vie : la logique !

– Et si j'apporte la preuve que Luise est saine d'esprit ?

– Dans ce cas, vous êtes un magicien, Dahlmann. Vous connaissez les psychiatres. Lorsqu'ils tombent sur un cas, et un cas aussi beau, aussi embrouillé que celui de votre femme, ils nagent dans le bonheur et ne sont pas près de lâcher prise. Sans parler du fait que vous ne pouvez guère nier le tic-tic-tic et le tac-tac-tac.

– Ne me parlez pas comme à un demeuré ! cria Dahlmann. (Il se leva d'un bond et saisit son chapeau.) Je vais en discuter avec le Dr Vierweg.

– Inutile. Je l'ai fait.

L'avocat avait retrouvé son sourire malicieux.

– Vous avez…

Dahlmann retint son souffle.

– En ma qualité d'avocat scrupuleux, s'il vous plaît ! C'était mon devoir. J'ai un certificat du Dr Vierweg comme quoi votre femme souffre d'une psychose. Il l'a examinée à fond hier, tandis que vous écoutiez des comptes rendus lors d'un congrès qui n'a pas eu lieu. Le diagnostic est net, d'autant que votre femme a confirmé toutes les suppositions et décrit ses perceptions avec une grande précision. Vous savez : tic-tic, tac-tac…

Dahlmann était irrésolu. Il voulait s'en aller, mais, d'un autre côté, il avait le sentiment que l'avocat en savait plus. Me Kutscher secoua lentement la tête.

– Dahlmann, cessez de jouer au petit diable. Retirez-vous dans un coin où nul ne vous connaît. Repartez de zéro, même si vous devez charrier des sacs. La perspective d'une arrestation vous pend toujours au nez. Disparaissez après que vous aurez avoué votre erreur à votre femme. Ce serait un départ plein de dignité.

– Merci. (Dahlmann mit son chapeau tel un casque d'armure. Le combat à mort était commencé.) J'ai d'autres moyens à ma disposition, maître.

– Vous ne les avez plus. Vous avez la corde autour du cou.

– C'est ce que vous croyez. (Dahlmann eut un sourire moqueur. Son ancienne assurance lui revenait et l'avocat eut la désagréable impression d'avoir négligé un détail. Cette assurance n'était pas du bluff. Dahlmann devait avoir encore un atout dans sa manche.) Je vous le concède : on devrait apprendre les échecs avant d'être avocat. Pour stimuler la logique. Cher maître, qu'est un avocat sans la logique ? Vous me faites de la peine, vous êtes par ailleurs un garçon si intelligent...

D'une démarche droite, élastique, Dahlmann quitta le bureau. L'avocat demeura fort pensif et suivit des yeux ses ronds de fumée. Qu'est-ce qui peut bien le rendre si sûr de lui ? songea-t-il avec rage. Qu'ai-je omis ? Où y a-t-il faute de logique ?

On ne saurait reprocher à Me Kutscher de ne pas avoir trouvé la faille; il était célibataire et, partant, peu familiarisé avec la psychologie d'une femme mariée.

Une psychologie avec laquelle Ernst Dahlmann se proposait de jouer.

Pour commencer, Dahlmann enlaça sa femme et l'embrassa, à peine entré dans le salon.

Ce comportement paralysa Luise au point qu'elle ne songea pas plus à résister qu'à s'esquiver. Dahlmann prit son désarroi pour de la surprise et de la complaisance. Il l'embrassa encore et jeta son chapeau sur le divan. Il semblait éprouver une joie profonde d'être de retour chez lui.

– Comment vas-tu, Luiserl ? (Il prit ses mains inertes, les caressa, en embrassa la paume tel un freluquet enamouré.) Tu me parais un peu tendue. As-tu des ennuis ? Il s'est passé quelque chose ?

– Non, non. Tout va bien.

Luise secoua la tête. Elle observait Dahlmann derrière les verres sombres de ses lunettes. Il alla au bar, emplit deux verres d'apéritif, ajouta de la glace et mit un comprimé dans l'un d'eux. Il rangea dans le tiroir du bar la boîte qu'il avait sortie d'une poche de sa veste.

– Je nous prépare un verre pour fêter nos retrouvailles, dit-il avec naturel. (Il fit tinter la glace dans les verres pour souligner ses propos.) Tu n'imagines pas comme je suis content d'être rentré.

– Ç'a été très fatigant, à Cologne ?

– Hum... Je dois te dire une chose, Luiserl. (Il vint s'asseoir en face d'elle et posa les verres sur la table basse.) Je dois te faire un aveu.

– À moi... Tu...

– Oui. Je n'étais pas à Cologne.

L'étonnement de Luise n'était pas feint. Le fait qu'il n'était pas à Cologne l'ahurissait moins – elle le savait déjà – que sa soudaine franchise. Elle jeta un regard méfiant sur le grand verre au comprimé dissous. Est-ce du poison ? pensa-t-elle. D'abord, l'aveu, puis le poison... Elle étreignit l'accoudoir de son fauteuil et rejeta la tête en arrière afin que Dahlmann ne pût voir ses yeux malgré ses lunettes noires.

Je vais le lui dire, pensa-t-elle. Si je dois boire ce verre... s'il veut m'empoisonner... Je vais ôter mes lunettes et lui crier : « Je vois tes yeux effrayés, tes mains qui tremblent... »

Et alors ? Qu'arriverait-il ensuite ? Il lui faudrait crier à l'aide, courir à la fenêtre, casser une vitre, se pencher et crier... crier... alors, il ne pourrait la tuer.

Dahlmann posa sa main sur les genoux de Luise.

– Je t'ai menti, Luiserl. Et ce, parce que je savais que la vérité t'affligerait. J'étais avec Monika.

Luise baissa la tête.

– Où ? s'enquit-elle d'une voix enrouée.

Il dit la vérité, pensa-t-elle. Et la peur la paralysa. Et après sa confession, il me tuera. Elle regarda la fenêtre. Elle était à cinq pas, cinq longs pas... Aurait-elle le temps de faire ces cinq pas ?

– Avec Monika. Elle vit près de Soltau, dans les landes. Dans une vieille auberge isolée de tout. Avec un homme.

Luise respira. Il ment, songea-t-elle, presque réjouie, cette fois, de ce mensonge. Tant qu'il ment, je vivrai… Mais qu'a-t-il mis dans mon verre ?

– Monika ? Avec un homme ? (Elle eut un sourire incrédule.) C'est impossible !

– C'est ce que j'ai pensé, moi aussi; lorsque j'ai trouvé la lettre de Monika, je ne pouvais y croire. C'est pourquoi je ne t'ai rien dit et ai monté cette petite supercherie du congrès de Cologne. Je suis allé la voir. Elle vit avec cet homme, un certain Julius Salzer, un écrivaillon, qui se fait appeler Jules Salaire et pond des poèmes. Mais il semble que ce soit le grand amour. Aucune exhortation n'a servi de rien. Elle est restée avec lui.

– Vraiment ?

– Oui. (Dahlmann se passa la main sur les lèvres; elles étaient sèches à l'évocation de ces moments dramatiques. Lui-même se sentait desséché.) Je suis d'avis que nous la laissions faire. Elle est majeure. Elle va t'écrire, elle me l'a promis.

Luise regardait son mari avec une incrédulité véritable.

– C'est… c'est vrai, Ernst ?

– Je sais combien il est dur de croire cela de Monika. Ma chérie, sois forte, ne t'agite pas… C'est comme ça. Les artistes ont leur propre éthique.

Tu es bien placé pour le dire, pensa Luise, amère, espèce de salaud ! Mais si telle est la vérité, tu dois être touché. Et te sentir rejeté, dans l'état d'un affamé qui se trouve au pied d'un mur au-dessus duquel flottent les succulentes odeurs de mets exquis.

– Tu as raison, dit Luise doucement. Nous n'y pouvons rien. Nous nous retrouvons entre nous. Je vais être une charge pour toi seul.

– Une charge ! Quel langage, Luiserl ! Tu sais à quel point je t'aime. (Il lui embrassa de nouveau les mains et les poignets.) Je suis heureux que nous soyons seuls, vraiment, Luiserl. Une tierce personne toujours entre nous, même si c'était Monika... on ne pouvait jamais être tout à fait libres et à l'aise.

Ce qu'il entendait par là, Luise le comprit aussitôt. Il se pencha sur elle, prêt à dégrafer sa robe. L'épouvante la saisit. Elle retint les doigts investigateurs; ses mains étaient comme un étau.

– Pas maintenant, Ernst... dit-elle d'une voix rauque. Je t'en prie...

Ce fut comme une délivrance quand le téléphone sonna. Agacé, Dahlmann alla décrocher. C'était un employé de la pharmacie. On avait égaré la clé de l'armoire aux produits toxiques et il demandait le double.

– Saloperie ! cria Dahlmann dans l'appareil. Comment a-t-on pu perdre la clé de cette armoire ? Fouillez les lieux immédiatement ! Si on ne la retrouve pas, je devrai faire installer une nouvelle serrure. Quel laisser-aller ! Faut-il toujours être derrière votre dos ?

D'un geste rapide, Luise échangea les verres d'apéritif. Puis elle se radossa et fit mine d'écouter la conversation.

– Oui, appelez-moi dès que vous l'aurez retrouvée. Vous savez qu'en mon absence vous seul portez la responsabilité du mauvais usage de cette clé. (Il raccrocha et revint vers Luise.) Quelle histoire ! (Il s'épongea le front de son mouchoir.) On a égaré la clé de l'armoire aux produits toxiques ! Le saint des saints de toute pharmacie ! Quand on ne fait pas les choses soi-même... (Il tapota les joues de Luise et se rassit.) Buvons enfin notre verre des retrouvailles. (Il leva son verre et trinqua avec Luise, comme si elle voyait. Elle leva également son verre mais trinqua à côté.) Je t'aime ! dit-il d'un ton pathétique.

Et il vida son verre d'un trait. Luise ne fit que tremper ses lèvres dans le sien et attendit. Elle se pencha en avant et observa son mari.

Quand va-t-il perdre ses couleurs ? pensait-elle. Quand va-t-il se mettre à râler ? Quand va-t-il s'apercevoir qu'il a bu le poison ?

Dahlmann poursuivait son bavardage. Il parla de son voyage dans les landes, de la singulière auberge de la Cruche verte, de l'encore plus singulier Julius Salzer qui payait le vivre et le couvert par des travaux domestiques et écrivait des livres.

Luise se taisait et attendait.

Dahlmann se leva et alla se verser un autre verre. Il marchait droit et avec sa sûreté habituelle; il continuait de jacasser, mais Luise n'écoutait pas les mots, elle n'entendait que des sons; elle le vit vider son verre d'un trait, allègre, elle le vit se diriger vers la radio et choisir de la musique de danse.

Elle attendit.

– On danse ? demanda-t-il.

– Danser ? Nous ?

– Pourquoi pas ?

– Cela fait plus d'un an que nous n'avons dansé, toi et moi.

– Est-ce une raison pour ne pas recommencer ? Je me réjouis tant que nous soyons seuls !

– Si tu veux...

Il la tira de son fauteuil, posa un bras autour de son épaule et l'autre sur sa hanche et la conduisit avec prudence dans un slow. Il dansait avec son élégance coutumière, il la conduisait avec la sollicitude d'une bonne sœur qui fait accomplir ses premiers pas à une malade au sortir d'une longue maladie, et il l'embrassa même derrière l'oreille, un geste d'autrefois... d'un autrefois où elle se sentait sans forces dans ses bras.

Elle dansait et attendait.

Mais rien ne se produisit, sinon un appel de la pharmacie pour dire qu'on n'avait pas encore retrouvé la clé.

– Quelle cochonnerie ! (Dahlmann baissa la radio.) Je fais juste un saut en bas, Luiserl. Je reviens dans dix minutes. Veux-tu un autre verre ?

Luise refusa et attendit que la porte claquât. Puis elle bondit vers le tiroir du bar.

Parmi des pincettes et un piolet miniature, elle trouva la boîte de médicaments.

Anovlar.

Une pilule anticonceptionnelle ! Ernst Dahlmann avait avalé un contraceptif !

Elle fut prise de fou rire... Renversée en arrière, elle riait. D'un rire qui jaillissait d'elle, une libération pareille à une explosion. Puis elle s'effondra, s'écroula dans son fauteuil et versa des pleurs hystériques.

Elle pleurait encore lorsque Dahlmann revint.

Le lendemain, ce fut encore une journée d'automne ensoleillée. Mlle Pleschke vint chercher Luise pour la promenade. Dahlmann regretta de ne pouvoir les accompagner; il attendait le serrurier qui devait changer la serrure de l'armoire aux produits toxiques. À la pharmacie, nul ne parlait de la clé perdue; l'honneur professionnel interdisait même d'y penser.

Dans le parc du Herrenhausen, les marchands de glaces avaient disparu. La saison estivale était finie, les marchands de saucisses chaudes n'allaient pas tarder à transformer le parc et le château. Pour l'heure, il y avait une manière d'interrègne : ce n'était plus l'époque des glaces, pas encore celle des saucisses. Le Café du Château en tirait avantage – on y trouvait des glaces, mais servies dans des coupes d'argent et, par conséquent, plus chères qu'une boule de glace entre deux gaufrettes.

Robert Sanden était assis à une table en terrasse. Il n'avait pas revu Luise depuis son demi-aveu. Il était allé deux ou trois fois à la pharmacie acheter des bonbons pour la toux, mais il pouvait difficilement demander des nouvelles de Luise. Amer, il pensait que la jeune femme avait pris ses paroles en mauvaise part et qu'elle fréquentait désormais un autre parc.

Néanmoins, il s'asseyait chaque jour dans le parc du château et attendait avec l'entêtement d'un Asiatique qui espère atteindre le nirvâna. Il manqua quelques répétitions au théâtre, se fit porter malade, croassa deux ou trois mots au régisseur et produisit même un certificat médical attestant qu'il souffrait d'une extinction de voix. Il s'asseyait à la terrasse, buvait café sur café et engloutissait des tartes; il ne tarda pas à reconnaître chaque pigeon et chaque tarin qui sautillaient alentour et picoraient les miettes.

Quelle ne fut pas sa joie lorsqu'il vit enfin arriver Luise au bras de Mlle Pleschke. Il courut à leur rencontre.

On congédia Mlle Pleschke, et elle s'en montra ravie. Pendant ses vacances, elle avait fait la connaissance d'un jeune lieutenant de la Bundeswehr; à présent, elle se trouvait confrontée à un grave conflit et il lui fallait prendre une décision : l'uniforme ou l'intellect, les deux étant rarement réunis. Aujourd'hui, elle avait rendez-vous avec l'uniforme, le futur professeur était absorbé par un travail écrit sur le plancton du lac de Steinhuder, un sujet qui intéressait moins Mlle Pleschke que la relation animée que lui faisait le jeune lieutenant des exercices de nuit dans la forêt bavaroise.

Robert Sanden conduisit Luise jusqu'à l'une des chaises blanches qu'il rapprocha de la table.

– Que dois-je commander ? Des gâteaux ? Du café ?

– Une tarte aux fruits et un chocolat.

Ils attendirent que la serveuse se fût éloignée. Sanden se pencha en avant, le visage soucieux.

– Vous m'en voulez ?

– Non. (Luise secoua la tête.) De quoi ?

– De mes paroles.

– Elles étaient irréfléchies, c'est tout. C'est là un discours d'adolescent, ai-je pensé. Mon cher ami ! (Elle posa la main sur ses doigts.) Il ne faut jamais confondre pitié et amour. Je suis aveugle, je suis une femme marquée, j'ai un an de moins que vous – vous devriez jeter votre dévolu sur des femmes qui en ont dix de moins. Non, taisez-vous, Robert ! Pour l'instant, et peut-être encore durant quelques années, tout irait bien. Mais dans vingt ans, j'aurai cinquante ans et vous cinquante et un. Imaginez-vous un peu : une femme aveugle, vieillie, consumée par le chagrin, et vous, un homme entouré, dont les tempes argentées séduisent les jeunes filles. De quoi aurions-nous l'air ? Nous devons être réalistes. Nous ne pouvons échapper à ceci : nous vieillissons, et il faut l'accepter. À quoi bon s'illusionner, à quoi rime cette antienne : « On a l'âge qu'on veut bien avoir » ? La vérité, c'est qu'on vieillit, qu'on est vieux, et une femme, hélas, plus tôt qu'un homme...

Robert Sanden la considéra sans mot dire. Les lunettes noires lui dérobaient son regard. Il se rappela que ses yeux étaient changés depuis son retour de Bologne, qu'ils étaient clairs et pleins de vie; des yeux morts qui, en apparence, ne se distinguaient en rien de ceux des voyants.

Tarte et chocolat arrivèrent. Luise avança la main à tâtons, plaça son index dans l'anse. Avec précaution, elle porta la tasse à ses lèvres. Elle s'y était exercée des centaines de fois. Quiconque voyait avec quelle prudence elle buvait croyait à sa cécité.

Robert Sanden attendit qu'elle reposât la tasse. Sans crier gare, il fit un prompt mouvement de la main, comme s'il voulait lui montrer quelque chose. Il heurta la tasse, qui échappa aux doigts de Luise, et le chocolat brûlant se répandit sur le costume de Sanden.

– Je suis d'une maladresse ! s'écria-t-il.

Il se leva. Il avait l'air pitoyable avec ces grandes taches marron qui marbraient son pantalon et sa veste.

– Votre joli costume gris clair... dit Luise.

Elle ne prit conscience de ses paroles qu'une fois qu'elle les eut prononcées. Elle se figea, ses ongles s'enfoncèrent dans la nappe.

Ils se regardèrent un bon moment, en silence, chacun attendant que l'autre parlât le premier. Robert Sanden eut un sourire timide et se rassit lentement. Il prit les mains de Luise; elles étaient glacées.

– Je m'en doutais, balbutia-t-il. Je l'ai fait exprès. Je savais que vous voyiez !

D'un mouvement brusque, elle retira ses mains.

– Laissez-moi partir !

Sanden la retint tandis qu'elle voulait se lever.

– Non, ne vous enfuyez pas. Je connais votre situation domestique, l'état de votre mariage, vos rapports avec votre mari, votre sœur... Je suis au courant de tout.

– Laissez-moi partir ! haleta-t-elle.

Et elle bondit de sa chaise.

– Oui ! (Sanden se leva à son tour. Les taches de son costume ne le gênaient pas. Partons ensemble, vous et moi. Et pour toujours. (Il déglutit et pencha la tête. Tel un gamin qui quémande quelques sous pour s'acheter des bonbons, il chuchota :) Je t'aime, Luise.

Une camionnette bâchée, vétuste et bringuebalante, s'arrêta devant la pharmacie des Mores. Monika Horten descendit de la cabine, moulée dans un jean étroit et un pull-over jaune citron. Dahlmann, qui expliquait à une cliente les vertus d'une crème raffermissante, laissa la femme en plan et s'élança dans la rue.

– Tu es folle ? siffla-t-il lorsqu'il fut près de Monika. (Le chauffeur rabattit la bâche.) Que fais-tu ici ? Si Luise te découvre...

– Je l'espère bien !

– Monika ! Et notre pacte ?

– Je veux juste prendre mes affaires dans l'atelier. Ensuite, je te ficherai la paix.

– Et si Luise rentre plus tôt ? Si elle t'entend ?

– J'attendrai qu'elle rentre.

– Non !

– M'empêcherais-tu de dire au revoir à ma sœur ?

– Oui !

– Macaque !

Monika tourna les talons et entra dans la maison avec le déménageur. Dahlmann était abasourdi. Aucun coup n'aurait pu le décontenancer davantage que ce simple mot et le mépris sans nom qu'il contenait. Et l'attitude de Monika, qui était résolue à jeter à bas l'édifice d'amour et d'affection qu'il bâtissait pour Luise, la dernière cartouche qu'il tentait dans son impuissance emplie de panique.

Il courut à sa suite et la tira de force dans l'appartement. Elle se débattit; toutefois, comme il se contentait de l'entraîner dans le salon sans fermer la porte derrière lui et que, le souffle court, il se dirigeait vers le bar pour attraper la bouteille de cognac, elle n'appela pas à l'aide; elle s'assit sur le divan.

– De grâce, ne joue pas le fort des Halles ! (Sa voix était railleuse.) Au reste, tu as passé l'âge de jouer les Siegfried. C'est fini, tout ça.

Dahlmann respira à fond coup sur coup. L'ironie de Monika sur son âge, cette plaie vive qui le poussait aux dernières extrémités, le brûlait tel un fer rouge. Il but au goulot et regarda fixement Monika, le visage blême. Elle n'était que séduction parmi les fleurs, un oiseau de paradis bleu-jaune avec un plumet d'or brillant. Elle balançait ses pieds.

– Que veux-tu dire à Luise ? demanda-t-il d'une voix sans timbre.

– Tout.

– Et pourquoi ?

– Je veux tirer un trait final sur une vie abjecte. Je veux recommencer à zéro. Peut-être Luise me pardonnera-t-elle, peut-être pas. Peu importe, au fond. Je veux me libérer de ce poids, de ce péché inexpié... en parlant. Ne peux-tu le comprendre ?

– Non.

– C'est ma sœur que j'ai trompée. Avant que je ne disparaisse à jamais de votre intimité, elle ne doit plus avoir de haine.

– De la haine ! De la haine ! Elle ignore tout à notre sujet ! cria Dahlmann.

– Elle sait tout.

– Foutaises !

– Elle voit !

– Non ! (Dahlmann but une nouvelle gorgée à même la bouteille. Le cognac commençait à former un brouillard dans son cerveau, à rendre son corps plus léger. Il avait l'impression de voguer sur des nuages. Et il devenait courageux, formidablement courageux.) Je l'ai encore mise à l'épreuve aujourd'hui. Tu es une hystérique !

– Quand bien même... Je veux lui parler. (Monika se pencha en avant.) J'ai réfléchi à tes paroles; Luise va tout te donner. Cette décision serait pour moi l'unique preuve qu'elle est réellement aveugle. Et tel que je te connais, tu dois te montrer très affectueux avec elle désormais, tu dois être le mari le plus gentil, tel qu'il n'existe que dans les chansons sentimentales, ces contes de fées pour adultes...

– En effet.

– Eh bien, je vais te casser ton coup. Il faut que Luise te voie tel que tu es. (Elle se renfonça contre le dossier. Son beau corps svelte était à demi étendu sur le divan.) Admets que tu es au bout du rouleau.

– Pas encore. Quand je dirai à ta merveille de Julius Salzer que tu...

Monika fit un signe de dénégation.

– Trop tard. Je lui ai dit moi-même hier soir.

Une plaque de plomb s'abattit sur le cerveau de Dahlmann. Il s'appuya au mur.

– Et... ?

– Il m'a fermé la bouche. Le passé ne l'intéresse pas, seul lui importe l'avenir. (Monika sourit.) Tu vois, l'affaire est claire. Je n'ai plus rien à perdre.

Dahlmann avança d'un pas chancelant jusqu'au milieu de la pièce. Il était ivre, et pourtant si lucide qu'il vit le sourire de Monika et le danger qu'il recelait.

Que dois-je faire ? ne cessait-il de se demander. Que dois-je donc faire ? Elle ne doit pas parler à Luise ! Il regarda la pendule. Dans deux heures, Luise serait de retour. Elle était toujours ponctuelle, nul ne le savait mieux que lui et Monika. Ils avaient ordonné leur amour en fonction de ces horaires une année durant. Leur amour...

– Veux-tu de l'argent ? demanda-t-il d'une voix rauque.

– Non. Je puis subvenir moi-même à mes besoins.

– Veux-tu ta part d'héritage ?

– Elle me revient de droit.
– En veux-tu une plus importante ?
– Non.
– Que veux-tu, alors ? beugla Dahlmann, fou de panique.
– Une conscience pure... et ça, tu ne saurais me le donner. C'est à moi de l'obtenir.
À cet instant, Dahlmann perdit ce qui lui restait de raison. Tout se passa si vite, de façon si bestiale, en silence, qu'il ne sut dire par la suite comment c'était arrivé.
D'un bond chancelant, il tomba de tout son poids sur Monika, la pressa dans les coussins, appuya sa large main sur la bouche qui allait crier, la saisit à la gorge de l'autre... Elle lui donna des coups dans le bas-ventre, il ne les sentit pas; elle lui mordit la main, il ne remarqua nulle douleur... Étendu sur elle, il sentait son corps tressaillir; il s'étourdissait de volupté tout en lui serrant la gorge.
Lorsqu'il se releva, elle gisait, le visage bleui, dans les coussins. Il se pencha sur elle – son cœur battait encore.
– Mon Dieu ! s'exclama-t-il. Mon Dieu ! Je dois faire quelque chose...
Et il se dégrisa d'un coup.
Il s'assura d'abord que son étreinte n'avait pas été mortelle. Le cœur ne s'arrêta pas, il continua de battre, l'oxygénation du cerveau reprit, le visage perdit sa couleur bleue, la langue gonflée diminua de volume, les paupières se mirent à frémir. La vie revenait en Monika Horten. Une vie qui signait la perte de Dahlmann. À n'en pas douter, elle représentait le plus grave danger. Si Luise était aveugle et démunie, cette fille, elle, après ce qui venait de se passer, n'aurait plus qu'une idée en tête : le détruire !
Dahlmann, devant le divan, regardait Monika d'un œil fixe. Il ne voyait plus en elle l'amante,

une profonde indifférence l'avait saisi pour ses attraits de femme. Désormais, il ne voyait plus en elle que l'ennemie. Celle qui avait en main tous les moyens de réduire à néant le rêve de sa vie. L'argent, l'indépendance, la virilité...

Il n'attendit pas que Monika eût repris ses sens. Il alla chercher, dans l'armoire à pharmacie, une seringue et une petite ampoule de morphine de 2 cc, aspira le liquide clair comme de l'eau et enfonça l'aiguille dans la cuisse de Monika. La jeune femme eut un léger tressaillement; elle reprenait conscience. Puis son corps se raidit de nouveau, les paupières cessèrent de frémir; la respiration était normale mais plus faible... Elle dormait à poings fermés, anesthésiée et inoffensive pour plusieurs heures.

Dahlmann jeta l'ampoule et la seringue dans les toilettes. Puis il monta à l'atelier.

Le déménageur, assis sur une caisse, buvait une bière.

– Qu'y a-t-il ? (Il s'essuya les lèvres d'un revers de main.) Tout est chargé. On y va ? (Il reboucha sa bouteille et la rangea dans un vieux porte-documents bosselé. Il lui vint alors à l'esprit qu'il avait bu de l'alcool devant témoin. Il eut un sourire embarrassé et agita la main.) Ce n'était qu'une demi-bière, patron. Ça ne me fera rien. Ça ne m'empêchera pas de conduire comme un chauffeur modèle. (Il tapota la caisse et se leva.) Encore celle-ci, et nous y sommes !

– Vous pouvez retourner à Soltau, dit Dahlmann d'un ton léger.

– Et la demoiselle ?

– Mlle Horten reviendra par le train.

– Mais elle voulait repartir avec moi...

– Elle a changé d'avis. Mlle Horten est ma belle-sœur, la sœur de ma femme. Et ma femme n'est pas encore rentrée de promenade. Elle désire attendre son retour.

– D'accord ! (Le déménageur grimaça.) On ne fait pas le trajet en cinq sec, hein ? Eh bien, j'y vais !

– Bon vent !

– Et pour la bière... ça reste entre nous, pas vrai ?

– Sûr. (Dahlmann sourit.) Parole d'honneur. Et maintenant, filez !

Il attendit que le déménageur eût emporté la dernière caisse, puis il considéra la grande pièce vide. Le fluide de Monika s'était évaporé. Ce n'était plus à présent qu'une mansarde froide, claire, à l'abandon, dépourvue de beauté. Le charme qu'avait autrefois exercé cette pièce sur lui était rompu. Il voyait les lattes de plancher abîmées, les taches horribles là où des tableaux avaient été accrochés, les trous du crépi, la désolation du délabrement.

Le chevalet était là-bas, pensa-t-il. Là, le tabouret. Ici, une table, une commode, une armoire. Sous la fenêtre, il y avait deux fauteuils... ils s'y étaient souvent assis, à scruter la nuit, par-delà les toits et les maisons, heureux au-delà de toute description.

Dahlmann se passa la main sur les yeux. Fini ! À jamais ! En bas, Monika dormait du profond sommeil de la morphine, la même Moni que celle qui s'était assise devant cette fenêtre et qui lui chuchotait à l'oreille : « Je suis si heureuse... Cela n'est-il pas qu'un rêve, toi et moi ? »

Ce n'était pas un rêve. C'était aussi réel que l'était le danger que représentait dorénavant Monika. Un danger qu'il fallait écarter.

Écarter le danger. Dahlmann leva les épaules, comme frigorifié. Il n'était pas un meurtrier. Il n'avait jamais eu l'effrayant courage de faire de ses propres mains un acte définitif. Souvent, il avait regardé Luise en silence et pensé combien il serait facile de la tuer. Avec une aveugle, on croirait tout de suite à un accident. Mais il s'effarouchait chaque fois, non par scrupule, non par noblesse d'âme, mais par lâcheté, par peur. Il se rappelait l'instant au bord du lac, tandis que Luise, droite comme un cierge et la tête haute, avait levé la jambe et fait le pas vers l'abîme, vers la mort. Alors, il avait bondi sur elle, un bond sauvage dont, aujourd'hui encore, il ne comprenait pas la promptitude, il l'avait tirée en arrière, propulsée dans le monde des vivants, et il avait senti une sueur froide l'envahir, un tremblement glacé lui parcourir le corps.

Il n'était pas un criminel-né, ce n'était pas un meurtrier de sang-froid. C'était un homme d'une extrême sensibilité, à la douceur féminine, et qui souffrait d'être toujours tenu en laisse, d'être constamment sous tutelle. Il aspirait de toute son âme à devenir autonome, à avoir de l'argent qu'il pût dépenser sans devoir en rendre compte; à pouvoir faire ce qu'il lui plaisait, sans avoir à quémander : « Je peux le faire ? » C'était un homme qui avait la nostalgie de la liberté, tel un prisonnier qui aperçoit le vaste paysage par la fenêtre de sa cellule.

Tout ce qu'il disait, tout ce qu'il faisait, sa façon d'être, l'effet qu'il produisait – intelligent, charmant, élégant, gai, sociable –, tout cela n'était qu'un masque derrière lequel se cachait le vide de son âme. Il se voyait comme l'homme le plus solitaire, et le désir le consumait d'être libre dans le sens où il l'entendait.

Ainsi Ernst Dahlmann avait-il une personnalité double : un scélérat froid aux fantasmes abjects et un homme solitaire, qui se sentait misérable et voulait se libérer, mais qui, sans cesse, retombait dans une lâcheté qui était le fondement véritable de son être.

Dahlmann quitta l'atelier et redescendit à l'appartement. Par la fenêtre du vestibule, il observa la rue. La camionnette de Soltau était partie, dans une heure Luise serait de retour. Il ne lui restait plus guère de temps pour agir.

Agir! Mais quoi faire? Comment? Où emmener Monika?

Monika dormait sur le divan. Elle ronflait légèrement, un phénomène qu'on observe souvent chez les morphinomanes. Dahlmann s'assit près d'elle et se creusa la cervelle.

Il passa en revue toutes les possibilités, même absurdes, il se remémora toute une théorie de scènes qu'il avait lues au cours de l'année dans des romans policiers. Comment les auteurs de ces livres faisaient-ils disparaître les corps?

Il ferma les yeux. Du bain d'acide jusqu'à l'ensevelissement du corps en morceaux, tout lui vint à l'esprit – toutefois, c'étaient là choses qu'il ne pourrait jamais accomplir de ses propres mains. Chez lui, le mal n'existait que sous la forme perverse de la cruauté mentale. Dans la pratique, il faisait un criminel tout à fait inapte.

Le hasard vint à la rescousse. La solution était tellement à portée de sa main que Dahlmann s'étonnait à présent d'avoir tant réfléchi et cherché de l'aide dans la littérature policière. L'évidence crevait parfois tant les yeux qu'on ne la voyait pas.

Il bondit sur ses pieds et respira avec soulagement.

Depuis six ans, il était membre d'un club de bowling. Appartenait aussi à ce club un certain Dr Forster, un gynécologue, qui avait la réputation d'être un sacré chasseur, et pas seulement en forêt. Il avait pris une chasse à bail, avec un pavillon assez isolé, au milieu d'une futaie de pins et de bouleaux. Il avait loué ce pavillon à Dahlmann quelques semaines auparavant. Celui-ci avait perdu de son intérêt et de son utilité à ses yeux depuis que sa femme en avait découvert l'existence et y avait fait irruption un soir, juste au moment où le docteur examinait de près une chevrette enjuponnée. On comprend que Mme Forster eût insisté pour abandonner le pavillon, ce que le Dr Forster admit une fois sa cachette repérée. C'est ainsi que Dahlmann était entré en possession du pavillon de la forêt, tandis que le Dr Forster se fondait dans la jungle urbaine, où il avait loué un petit appartement. Au club, on avait déjà engagé des paris tacites sur le moment où le limier qu'était Mme Forster découvrirait à son tour le nouveau « pavillon de chasse ».

Dahlmann fouilla les poches de ses costumes à la recherche de la clé que lui avait donnée le Dr Forster. Il gardait aussi dans une autre poche le plan pour accéder au pavillon. Ce n'était pas entreprise si facile, il était situé tellement à l'écart que le garde-chasse lui-même n'y venait que tous les quinze jours.

Enfin, Dahlmann trouva et le plan et la clé. Il regarda la pendule... il lui restait une demi-heure.

Dès lors, il procéda avec méthode. De savoir que, sans avoir à tuer, il parviendrait cependant au but le mit dans une humeur proche de l'euphorie. Il avait envie de chanter, de siffler. La mélodie qui lui vint à l'esprit était aussi macabre que ses agissements : « Faisons comme les hirondelles, construisons-nous un nid... »

Il allait se le construire. En premier lieu, il enroula Monika dans une couverture et la descendit dans le laboratoire; là, une porte donnait sur une cour intérieure. Il y amena sa voiture et étendit Monika sur la banquette arrière. Puis il revint au pas de course à l'appartement, écrivit un mot à l'intention de Luise, que lui lirait Mlle Pleschke : « Je reviens dans trois heures. Baisers. Ernsti... », le posa sur la table près d'une coupe de fruits (Luise l'y trouverait à coup sûr, elle se faisait généralement éplucher une orange au retour d'une promenade), se hâta de retourner à sa voiture, plaqua le plan du pavillon de chasse contre le cendrier du tableau de bord, écouta la respiration de Monika sous la couverture et démarra.

Il mit la radio, choisit une station de musique légère et, joyeux, traversa Hanovre en direction de l'est.

Que l'être humain est dépendant de ses humeurs ! pensa-t-il. J'étais désespéré, et me voici léger comme l'aiglon dans l'air pur des montagnes !

Le pavillon était vraiment sis à l'écart. On ne pouvait y parvenir que par une laie qui disparaissait à demi sous la végétation puis par un chemin qui sinuait entre les pins et les bouleaux, et dont le sol, humifère, mou et cahoteux, évoquait un marécage. Là, on était à l'abri des surprises quand on n'avait pas une femme comme celle du Dr Forster.

Dahlmann avait garé sa voiture derrière le pavillon et halait à présent la couverture au contenu précieux. Le pavillon sentait l'air vicié, le moisi, mêlés à des relents de fumée froide et à une légère odeur de parfum sucré.

Dahlmann étendit Monika sur un grand banc de bois qui flanquait une énorme table de ferme. La pénombre le gênait. En ces lieux, la lumière électrique eût tenu du miracle. Le Dr Forster avait mis l'accent sur le romantisme. Il y avait quelques belles lampes à pétrole en cuivre, aux abat-jour multicolores au-dessus des globes de verre. Dahlmann en alluma deux et éclaira la vaste pièce.

Un réchaud à propane, un poêle à bois, des bûches, un buffet paysan avec des ustensiles, des chaises sculptées de couleurs vives, au fond une alcôve. Devant le large lit, un rideau parsemé de fleurs descendait jusqu'au sol – drôle et gai, ainsi qu'il convient pour isoler pareille couche.

Par mesure de précaution, Dahlmann alla vérifier les volets. Épais, ils étaient assujettis par des barres de fer et pourvus de verrous. La porte était faite de doubles madriers costauds, les murs de troncs d'arbre massifs, sur lesquels était cloué un revêtement de bois. Une maison à l'abri des cambriolages; on ne pouvait y pénétrer sans la démolir, et, ce qui était beaucoup plus important aux yeux de Dahlmann, on ne pouvait en sortir sans la raser. On avait beau crier et battre du tambour, frapper les murs à coups de marteau et courir sus à la porte avec les pieds de la table, il n'y avait pas moyen de s'échapper.

Le placard à provisions était vide, à l'exception d'une boîte de cacao et de trois boîtes de lait condensé. La dernière visiteuse du Dr Forster devait être une gourmande. Quelques casseroles d'aluminium étaient accrochées aux murs. À son réveil, Monika ne pourrait se préparer qu'une tasse de cacao. Cela devrait suffire jusqu'à ce qu'il revienne le lendemain et lui apporte des provisions en suffisance.

Il y avait encore trois bidons de pétrole de dix litres chacun. Cela suffirait.

Dahlmann se sentit satisfait. Il sortit Monika de la couverture et la porta dans le haut lit de l'alcôve. Il la recouvrit d'un couvre-pieds et poussa une cuvette près de sa tête. Les morphinomanes ont tendance à vomir au réveil.

Il se pencha sur elle. Elle dormait d'un sommeil profond. Il tira le couvre-pieds sur elle, caressa ses cheveux d'or et son visage détendu.

– Dors bien, Moni.

Il écrivit quelques lignes à la table et fixa le papier à l'abat-jour de la lampe la plus proche : « Je reviens demain. Je t'en prie, n'essaie pas de tenter quoi que ce soit. Ce serait une bêtise. Attends-moi et aie confiance. Ernst. »

Il éteignit les lampes à pétrole, retourna voir

une dernière fois Monika, tira le rideau devant l'alcôve et, ce faisant, pensa : Fin de l'acte II. Le rideau tombe.

Le rideau tombe...

À cet instant, il n'avait pas conscience de la cruelle réalité de la phrase.

À ses yeux, l'essentiel était qu'il eût gagné du temps. Un temps précieux, dont il fallait utiliser chaque minute. Il se rendait compte qu'il avait dépassé le stade de l'improvisation. Sa vie se déroulait telle une formule mathématique, dans laquelle de nouvelles inconnues ne cessaient de surgir. Tout, désormais, n'était qu'une affaire de nerfs. Et Dahlmann se sentait assez fort pour avoir des nerfs d'acier.

Il ferma la lourde porte derrière lui et fit claquer le verrou. C'était un gros et solide verrou de sécurité.

Cette odeur, dans le pavillon, pensa-t-il sur le chemin du retour. Sure, aigre-douce – comme dans un cimetière, l'été, lorsque le soleil darde sur les tombes et que la terre respire...

Mlle Pleschke était assise dans le salon, les yeux gonflés, tel un lièvre apeuré, et triturait un mouchoir mouillé. Lorsque Dahlmann entra, elle se remit à pleurer et pressa le mouchoir contre son visage.

– Qu'avez-vous, Erna ? (Dahlmann posa les clés de sa voiture sur le buffet. Pour toute réponse, Mlle Pleschke se mit à pleurer à gros sanglots. Déconcerté, Dahlmann regarda la jeune fille en pleurs. Il ne voyait pas Luise, il ne l'entendait pas non plus dans la cuisine.) Qu'y a-t-il ? répéta-t-il, agacé. Votre étudiant vous aurait-il plaquée ? Seriez-vous enceinte ?

Mlle Pleschke, malgré ses larmes, leva sur Dahlmann un regard extrêmement offensé.

– Je... je ne vous permets pas, monsieur... dit-elle entre ses pleurs. Votre... votre...

Sa voix se perdit dans un léger sanglot. Dahlmann passa son index entre son cou et le col de sa chemise. Il avait acheté une chemise neuve sur le chemin du retour et jeté l'autre, tachée de sang. Il avait soigné les égratignures de sa nuque. Elles le brûlaient encore, mais le col les masquait.

– Reprenez votre sang-froid, à la fin, et exprimez-vous de façon intelligible ! Que s'est-il passé ?

Mlle Pleschke prit une profonde inspiration, puis elle cria presque :

– Votre femme a disparu !

Dahlmann pencha la tête de côté. Le sens de ces paroles lui échappa d'abord. C'est pourquoi il demanda :

– De quoi s'agit-il ?

– Elle a disparu.

– Ça veut dire quoi, disparu ?

– Votre femme... elle est partie.

– Ne dites pas de sottises ! (Dahlmann eut soudain très chaud.) Vous étiez bien avec ma femme au Herrenhausen. Où est-elle ?

– Je l'ignore...

– Mais vous êtes là pour veiller sur elle, que je sache ! beugla Dahlmann.

Soudain, toute la portée de l'événement lui apparaissait, même s'il était difficile de le concevoir. Luise partie... c'était absurde ! Tout bonnement impensable !

Mlle Pleschke tressaillit et hocha la tête.

– Ce n'est pas ma faute, monsieur, bégaya-t-elle. Votre femme m'avait donné congé après que je l'eus installée au Café du Château. Elle était en terrasse, sous un parasol. À mon retour, elle n'y était plus. Et nul ne savait où elle était partie.

– C'est d'une stupidité achevée ! (Dahlmann arpentait le salon à pas nerveux et précipités.)

Ma femme ne peut être partie seule. Il lui fallait votre aide.

– C'est pourtant la vérité. (Mlle Pleschke se remit à pleurer.) Les serveuses disent qu'elle est partie avec un homme.

– Avec un homme ?

Dahlmann parut cloué au sol.

– Oui. Cet homme était déjà souvent venu au Café du Château. Les filles le connaissaient, mais seulement de vue. On ne demande pas son nom à un client.

– Poursuivez, poursuivez !

– Votre femme est partie avec cet homme. Elle n'a rien laissé. Mon Dieu ! (Erna Pleschke se tamponna de nouveau les yeux de son mouchoir trempé de larmes.) On l'a enlevée !

Dahlmann ne trouva pas la remarque tellement saugrenue. Il courut au téléphone et appela Me Kutscher. Au bout de quelques secondes d'attente, l'avocat se nomma. Il partait chez un client.

– Qu'y a-t-il ? demanda-t-il sans aménité et renonçant aux formules de politesse.

– Ma femme est partie ! cria Dahlmann, courroucé.

– Bravo ! Dahlmann, ramenez-la sous votre charme ou tout ira à vau-l'eau !

– Maître, je vous en conjure ! Elle est partie, je vous l'assure. Mlle Pleschke, la garde-malade, peut vous relater l'incident. Un inconnu l'a emmenée du Café du Château.

– L'un de vos sbires ?

– Maître, cessez votre stupide humour ! Je me fais du souci, Luise a été enlevée.

Me Kutscher resta silencieux quelques instants. Il semblait réfléchir. Enfin, il déclara :

– Dahlmann, soyez franc, pour une fois – les circonstances l'exigent : qui, sinon vous, aurait intérêt à kidnapper une aveugle ?

– On pourrait me faire chanter.

– Plaisantin ! Il ne pourrait rien vous arriver de mieux. Vous refusez de payer, et on zigouille votre femme. Et voilà notre mignon Dahlmann innocent comme Ponce Pilate. Je vous réitère mon conseil : laissez tomber ce truc grossier et faites réapparaître votre femme.

Dahlmann passa une main tremblante sur ses yeux.

– Maître (sa voix avait un sincère accent d'inquiétude et d'abattement), croyez-moi ! Je vais alerter la police sur-le-champ.

– Vous n'ignorez pas qu'on ne commence les recherches que vingt-quatre heures après la déclaration d'une disparition. D'ici là, votre femme peut...

– J'ai besoin de votre conseil ! hurla Dahlmann, hors de lui. Elle est partie. Mlle Pleschke peut en témoigner, et j'exige que vous me disiez ce que vous comptez faire.

– Rien.

– Maître, je vous jure, par Dieu, que ma femme a disparu !

– Voilà à présent que vous vous mettez aussi à molester Dieu ! Bon, si vous voulez, je peux passer chez vous et entendre la fable de Mlle Pleschke.

– Et si vous êtes convaincu que ce n'est pas une fable ?

– Dans ce cas, Dahlmann, on vous aura roulé dans la farine de magistrale façon. Et vous ne tarderez pas à recevoir des nouvelles des frangins qui prennent votre femme pour une vache à lait. Ensuite, nous mettrons en branle tout l'appareil policier. Mais il ne me paraît pas que nous en arriverons là.

– Et pourquoi non ?

– Une intuition.

– Vous et vos intuitions ! Je vous attends tout de suite. (Dahlmann reposa brutalement le combiné.) Restez là, Erna ! beugla-t-il. Si vous vous étiez moins préoccupée de vos hormones et davantage de ma femme, ainsi que le commandait votre devoir, pareille chose ne se serait jamais produite.

Erna Pleschke émit un gros soupir. Que pouvait-elle faire d'autre ? Mais elle ne se jugeait pas coupable. On ne peut tout de même pas trimbaler sans cesse une adulte comme les Chinoises leurs nourrissons.

Me Kutscher, à son arrivée, trouva Dahlmann défait. Ce n'est plus du théâtre, pensa-t-il. C'est vrai. Et son estomac se noua étrangement.

Deux heures auparavant, Me Kutscher avait eu un bref entretien avec le Dr Vierweg.

Le psychiatre, jeune, ambitieux, et qui commençait à peine à se constituer une clientèle, avait remercié le ciel de ce cas mystérieux et élaboré un rapport à l'intention d'une clinique psychiatrique. Il caressait aussi l'idée d'alerter secrètement la presse – si quelques journaux rapportaient le cas, c'était une publicité susceptible d'attirer des clients. « Le drame de Luise, l'aveugle », un gros titre en rouge dans une feuille à sensation avec, dans l'article, le nom du Dr Vierweg cité deux ou trois fois. On saurait bientôt où exerçait ce médecin compétent. Le psychiatre n'avait aucun scrupule d'éthique professionnelle... Puisque des professeurs tenaient la presse informée de leurs opérations sur les cœurs et les poumons artificiels ou sur leurs essais de greffes, un médecin jeune et obscur le pouvait bien aussi. Le Dr Vierweg ne voyait pas pourquoi un article devrait faire de la publicité indirecte aux seuls professeurs. Il dérangeait certes là un essaim de guêpes... mais il existe des moyens pour se protéger des guêpes.

Il s'était donc empressé de répondre à la question de l'avocat, qui était :

– Docteur, à votre avis, Mme Dahlmann jouit-elle ou non de toutes ses facultés mentales ?

– Non, en aucun cas.

Le Dr Vierweg répondait de façon simple, ce en quoi il se distinguait agréablement de ses confrères.

– Il est donc impossible qu'elle prenne des dispositions testamentaires ?

– Tout à fait impossible.

– Qu'elle fasse des donations ?

– On pourrait aussitôt attaquer juridiquement sur la base de mon rapport.

– Même si elles sont en faveur de son mari ?

– Même dans ce cas. À mon avis, il faudrait nommer un tuteur légal et un administrateur des biens.

– Très bien ! Et le pronostic médical ?

– Il est bon, bien qu'on ne puisse se prononcer sur la durée de la maladie. Mais on arrive à atténuer, voire à éliminer de telles psychoses par les électrochocs.

– Merci. Je vous félicite de ce diagnostic.

L'avocat avait raccroché. Puis il était resté pensif à son bureau à jouer avec son sous-main. Au bout d'un moment, il avait appelé sa secrétaire.

– Jeune fille, avait-il dit avec gravité, que penseriez-vous si j'étais assis là, à branler de la tête et à répéter « là-là-là-là » ?

– Mon Dieu, me dirais-je, le patron est givré !

– Et c'est ce que penserait tout le monde ?

– Oui.

Me Kutscher avait remercié la secrétaire qui, étonnée, avait quitté le bureau. L'avocat était allé à la fenêtre et avait observé la rue animée.

Comme c'est facile de passer pour fou ! avait-il songé. Et avec quelle promptitude les hommes en acceptent l'idée ! Il avait pressenti que le cas de Luise Dahlmann pouvait encore se compliquer à l'excès.

Ernst Dahlmann resta éveillé toute la nuit, allant çà et là comme un fauve en cage, buvant du cognac et du whisky, appelant toutes les heures le commissariat et les hôpitaux de Hanovre. Il recevait toujours la même réponse : « Non, on ne nous a pas amené votre femme. »

Vers le matin, c'en était au point que le policier de garde au commissariat et les sœurs portières des hôpitaux s'écriaient dès l'énoncé du nom de Dahlmann : « Rien ! »

Et de raccrocher.

À 7 heures, Dahlmann sursauta. Épuisé, il s'était assoupi dans un fauteuil. Il se rua sur le téléphone. C'était Me Kutscher.

– Du nouveau ?

– Non, maître, rien, hélas ! C'est à désespérer. Je suis à bout.

– J'imagine. (L'esprit sarcastique de l'avocat ne connaissait pas de limites.) Au lieu de ramasser de l'oseille, vous allez devoir en sortir un paquet ! Les Grecs de l'Antiquité en auraient tiré le sujet d'une tragédie.

Dahlmann jeta l'écouteur. Il aurait été capable d'étrangler Me Kutscher.

Au commissariat, on poursuivait les recherches. En d'autres termes, on était prudent. Dans un premier temps, on ne porta le nom de Luise Dahlmann que dans le registre des disparitions réservé à l'usage interne de la police. On ne lançait un appel public que lorsque l'affaire ne laissait planer aucun doute. De quoi aurait l'air une police qui appelle sans arrêt à l'aide ? On avait des spécialistes, une brigade spéciale. À 8 heures, le commissaire serait là; on voulait d'abord avoir son opinion.

Dahlmann ne savait plus que faire. Il suivait déjà spontanément le conseil de Me Kutscher de rester à proximité du téléphone et d'attendre l'appel du ravisseur. En outre, il spéculait sur le montant de la rançon éventuelle. 100 000 marks ? Ou 200 000 ? Ou seulement 50 000 ? Quelle qu'elle fût, il ne pourrait jamais payer cette somme. Il n'avait pas de compte à son nom, on le savait.

Son autre sujet de réflexion était l'éventualité que le ravisseur tue sa femme. Dans ce cas, tous les biens de la famille Horten reviendraient automatiquement au dernier héritier survivant. À Monika.

Monika qui, pour l'heure, dormait dans un pavillon de chasse solitaire. Une héritière dont il ne recevrait pas un centime.

Force était à Dahlmann de s'avouer qu'il serait perdu si Luise devait mourir ainsi. Cette pensée le paralysait, car il n'existait apparemment aucun moyen d'empêcher la catastrophe.

À 9 heures, il reçut une visite. Quelqu'un qui lui était sorti tout à fait de l'esprit, dont il se serait bien passé et auquel, pourtant, il aurait dû s'attendre.

Faisant fi de toute politesse, Julius Salzer se rua dans l'appartement.

– Où est Monika ? cria-t-il.

– Comment le saurais-je, ô prince des poètes ?

Dahlmann essayait de le prendre sur un mode ironique. Julius ! pensait-il. Le revoilà, celui-là !

Salzer serra les poings.

– Dois-je vous jeter contre le mur ? siffla-t-il.

– Je n'en saurais pas davantage où est Monika. Par ailleurs, ce ne serait pas un beau poème...

– Elle était ici.

– Bien sûr ! Elle est venue chercher ses meubles. Et elle a parlé à sa sœur, ma femme.

– Je ne suis pas idiot.

– Cependant, il me paraît qu'on doit vous expliquer à fond les choses les plus simples, comme à un enfant.

– Où est Monika ? cria Salzer.

Il était blême d'énervement. Dahlmann haussa les épaules.

– Elle est partie hier soir à 8 heures, ou à peu près. La camionnette est retournée sans elle à Soltau. Elle voulait rentrer en train.

– À cette heure-là, il n'y a plus de train pour Soltau.

– Qu'est-ce que j'en sais, moi ? (Dahlmann tourna les talons et alla à la fenêtre.) Je ne me mêle pas des affaires de ma belle-sœur, et à quoi cela rimerait-il ? Vous feriez bien d'en prendre note, mon garçon. La tête de Monika est aussi jolie que dure ! Vous allez vous y casser les dents, soit dit en passant. Mais ce ne sont pas mes oignons. Où elle est allée en sortant d'ici, je l'ignore. Je sais seulement qu'elle voulait prendre le train. Et donc, aller à la gare. Peut-être a-t-elle rencontré un autre bel homme chemin faisant... Vous connaissez sa rapidité dans ce genre d'affaires.

– Vous êtes un ignoble goujat, dit Salzer à voix basse.

Dahlmann se retourna d'un coup.

– Fichez le camp, et tout de suite ! Je ne me laisserai pas insulter sous mon propre toit par un miteux de votre espèce. Apprenez d'abord un métier sérieux, commencez par faire quelque chose dans la vie. Après, nous pourrons poursuivre notre conversation. Allez, ouste ! C'est la deuxième sommation. À la troisième, c'est une violation de domicile et j'appelle la police.

– J'y vais de ce pas, à la police ! cria Salzer.

L'inquiétude lui coupait presque le souffle.

– Pour quoi faire ?

– Signaler la disparition de Monika.

Dahlmann leva les sourcils. C'est crétin, pensa-t-il. Je n'y avais pas songé. Deux disparues chez les Dahlmann, ça paraîtra bizarre, même au policier le plus naïf. Il fallait empêcher cela, au moins jusqu'à ce qu'on eût des nouvelles de Luise.

– Approchez, jeune poète, dit Dahlmann d'un ton qu'il s'efforçait de rendre jovial. Asseyez-vous. Buvons d'abord un coup et examinons la situation en détail.

Julius Salzer ne bougea pas. Le changement d'attitude de Dahlmann le stupéfiait, et éveillait sa prudence.

– J'aimerais partir, dit-il, aux aguets.

Dahlmann ouvrit le bar et en sortit une bouteille de whisky. Il la brandit et l'agita.

– Vous connaissez cette marque-là ?

– Seulement de nom. Le whisky m'est aussi inaccessible que le prix Nobel. Bien content quand je peux régler ma note d'eau.

– Alors, dépêchons-nous d'en boire un coup et d'en faire provision. (Dahlmann eut un rire un peu inquiet.) Jeune Schiller... ou seriez-vous plus proche de Kleist ?

– Schiller.

– Je m'en doutais ! Bon, installez-vous dans ce fauteuil, je vais chercher de la glace dans la cuisine, puis nous parlerons de ce que nous devons faire pour Monika. Au fond, vous me faites de la peine. Moi aussi, j'ai été jeune, et si j'avais été amoureux et soumis aux humeurs d'une fille telle que Monika... Je comprends que vous ayez envie de faire exploser le globe terrestre.

Il poussa Salzer dans le fauteuil au passage et disparut dans la cuisine. Au bout d'à peine deux heures, Salzer était ivre mort. Le whisky, dont il buvait pour la première fois, était comme du plomb dans son cerveau; bredouillant tel un idiot, il s'affala sur le divan et finit par s'endormir.

Dahlmann sortit faire quelques emplettes. Il fut de retour vers midi. La brigade criminelle avait annoncé sa venue pour 14 heures. Elle voulait des photos de Luise, des descriptions et des renseignements précis.

On peut vraiment dire que je travaille comme une bête pour obtenir mon argent, pensa Dahlmann. Oui, on pourrait presque dire que c'est de l'argent honnêtement gagné !

En pénétrant dans le vestibule, il tressaillit. Le chapeau de Luise était accroché à la patère. Il ne parvint pas à se rappeler s'il y avait vu un chapeau auparavant.

– Luise ! cria-t-il. (Il jeta son manteau sur le sol.) Luiserl ! Ma chérie !

Il ouvrit la porte du salon à la volée et se rua dans la pièce, bras tendus.

Julius Salzer, toujours étendu sur le divan, râlait d'effroyable façon. Quelqu'un lui avait relevé les jambes et l'avait recouvert d'une couverture.

Ses lunettes noires sur le nez, Luise était assise dans le fauteuil près de la fenêtre aux fleurs. Elle tourna la tête vers Dahlmann, son visage avait la pâleur et la rigidité d'un masque. Dahlmann laissa retomber ses bras le long du corps. À quoi bon ? se dit-il. Elle ne le verra pas.

– Luiserl... me faire une peur pareille... Je n'ai plus ma tête... Je ne suis plus moi-même... Où diantre étais-tu ? Que s'est-il produit ? Où as-tu passé la nuit ?

– Chez un homme, répondit Luise avec calme.

Dahlmann sursauta. Un étau de fer lui enserrait le cou. La respiration lui manquait.

– Où... où étais-tu, Luiserl ?

– Chez un homme. (Luise leva la tête. Sa voix était ferme et claire.) J'ai un amant.

La nouvelle était si monstrueuse que Dahlmann en perdit d'abord l'usage de la parole. Il ne put que regarder Luise, les yeux écarquillés d'incrédulité, comme si une catastrophe naturelle venait de s'abattre sur lui, dont il était incapable d'imaginer comment elle avait pu se produire. Luise observait son mari avec une extrême attention. Elle était sûre qu'il allait devoir agir, à présent – pas contre elle, car, pour lui , elle était la poule aux œufs d'or, avec ou sans amant. En tout cas, elle ne risquait rien tant qu'elle n'avait pas fait la donation. Elle avait discuté de tout cela en détail avec Robert Sanden. Le désir de Dahlmann d'hériter de tout était sa meilleure protection. En dépit de la lourdeur du rôle, Luise était prête à jouer le jeu de la cécité et de la bonne volonté, jusqu'à ce qu'elle eût en main de solides preuves contre Dahlmann. Pour l'heure, elle ne les avait pas, ces preuves, car tout se passait à l'abri des regards. Seule Monika aurait pu porter témoignage, mais Luise ne comptait plus sur le concours de sa sœur.

Lorsqu'il sortit de sa stupeur, Dahlmann para au plus pressé – il appela la police.

– Oui, ma femme est revenue, dit-il. Arrêtez les recherches. Elle a... elle a passé la nuit chez des amis. Non, ils n'avaient pas le téléphone. Cette histoire est stupide, j'en conviens, mais c'était la première fois qu'elle... Oui, merci. Bien sûr, je passerai faire une déposition. Je vous remercie mille fois.

Il raccrocha et regarda de nouveau Luise. Ce n'est pas vrai, pensa-t-il. Ce ne peut être vrai...

– Tu avais alerté la police ?

– Cette question !

– Pourquoi ?

– Tu permets ! Tu pars à midi, tu ne rentres pas le soir ni de toute la nuit ! J'ai rameuté tout ce qui pouvait l'être, Me Kutscher lui-même est venu...

– Appelle-le pour lui dire que je suis là.

– Ça peut attendre. (Dahlmann allait de long en large dans le salon, très agité. Il s'immobilisa devant Luise à plusieurs reprises. Il la regardait en silence, secouait la tête et reprenait ses va-et-vient.) Dis-moi que toute cette affaire est une mauvaise farce !

– Quoi ?

– Cette histoire d'amant.

– Non. C'est la vérité.

– Serais-tu folle ?

– Je suis un être tout ce qu'il y a de plus normal. Je m'en suis rendu compte hier. Un être humain n'a-t-il pas droit à un moment de faiblesse ?

– Non !

– Tu n'as jamais eu un moment de faiblesse ?

– Non !

– Tu ne m'as jamais trompée ?

– Luiserl ! Tu sais bien que jamais je...

– Alors, j'ai commis hier un péché de trop ! (Elle leva la tête comme un animal qui prend le vent.) Libre à toi d'en tirer les conséquences et de demander le divorce.

Dahlmann se mordit la lèvre inférieure. La déception que Luise se fût tournée vers un autre homme le troublait moins que la pensée que l'autre, cet inconnu, pût profiter des biens de sa femme. Luise le comprit, et elle prit grand plaisir à retourner le couteau dans la plaie.

– Il est prêt à m'épouser.

Dahlmann haussa les épaules.

– Qui est-ce ?

– Peu importe.

– Je veux savoir qui est ce porc qui s'insinue dans les bonnes grâces d'une aveugle et qui, avec une abjection rare, tente de s'assurer une vieillesse lucrative ! Car ce n'est rien d'autre ! C'est une captation d'héritage tout ce qu'il y a de plus crapuleux.

– C'est de l'amour, déclara Luise calmement.

– De l'amour ! (Dahlmann tressauta comme

sous l'effet d'une décharge électrique.) Tu ne peux même pas voir comment il est, si c'est un monstre, un...

– Il a une âme. Invisible mais présente. La valeur d'un homme ne se lit pas sur sa figure.

– Et il a une âme, hein ? hurla Dahlmann.

– En effet.

– Et tu me dis ça comme ça ? Je devrais avaler ça sans réagir ? Accepter que la seule femme que j'aime et que j'aie jamais aimée, que *ma* femme, ait un amant !

– On ne t'en demande pas tant. Divorce. Je te facilite les choses – je fournis la cause du divorce.

Dahlmann se remit à arpenter la pièce. Je dois mettre la main sur ce type, pensa-t-il. Si tant est qu'il existe, si tant est que ce n'est pas un bluff de Luise. Mais pourquoi ferait-elle tout ce théâtre ? Et où a-t-elle passé la nuit ? Il s'immobilisa et considéra une nouvelle fois sa femme. Il y perdait son latin. Que Luise se jetât, aveugle, dans les bras d'un homme qu'elle devait connaître depuis peu, dont elle ne savait rien, qu'elle ne pouvait voir, juste entendre, ne cadrait pas avec son caractère puritain. Tout cela était si monstrueux, si absurde, si macabre que Dahlmann ne cessait de regarder Luise, de secouer la tête et de reprendre ses va-et-vient.

– Qu'as-tu l'intention de faire, Ernst ?

– Rien.

– C'est très peu. (Luise se pencha légèrement en avant pour donner plus de poids à ses paroles.) Je dois t'avouer que je ne quitterai pas cet homme.

– Luiserl, c'est de l'aveuglement.

– Peut-être. Mais je ne suis qu'une faible créature, tout particulièrement maintenant. J'aime; il n'y a donc plus de place pour la raison. Ne peux-tu le comprendre ?

Dahlmann en était capable. Il pensa aux mois

passés avec Monika, à la lune qu'il voulait décrocher pour elle, aux innombrables paroles qui avaient été dites et dont le sens était absurde.

– Non ! dit-il avec dureté. Je ne comprends absolument pas. Tout ce que je vois, c'est que, semble-t-il, je ne me suis pas assez occupé de toi. Je m'en suis remis à des étrangers, comme Mlle Pleschke. C'était une erreur. Cela ne se reproduira plus.

– Trop tard !

– Ça veut dire quoi, trop tard ?

Dahlmann comprit quel danger le menaçait. Tout l'édifice qu'il avait bâti, bout par bout, avec l'acharnement d'une fourmi, à force de crapulerie et de duperie, s'effondrerait à l'instant où Luise se séparerait de lui pour aller rejoindre l'autre homme. Empêcher que cela n'arrivât, c'était désormais la seule chose que Dahlmann pouvait faire. À la condition qu'il apprît l'identité de l'inconnu. À son avis, il ne pouvait s'agir que d'un scélérat encore pire que lui, qui supporterait une aveugle pour prix de son confort matériel.

Luise observait Dahlmann à travers ses lunettes noires avec la joie tranquille de la vengeance accomplie. Robert Sanden lui avait insufflé du courage. Il lui avait dit : « Tu n'as pas à avoir peur de ton mari. Il n'entreprendra jamais rien contre toi. Une Luise morte ne lui serait d'aucune utilité. Seule la Luise vivante lui est précieuse, du moins jusqu'à ce qu'il ait en poche l'acte de donation... ou jusqu'à ce qu'il réussisse à te faire mettre sous tutelle. » Sanden avait raison, elle s'en rendait compte à présent. Dahlmann encaissait tout, même un coup de canif au contrat de mariage de la part de sa femme, un amant, tout... L'essentiel était qu'il lui restât encore une chance de recevoir une partie des biens Horten.

Luise posa les mains sur les accoudoirs. Ainsi était-elle demeurée assise près de deux ans, l'oreille dressée dans les ténèbres, croyant à l'amour et à la sollicitude de son mari.

– Pourquoi refuses-tu de me dire qui est cet homme ? demanda Dahlmann d'une voix que l'émotion enrouait.

Luise secoua la tête.

– C'est prématuré.

– Pourquoi es-tu revenue si tu ne veux plus vivre avec moi ? cria Dahlmann, hors de lui.

– Pour te le dire, Ernst. (Elle parlait d'une voix très calme. Il ne me fera jamais rien, je lui suis trop précieuse vivante.) Je veux être honnête avec toi, d'une honnêteté égale à celle dont tu as toujours usé envers moi.

– Et voilà le remerciement de ma rectitude !

– Le monde est mauvais, Ernst.

– Si tu me promets de quitter cet homme, j'oublierai toute cette histoire.

Luise se leva, sortit du salon à tâtons et gagna sa chambre. Dahlmann l'entendit refermer la porte derrière elle. La conversation était terminée.

Il se sentait étourdi et son inertie le mettait en rage. Sur le divan, Julius Salzer râlait et ronflait toujours. Son visage était vert, comme sous l'effet d'une intoxication alcoolique.

Le Herrenhausen, pensa Dahlmann. C'était le seul endroit où entreprendre une enquête. Luise avait quitté la terrasse du Café du Château avec cet homme. Peut-être y trouverait-il une piste.

Il prit son manteau, sortit à la hâte, et démarra. Mais il se rendit d'abord chez Me Kutscher.

– Elle a un amant ? (L'avocat envoya la fumée de son cigare au plafond. Il avait renoncé à ses ronds artistiques; la nouvelle le choquait autant que Dahlmann.) En êtes-vous sûr ?

– Elle a passé la nuit chez lui ! (Dahlmann

buvait un double cognac à petites gorgées pressées.) Où, sinon, aurait-elle pu être ?

– En effet, où ? Dans un hôtel ?

– Seule ? Une aveugle ? Qui l'y aurait conduite ? C'est stupide !

– Dans la vie, rien n'est trop stupide pour ne pas se produire. Toutefois, en l'occurrence, je vous donne raison : pourquoi irait-elle à l'hôtel ?

– Vous voyez bien !

– Et ?

– Et ! Et ! Vous n'êtes guère sagace, maître. Peut-être vous serait-il possible de lui soutirer le nom de cet homme.

– Tout à fait. (Me Kutscher eut un sourire moqueur.) Seulement, je ne vous le dirai pas.

– Mais...

– N'oubliez pas que je suis l'avocat de votre femme, plus le vôtre ! Par conséquent, le secret professionnel m'interdit de divulguer ce qu'elle me confie.

– Mais vous pourriez parler à ce type !

– Mais je lui parlerai.

– Et le chapitrer.

– Cela dépendra de ce qu'il est. Si l'on regarde les choses avec objectivité, votre femme ne peut trouver pire que vous.

Dahlmann quitta furieux le bureau de Me Kutscher. Il se jeta dans sa voiture et fonça en direction du château de Herrenhausen.

Me Kutscher était franchement inquiet. Il ne comprenait rien à l'événement. Ce n'était pas dans la manière de Luise Dahlmann d'agir ainsi. Pour qui la connaissait, ces agissements scabreux étaient impossibles. La situation devait être autre que Dahlmann ne la décrivait, l'avocat en était quasi certain. Cependant, il redoutait d'appeler Luise. Et puis, il se pouvait aussi que tout fût vrai. Le doute de l'avocat s'expliquait par l'opinion qu'il avait des femmes. Il pensait que 70 % du mal dans le monde était dû, de façon directe ou indirecte, aux femmes. Et on ne pouvait pas plus juger une Luise Dahlmann sur sa bonne mine...

Me Kutscher essaya la méthode éprouvée qu'utilisent toutes les polices criminelles du monde. Il s'intéressa aux questions de routine, si absurdes fussent-elles.

Cet après-midi-là, il passa cinquante-six coups de fil.

Après cela, il fut au courant de tout.

Il connaissait le nom de l'homme, l'amant prétendu de Luise. Il savait où Luise avait passé la nuit.

Il s'assit dans son fauteuil de cuir, prit un cigare et souffla des ronds artistiques dans la pièce. Il avait bien mérité une demi-heure de détente. Il était très content de lui.

Les deux serveuses du Café du Château écarquillèrent les yeux quand Dahlmann leur glissa à chacune un billet de 20 marks dans la poche de leur tablier.

– Je travaille pour une compagnie d'assurances, dit-il. Je suis chargé de la mission stupide de surveiller Mme Dahlmann. S'il lui arrive quoi que ce soit, figurez-vous, nous devons casquer. Et si nous devons payer à tout bout de champ, avec quoi construirions-nous nos splendides bâtisses ? Le fait est que c'est aux assurances et aux banques que nous devons la reconstruction de nos villes.

Les jeunes filles rirent sous cape. Un cinglé, pensèrent-elles. Mais que veut-il, au juste ? Que se passe-t-il avec cette pauvre aveugle de Mme Dahlmann ?

– Vous connaissez bien Mme Dahlmann, non ?

– Mais oui. (La serveuse, qui s'appelait Irma, hocha la tête avec vigueur.) Notre meilleure cliente.

– Elle était ici hier avec un homme ?
– Oui.
– Et elle est partie avec lui ?
– Oui. (Irma se fit plus réservée.) Pourquoi ?
– Comment ça, pourquoi ?
– En quoi cela vous regarde-t-il ? La police aussi nous a posé ces questions.
– La police ? La police est venue ?
– Il s'est passé quelque chose ? demanda l'autre jeune fille, Blondie.
Dahlmann secoua la tête.
– Non, non ! C'est l'homme qui nous intéresse. Nous le soupçonnons d'appartenir à une compagnie d'assurances rivale et de vouloir embobiner Mme Dahlmann pour qu'elle change d'assureur. Vous ne croiriez pas, mesdames, à quel point la lutte est rude dans notre branche.
Les serveuses eurent un sourire entendu. Blondie en avait même fait l'expérience. Un type avait voulu l'assurer contre les risques de renverser du café sur les vêtements des clients. Le patron était assuré. Mais le type lui avait tenu un long discours sur les assurances complémentaires et autres, et, pour finir, l'avait pincée à la fesse. « Il n'y a pas d'assurance contre ça ! » avait-il plaisanté. « Et c'est précisément contre ce genre de risques qu'il m'en faut une ! » avait répliqué Blondie du tac au tac. Blondie était une futée.
– Vous connaissez cet homme ? demanda Dahlmann.
Les serveuses secouèrent leurs jolies têtes de poupées.
– Non, répondit Irma. Il est souvent venu ici, mais d'où saurions-nous son nom ?
– À quoi ressemble-t-il ?
– Il est bel homme.
C'était Blondie qui avait fait cette constatation.
– Tiens donc ! Bel homme... Quel âge ?
– Plus jeune que vous.

Dahlmann n'appréciait pas ce type de remarques. Il ravala son irritation.

– Quel âge, à peu près ?

– La trentaine.

– J'ai quarante-deux ans ! Il n'est donc pas tellement plus jeune !

Blondie gloussa avec effronterie.

– À cet âge-là, chez un homme, quelques années, ça compte !

– Vous devez savoir de quoi vous parlez. (Dahlmann s'efforça de garder son calme. Le gloussement de Blondie lui tapait sur les nerfs. Un homme jeune, pensa-t-il. Un bel homme.) À quoi ressemble-t-il, à la fin ? répéta-t-il. Il est grand, costaud ?

– De taille moyenne. Et toujours élégant dans sa mise. À ce sujet, Mme Dahlmann n'a pas eu de veine.

Dahlmann dressa l'oreille.

– Pas eu de veine ? Comment ça ?

– Elle a renversé sa tasse de chocolat sur le costume clair de ce monsieur. Il était peut-être fichu. Mais le monsieur s'en moquait. Il est parti avec elle comme si de rien n'était ! Un autre aurait pesté ou se serait senti gêné par ces grosses taches de chocolat... lui, non. C'est un homme du monde.

– Et, du reste, je l'ai déjà vu ! s'écria Irma. Dans un journal ou un magazine... Il est sûrement connu.

Dahlmann remercia les serveuses. Il n'apprendrait rien de plus. Il paya sa bière, s'irrita d'avoir perdu 40 marks – les renseignements qu'il avait obtenus ne les valaient pas – et quitta le Café du Château. Il rentra à Hanovre, l'humeur morose. Un homme connu, ne cessait-il de penser. Dont la photo a paru dans un journal. Avec des taches de chocolat sur un costume clair. Il ne pouvait tout de même pas aller poser cette question dans toutes les teintureries de Hanovre : « Un homme vous a-t-il apporté un costume clair sur lequel on a renversé du chocolat ? » Et s'il n'habitait pas Hanovre ?

Dahlmann passa au commissariat faire sa déposition à propos du retour de Luise.

Les employés eurent un sourire poli lorsque Dahlmann s'assit. Un sourire sournois, pensa-t-il. Ils sourient comme de jeunes crétins qui viennent de faire une blague. Ils ricanent avec une joie maligne.

– Les recherches que nous avions entreprises ont abouti à la conclusion que votre femme a juste passé la nuit ailleurs.

Dahlmann nota que le policier prononçait le mot « ailleurs » avec un plaisir particulier. Il serra les lèvres.

– Oui, chez son amant ou avec lui ! siffla-t-il.

Le policier, discret, baissa les yeux.

– C'est une affaire d'ordre privé. Pour nous, l'essentiel est qu'il n'y ait ni enlèvement ni chantage, juste une nuit passée hors du toit conjugal. L'affaire relève du secteur civil. Nous sommes compétents pour les seules affaires pénales. Si vous signez, nous pourrons fermer le dossier. M. Sanden lui-même a prouvé qu'il n'y avait nulle intention criminelle.

Dahlmann se maîtrisa à la perfection. Il ne sursauta ni ne laissa transparaître la moindre trace d'émotion. Il hocha la tête, signa la liasse de feuillets sans prendre connaissance du texte et se hâta de quitter la pièce.

Robert Sanden ! Le comédien Robert Sanden !

Un comédien !

Dahlmann resta planté dans la rue devant le commissariat. Il se sentait soudain le cœur plus léger. Il aurait ri si ce n'avait pas été trop ridicule devant tous ces passants.

Il avait imaginé un adversaire dur, impitoyable.

Un combat sans merci. Et voilà que ce n'était que ce bellâtre du théâtre municipal ! Un homme qui vivait de l'adulation et des applaudissements – et d'un revenu qui n'excédait pas la monnaie de la caisse de la pharmacie des Mores.

Ce n'est pas un adversaire, pensa Dahlmann. Un poids gigantesque tomba de lui comme un glacier qui se brise. On peut tout acheter ici-bas, ce n'est qu'une question de prix. Et M. Robert Sanden présenterait sa note, il n'en doutait pas un instant.

Tandis que Dahlmann menait son enquête, Me Kutscher fit son apparition à la pharmacie des Mores. Luise mettait des compresses froides sur le front de Julius Salzer, toujours abruti par l'alcool.

– Qui est ce garçon imbibé d'alcool ?

Me Kutscher était surpris par la précision avec laquelle Luise s'acquittait de sa tâche. Pour une aveugle, c'était une performance du toucher remarquable. Luise leva les mains.

– Je n'en ai pas la moindre idée. J'ai entendu des râles et des ronflements, je me suis guidée au bruit et j'ai découvert un homme couché là. À vue de nez, il est ivre mort. Ce doit être mon mari qui l'a amené.

Elle s'assit et regarda l'avocat qui, penché sur Salzer, fouillait dans la poche de sa veste. Il y trouva une carte d'identité et la lut.

– Ce jeune pochard s'appelle Julius Salzer, il est né à Brême. Son dernier domicile est Lunebourg. Votre mari a-t-il des connaissances à Lunebourg ?

– Je l'ignore. Je n'en connais aucune.

L'avocat remit la carte d'identité dans la poche de Salzer. Il fit aller et venir la tête du poète, lui tapota les joues, lui souleva les paupières, le secoua aux épaules.

– Ce gaillard est fin soûl. Il pue le whisky à plein nez. Votre mari boit-il du whisky ?

– De temps en temps.

– Vous devinez la raison de ma présence ?

– Non.

– Votre mari était chez moi voilà une heure. Il m'a conté une histoire de brigands – pure manigance de votre part, selon moi. (Luise ne répondit pas. Me Kutscher eut un sourire moqueur et s'assit en face d'elle dans un fauteuil.) Votre mari est fort agité. Il dit que vous l'avez trompé. Que vous avez un amant.

– C'est exact.

Le sourire de Me Kutscher s'épanouit.

– Pourquoi mentez-vous ?

– Je ne mens pas !

– Vous pouvez faire croire ce conte de la princesse qui a fauté à votre mari, mais pas à moi, pas à votre avocat. (Luise sentit ses joues s'empourprer. Elle tenta, en vain, de lutter contre cette rougeur. Me Kutscher l'examina d'un regard interrogateur.) Puis-je vous dire ce que je sais ?

– Je vous écoute.

– Vous avez rencontré le comédien Robert Sanden. Un chic type, au demeurant. Vous avez renversé du chocolat sur son costume, puis êtes revenue à Hanovre avec lui et êtes restée chez lui jusqu'au soir. Mais en tout bien tout honneur. Vous avez discuté ensemble d'un plan pour effrayer votre mari. À 22 h 17, M. Sanden vous a accompagnée à l'hôtel Atlantic, vous y avez occupé la chambre à un lit nº 285, au deuxième étage. M. Sanden est reparti, et on ne vous a pas revue. Vous êtes allée bravement dormir, comme il se doit. Et pendant que vous dormiez, votre mari était posté près du téléphone et rendait fous la police et les hôpitaux. D'accord ? (Luise opina en silence. Me Kutscher respira fort.) Et maintenant, l'inévitable question : pourquoi ?

– Je ne puis vous le dire.
– Une autre question, indiscrète : êtes-vous la maîtresse de Sanden ?
– Non, murmura Luise.
– Mais vous l'aimez en secret ?
– Oui.
– Il n'en sait rien ?
– Il ne doit pas l'apprendre prématurément.
– Que signifie « prématurément » ?
– J'aimerais n'en pas parler.
– Vous avez des projets ?
– Non.
– Voilà que vous mentez encore ! (Luise ne répondit mot. Me Kutscher bondit sur ses pieds.) On doit avoir confiance en son avocat et lui dire la vérité ! cria-t-il. Comment puis-je vous aider si vous prenez seule des décisions qui sont peut-être de la dernière stupidité ? J'y verrais notablement plus clair si vous m'expliquiez pourquoi vous jouez à votre mari cette farce de l'amant.
– J'ai mes raisons d'agir ainsi.
Me Kutscher se gratta le nez. Comment lui dire que Dahlmann est une crapule ? ruminait-il. Il y avait plusieurs moyens, mais tous violeraient le secret professionnel auquel il était tenu en sa qualité d'ancien avocat de Dahlmann. D'un point de vue juridique, c'était un fait inouï qu'il eût accepté de s'occuper de Luise. Il aurait dû refuser. Toutefois, il accordait toute sa compassion à Luise et s'était ainsi placé au-dessus des scrupules éthiques de sa profession. Il ne pouvait assister en spectateur à l'exploitation de la cécité de Luise.
– J'aimerais vous donner un conseil, chère madame. Entamez une procédure de divorce.
– Je l'ai déjà proposé à Ernst.
Me Kutscher avança la tête. Dahlmann lui avait celé le fait.
– Et qu'en pense-t-il ?

– Il se dérobe. Il ne veut pas. Il est prêt à pardonner.

– Et c'est précisément ce que vous ne voulez pas ?

– Non.

– Je suis devant une énigme ! (Me Kutscher se mit à arpenter la pièce.) Vous étiez pourtant disposée à offrir à votre mari tous les biens Horten pour prix de sa fidélité et de son amour ?

– En effet.

– Pardonnez-moi, mais la logique me lâche.

– Je le crois. (Luise eut un sourire indulgent.) Beaucoup de choses ont changé en quelques heures. On échafaude des plans afin de les troquer contre de meilleurs, je m'en suis rendu compte. Il faut faire montre de souplesse.

– Chère madame, lancez-vous dans la politique ! dit l'avocat, venimeux. Vous y feriez une carrière foudroyante.

– Pourquoi un tel sarcasme, maître ?

– J'y perds mon latin ! Jusqu'ici, je ne croyais pas être un idiot. Apparemment, j'en suis un.

– Si vous saviez ce que ne sait encore qu'une poignée de gens – l'un d'entre eux doute même que ce soit vrai –, vous comprendriez tout.

– Alors, initiez-moi, chère madame.

– Peut-être sous peu. (Luise leva la main.) Non, ne dites rien, maître ! Ce n'est pas manque de confiance – c'est ce que vous vouliez me reprocher, je me trompe ? –, mais en votre qualité d'ancien avocat de mon mari, être au courant vous serait de peu d'utilité, car vous devriez garder le silence. Vous devez rester extérieur à l'affaire par nécessité. J'agirai seule avec M. Sanden...

– Agir ? Comment ? (Me Kutscher regarda Luise fixement. Que sait-elle ? pensa-t-il soudain. On dirait qu'elle sait tout. Le Dr Ronnefeld aurait-il laissé filtrer quelque chose ? L'avocat lâcha un ballon d'essai :) Vous devriez réfléchir mûrement à l'affaire, énonça-t-il avec lenteur et insistance. Vous avez enfin un homme qui vous dorlote et qui vous aime vraiment...

Tendu, il guetta sa réaction. Luise resta tout à fait calme. Elle opina.

– En effet, maître.

Me Kutscher quitta la pièce en soupirant. Je renonce à comprendre l'âme féminine, pensa-t-il. Dans ce conflit dahlmannesque, il n'y a plus aucune logique.

Il ne se doutait pas que c'était justement là l'atout maître de Luise.

L'après-midi, Dahlmann emmena Julius Salzer, toujours endormi, dans une pension modeste. Il paya le double du prix au cas où Salzer, ainsi que le craignait l'hôtelière, vomirait sur la literie à son réveil. Il glissa un mot dans la poche de la veste de Julius, sur lequel il avait écrit une fausse information : « Monika est à Cologne. Pourquoi, je l'ignore. Elle vient d'appeler de là-bas. » Il acquitta encore le prix d'un café serré.

– Il n'est pas le moins du monde violent, répondit-il à la question de l'experte hôtelière sur ce point. C'est un véritable nourrisson.

– Il ne mouille tout de même pas son lit ? s'écria la femme, effrayée. J'ai changé les matelas l'année dernière !

– N'ayez aucune inquiétude. Son incontinence n'est que mentale.

Dahlmann abandonna Salzer à son destin et se rendit chez Robert Sanden.

Luise n'avait fait aucune difficulté lorsqu'il lui avait expliqué qui était Julius Salzer.

– C'est un bon copain, Luiserl ! avait-il dit. Hier soir, il a fait irruption, soûl comme un Polonais. Il est ingénieur et doit avoir un stand à la foire. Je n'ai pas réussi à comprendre grand-chose à ses bégaiements. Après avoir ajouté mon whisky à l'alcool qu'il avait déjà bu, il a roulé sous la table. À part ça, c'est un brave garçon, le Friedrich ! C'était notre major, à l'école.

– Et d'où vient-il ? avait interrogé Luise avec calme.

– De Wuppertal. Sa boîte fabrique des trucs en caoutchouc. Des bretelles, des jarretières, des élastiques pour les manches et, depuis peu, des ceintures de sécurité. Je le ramène à son hôtel, Luiserl. Je serai de retour dans une heure.

Luise n'avait pas répondu. Qui est ce Julius Salzer ? se demandait-elle. Friedrich et ingénieur de Wuppertal ! Qui se cache derrière ce garçon ? Comment a-t-il atterri chez nous ?

Elle avait attendu que la voiture de Dahlmann se fût éloignée dans un rugissement de moteur puis avait appelé les renseignements.

– Je voudrais le numéro du bureau des déclarations de résidence de Buckebourg, avait-elle dit. Oui, merci. Je reste en ligne.

Dans cinq minutes, elle saurait qui était Julius Salzer. Elle avait complètement oublié que Dahlmann lui avait parlé de lui à son retour des landes.

Dahlmann sonna en vain à la porte de Robert Sanden. Il n'était pas chez lui. À cette époque, c'étaient les répétitions en matinée. Dahlmann poursuivit donc sa route jusqu'au théâtre et dut parlementer longtemps et âprement avec le portier, avant que ce dernier ne se décidât à appeler Robert Sanden. Il ne s'y détermina que lorsque Dahlmann glissa vers lui un cigare accompagné d'un billet de banque. « Pour l'allumer ! » dit-il, mi-figue, mi-raisin. Le portier se mit à rire et appela le chef du plateau. Robert Sanden répétait sa grande scène du deuxième acte. C'était la première répétition en costume avec décors et éclairages. *Le Roi Lear.* Sanden y jouait le rôle du fou.

– Il y en a encore pour une vingtaine de minutes, annonça le portier. (Il huma le cigare.) Allez donc vous asseoir dans la cantine, monsieur. Je vous y enverrai Robert Sanden. Qui dois-je annoncer ?

Dahlmann eut une inspiration soudaine.

– Dites-lui que j'appartiens au théâtre de Stuttgart, et que c'est urgent.

Le portier suivit Dahlmann des yeux, la bouche légèrement ouverte. Un monsieur de Stuttgart. Du théâtre municipal. De la concurrence. Et puis un cigare et un billet... c'était un événement sans précédent dans les quarante années de sa carrière de portier. À coup sûr, une manière moderne d'embaucher des comédiens.

Dahlmann attendit patiemment plus d'une demi-heure avant de voir arriver Robert Sanden dans ses haillons de mendiant learien, de la paille dans les cheveux à l'instar de son maître fou, le roi. Sanden jeta un coup d'œil alentour; lorsqu'il aperçut Dahlmann, il se raidit. Il s'avança vers lui d'un pas ferme. Dahlmann, les mains entourant son verre de bière, ne se leva pas.

– J'aurais dû me douter qu'un « monsieur » de Stuttgart arrivait sans se faire annoncer, dit Sanden. D'un autre côté, cela vous va bien de vous cacher derrière autrui.

– Vous n'êtes plus sur scène, ironisa Dahlmann. Parlez comme tout le monde. Il ne s'agit pas d'un rôle, mais de la vie, avec tout son sérieux.

– Que me voulez-vous ?

Robert Sanden resta debout, même après que Dahlmann lui eut avancé une chaise.

– Je veux d'abord vous demander quelles sont vos intentions vis-à-vis de ma femme.

– Je l'aime.

– C'est joliment tourné ! (Dahlmann égratigna

de ses ongles son verre de bière.) Tout autre que moi vous giflerait pour l'insolence qui est la vôtre de me jeter ça à la figure sans plus de façons !

– Je n'ai fait que donner une réponse claire à une question claire.

– Et vous pensez qu'ainsi tout est clair ?

– Oui.

– Vous trouvez normal d'aimer une femme, comme ça, sans vous demander si elle est mariée... cela ne vous gêne pas le moins du monde. Vous faites litière de toutes les règles morales, vous brisez une union et, à ce que je vois, vous en tirez fierté.

– J'aime Luise, et cela seul importe. La morale est un manteau dont les bigots s'enveloppent pour cacher leur propre corruption.

– La belle opinion que voilà !

– Je conçois mal, venant de vous, une indignation morale...

– Il ne vous est jamais venu à l'esprit que je puisse aimer Luise ?

– Mais si. Je pense qu'il revient à Luise de se déterminer en faveur de l'un ou de l'autre.

– Après le jugement de Pâris, le jugement d'Hélène ? Vous me prenez pour un bouffon, Sanden ? Je fais preuve d'un sang-froid extraordinaire en venant ici discuter de tout cela avec vous au lieu de vous jeter contre le mur et de déclencher un scandale qui vous coûterait votre crédit et votre position !

– Et qu'y gagneriez-vous ? Croyez-vous ramener ainsi Luise à vous ?

– Luise est-elle... est-elle votre maîtresse ?

– Pour cette question, mon devoir d'homme d'honneur me commande de vous envoyer mon poing dans la figure.

– J'ai le droit de savoir la vérité !

– Questionnez Luise.

– Elle me l'a avoué.

– Dans ce cas, je ne vois pas l'utilité d'apporter un démenti.

Dahlmann posa ses poings sur la table. Ils tremblaient de rage contenue.

– 25 000 ! dit-il durement.

– Pardon ?

Sanden se pencha en avant.

– Je vous offre la sécurité matérielle.

– Vous voulez me racheter Luise ?

– Je veux vous épargner la folie de précipiter votre ruine à cause d'une femme. En outre, je veux protéger Luise. Elle est aveugle, et elle le restera à vie. Il n'y a plus d'espoir de guérison; nous avons tout entrepris. Luise aura donc besoin de soins constants, elle ne sera jamais un être tout à fait valide... et je désire lui éviter d'être trompée et rejetée par vous quand vous serez dégoûté d'elle... ce qui arrive plus souvent qu'à son tour chez les gens de votre profession. Vous avez déjà prouvé votre absence de sens moral.

– Vous mériteriez qu'on vous crache au visage !

– 30 000...

– Fichez le camp !

– Je vous aurai prévenu, Sanden !

– Vous ne me faites pas peur.

– Je ne reculerai devant rien.

– Tout ce que vous ferez contre moi se retournera contre vous. Luise ne vous le pardonnerait jamais.

Dahlmann serra les mâchoires. Sanden énonçait là ce qu'il s'était souvent répété à lui-même. La suite des événements ne dépendait que de Luise, ainsi qu'il en avait toujours été. Il n'était qu'une pièce rapportée, un figurant.

Il faut mettre un terme à cette situation, pensa Dahlmann. Et vite. Et me montrer plus modeste.

– Je crois que notre entretien est terminé, dit Sanden.

Dahlmann, arraché à ses pensées, tressaillit.

– Vous ne renoncez pas à Luise ?

– Non. De ma vie. (Sanden eut un sourire malicieux.) Pourquoi ne divorcez-vous pas ?

– Ce ne sont pas vos affaires.

– Qu'espérez-vous en vous raccrochant à une femme qui ne sera plus jamais vôtre ?

– Attendons de voir.

Sanden leva ses broussailleux sourcils postiches.

– N'attendez pas, je vous prie. Luise va vous quitter dans une semaine pour venir habiter chez moi.

Il tourna brusquement les talons et quitta la cantine. Dahlmann resta cloué à sa chaise. Le sang battait à ses tempes. Il lui semblait que sa tête allait exploser.

Dans une semaine, Luise va aller habiter chez lui... Cette pensée ne cessait de tournoyer dans son esprit. Dans une semaine, tout sera fini. Dans une semaine... C'est ainsi qu'une vie peut se réduire à sept brefs jours, une vie qu'on croyait avoir assuré jusqu'à la fin.

Dahlmann se leva, posa 1 mark près de sa bière à moitié bue et quitta la cantine. Le portier lui parla; sans prêter attention à ses paroles, il passa sans un mot devant lui. Il parcourut Hanovre en tous sens, presque automatiquement, les yeux vides et le cerveau en feu.

Il faut faire quelque chose – c'était là sa seule pensée. Pour la première fois, il songea à sa propre déchéance. L'idée en était si monstrueuse qu'il en oublia jusqu'à sa peur. Ils sombreront tous avec moi, pensa-t-il dans sa folie. Tous...

Une semaine encore.

Le raisonnement de Luise selon lequel elle n'était précieuse que vivante aux yeux de Dahlmann vola en poussière.

Elle n'avait plus que sept jours à vivre.

Elle ne le savait pas. Elle était loin de le soupçonner...

Dahlmann fonda ses derniers espoirs sur Monika. Après son errance insensée dans Hanovre, il prit la direction du pavillon de chasse. Il était convaincu que Sanden avait appelé Luise après leur entretien. Peut-être avait-elle déjà quitté la maison. Cela ne le préoccupait pas, pour le moment; il pourrait la reprendre si son plan de dernière minute réussissait.

S'il parvenait à faire changer Monika d'avis, s'il se montrait modeste et se contentait d'une partie de l'argent, assez pour qu'il pût commencer une nouvelle existence à l'étranger, oui, s'il parvenait à atteindre son but par la contrainte... Monika devait écrire une lettre, juste une petite lettre à sa sœur, postée de Cologne. Elle y écrirait qu'elle avait appris que Luise voulait divorcer. Le texte trottait dans l'esprit de Dahlmann tandis qu'il filait en direction de l'est.

« ... Jamais encore de ma vie je ne t'ai demandé quelque chose, mais à présent je te supplie, en souvenir de nos parents, de rester avec Ernst, de ne pas le quitter, il t'aime... »

Dahlmann doutait que cette lettre eût de l'effet sur Luise, mais elle retarderait le cours des événements, inciterait Luise à réfléchir... peut-être y aurait-il une explication entre eux. Chaque heure que Dahlmann gagnait était capitale; depuis plusieurs mois, il était en possession de deux chèques en blanc, signés par Luise, et il se proposait de les présenter quand les comptes bancaires seraient suffisamment approvisionnés. 50 000 marks, peut-être, pensait-il. Une miette de ce que je pourrais avoir. Mais à défaut de grives...

Arrivé en vue du pavillon de chasse, il recouvra tout son sang-froid. Nulle fumée ne sortait de la cheminée, il n'entendait aucun bruit, aucun poing frapper les volets – Monika devait avoir entendu la voiture.

Elle doit avoir faim, pensa Dahlmann. Près de vingt-quatre heures avec juste du cacao... Il traîna les deux cartons de vivres jusqu'à la porte qu'il ouvrit.

De nouveau, l'odeur sure l'atteignit de plein fouet; il laissa la porte ouverte et poussa les cartons dans la pièce.

Il n'y avait aucune lumière dans le pavillon, les lampes à pétrole étaient restées telles qu'il les avait disposées. Son message, lui aussi, était toujours accroché à l'abat-jour à fleurs.

Il laissa tomber sur la table le carton de conserves qu'il portait.

– Monika ! cria-t-il. (Puis plus fort, d'une voix tremblante :) Monika !

En quelques bonds, il fut à l'alcôve et tira le rideau.

Monika gisait dans la position où il l'avait placée la veille. Couverte jusqu'au menton, ses cheveux blonds encadrant sa tête de poupée. Mais le visage était cireux, le nez pointait, aigu et blanc, les yeux s'étaient enfoncés sous les paupières closes. Des lèvres légèrement ouvertes ne provenait plus aucun souffle. Lorsque Dahlmann posa sa main sur la tête de la jeune femme, il recula d'effroi. Le front était glacé.

– Monika... balbutia-t-il, Monika... Ce n'est pas vrai... Moni... Mon Dieu... ce n'est pas vrai !

Lorsqu'il comprit, après l'avoir auscultée et pris son pouls, qu'elle était morte – morte d'une overdose de morphine que son cœur n'avait pu assimiler –, lorsqu'il se fut dit : « Tu es un assassin... tu as tué, de tes mains... », il s'effondra et tomba sans connaissance près du lit.

Il ne sut pas combien de temps avait duré son évanouissement. Quand il reprit ses sens, il ne songea pas à regarder sa montre. Si sa perte de conscience n'avait pas atténué son effroi, du moins lui avait-elle dégagé l'esprit.

Il ne pouvait plus rien changer aux faits. Monika était morte, il l'avait tuée; c'était une bévue, certes, un homicide involontaire, et non un meurtre.

Il devait parer au plus pressé : où emmener le cadavre ? Il ne pouvait l'ensevelir dans l'épaisse forêt, comme on enterre un chien enragé. Mais il ne pouvait non plus se livrer à la police. Et puis il y avait Salzer, qui cherchait Monika et ne se tiendrait pas tranquille. Il y avait Luise, qui demanderait de ses nouvelles. Et il y avait surtout Me Kutscher dont il ne se débarrasserait pas par des échappatoires...

Il n'y a pas de crime parfait, Dahlmann l'avait toujours lu. C'est en sa compagnie que Monika avait été vue en dernier, c'est donc auprès de lui qu'on chercherait d'abord la trace de la disparue. Il ignorait s'il avait les nerfs assez solides pour jouer à celui qui ne sait rien. Il en doutait tandis que son regard se portait sur la silhouette étendue, sur le joli visage aux longues mèches blondes qui était devenu légèrement pointu et très grave.

Il s'assit à la lourde table et se prit la tête à deux mains. Une nausée l'envahissait, il étouffait, son cœur lui faisait mal. Il fut de nouveau la proie de la peur, cette effroyable peur qui le torturait depuis toujours et le poussait aux actes les plus insensés.

Il faut l'emmener d'ici, ne cessait-il de se répéter. Il n'aurait jamais imaginé qu'il fût si difficile de faire disparaître un être humain. Si on lui avait dit ça autrefois, il aurait ri. Rien de plus simple – le monde est assez vaste pour dissimuler un corps... Et maintenant, il était là, désemparé, en face d'un cadavre dont il ne savait que faire.

Il allait l'enterrer dans l'humus de la forêt profonde... ou l'immerger dans un marais; il ne lui faudrait que trois petites heures pour atteindre les marécages solitaires, ombragés d'une éternelle mélancolie jusqu'à Fallingbostel, puis traverser Walsrode, Visselhövede et Rotenbourg jusqu'à Zeven... de là, on accédait librement à divers marais, à travers de vastes régions dont la solitude n'était rompue que par d'étroits canaux. Là, on pouvait immerger un corps à jamais... Les profondeurs fangeuses ne le rendraient pas... peut-être dans cinquante ou cent ans, lorsqu'on assécherait cette partie des marécages pour y extraire de la tourbe. Mais qui, alors, se souviendrait d'une Monika Horten ou d'un Ernst Dahlmann ?

L'idée du marais parut bonne à Dahlmann. Il se refusa à imaginer le joli corps de Monika au fond des eaux mortes et bourbeuses. C'était le seul moyen de faire disparaître le cadavre, et il savait que, désormais, il s'agissait de sa survie. Il devait sortir de scène, quitter discrètement une tragédie dont il était le principal acteur et l'auteur. Il toucherait ses deux chèques, 50 000 marks sans doute; ce n'était pas une fortune, mais cela lui suffirait pour prendre un nouveau départ dans n'importe quel coin du monde... peut-être l'Amérique du Sud. Il voyagerait en avion jusqu'à Zurich, en train de Zurich à Milan, en bus de Milan à Gênes, puis il prendrait un bateau jusqu'à sa destination finale. Il lui fallait quatre jours pour préparer son itinéraire. Encore quatre jours, et le rideau pourrait tomber sur la première vie du pharmacien Dahlmann qui, à cause d'un péché de trop, changeait d'ordre, de morale et de conscience. Que serait sa seconde vie ? Nul ne pouvait le prévoir. Une fuite perpétuelle ? Un jeu de cache-cache devant le passé ?

Dahlmann se passa la main sur le visage. Une sueur froide l'envahit. Le marais, pensa-t-il de nouveau. C'est la seule solution.

Il se leva et se dirigea à pas lourds vers l'alcôve.

Il remit le rideau devant le lit, éteignit la lampe à pétrole et verrouilla derrière lui la porte massive. À l'air libre, loin de l'odeur sure, il respira à fond à plusieurs reprises et regagna sa voiture d'une démarche chancelante.

Je dois tout planifier dans le moindre détail, se dit-il. Il ne s'agit pas d'errer par toute la région, avec le cadavre dans le coffre, à la recherche d'un coin de marais. Il me faut savoir où le marais est profond, quels sont les lieux peu ou pas fréquentés, ceux où l'on n'aura pas idée d'extraire de la tourbe ou de faire des cultures avant des siècles.

Il regarda sa montre. Le temps se précipitait; autrefois son allié, lui aussi devenait désormais son ennemi. Quatre jours, ce n'était rien pour faire tout ce qu'il avait en tête. Un jour sur les quatre était déjà à demi écoulé et il n'avait rien fait d'autre que de rester assis à regarder fixement un cadavre et à s'apitoyer sur son propre sort.

Avant de démarrer, il se retourna pour jeter un dernier regard au pavillon solitaire. De nouveau, un frisson glacé l'étreignit, une angoisse qui l'étouffait. Il sortit de la forêt en fonçant sur la laie à demi enfouie sous la végétation, sur le chemin vicinal, sur l'allée de sable. Il atteignit la route. Il ne se calma qu'à l'entrée de Hanovre.

À l'appartement, l'attendaient Luise, le Dr Ronnefeld, Me Kutscher et Julius Salzer, assis tels des juges pleins de gravité. Ils fixèrent leur regard sur lui quand il entra. Il vit d'abord le Dr Ronnefeld et plissa le front. Puis il remarqua Salzer.

– Vous, docteur ? dit-il avec arrogance. Aurais-je omis de vous régler quelques honoraires ? Vous auriez pu me le rappeler par écrit au lieu de vous donner la peine de venir jusqu'ici.

– Je suis ici en qualité de médecin de M. Salzer.

– Peu me chaut ! Je n'ai pas non plus invité M. Salzer, pas plus que Me Kutscher. À moins que vous n'ayez tous été conviés par ma femme.

Dans ce cas, j'exige une explication pour cette réunion de visages qui me sont déplaisants.

Tout cela était très insultant. Le Dr Ronnefeld s'empourpra; l'avocat posa la main sur son bras pour l'apaiser. Luise regardait Dahlmann à travers ses lunettes noires. Elle n'avait pas renoncé à son rôle d'aveugle.

– Où est Monika ? demanda-t-elle d'un ton ferme.

– Comment le saurais-je ? (Dahlmann haussa les épaules.) Je t'en prie, Luiserl... ta sœur est partie, tout simplement, et je devrais me soucier d'elle comme une nourrice ? Elle est majeure. Et après tout, c'est ce monsieur qui devrait savoir où elle est.

– Elle n'est pas à Soltau ! cria Julius Salzer. Mais c'est dans votre maison qu'elle était en dernier !

– Apparemment non. Sinon, elle y serait encore. Il semble que ce soit une habitude, dans la famille Horten, que les sœurs découchent.

C'était une allusion à Luise et à Sanden. Me Kutscher s'empressa d'intervenir :

– Épargnez-nous ces stupidités, Dahlmann, elles ne sont plus de mise.

– Ce n'est pas mon avis ! Je voudrais bien voir votre réaction si votre femme vous annonçait qu'elle a un amant.

– Je divorcerais. (Me Kutscher eut un sourire épanoui.) Je suis ici pour introduire la demande. Refuserez-vous ? Votre femme renonce à toute procédure de conciliation. Elle prend tous les torts. Que voulez-vous de plus ?

Dahlmann eut chaud, soudain. Encore trois jours et demi, pensa-t-il. Je dois jeter un coup d'œil au courrier et vérifier le niveau des comptes bancaires. Je vais vider les comptes jusqu'au dernier centime...

– Nous en reparlerons, maître. La semaine prochaine. Je suis d'accord sur le principe.

Luise avança la tête. Me Kutscher se redressa, ébahi.

– Vous acceptez de divorcer ?
– Oui. Nous devrons encore discuter des détails.
– Naturellement !
Luise se mordit la lèvre inférieure. Les bonnes dispositions de Dahlmann lui étaient agréables, mais l'inquiétaient par ailleurs. Elles devaient se fonder sur un motif plus profond que l'offense que représentaient à ses yeux les relations de Luise – ses prétendues relations – avec Sanden. Et surtout, il était inimaginable qu'il renonçât à se battre pour la possession des biens Horten.
– Où étais-tu ? demanda-t-elle.
– Cela t'intéresse encore ? J'ai parcouru Hanovre en trombe. En tous sens. J'ai cherché une manière de délivrance dans cette course éperdue. Tu ne te rends réellement pas compte, Luiserl, de la portée de ce que tu m'as fait. Un instant, j'ai même eu l'idée de lancer la voiture en pleine vitesse contre un mur.
Luise ne répliqua mot. Elle observait le visage blême, chiffonné, affaissé de son mari. Qu'est-ce qui l'a à ce point touché ? ruminait-elle. Ce ne peut être la débâcle de notre mariage, notre union est brisée depuis plus d'un an. La perte de l'argent qu'il convoitait... cela ne le rongerait pas ainsi. Monika ? Ne peut-il se consoler du départ de Monika ?
– Pourquoi as-tu frappé Monika ? s'enquit-elle.
Julius Salzer assena son poing sur la table.
– Parfaitement ! J'ai tout raconté ! Le Dr Ronnefeld m'a remis d'aplomb avec des piqûres. Où est Monika ? hurla-t-il soudain.
Il se leva.
– J'ai giflé Monika parce qu'elle s'est montrée insolente à mon endroit. Elle m'a insulté. Elle m'a traité de parasite. Je me suis énervé, c'est tout.
– Mensonges ! cria Salzer. (Me Kutscher le retint par sa veste pour l'empêcher de bondir sur Dahlmann.) Monika était votre maîtresse !

Dahlmann accusa bien le coup qu'il attendait. Il alla même jusqu'à sourire, du sourire qu'on accorde à un mauvais clown dont les tours sont éculés. Luise le regarda avec étonnement.

– C'est vrai ? demanda-t-elle d'un ton dur.

– Non !

– Quel couard ! s'écria Salzer.

– Tu le nies ?

– Je ne nie rien du tout. Je trouve cette assertion si absurde que je vais n'y répondre que par pure politesse. Je suis effaré que tu puisses ajouter foi à une chose pareille. Monika et moi... c'est d'un risible achevé !

Salaud ! pensa Luise. Elle posa les mains sur ses genoux. Misérable canaille ! Julius Salzer écarta d'une main tremblante les cheveux de son front.

– Elle me l'a dit elle-même, siffla-t-il. Elle me l'a confessé dans les larmes.

– Elle vous a menti et vous a joué une jolie scène.

– Lâchez-moi, maître ! cria Salzer en tirant sur sa veste.

– Le plus simple serait d'interroger Monika, dit Dahlmann avec le plus grand calme. Ici, devant vous tous, et en ma présence. J'ai peine à croire qu'elle répétera son affirmation...

– Où est Monika ? demanda de nouveau Luise.

L'assurance de Dahlmann l'inquiétait.

– Je l'ignore. (Dahlmann leva les bras en signe de regret.) Je donnerais cher à présent pour que Monika soit là afin de tirer au clair cette infamie !

– Si votre belle-sœur n'a pas reparu ce soir à 19 heures, nous alerterons la police, déclara Me Kutscher.

Dahlmann secoua la tête.

– Non ! Je suis partisan de le faire tout de suite. Tout de suite ! Les flics riront bien de la disparition de ces femmes Dahlmann que l'on retrouve ensuite dans d'autres lits ! Mais c'est une affaire de goût. Je vous prie, maître, de prévenir la police sur-le-champ...

– J'appelle d'abord à Soltau.

Salzer se libéra d'un mouvement sec et se dirigea vers le téléphone.

Luise observait son mari. Il nie les faits comme si c'étaient des chimères, pensait-elle. Et il tient à une confrontation avec Monika. Comment peut-il y avoir tant de scélératesse dans l'âme d'un homme ?

Dahlmann considéra chacun tour à tour. Sa bouche se tordit en un rictus.

– Je suppose que vous avez l'intention de vous incruster sous mon toit. Étant donné que vous êtes les hôtes de ma femme, je pousse le manque de courtoisie jusqu'à me libérer de votre présence. S'il se passe quoi que ce soit, je suis en bas, à la pharmacie. Vous pourrez m'y parler, si j'en ai le temps.

Il quitta le salon, l'allure fière. Le grand spectacle que voulait donner Luise était raté. Elle s'enfonça dans son fauteuil, continuant son rôle de l'aveugle qui ne fait qu'entendre et sentir. Autre chose, cependant, la retenait d'ôter ses lunettes noires et de dire : « Docteur Ronnefeld, vous avez une petite tache sur le revers de votre costume... » – c'était l'incompréhensible assurance de Dahlmann, avec laquelle il se tirait magistralement d'une situation d'où il semblait qu'il n'y eût pour lui aucune issue, comme si cette situation n'existait pas. Il acceptait Sanden, le divorce, la perte de la pharmacie, des biens, de l'héritage... il renonçait, la mine indifférente, à tout ce pour quoi, la veille encore, il luttait avec l'acharnement d'un fou.

Il devait y avoir une raison, une raison terrible. Elle ne pouvait l'apprendre que si elle continuait de passer pour aveugle, car Dahlmann ne connaissait nulle retenue devant ses yeux morts. Il fallait qu'elle fût seule avec lui, le jour même et le lendemain, qu'elle l'observât, l'épiât, lui tendît des pièges.

Salzer avait eu Soltau. La ligne de la Cruche verte était en dérangement, il avait dû appeler le boucher qui livrait la viande tous les jours. On n'avait pas revu Monika depuis son départ pour Hanovre et nul ne savait que faire des meubles qui encombraient les lieux.

– Il lui est arrivé quelque chose ! s'écria Salzer, complètement brisé. Et je parierais que ce Dahlmann est au courant.

Me Kutscher, de la tête, lui indiqua l'aveugle. Des égards ! signifiait ce geste. Même si leur mariage va à vau-l'eau, il est toujours son mari. Salzer eut un mouvement de refus énervé. Des égards ! Comment peut-on parler d'égards quand une femme disparaît sans laisser de trace ! Luise ne pouvait intervenir, elle regardait fixement le vide et retournait les mêmes pensées que Salzer : Que nous cache Dahlmann ? En sait-il plus au sujet de Monika ?

Me Kutscher descendit à la pharmacie. Dahlmann, dans le laboratoire, préparait une pommade au soufre.

– Votre belle-sœur n'est pas à Soltau, dit l'avocat d'un air grave.

– Parce que vous y croyiez ? Elle en a par-dessus la tête de ce béjaune et butine par tout le pays telle une petite abeille.

– Rempochez votre hargne, Dahlmann, et réfléchissons ensemble.

– J'ai des clients dans mon officine, figurez-vous, et je dois préparer cette pommade. Je ne laisse pas mes clients attendre plus que de raison.

– Nous allons alerter la police.

– Vous auriez dû le faire depuis longtemps.

– On vous interrogera.

– Si la police a du temps à perdre, à son aise !

– Vous êtes le dernier à avoir vu Monika.

– Oui, et puis ? De grâce, maître, n'en tirez pas un roman à la Wallace ! (Dahlmann laissa courir l'agitateur dans la pommade jaune et visqueuse et fit tomber d'une pipette quelques gouttes dans le mélange. Il comptait en même temps et fit non de la tête lorsque Me Kutscher voulut poursuivre.) ... Neuf... dix... onze... douze.. Taisez-vous donc, maître. Ou voulez-vous porter la responsabilité d'une pommade qui brûle la peau ? C'est à la goutte près. Treize... quatorze.

Il ôta la pipette. Me Kutscher souffla par le nez.

– Vous savez quelque chose, Dahlmann.

– En effet.

– Alors, dites-le !

– Je sais que je vous trouve répugnant.

Me Kutscher tourna brusquement les talons et quitta le laboratoire. Dahlmann mit la pommade dans un pot de porcelaine qu'il tendit à l'employé qui attendait. Puis il s'assit derrière les hautes cornues et la balance de précision et se mit à réfléchir.

Il ne redoutait pas la découverte soudaine de Monika. Seul le travail de routine de la police le préoccupait. En vérifiant le cercle des amis et relations, les policiers tomberaient forcément sur le Dr Forster. Et, par le Dr Forster, remonteraient au pavillon de chasse. On le fouillerait, simple routine, bien sûr... Le cours des événements était d'une logique si banale que Dahlmann se résolut à aller le lendemain matin dans les marais avec Monika.

Entre-temps, tous ces messieurs avaient pris congé. Me Kutscher s'en était allé à contrecœur, sur les instances de Luise. Il redoutait de laisser Luise seule avec Dahlmann.

À peine ses visiteurs partis, Luise courut dans sa chambre. Elle fouilla la commode et l'armoire à la recherche d'un objet dont elle savait qu'il était là et que Dahlmann le connaissait. Elle finit par le dénicher dans le cagibi où l'on remisait les valises. Elle le posa bien en vue sur le fauteuil près de la fenêtre aux fleurs, alluma la radio et s'assit devant l'appareil, la tête penchée, juste en face de la fenêtre aux fleurs.

Il va se trahir, maintenant, pensa-t-elle. Il va avoir un choc qu'aucun sang-froid au monde ne saura lui faire maîtriser.

Elle baissa un peu la radio lorsqu'elle entendit claquer la porte du vestibule. Il arrive, pensa-t-elle. Il va le voir tout de suite.

Dahlmann écouta d'abord à la porte. Hormis *Les Noces de Figaro,* il n'entendait rien. La patère était vide. Luise devait être seule.

Il ouvrit la porte. Luise, assise dans son fauteuil d'aveugle, les mains sur les accoudoirs, la tête penchée, se laissait emporter par la musique.

Dahlmann toussota. Luise se redressa légèrement et leva la tête.

– Ernst ?

– Oui, Lùiserl...

– Tu m'as fait peur.

– Pardonne-moi. (Il resta à la porte, indécis. À son corps défendant, Robert Sanden se dressait désormais entre Luise et lui.) Tes visiteurs sont partis ?

– Depuis une demi-heure, déjà.

– Comment as-tu pu me faire ça, Luiserl ? demanda-t-il d'une voix rauque.

– Quoi ?

– Cette histoire avec Sanden.

– Tu es allé le voir ?

– Oui.

– Je suis au courant. Il m'a appelée. Tu voulais me racheter à lui.

– Je t'ai disputée à lui par tous les moyens, Luiserl. Même la manière la plus sordide – offrir de l'argent – ne me paraissait pas si insensée. Je me suis humilié au maximum. Mais tu ne veux plus...

– Non, Ernst.

À cet instant, le regard de Dahlmann tomba sur le fauteuil de la fenêtre aux fleurs. Ses yeux devinrent fixes, son menton se décrocha.

Sur le fauteuil, il y avait un sac à main. Le sac à main blanc de Monika. Il le reconnut aussitôt, c'était le premier cadeau qu'il lui avait fait. Et voilà que ce sac était là, sur le fauteuil où s'était assis le Dr Ronnefeld.

Dahlmann se passa les mains sur le visage et regarda de nouveau le fauteuil. Ce n'était pas une hallucination. Le sac de Monika était là, il n'y était pas une demi-heure avant. Luise avança légèrement la tête, ainsi qu'ont coutume de faire les aveugles lorsqu'ils écoutent avec concentration.

– Il y a quelque chose, Ernst ? Tu es bien silencieux.

Dahlmann déglutit convulsivement.

– Non, rien, Luiserl. (Sa voix était creuse.) Tu es restée seule tout le temps ?

– Après le départ de nos visiteurs ? Oui. Pourquoi ?

– Comme ça.

Il se dirigea vers le fauteuil, prit le sac et fit jouer sans bruit le fermoir. Le sac était vide, à l'exception d'un mouchoir et d'un porte-monnaie qui renfermait 7 marks. Un bâton de rouge à lèvres se trouvait dans une poche latérale, ainsi qu'une carte de tramway vieille de presque une année.

Dahlmann regarda autour de lui. Il alla à la porte, l'ouvrit et tendit l'oreille, par-delà le vestibule, en direction de l'atelier. Il n'entendait aucun bruit... seule la musique de Mozart voltigeait autour de lui. Il entendit Luise l'appeler et revint au salon.

– Où es-tu donc ? s'étonna-t-elle. Pourquoi t'en vas-tu ?

– Personne n'est venu, vraiment ? Tu n'as rien entendu ? Pas de bruit de pas ?

Sa voix était rauque d'énervement. Ce n'est pourtant pas possible ! pensait-il. Monika est morte. Elle gît froide et raide dans le lit d'une alcôve au milieu des bois. Je ne suis pas médecin, mais je suis capable de vérifier si quelqu'un est mort ou en vie. Monika est morte... morte... Et voilà à présent son sac ici !

– Des pas ? (Luise leva la tête, aux aguets.) Oui... en effet... un léger frôlement... comme un chat. Qu'y a-t-il, Ernst ? Tu me fais peur.

Jouant son rôle à la perfection, elle tendit les bras en quête de secours et se mit à trembler. Dahlmann était à cent lieues de feindre le mari aimant. Il lança le sac sur le fauteuil et serra les poings, irrité.

Un frôlement... comme un chat. Qui s'était glissé dans le salon ? Qui y avait déposé le sac ? Monika elle-même – c'était trop invraisemblable pour qu'on pût même en caresser l'idée. Et, cependant, Dahlmann y revenait sans cesse. Nulle autre qu'elle ne pouvait être en possession de ce sac, il croyait même se souvenir qu'elle l'avait lorsqu'il l'avait poussée dans la pièce. Et il avait enroulé le sac dans la couverture, il en était certain.

Et, à présent, le sac était là !

Dahlmann s'assit lourdement et se mordit le poing. C'est impossible, se répétait-il à l'envi. Tout à fait impossible... Il était si sûr d'avoir vu Monika avec ce sac avant le drame que ses exhortations : « Impossible... impossible » finirent peu à peu par engendrer cette question : Comment est-ce possible ?

La question n'admettait qu'une seule réponse :

il devait s'assurer que le pavillon de chasse était vide.

Il monta d'abord à l'atelier. Rien n'avait changé : une pièce nue, inhabitée, horrible, où plus rien ne rappelait le charme qui en irradiait autrefois. Pour finir, il explora la chambre à coucher, la cuisine, son fumoir, la chambre d'ami – il n'y vit nulle trace qui indiquât la présence de Monika.

Lorsqu'il regagna le salon, le fauteuil de Luise était vide. La radio marchait toujours.

– Luiserl ! cria-t-il. (Et puis plus fort, courant à la cuisine et à la chambre d'où il venait :) Luise ! Luise !

L'appartement était vide. Il ouvrit toutes les portes, dévala l'escalier qui menait à la pharmacie. Les employés s'étonnèrent de voir leur patron courir comme un dément à travers toutes les pièces, dans l'arrière-cour, dans la rue... puis remonter à l'appartement, à l'atelier... L'énigme demeurait, et la panique de Dahlmann devenait insupportable : Luise avait disparu. Alors qu'il était à l'atelier, quelqu'un était venu la chercher. Ce n'était pas possible autrement; en un si bref laps de temps, une aveugle ne pouvait être partie aussi loin à tâtons.

Monika l'avait-elle emmenée ?

Dahlmann, la tête brûlante, se sentit au bord de la folie. Il arracha son manteau de la patère et s'élança dehors. Peu après, sa voiture fonçait hors du garage et faillit déraper sur la chaussée.

De l'autre côté de la rue, Me Kutscher tourna la clé de contact. Luise, assise près de lui, lui agrippa le bras.

– Le voilà ! (Me Kutscher desserra le frein à main.) Pensez-vous vraiment qu'il sait quelque chose ?

– Oui. Je vous suis si reconnaissante, maître, d'être revenu.

– À vrai dire, j'avais peur. Je voulais voir si tout était en ordre. Ciel, il va à un rythme d'enfer ! Une chance que vous ne puissiez voir cette conduite imbécile !

Luise la voyait, les lèvres serrées. Dahlmann conduisait avec imprudence aux carrefours et sur les passages cloutés. Ils le suivaient tant bien que mal, car Me Kutscher respectait les règles du code de la route, qui ne semblaient plus avoir cours pour Dahlmann. L'intervalle entre eux ne cessait de croître. À un croisement, Dahlmann fonça à l'orange; Me Kutscher dut freiner. Ils le perdirent de vue. Quand Me Kutscher redémarra, la voiture de Dahlmann avait disparu. Trois rues partaient en étoile – il était impossible de deviner laquelle Dahlmann avait prise.

Me Kutscher se rangea le long du trottoir et essuya la sueur de son front.

– Il m'a échappé, chère madame... Je ne suis pas doué pour les poursuites à l'américaine. Au cinéma, tout marche à merveille – jamais un obstacle, on peut se pourchasser durant cent kilomètres... mais à Hanovre ? Que faisons-nous ?

– Rentrons à la maison.

Luise baissa la tête.

– Nous n'allons pas au commissariat ?

– Non ! Pouvons-nous prouver quoi que ce soit ?

– En effet. Mais les flics sauraient le cuisiner.

– Pas lui.

– Il devra fournir un alibi.

– Il en aura un, maître. Vous le connaissez. (Me Kutscher acquiesça.) Allons boire un café.

– Où puisez-vous votre calme ?

Me Kutscher vibrait de tout son corps. Il pressentait que Dahlmann, en ce moment même, allait au-devant du mystère et qu'ils avaient été bien près de recevoir les réponses à toutes leurs questions.

– Ce n'est pas du calme, maître. C'est la rigidité de la haine.

Me Kutscher lui jeta un regard de biais. Elle avait l'air pétrifiée. Les lunettes noires qui cachaient son visage reflétaient l'éclat du soleil vespéral. L'avocat leva les épaules comme sous l'effet du froid.

– Allons boire ce café, dit-il d'une petite voix, inhabituelle chez lui. Et comment voulez-vous – ou voulons-nous – prouver que votre mari sait où se cache Monika ?

– Je le saurai bientôt. Dès demain.

– Demain ? Mais comment ?

– On a fait nombre de sacrifices plus absurdes que celui-ci.

– Des sacrifices ? Qu'avez-vous l'intention de faire ?

– Démarrez, maître, je vous en prie.

– Pas avant de savoir ce que vous avez en tête. Je vous en conjure : ne faites pas de bêtises ! Avec cette fable sur Sanden et vous, vous avez amené votre mari au bord de la déraison.

– C'est ce que je voulais ! Demain, la raison l'abandonnera complètement.

– Je vous en empêcherai ! (Me Kutscher saisit les mains de Luise.) Chère madame, si vous connaissiez le danger...

– Et qui vous dit que je ne le connais pas ?

– C'est d'autant plus léger de votre part de...

– Maître, je vous en prie ! J'ai tant envie d'un café ! (Luise sourit en lisant la peur dans les yeux de l'avocat.) Croyez-moi : il ne m'arrivera rien, absolument rien.

Me Kutscher n'en était nullement convaincu. Il connaissait Dahlmann, mais il le surestimait. Il le supposait capable de plus qu'il ne l'était.

– S'il vous plaît, suivez mon conseil, balbutia-t-il. Retournez passer la nuit à l'hôtel.

– J'ai précisément besoin de cette nuit, maître.

– Le moyen de vous protéger ! cria Mᵉ Kutscher.

Il frappa le volant de son poing. Luise le lui saisit et l'étreignit.

– Je n'ai pas besoin qu'on me protège. Ma meilleure protection est ma volonté de vivre...

Il semblait à Mᵉ Kutscher qu'on le serrait à la gorge. Il pressa la main de Luise, respirant avec difficulté. Sapristi ! pensait-il. Cette femme a des nerfs d'acier.

– Vous savez... dit-il à voix basse.

Luise hocha la tête.

– Je sais tout, maître. (Son sourire, à ces mots, était comme une pluie de fleurs sur le lieu d'une exécution capitale.) Allons-y. Je meurs d'envie de boire une tasse de café.

Luise resta éveillée toute la nuit à attendre. Dahlmann ne rentra pas. Elle n'y voyait aucune explication, et sa peur crût qu'elle eût pu, cette fois, se tromper dans ses calculs. Il n'y avait que deux éventualités : où il était avec Monika, ou ses nerfs l'avaient lâché et il s'était enfui. Toutefois, ce n'était pas dans les façons de Dahlmann de rompre tous les ponts sans profiter au moins de l'ultime possibilité de se tailler un avantage. Il semblait donc invraisemblable qu'il eût franchi la frontière sans argent. Cependant, il ne pouvait non plus passer la nuit avec Monika – elle l'avait chassé, elle voulait oublier. Le retour à la raison avait remplacé la servitude.

Et pourtant, c'était bien avec Monika qu'il était.

Dahlmann passa la nuit entière assis auprès d'elle.

Il avait foncé au pavillon de chasse et trouvé la porte telle qu'il l'avait fermée. Dans le lit de l'alcôve, Monika gisait, raide et morte, la bouche à demi ouverte, la peau cireuse... Il s'était empressé de laisser retomber le rideau devant le lit et avait chancelé jusqu'à la table.

Le sac ! Comment le sac à main était-il arrivé à l'appartement ?

Dahlmann tâta la couverture dans laquelle il avait enveloppé Monika. Nulle trace de sac. Il prit sur lui pour ouvrir de nouveau le rideau et ôter le couvre-pieds. Derrière Monika, entre sa hanche droite et le mur, il vit un sac. Un sac à main rouge, pas blanc. Il ferma les yeux et s'appuya contre le mur.

Les nerfs, se dit-il. Mes nerfs m'ont lâché. Mais qui a mis le sac blanc sur le fauteuil ? D'où a-t-il surgi ? Qui était la cause des frôlements que Luise avait entendus ?

Qui lui avait tendu un piège ?

Car cela lui apparut clairement à l'esprit : c'était un piège, ce sac sur le fauteuil ! Quelqu'un l'y avait mis, qui voulait observer sa réaction. Mais qui ? Luise était aveugle, et à part elle, il n'y avait personne dans la maison. Il s'en était assuré. Mais dans la rue ? Quelqu'un avait-il attendu qu'il s'en allât pour le suivre ?

La peur de Dahlmann s'accrut. Il sortit en courant du pavillon et s'immobilisa entre les troncs d'arbre. Il ne remarqua nul autre véhicule, n'entendit nul moteur, nulle branche craquer, nul feuillage frémir. Et pourtant, on l'avait épié, il en était certain. Tout aussi certain qu'il ne pouvait rentrer chez lui avant d'avoir immergé le cadavre de Monika dans le marais. Alors, il lui serait égal qu'on découvre et fouille le pavillon. Il n'y aurait plus de trace. Et pourquoi avait-il loué le pavillon du Dr Forster ? Même la police comprendrait lorsqu'il répondrait avec un clin d'œil : « J'aime la solitude en forêt. J'ai loué ce pavillon pour mes heures de loisirs et de repos. »

Dahlmann fuma une cigarette à la hâte et retourna au pavillon.

La nuit durant, il demeura assis à la table à étudier, à la lueur d'une lampe à pétrole, la carte de l'Allemagne du Nord qu'il gardait toujours dans la boîte à gants de sa voiture. Les marais étaient nombreux, au nord de Hanovre, mais l'un d'eux lui sembla particulièrement adéquat. Il était situé dans une région peu peuplée entre Scheessel, Hetzwege et Mulmshorn; un marais de quatorze kilomètres de long, parcouru de quelques canaux, juste des rigoles, un endroit solitaire.

Il mesura les distances, chercha les meilleures voies d'accès. Je peux y être en trois heures, se dit-il. Je partirai à 1 heure du matin. À 4 heures, le marais sera le coin le plus désert du monde et, à 7 heures, les traces de la voiture seront effacées.

Peu avant 1 heure, Dahlmann entama la tâche la plus pénible pour lui : envelopper de nouveau le corps de Monika dans la couverture et le porter à la voiture.

Il regarda la jeune femme une dernière fois, et son cœur cessa de battre au souvenir de l'ardeur avec laquelle ces lèvres blêmes l'avaient autrefois embrassé, de la chaleur de son joli corps, de sa câlinerie, de son plaisir de vivre. Puis il rabattit la couverture, ficela le tout et le porta dehors en geignant. Il laissa tomber son fardeau sur la banquette et ferma la portière.

Il passa plus d'une demi-heure à effacer toutes les traces. Lorsqu'il referma la porte, le pavillon était dans l'état où il l'avait pris. Nul ne pourrait prouver que quelqu'un y était venu. Qu'une morte avait reposé dans le lit.

Personne, vers 4 heures du matin, ne vit cahoter une voiture sur l'étroit chemin que n'empruntaient que les charrettes. Personne non plus ne vit un homme quitter le chemin, une couverture roulée sur le dos, pour suivre les traces des voitures légères et à hautes roues qui vont jusqu'à la limite du terrain carrossable.

Tâtant du pied, Dahlmann, avec son fardeau, s'enfonça dans le marécage jusqu'à ce qu'il sentît le sol se dérober et tanguer sous ses pieds et l'eau du marais entrer dans ses chaussures. Il s'arrêta et fit glisser la couverture de ses épaules.

Au-dessus du marais, flottait un mince brouillard, tels des voiles de soie gris-blanc. Quelques traînées paresseuses se dirigeaient sur lui et restaient au-dessus de sa tête avant d'aller porter plus loin leur odeur de pourriture et de terre mouillée.

Dahlmann frissonna et considéra le paysage solitaire, mélancolique et mystérieux. Il avait l'air si paisible... deux pas de plus, pourtant, et il devenait impitoyable, cruel et hostile. Une mort silencieuse; peut-être juste un bruit de succion, quand le marécage se refermait sur le corps...

Dahlmann jeta un coup d'œil alentour à la recherche d'un objet dur qu'il voulait jeter dans le marais pour voir si le fond était mou et à quelle vitesse il absorbait un corps. Comme il ne trouvait rien, il prit sa montre et la lança à quatre pas devant lui. Elle claqua à la surface, puis ce fut comme si des lèvres épaisses s'ouvraient, l'embrassaient avant de l'engloutir. Une lente aspiration...

Dahlmann regarda fixement sa montre jusqu'à ce que le marais l'eût avalée. Il ne pouvait se faire aucune idée de la profondeur du sol mouvant. Des doutes l'assaillirent : un corps humain pourrait-il y disparaître complètement ? Il se souvint qu'un troupeau de vaches y avait un jour disparu. Il pensa aux nombreuses histoires qu'il avait lues à propos des marais. Pour lui, c'étaient des légendes; il ne croyait pas vraiment qu'il y eût assez de fond.

Il revint à sa voiture et sortit le cric du coffre. Il allait faire un second essai. Il le lança; cette fois, la bouche se montra plus avide, elle enveloppa le lourd objet avec des bruits glougloutants et l'avala en moins de dix secondes. À la dixième seconde, la surface du marais était lisse et calme comme auparavant, Moloch épieur à la beauté triste, environné de brouillard.

À l'orient, une légère bande gris clair apparaissait sur le vaste horizon, prémices du jour naissant, un soupçon de lumière. Dahlmann fut parcouru d'un frisson glacé. Il ne devait plus hésiter.

Il souleva la couverture. Il voulut la lancer des deux bras à quelques mètres devant lui. Mais le corps fragile était trop lourd, ou bien il n'avait plus de forces. La couverture lui glissa des bras et tomba sur le sol.

Dahlmann appuya une main sur ses reins, s'étira et se remit à l'ouvrage. En geignant, il s'accroupit, hala la couverture sur son épaule et se remit debout. Il la plaça de façon que l'équilibre se déplaçât vers l'avant. Puis, d'un mouvement de l'épaule, poussant des deux mains, il lança la morte dans le marais. La poussée fut si forte qu'il fut entraîné, corps penché en avant, tomba sur les genoux et s'étala, bras écartés, sur le sol mouvant.

Lorsqu'il voulut prendre appui, il sentit le sol céder sous ses mains, ses doigts saisir un pudding de terre à odeur de pourri, se perdre dans un magma épais. Un instant, il fut tenté de crier. L'effroi le prit. Angoisse mortelle, lâcheté geignarde. Il serra les genoux et s'aperçut que le sol était plus dur sous ses pieds, que son buste reposait sur la terre ferme, que seuls ses bras et ses mains se trouvaient dans le marais, dans cette profondeur aspirante et molle.

Il rampa hors du marais telle une salamandre et n'osa se remettre debout que lorsqu'il sentit, en tâtonnant, un sol dur partout. Il resta tremblant, maculé de glaise et du brouet noir du marais. Sa tête bourdonnait et lui tournait, devant ses yeux tournoyaient les brumes parsemées de points bleus, jaunes et rouges. Si je pouvais m'adosser quelque part ! pensa-t-il. Me reposer, respirer à fond, fermer un instant les yeux et ne plus penser à rien... Mais il n'y avait que le marais autour de lui; il se tenait sur une bande de terre étroite et ferme. Des roseaux et de l'herbe poussaient à côté, mais nul arbre auquel s'appuyer.

Devant lui, la couverture roulée disparaissait lentement. Il gardait le regard fixé sur le marais qui tirait Monika à lui. La vision le remplissait de frayeur; toutefois, il ne détourna pas les yeux, c'était un adieu à Monika pour l'éternité.

Il attendit qu'elle eût été complètement engloutie et que la surface fût redevenue lisse. Puis il regagna sa voiture à pas lents et, nauséeux, reprit la direction de Hanovre. La boue séchait sur son costume. Peu avant de quitter l'autoroute, il s'arrêta sur une aire de repos, brossa son costume, ôta les plantes des revers de son pantalon et la boue collée à ses chaussures. Lorsque les boutiques ouvrirent, à 8 heures, il s'acheta un costume et porta l'autre chez un teinturier. En express. Il pourrait le remettre dans trois jours.

À l'appartement, il tomba d'abord sur Mlle Pleschke. Dahlmann grommela de vagues salutations et gagna le salon. Il n'avait vraiment pas besoin de Mlle Pleschke ! En outre, il se demandait ce qu'elle faisait là. Selon toute vraisemblance, Luise n'irait pas se promener alors qu'on recherchait sa sœur.

– C'est toi, Ernst ?

Luise était assise, blême et exténuée, dans le coin aux fleurs. Ses yeux la brûlaient et larmoyaient derrière ses lunettes noires. Avec la dernière énergie, elle luttait contre une fatigue qui ressemblait à un évanouissement. Elle ne savait pas qu'elle avait dormi une heure et que les bruits faits par Mlle Pleschke l'avaient réveillée. Elle croyait ne s'être assoupie que quelques instants.

Dahlmann s'assit. Luise l'examina. Il porte un costume neuf, pensa-t-elle. Qu'est-ce que cela signifie ? D'où vient-il ? Mais elle ne lui demanda pas. Elle avait envisagé un autre moyen pour pousser Dahlmann à se trahir. Il saurait toujours fournir des réponses aux questions. Il fallait le surprendre, le toucher brutalement, comme avec l'histoire du sac de Monika. Sauf que ç'avait été un coup d'épée dans l'eau, puisque Dahlmann avait été plus prompt que ses poursuivants.

– Oui, Luiserl, c'est moi.

Il s'inclina très en arrière et regarda le plafond. Le soleil matinal était éblouissant par la large fenêtre. Une belle journée d'automne commençait... peut-être la dernière de l'année. En Bavière, il y avait déjà de la neige. L'hiver ne tarderait pas à apparaître à Hanovre. Dahlmann appréciait le silence, le soleil, les jardinières de fleurs, le parfum des roses. Il appréciait d'être assis dans un fauteuil moelleux, les jambes étendues et l'esprit satisfait.

Car satisfait, il l'était ! S'il avait été vaniteux, il aurait pu dire : « J'ai découvert la méthode du meurtre parfait. Non par scélératesse meurtrière, mais par peur, sous le coup de la nécessité de faire disparaître sans laisser de trace un être dont je n'ai jamais, au grand jamais, voulu la mort ! »

Il sortit un paquet de cigarettes de sa poche et se mit à fumer. Et maintenant ? pensa-t-il. Voici le deuxième des quatre jours. Je vais réserver mon billet pour Zurich, faire deux ou trois valises et les envoyer en bagages recommandés. Ça passera inaperçu.

– Tu as bien dormi, Luiserl ? demanda-t-il, histoire de rompre le silence.

– À peine.
– À peine ? Mais pourquoi ?
– Tu le demandes ?
– Pardonne-moi. (Dahlmann tira une bouffée de sa cigarette.) Tu ne cherches pas à savoir où j'ai passé la nuit ?
– Tu vas me le dire.
– Ne crains-tu pas que je ne te mente ?
– Tu ne m'as jamais menti. (La phrase sortit facilement des lèvres de Luise.) Pourquoi devrions-nous nous mentir, à présent ? Moi aussi, Ernst, je me suis montrée franche avec toi. Si tu me dis que tu as passé la nuit avec une autre femme, ça ne me fera ni chaud ni froid.

Luise redressa la tête. Elle regarda Dahlmann... Il était flou. Elle glissa un mouchoir derrière ses lunettes noires et tamponna les larmes que la lumière du soleil faisait couler de ses yeux. Dahlmann émergea du flou de ses rêves et reprit réalité.

– Mais je n'étais pas avec une femme ! Je cherchais Monika.
– Tu cherchais Monika ? Où ça ? Nul ne sait où elle est ! T'a-t-elle dit quelque chose ?
– Non. Mais je suis homme de méthode. J'ai visité tous les hôtels.
– Tu as... ?
– J'ignorais qu'il y eût tant d'hôtels, de pensions, de logements chez l'habitant et de chambres à louer. Toute la nuit, j'ai sillonné la ville en tous sens et j'ai posé des questions. Certains étaient bien près de me rosser. Je suis descendu dans les bouges, j'ai grimpé dans les mansardes qu'on loue à l'heure... Aucune trace de Monika. Ou elle a quitté Hanovre, ou elle vit chez quelqu'un. Un homme, à n'en pas douter.
– Monika n'est pas une putain, dit Luise avec froideur.
– Ce n'est pas non plus ce que j'ai voulu dire ! Mais je pense à ce rêveur de Julius Salzer qui se croit

des droits sur Monika – depuis quand le connaît-elle ? Depuis quelques jours ! Cela ne témoigne pas d'une conduite innocente de la part de ta sœur.

Luise ne répondit pas. Il lui répugnait de répondre. Elle ne croyait pas qu'il eût exploré les hôtels. Il était sorti de Hanovre, il avait foncé vers l'est – c'est là que Monika devait se cacher. Pourquoi elle se cachait, Luise ne pouvait le deviner. Il lui paraissait absurde que, le même jour, Monika eût fait transporter ses meubles à Soltau et qu'elle se fût cachée de Salzer. Il lui semblait également impossible que Monika fût retombée dans la dépendance de Dahlmann. Elle connaissait sa sœur; c'était une Horten – une entêtée, à coup sûr, mais une fille intraitable quand on l'avait offensée. Il n'y avait qu'une explication : Dahlmann avait dû la soumettre par la force.

Dahlmann écrasa sa cigarette et se leva. Luise pencha la tête de côté.

– Tu t'en vas encore ?

– Je vais demander aux policiers s'ils ont du nouveau.

– Ils n'ont rien.

– Qui te l'a dit ?

– Me Kutscher. Il m'a appelée peu avant que tu ne reviennes.

– Tu y comprends quelque chose, Luiserl ?

– Non.

– Aurais-tu cru Monika capable d'agir ainsi ? Déjà, son brusque départ de chez nous m'avait rendu perplexe.

Salaud ! pensa Luise.

– Peut-être est-elle malade ? interrogea Dahlmann avec inquiétude.

– Malade ?

– Je veux dire... des nerfs. Un être sensé ne se conduit pas de la sorte.

– Peut-être sommes-nous, nous les filles Horten, un peu fêlées, dit Luise d'une voix douce.

Dahlmann saisit ses mains inertes et froides.

– Pas toi, Luiserl !

Elle retira ses mains d'un mouvement brusque.

– Moi aussi. Pense au tac-tac que j'entends, ce bruit de gouttes d'eau...

– Mais c'est fini.

– Non, non ! Ça a recommencé cette nuit. Toujours à un intervalle de deux secondes... tac-tac-tac... J'en suis quasi devenue folle...

Dahlmann tourna la tête vers la bibliothèque. Il aperçut son appareil – il ne fonctionnait pas, mais il était là. Les mains de Dahlmann devinrent moites. Il était tout à fait sûr d'avoir enfermé l'appareil dans une armoire du laboratoire privé. Il avait même sorti des cornues pour lui faire de la place. Il se proposait de le détruire d'ici à quelques jours, avant son départ.

Et voilà que le pivert était dans le salon ! Il surgissait d'un coup... comme le sac à main de Monika...

– Qui est venu, Luiserl ? demanda-t-il d'une voix assourdie.

– Personne !

– Tu n'as rien entendu ?

– Ce tac-tac-tac, oui...

– Des pas ?

– Non.

– Ce léger frôlement dont tu m'avais parlé ?

– Rien du tout, Ernst. Qu'as-tu ? Ta voix manque d'assurance... On est entré par effraction ? On a volé quelque chose ? (Elle leva la main et agrippa la veste de Dahlmann.) J'ai tellement peur, Ernst... Il ne faut plus que tu me laisses seule, tu m'entends ? Il ne faut plus que tu partes... Quelqu'un est-il vraiment venu dans cette pièce la nuit dernière ?

C'était un monologue choisi. Dahlmann passa une main distraite dans les cheveux de Luise tout en regardant l'appareil. L'énigme lui oppressait le cœur.

– Personne n'est venu, ma chérie, dit-il d'un ton hésitant. Je pensais juste... Tu ne dois pas t'inquiéter à cause du tac-tac-tac... ce n'est rien.

– J'ai peur, Ernst... J'ai peur de perdre l'esprit.

– Tu ne dois pas penser des choses pareilles, ma chérie !

– Le Dr Vierweg, lui aussi, dit que...

– Je vais parler clairement à ce blanc-bec. Son métier est de soigner les psychoses, pas de les encourager. (Dahlmann entendait Mlle Pleschke s'affairer dans la cuisine.) Pourquoi Mlle Pleschke est-elle ici ?

– Elle fait du café. Je suis restée éveillée toute la nuit dans mon fauteuil, je te l'ai dit. En veux-tu ? S'il te plaît, ne dis pas non ! Bois du café avec moi...

– Ne préférerais-tu pas le boire en compagnie de Robert Sanden ? demanda-t-il avec fiel.

– Ah, laisse-le donc tranquille, Ernst ! Je me fais un tel souci pour Monika...

Ce disant, elle observa Dahlmann. Son mari ne fit pas le moindre geste, son visage était pensif; il songeait encore au mystère de la présence du pivert.

– Monika se porte peut-être mieux que nous.

– Reste près de moi aujourd'hui, tu veux bien ?

– Mais la pharmacie ! Je dois retourner en ville, j'ai rendez-vous avec un fabricant de médicaments.

– Décommande-le, remets-le à plus tard. J'ai le pressentiment qu'il est arrivé quelque chose à Monika... J'aimerais que tu restes avec moi... Tu es encore mon mari, Ernst.

– Encore, en effet, répondit-il, amer.

– J'ai beaucoup réfléchi cette nuit. (Luise posa la tête contre la hanche de Dahlmann.) Admettons que... que je n'ai pas été assez forte. Que j'ai eu un moment d'égarement. Aujourd'hui, je ne comprends même pas comment cela a pu se produire. Pourrais-tu me pardonner ce faux pas, Ernst ?

Dahlmann retint son souffle. Sacrebleu ! pensa-t-il. Sacrebleu !

– Quoi donc ? dit-il d'une voix à peine audible.

– Si tu peux me dire : « Luiserl, j'oublie cette histoire. Je l'ai déjà oubliée », si tu peux me dire ça, Ernst, et que Monika revienne, alors, je ne vivrai plus que pour toi. Je vous donnerai, à toi et à Monika, ce qui me vient de papa.

Dahlmann eut l'impression qu'on l'aspergeait d'eau glacée après l'avoir plongé dans de l'huile bouillante.

– Et... et Sanden ? balbutia-t-il.

– Son nom ne franchira plus jamais mes lèvres.

– Luiserl... pardonne-moi, mais les mots me manquent...

Et ils lui manquaient, en effet. Au but ! pensait-il. Il touchait au but ! Et pourtant, il en était plus éloigné que jamais. Pas seulement éloigné – le but, désormais, était devenu inaccessible.

– Sais-tu ce que j'ai pensé ? (Luise lui prit la main et l'attira à elle.) Assieds-toi près de moi, sur l'accoudoir. Ainsi, je te sens... j'ai pensé que nous pourrions tout abandonner.

– Tout abandonner ?

– Nous mettrons la pharmacie en gérance. Nous avons assez d'argent. La gérance nous assurera le quotidien. Nos médicaments sont vendus sous licence. Nous irons n'importe où, dans un endroit particulièrement beau. Sur la Baltique, au bord du Rhin, sur les rives d'un lac de Bavière, dans une station balnéaire... le monde est si vaste, et nous avons le privilège de pouvoir nous en acheter une parcelle. Minuscule, mais qui sera notre paradis. Qu'en penses-tu ?

C'était un appât cruel que Luise lui jetait. Dahlmann regarda fixement les fleurs et le soleil matinal qui les baignait d'un flot d'or.

– Ce... ce serait merveilleux... dit-il d'une voix éteinte. (Il n'avait tout bonnement plus de souffle pour parler fort. Sa poitrine était oppressée, comme sous le poids d'un rocher.) Mais que vient faire Monika là-dedans ?

– C'est l'unique condition, non, pas une condition – une prière, la dernière et j'y tiens : que Monika vienne avec nous.

– Et ce pleurnichard de Salzer ?

– Elle l'oubliera. Si elle ne le peut ou ne le veut, bon, nous l'exclurons. Elle pourra vivre à sa guise. Mais pour commencer, il nous faut la retrouver.

Luise leva les yeux sur Dahlmann et vit son visage agité de violents tressaillements. Dahlmann bondit sur ses pieds et se mit à arpenter le salon.

– C'est dégueulasse ! dit-il d'une voix rauque. Pardonne-moi, mon trésor, l'expression, mais c'est la vérité. D'abord, elle nous quitte, puis elle quitte ce Salzer, et tu prends encore des gants avec elle, tu fais dépendre notre bonheur de ses caprices !

Comme tu as encore joliment dit ça ! pensa Luise. N'importe quelle aveugle y croirait.

– C'est ma sœur, Ernst.

– Se comporte-t-elle en sœur ?

– Si l'on voulait à tout bout de champ punir un être pour son comportement, la bonté serait un mot légendaire.

– Mais si elle ne revient pas ?

– Elle ne peut pas disparaître comme ça, Ernst !

– Si elle était à l'étranger ?

– Sans argent ?

– Avec un riche ami...

– Dont elle aurait fait la connaissance en quatre heures ? Non, pas Monika !

– En mettrais-tu ta main au feu ?

– Oui.

– Et si réellement elle ne réapparaît pas ?

– C'est qu'on l'aura tuée.

– C'est absurde ! Qui la tuerait ? Et pourquoi ?

– Ce ne sont pas les crimes sexuels qui manquent...

– Mon Dieu, tu as trop entendu d'histoires criminelles !

– Alors, elle doit revenir.

– Espérons-le, dit Dahlmann d'une voix que l'agitation enrouait.

– Du moins écrira-t-elle où elle est. Monika ne disparaîtrait pas à jamais de notre vie.

– Et si elle n'écrit que dans un an, ou dans deux ? Toute notre vie future doit-elle en être assombrie ? (Dahlmann entrevit un moyen formidable.) Devrions-nous attendre, attendre jusqu'à devenir vieux, et nous laisser voler notre vie par une fille capricieuse ? Luiserl, mettons ton plan à exécution : plaçons la pharmacie en gérance, vendons le reste et partons. Nous déposerons la part de Monika dans une banque. Elle pourra aller l'y chercher quand elle voudra. Quant à nous, nous ne vivrons que l'un pour l'autre dans notre petit paradis. (Il saisit les mains de Luise, emporté par son idée.) Dis oui, Luiserl ! Dis oui ! Et s'il y a jamais eu une crise entre nous, ce n'aura été qu'un mauvais rêve, rien d'autre !

Satan à la voix d'ange, pensa Luise. Elle leva les épaules. Le contact brûlant des mains de Dahlmann produisait en elle une froideur de pierre. Lorsqu'il voulut l'embrasser, elle ploya la nuque en arrière, dans un mouvement apparemment fortuit, comme si elle avait entendu un bruit et y prêtait l'oreille.

– Nous devons réfléchir à tout cela à tête reposée, Ernst, dit-elle doucement. J'en suis au point que, si Monika apparaissait à l'instant à la porte, je convoquerais le notaire sur-le-champ.

Dahlmann ferma les yeux. Il avait causé sa propre perte. Il n'avait pas eu la patience d'attendre, de laisser le temps travailler pour lui. À cause de Robert Sanden, il avait été saisi de panique. Robert Sanden qui, ainsi qu'il apparaissait maintenant, n'était qu'un épisode, un moment d'égarement que Luise elle-même ne comprenait plus. Une appréciation qui venait trop tard : Monika avait été sacrifiée… Sacrifiée ? Non, il se mentait à lui-même, pour se justifier à ses propres yeux. La piqûre de morphine et la disparition de Luise s'étaient produites le même jour. Il n'avait pas sacrifié Monika, il l'avait abattue sous l'effet d'une peur viscérale.

– À quoi penses-tu ?

Dahlmann tressaillit.

– À Monika, répondit-il, sincère.

– Moi aussi. Tout ira bien, tu verras.

Dahlmann ne répondit pas. Son visage était parcheminé, exsangue, vieux. Il était dans un état d'esprit qui lui faisait souhaiter de fermer les yeux, de s'écrouler et de suivre Monika dans l'éternité. Sa faiblesse ne dura que quelques instants. Lorsqu'on sonna et que Mlle Pleschke entra, son accès de lassitude de vivre était passé.

– La police, monsieur, annonça Mlle Pleschke.

Le commissaire Ludwig Faber était un bon gros débonnaire, qui aimait le manger, davantage le boire et adorait fumer le cigare. Avec son célèbre collègue berlinois des années 20, Gennat, il avait en commun la stature, le poids et les péchés mignons… les gâteaux exceptés, que Gennat enfournait et que lui n'appréciait pas. À Hanovre, tout le monde savait que le gros Faber dirigeait la brigade criminelle. Son humour était noir et mordant, mais lorsqu'il flairait une piste chaude, il oubliait d'être spirituel et traquait sa proie avec l'acharnement d'un lion qui poursuit une gazelle.

– Faber, dit le gros homme en montrant sa carte.

Dahlmann hocha la tête et lui indiqua un siège.

– Asseyez-vous, je vous prie. Vous me voyez quelque peu épouvanté que la criminelle vienne chez nous.

– La criminelle ! cria Luise, tâtonnant en quête de l'aide de Dahlmann. Monika ! A-t-on retrouvé Monika ?

Elle bondit sur ses pieds. Dahlmann la repoussa dans son fauteuil.

– Pardonnez-nous, monsieur le commissaire. Je dois vous expliquer. Ma femme est aveugle et...

– Je sais. (Faber s'inclina brièvement devant Luise.) J'ai entendu parler de ce malheur, à l'époque. Une chose, pour commencer : pas d'inquiétudes !

– Ainsi, vous aussi ignorez où est Monika ?

Luise ferma les yeux. Faber et Dahlmann s'estompaient devant son regard, ses yeux larmoyaient et la brûlaient.

– En effet, madame.

– Mais la brigade criminelle... (Dahlmann déglutit.) Vous comprendrez que personne n'est ravi de recevoir la visite de la brigade criminelle.

– Tant que les cadavres ne me tombent pas dans les bras lorsque j'ouvre une porte, je suis un homme courtois. (Le gros Faber s'assit et se mit en quête d'un de ses cigares.) Un jour, je cherchais des toilettes. J'erre par toute la maison, j'ouvre une porte et je jette un coup d'œil dans un réduit à balais. Et je vois un cadavre de femme momifié.

– Vos histoires, monsieur le commissaire, doivent sans doute être appréciées dans les cercles de votre profession – mais dites-nous, je vous prie, le motif de votre venue. (La voix de Dahlmann tremblait.) Comprenez que nos nerfs sont mis à rude épreuve. Ma femme est à bout, ou peu s'en faut.

Faber alluma son cigare, calmement, avec cérémonie. Il observa Dahlmann à travers la petite flamme dansante de son allumette. Il est nerveux, se dit-il. Il n'a pas l'attitude qu'ont les proches lorsqu'un des leurs disparaît. Il est aux aguets, il mijote dans son jus. Laissons-le mijoter.

– Une affaire de routine, expliqua-t-il, affable. Le service des personnes disparues m'a demandé mon concours.

– Cela ne se fait que quand on soupçonne un meurtre !

– Avec une disparition soudaine, c'est une éventualité que l'on doit envisager. Votre belle-sœur n'est pas dans les hôtels ou pensions de Hanovre, en tout cas. Nous le savons.

– Moi aussi. J'y ai enquêté.

– On joue à Sherlock Holmes, hein ?

Faber eut un sourire épanoui. Mais cette cordialité masquait une menace. Dahlmann en était conscient. Il se força à sourire de conserve.

– Je voulais rassurer ma femme. C'était une possibilité, après tout.

– Bien sûr. (Faber fumait comme un pompier.) Je voudrais que vous me donniez quelques informations sur les habitudes de votre sœur et belle-sœur. Définir les traits de caractère d'une personne fournit souvent des aperçus ahurissants sur les motifs. Était-elle très difficile à vivre ?

– Pas le moins du monde, s'empressa de dire Luise.

Dahlmann secoua la tête. Faber haussa les sourcils.

– Ce n'est pas votre avis ?

– Elle était ce qu'on appelle capricieuse. Une artiste. Encline aux décisions promptes, pas compliquée pour toutes les choses de la vie courante, presque insouciante, dirais-je. Elle vivait, et c'était là l'essentiel à ses yeux. Elle était toujours un peu étrangère à la réalité, comme c'est fréquemment le cas chez les artistes.

– Vous auriez dû étudier la psychologie, vous

êtes doué. (Faber eut un rire cordial.) D'après ce portrait, Monika Horten aurait été capable non de bêtises, mais d'actes irréfléchis.

– Oui, tout à fait.

– Tu ne connais pas Moni !

Luise se pencha en avant. Faber contempla le bout de son cigare.

– Pourquoi dites-vous que votre mari ne connaît pas Monika ?

– Pas aussi bien que moi. Monika était une Horten. Elle avait bel et bien les pieds sur terre. Bien sûr, c'était une artiste. Mais elle n'avait aucune disposition pour la bohème, loin de là ! (Luise se passa la main dans les cheveux.) Mon Dieu... nous parlons d'elle au passé... comme si elle était morte...

– Excusez-moi. (Faber fit la lippe.) Ce sont de stupides aberrations grammaticales dans lesquelles nous nous emberlificotons souvent. Quand un individu disparaît, pour nous, il est mort... très futé, hein ? (Il eut encore son rire jovial, enrobé de graisse.) Dorénavant, parlons d'elle au présent. Ainsi, Mlle Horten est réaliste ?

– Très.

– Luiserl... (Dahlmann fit un clin d'œil à Faber.) Pendant plus d'un an, tu n'as pu observer Moni. Elle a changé.

– Non.

– Mais si ! Elle m'étonnait même. Pense à son brusque départ.

– Quel départ ? enchaîna Faber.

– Ma belle-sœur a déménagé du jour au lendemain. Elle avait un atelier sous le toit, comme il convient à une artiste, qu'elle a abandonné pour aller vivre à Soltau.

– Intéressant. Et sans raison ?

– Aucune, répondit Dahlmann avec fermeté.

Luise n'intervint pas. Qu'elle dît pourquoi Monika avait fui ou qu'elle se tût, cela n'avancerait pas davantage Faber. Dahlmann seul détenait la clé du mystère. Un Ludwig Faber n'arriverait pas à le faire parler. Elle seule le pouvait... elle et les biens Horten, pour l'obtention desquels Dahlmann menait une bataille si acharnée.

– Étonnant.

– C'est également ce que nous avons dit. Et, à Soltau, elle a fait la connaissance d'un homme.

– Ah ! (Faber se gratta le nez.) Vous le connaissez ?

– Évidemment ! Il était encore ici hier soir.

– Ici ?

– Oui. Lui aussi est à la recherche de Monika. En fin de compte, il était son ami de cœur.

– L'expression est charmante. (Faber posa son cigare sur le bord du cendrier. Il flairait un truc.) Depuis combien de temps votre belle-sœur connaît-elle ce monsieur ?

– Depuis quelques jours.

– Oh ! Oh ! Et déjà au septième ciel ?

– À ce qu'il paraît.

– Comment s'appelle ce monsieur ?

– Julius Salzer. Il est écrivain.

– Salzer... c'est lui qui a signalé la disparition. Il a téléphoné avec Me Kutscher. (Faber sortit un calepin de sa poche et mouilla la mine de son crayon.) Salzer vit aussi à Soltau, n'est-ce pas ?

– Oui, à la Cruche verte. Il en est le factotum.

– Je le croyais écrivain ?

– C'est ainsi qu'il se présente. Ce qu'il écrit, à en juger par ce qu'il raconte, doit être complètement hermétique. Aucun éditeur ne l'imprime.

– Un pauvre bougre, donc. Et votre belle-sœur a de l'argent ?

– Elle en aura.

– Tout cela est absurde, absurde ! intervint Luise. Salzer est un garçon on ne peut plus inoffensif...

– D'où le tiens-tu ? Tu ne peux que l'entendre,

Luiserl. (Dahlmann posa la main sur l'épaule de Luise pour l'apaiser. Elle l'écarta, tel un insecte répugnant.) Mais oui, tu as raison, ce Julius Salzer, alias Jules Salaire, est un garçon inoffensif.

Cependant, les paroles de Dahlmann semblaient signifier : même dans la peau d'un agneau, un loup reste un loup.

Le gros Faber se leva en geignant. Le fauteuil était profond et moelleux, on s'y perdait. Faber était habitué aux chaises dures, où l'on s'assoit raide, monument de l'autorité. Il dut s'aider d'une traction des bras.

– Ce sera tout, dit-il en haletant tandis qu'il se remettait debout.

Dahlmann le regarda, étonné.

– Vous ne voulez rien savoir d'autre ?

– Non, pourquoi ? Il y a autre chose ?

– Je l'ignore.

– Bon ! (Faber reprit son cigare entre ses doigts.) Qu'a dit votre belle-sœur quand elle est partie de chez vous ?

– « Au revoir. Embrasse Luise pour moi. À ce soir. »

– Et vous en êtes restés là ?

– Comme vous voyez.

Le gros Faber remercia, prit congé et s'en fut. Dahlmann retourna au salon. Luise, dans le coin aux fleurs, pleurait silencieusement. Il le vit aux tressautements de ses épaules.

– Tu y comprends quelque chose, Luiserl ? s'enquit-il à voix basse.

Elle ne répondit mot. Du seuil, Mlle Pleschke jeta un coup d'œil et demanda :

– Puis-je apporter le café ?

– Mais oui ! (Dahlmann se retourna, irrité.) La prochaine fois, frappez !

Erna Pleschke fit la moue.

– Il m'a aussi interrogée…

– Le commissaire ?

– Oui.
– À quel propos ?
– Il voulait savoir si vous vous étiez absenté, ces derniers temps.
Une main glacée étreignit le cœur de Dahlmann.
– Et qu'avez-vous répondu ?
– La vérité. Je l'ignore.
Dahlmann hocha la tête à plusieurs reprises.
– C'est bon, mademoiselle Pleschke. Apportez le café. Et faites-le bien fort, nous en avons besoin.

La police est en droit de suivre toutes les pistes, même les plus absurdes en apparence, lorsqu'il s'agit d'élucider un meurtre présumé.
Ludwig Faber appela d'abord Me Kutscher et apprit que Julius Salzer était retourné à Soltau, sur les conseils de l'avocat. Peut-être Monika y ferait-elle parvenir de ses nouvelles.
– Partons faire une balade, camarades, dit le gros Faber à son secrétaire et au brigadier-chef, qui conduisait la voiture de service. Connaissez-vous les landes ? Non ? Somptueuses, je vous en réponds ! Des bosquets de sureau, des bouleaux, des saules, de la bruyère, le silence, la paix, l'impression d'être au bord du monde...
– Et c'est là que se rend la brigade criminelle ! dit le secrétaire, judicieux.
Faber éclata de rire.
– Il n'y a plus de paradis, on dirait ! L'expulsion divine est sans appel. Ouste ! Allons voguer vers les landes !
Julius Salzer était accroupi dans la chambre de Monika lorsque les policiers firent leur apparition à la Cruche verte. Les meubles de Monika n'avaient pas encore trouvé leur place et obstruaient paliers et corridors. Faber secoua la tête. Un individu ne change pas soudain d'avis quand il fait déménager ses meubles. Surtout pas une

femme ! Une femme tient trop à de menus riens pour les abandonner ainsi. Faber connaissait ça, il était marié depuis trente ans. Aujourd'hui encore, son Elfriede conservait pieusement un buste en bronze de Dante qu'ils avaient reçu en cadeau de mariage. Une tête couronnée de laurier dont Faber disait irrespectueusement :

– Si c'était du vrai laurier, Dante servirait au moins pour la soupe...

Mais comme il s'agissait d'un cadeau de la tante Sophie, la doyenne de la famille, cela faisait trente ans qu'on époussetait la tête de Dante sur le buffet.

L'aubergiste de la Cruche verte s'assit incontinent sur un bidon de lait posé devant la porte lorsque Faber lui montra sa carte.

– Depuis trois cents ans que la Cruche verte existe, c'est la première fois que la police...

Faber eut un geste de dénégation nonchalant.

– On ne vous demande pas d'apposer une plaque sur l'auberge pour commémorer l'événement. M. Salzer... ?

– En haut, ne put que bégayer l'aubergiste. Il est brisé.

– Eh bien, nous allons nous charger de le recoller !

Salzer leva à peine les yeux lorsque Faber pénétra dans la petite pièce. Assis devant le chevalet de Monika, il fixait le vide. Sur le chevalet, il y avait un projet de jaquette pour un livre de Jules Salaire.

Le livre avait pour titre : *Le Pouvoir de l'amour.*

Faber hocha la tête, plein d'idées.

– Le titre est un brin vieillot. Je proposerais *L'amour est pouvoir.* Ça fait révolutionnaire. Ça pète. Les lecteurs d'aujourd'hui veulent du hard.

Salzer se retourna avec lenteur.

– Mais qui êtes-vous ? demanda-t-il, fatigué.

– Ludwig Faber, de la brigade criminelle.

Salzer fit un bond.

– La brigade criminelle ! cria-t-il.

– Mon Dieu, l'effet que peut produire un nom ! (Faber leva les mains.) Pas de saut périlleux, jeune Hemingway... Il ne s'est encore rien passé. Sauf que nous n'avons toujours pas trouvé votre Monika. À propos, *votre* Monika, depuis quand la connaissez-vous ?

– Depuis quelques jours.

– Et vous voilà déjà inséparables ?

– Je suppose que vous ne faites pas grand cas du coup de foudre ?

– Pourquoi ?

– En tant que fonctionnaire...

– Les fonctionnaires sont des hommes, eux aussi. Même un fonctionnaire allemand. C'est vrai... on a du mal, parfois, à l'imaginer, mais c'est ainsi. (Faber sourit et s'assit sur le lit de Monika. C'était le seul endroit où l'on pût s'asseoir dans la pièce, avec le tabouret derrière Salzer.) C'est donc ici que Monika Horten voulait vivre. Un cadre quelque peu inhabituel pour une jeune femme riche.

– C'était une artiste.

– Une artiste ! J'en ai les oreilles rebattues !

– Que voulez-vous ? (Salzer s'était ressaisi. Il avait de nouveau les idées claires.) M'interroger ?

– Oui, dit Faber, allant droit au but. C'est ce que je veux. Où étiez-vous la nuit où Monika Horten a disparu ? Ici ?

– Non.

– Où ?

– À Soltau.

– Ah ! Et pourquoi ?

– J'ai appris par le déménageur que Monika était restée à Hanovre, pour voir sa sœur. Elle voulait rentrer en train. Alors, je suis allé à Soltau la chercher au train. Je désirais lui faire une surprise. Mais elle n'est pas venue. J'ai attendu le dernier train.

– À quelle heure ?

– Vers les 9 heures du soir. Puis je suis parti pour Hanovre.

– Que comptiez-vous y faire ?

– Aller chez les Dahlmann voir si Monika y était. J'avais une angoisse inexpliquée. J'ai parfois de ces pressentiments – une fois, j'ai rêvé d'un incendie qui est réellement survenu quatre jours plus tard.

– Au Moyen Âge, cela aurait suffi pour vous faire brûler vif. (Faber examina Salzer d'un œil critique. Un brave garçon, pensa-t-il. Honnête et ouvert. Mais Faber avait déjà rencontré des empoisonneurs au visage angélique.) Qu'avez-vous fait à Hanovre ?

– Ce qu'ont coutume de faire les amoureux dans ces cas-là : j'ai monté la garde devant la maison des Dahlmann.

– Pourquoi n'avoir pas sonné ?

– J'avais... j'avais honte, dit Salzer à voix basse.

– Vous n'en aviez pas le courage ?

– Non plus...

– Et ensuite ?

– Rien. Monika n'est pas sortie. Je n'ai appris que plus tard qu'elle était partie depuis longtemps.

Faber regarda Salzer et fronça le nez.

– Vous ne pouvez donc pas prouver où vous étiez l'après-midi et la nuit ?

Salzer considéra Faber sans comprendre.

– Que voulez-vous dire ?

– Vous n'avez pas de témoins ?

– À la gare de Soltau... comment le pourrais-je ? Si aucun employé, aucun paysan ne m'a vu... Je ne puis vous nommer aucun témoin.

– Et à Hanovre ?

– Encore moins. Je suis resté à l'abri d'une porte cochère en face de chez les Dahlmann.

– Pas le moindre alibi, donc.

– Pourquoi diable aurais-je besoin d'un alibi ? (Salzer regarda fixement le commissaire.) Vous ne me soupçonnez tout de même pas de… moi…

– Je regrette, mon bon, mais le fonctionnaire allemand est un abruti ! Prenez votre brosse à dents et suivez-moi.

– Arrêté… bégaya Salzer. Je suis arrêté !

– Pas d'affolement. Vous pourrez en faire un livre quand vous serez libéré. Mais, pour l'heure, il faut que je vous emmène.

– Mais c'est tout à fait absurde ! J'aime Monika, et ce serait moi qui…

– Rien du tout. Chez nous, l'habitude veut que les suspects soient appréhendés et mis derrière les barreaux. Deux précautions valent mieux qu'une. Si votre innocence est prouvée, on vous donnera une chaleureuse poignée de main. Vous ne recevrez aucun dédommagement pour la préventive, au cas où vous l'espéreriez. Chaque citoyen allemand doit se conduire de façon à ne pas être suspect, sinon, il se rend coupable. Vous voyez – les fonctionnaires ont leurs nerfs. Même le gros Faber. Bon, on peut y aller ?

Salzer passa dans la pièce attenante. Il prit une chemise de rechange, sa brosse à dents et un livre sur la vie de lord Nelson. Puis ils descendirent pour rejoindre la voiture où attendaient le secrétaire et le brigadier, surveillés par l'aubergiste. Salzer s'arrêta près d'elle. Elle s'écarta de lui comme s'il était un meurtrier avéré. Salzer eut un sourire douloureux.

– Je serai bientôt de retour, balbutia-t-il. Ces messieurs ne font que leur devoir.

Il monta dans la voiture et ne se retourna pas quand ils démarrèrent rapidement. Le secrétaire, resté sur place, devait fouiller la Cruche verte de fond en comble. Faber sentait qu'il se cachait là un indice qui l'aiderait. Il sentait surtout qu'il ne s'agissait plus d'une disparue, mais d'une morte.

Et Ludwig Faber était réputé pour ses pressentiments en matière d'affaires criminelles.

Au matin de l'excursion de Dahlmann dans les marais, le paysan Onno Lütje apparut au poste de police de Hetzwege. L'haleine empestant l'eau-de-vie, il tituba et s'appuya contre la table du gendarme.

– Pouah ! dit celui-ci. Tu es imbibé, mon gaillard !

– Oui-da ! (Onno Lütje opina vigoureusement.) Mais pas au point de voir des esprits, pas à ce point, hein ?

– Des esprits ? Mais encore ?

– Dans le marais.

– Rentre te coucher !

Le gendarme chassa de son visage les vapeurs d'alcool. Onno Lütje soufflait une brise rude contre le représentant de l'autorité. Il dodelina de la tête et étreignit le bord du bureau, tel le mât d'un navire pris dans une tempête.

Son récit fut aussi excitant que mystérieux.

La nuit précédente, il avait bu quelques verres chez Karle Budje. Un petit verre de kummel, et puis un autre, et puis du rhum et enfin de l'eau-de-vie. De l'orge pure, qui vous allait dans les jambes et dans la tête. Ensuite, en chancelant, il avait mis le cap sur sa maison, et comme il était fort tard, aux alentours de 4 heures du matin, il avait pris un raccourci à travers les marais.

Il avait alors aperçu deux grands yeux de feu, puis un homme avec un tronc d'arbre sur le dos... mais ils avaient disparu d'un coup, comme engloutis... Il s'était figé et s'était dit : « Onno, le diable n'existe point ! Et les histoires que racontait la vieille du marais, c'étaient des sornettes... » Il s'était donc remis en route tant bien que mal, s'était mis au lit et avait dormi. Mais au matin, il avait bu un kummel pour dissiper l'eau-de-vie et, à présent, il venait raconter à M. le gendarme qu'il avait vu le diable dans le marais.

– Deux grands yeux de braise... (Onno Lütje leva le bras pour jurer.) Tu peux me croire, Enno.

Le gendarme s'assit et déballa son petit déjeuner.

– Je te crois. Où c'était ?

– Dans le marais de Hermes Fiedje.

– Il n'y a pourtant pas de chemin, à cet endroit-là. Juste un sentier, qui se termine dans un marécage.

– Justement ! C'était le diable, Enno !

Onno Lütje se lamenta encore un instant puis s'en alla. À chaque personne qu'il rencontra, il raconta l'histoire du diable qu'il avait vu dans le marais. Et tous ceux qui l'entendirent hochèrent la tête en signe d'assentiment et rirent. Quand l'Onno Lütje avait bu un coup de trop, c'était la fête au village, c'était connu.

Le gendarme Enno Bollstedt lui-même oublia le diable du marais. Dès 10 heures, il était posté à l'embranchement de l'autoroute Brême-Hambourg et contrôlait si les cyclistes avaient une sonnette et des freins en état de marche. À midi, il avait encaissé trois fois 5 marks d'amende. Il était fort satisfait de sa matinée.

Onno Lütje, de retour à l'auberge, buvait de l'eau-de-vie. Un inspecteur des postes en retraite, qui avait hérité d'une maison à Hetzwege, prêta l'oreille à son histoire. À ses yeux, ce n'étaient pas là balivernes d'ivrogne, il retint tout dans les moindres détails. Deux grands yeux de braise, pensa-t-il, ça peut être des phares de voiture. Mais que peut bien faire une voiture à 4 heures du matin au milieu des marais ?

Lorsque Luise s'éveilla, elle ne sut pas d'abord s'il était tard ou tôt. Les persiennes étaient tirées devant la fenêtre, la pièce baignait dans un clair-obscur blafard. Mais le lit près du sien était vide, la couverture rabattue. Son mari devait être levé depuis longtemps, elle n'entendait aucun bruit en provenance de la salle de bains. Elle se retourna et regarda le réveil.

8 heures.

Étonnée, elle se redressa. De la cuisine, elle entendait des bruits d'assiette. La bonne nouvellement engagée faisait la vaisselle de la veille au soir. Luise avait dormi à poings fermés après cette journée éprouvante, sans rêves.

Elle sauta du lit et leva les persiennes. C'était une journée maussade, le ciel était gris, les maisons grises, les rues grises, les gens gris... un jour d'automne que l'on souhaiterait passer au lit.

Une demi-heure plus tard, elle était attablée devant son café. La bonne portait une robe légère et décolletée et semblait transpirer. Luise l'observa, derrière ses lunettes noires, avec un étonnement extrême. Elle avait remarqué que la chaleur de la pièce contrastait avec la grise atmosphère automnale. On eût dit que le chauffage avait été mis au maximum.

– Y a-t-il un problème avec le chauffage, Else ?

Luise prit en tâtonnant le petit pain déjà beurré. La bonne la regarda avec l'air de qui ne comprend pas la question.

– Avec le chauffage, madame ?

– Il fait tellement chaud, Else.

– Ah oui ! Non ! (La jeune fille sourit – un sourire plein de compassion.) Il fait un temps terrible, madame. Plus chaud qu'en été, et nous sommes en automne ! Ils ont dit ce matin à la radio qu'on n'avait pas vu ça depuis un siècle.

– Il... il fait chaud dehors, chaud... dit Luise à voix basse. (Elle reposa sa tasse sur la soucoupe, sa main se mit à trembler.) Et… et le soleil brille…

– Et comment ! Il est éblouissant, même. Pourvu qu'il n'y ait pas d'orage à midi…

– Et pas de nuages…

– Pas un seul.

– Où est mon mari ?

– Monsieur est parti de bonne heure. En ville, il a dit. Il sera là à midi. Il a ajouté que je ne devais pas vous réveiller, madame, et…

– C'est bon, Else, c'est bon. Je sonnerai quand vous pourrez desservir.

Luise attendit que la bonne eût quitté la pièce. Puis, au désespoir, elle bondit à la grande fenêtre aux fleurs.

Sa vision précédente restait inchangée : un jour gris, une ville grise, des maisons grises, un ciel plombé, des gens gris. Même lorsqu'elle ôta ses lunettes noires, tout resta gris – une manière de crépuscule, un chien et loup avec plus d'obscurité que de clarté… Les gens, cependant, tout gris et gelés qu'ils fussent, portaient des vêtements légers; les hommes allaient en chemise. Elle vit un homme debout, en face de la pharmacie, tirer un mouchoir de sa poche et s'éponger le visage en soupirant, un homme accablé par la chaleur, gris sur gris, un fantôme transpirant…

Son effroi fut si grand qu'elle ne put prononcer un mot. Elle s'appuya au mur, regarda le jour avec fixité et sentit de nouveau dans ses yeux les brûlures et les picotements qu'elle avait éprouvés la veille sans y prêter attention. Mais si pétrifiée fût-elle à cet instant, une pensée terrible lui traversait le corps : Mes yeux… ils redeviennent opaques… Je redeviens aveugle… aveugle… aveugle…

Cet état de paralysie totale ne dura guère, mais il sembla à Luise être restée des heures dans un bain glacé. Elle leva la main avec lenteur et la posa sur ses yeux. Puis elle la laissa retomber et regarda une nouvelle fois par la fenêtre. L'image demeurait.

Une grise journée d'automne.

Des poids énormes rivèrent ses jambes au sol lorsqu'elle tenta de s'éloigner de la fenêtre. Avec peine, elle se traîna jusqu'à sa chambre, s'étendit sur son lit, mit du collyre dans ses yeux et ferma les paupières. Elle resta ainsi un moment, les yeux clos, le liquide la rafraîchissait et la brûlait tout ensemble. Elle n'osait pas rouvrir les paupières et regarder le ciel maussade, bleu pâle en réalité et embrasé de chaleur.

Elle entendit la bonne partir faire les courses. C'était jour de marché, elle serait absente plus longtemps; les jeunes filles se retrouvaient sur la place et, à la faveur des emplettes, échangeaient des confidences sur le dimanche précédent. Peut-être Dahlmann rentrerait-il à midi... Mais qu'importait, désormais, ce qu'il tramait. Il n'y avait que l'horreur qui prenait le pas sur tout ce qui avait constitué sa vie – et surtout sa vengeance contre son mari. Il n'y avait que la peur d'être aveugle à jamais.

Luise bondit du lit, les yeux clos, et alla à tâtons vers l'une des fenêtres.

Regarde ! s'ordonna-t-elle. Ouvre les yeux ! Regarde le jour ensoleillé... Tu le vois, oui, tu le vois ! Ce n'était qu'une faiblesse oculaire. Tu ne redeviendras plus aveugle, c'est fini. Tu vois l'éclat du soleil, le tremblement de l'air au-dessus de l'asphalte...

Elle ouvrit les yeux et regarda dehors.

Un jour d'automne. Gris sur gris.

Vite, elle referma les yeux et s'écarta de la fenêtre. Ça n'a aucun sens de fuir la vérité, se disait-elle. Mais la panique qui montait en elle était la plus forte et chassait toute raison. Les yeux réduits à une fente, elle arpenta la chambre, le cœur battant d'angoisse.

Que dois-je faire ? ne cessait-elle de se répéter. Mon Dieu, aide-moi ! Que dois-je faire ? Si je suis définitivement aveugle, je ne pourrai le supporter, je n'en aurai pas la force !

Luise resta plus d'une heure plongée dans l'effroi et le désarroi. Elle entendit la bonne rentrer plus tôt que prévu du marché, allumer la radio et fredonner de concert.

Il faut agir, se dit Luise. Tout de suite. Aller trouver Robert Sanden. Peut-être aurait-il une idée. Il était le seul qui pût l'aider, le seul à savoir qu'elle n'était plus aveugle.

Elle remit ses lunettes noires et se glissa hors de l'appartement. Elle tira sans bruit la porte derrière elle et dévala l'escalier. Elle sortit par le laboratoire et courut à la station de taxis la plus proche.

– Au théâtre municipal ! dit-elle en se jetant sur la banquette. Vite, s'il vous plaît !

– Vous avez manqué le début des répétitions, hein ? (Le chauffeur grimaça.) Bon, on va voir si on peut encore sauver le deuxième acte !

Il était près de 10 heures. Luise lut l'heure à une horloge au-dessus de la boutique d'un opticien.

À 10 heures, Dahlmann, devant le comptoir d'une compagnie aérienne, parlementait à propos d'une réservation à destination de Zurich. Les avions étaient complets pour une semaine. Dahlmann offrit le double du prix du billet si on lui trouvait une place pour le surlendemain.

À 10 heures, le gros Faber avait parcouru une pile de lettres et s'apprêtait, après ce beau travail, à attaquer son deuxième petit déjeuner. Ce qu'il avait lu était un petit roman épistolaire, une romance comme seul le quotidien sait l'écrire, avec des bisous et des trésors, de la langueur et des serments de fidélité, des exhortations au courage et des rappels à des souvenirs communs.

Un roman épistolaire sur un amour interdit, sur un péché de trop. Le sécrétaire de Faber avait trouvé les lettres sous le matelas de Monika, à la Cruche verte, confirmant par là la supposition du gros Faber comme quoi la clé de la disparition de Monika devait se trouver dans la cruche des landes..

À présent, cette clé était devant Faber, évidente et irréfutable. « Nos nuits étaient plus claires que les jours... » pouvait-on y lire.

À 10 heures, Robert Sanden, en coulisses, attendait sa réplique. C'était la première fois qu'il jouait Puck dans *Le Songe d'une nuit d'été.* Obéron et Titania se querellaient devant lui. Son entrée était imminente; une seule phrase, certes, mais tout était dans la façon de la dire :

> *Tout autour de la terre, je puis faire une*
> *[ceinture*
> *En quatre fois dix minutes...*

Robert Sanden aimait le rôle de Puck – joyeux, vif-argent, plein de joie de vivre – et tel il se sentait au fond de lui-même depuis qu'il savait qu'il aimait Luise et qu'il le lui avait avoué.

Un songe d'une nuit d'été qui, pour lui, pouvait devenir réalité.

10 heures, le moment où quatre destins se lient les uns aux autres sans le savoir.

Il fallut à Louise un certain temps pour convaincre le portier de déranger Robert Sanden pendant la répétition. Qu'une dame lui assurât que c'était important n'était pas un motif d'interrompre la pièce.

– Attendez 11 heures, il y aura une pause. (Le portier regarda l'écriteau annonçant les horaires des répétitions.) Je ne peux tout de même pas parcourir la scène en disant : « Il y a une femme qui veut à toute force parler à Robert Sanden. » Le régisseur me jetterait dehors.

– Croyez-moi, c'est important ! (Luise étreignit le cadre de la fenêtre à coulisse derrière laquelle trônait le portier tel le gardien d'un paradis.) Vous pourriez avoir des ennuis si vous n'appelez pas M. Sanden !

Le portier fit la lippe. Des menaces ! pensa-t-il. Elle me menace !

– Pause à 11 heures ! s'entêta-t-il.

Et il referma la fenêtre.

Luise tambourina des doigts contre la vitre. Le portier se plongea dans la lecture de son journal.

Comme elle ne cessait de tambouriner et de toquer, il se pencha en avant et fit recoulisser la fenêtre.

– Si vous n'étiez pas une femme... s'écria-t-il.

– Mais j'en suis une ! Et je dois parler à M. Sanden.

– Qui êtes-vous, au fait ?

Et Luise dit une chose qu'elle n'eût jamais dite si la panique ne lui avait fait remonter le cœur dans la gorge :

– Je suis la future femme de M. Sanden.

– Première nouvelle ! (Le portier passa la tête par la fenêtre et regarda fixement Luise.) Je ne suis absolument pas au courant.

– C'est tragique, vraiment ! Mais c'est ainsi. Puis-je voir M. Sanden, à présent ?

– Je... je vais le faire appeler. (Le portier retomba sur son siège. Ce Sanden, pensait-il. On lui aurait donné le bon Dieu sans confession. Comme quoi, on peut se fourrer le doigt dans l'œil...) Que dois-je dire ?

– Que Luise l'attend.

– Luise ? Ça suffit ?

– Tout à fait.

– Vous êtes sûre ?

– Sûre et certaine.

Le portier haussa les épaules. Elle refuse de donner son nom, c'est louche, pensa-t-il. Une affaire scabreuse, tout ça ! Mais quand on est au théâtre depuis près de quarante ans, non, de telles histoires n'ébranlent plus son homme...

Il appela et continua d'observer Luise qui marchait de long en large. Elle est nerveuse, se dit-il. Mauvais signe. Et si elle était enceinte de Sanden ? Et si elle nous faisait une scène qui ne soit pas de Shakespeare ? Il passa la tête par la fenêtre et toussota. Luise se retourna.

– Il arrive tout de suite.

– Je vous l'avais bien dit !

Il n'y eut pas de scène lorsque Robert Sanden eut dévalé l'escalier et se fut dirigé vers Luise, les bras tendus.

– Allons ailleurs, chuchota Luise.

Le portier, assis contre la vitre, oreilles dressées, ne perçut qu'un murmure. Ignoble ! pensa-t-il. Me priver des répliques...

– Je suis en répétition, Luise.

Il étreignit les mains de Luise.

– Il faut que tu viennes. J'ai besoin de toi... Je... je reperds la vue.

Sanden accusa le coup avec un grand sang-froid. Seules ses lèvres tressaillirent et ses mâchoires se serrèrent.

– Viens, dit-il doucement. (Il entoura de son bras les épaules de Luise.) Allons chez moi.

– La répétition... cria le portier de sa loge.

– Je reviens dans une heure. C'est important.

Le portier grommela et referma la fenêtre.

Important ! Qu'est-ce qui était important ? Il n'avait rien surpris des chuchotements. Un enfant, pensa-t-il. Pourquoi, sinon, un tel mystère ? C'est toujours pareil, avec les artistes – des héros sur scène et, dans la vie, ils font des faux pas.

Chez Sanden, Luise put enfin pleurer. Elle se sentait à l'abri, l'homme qui était avec elle l'aimait. Elle se jeta sur le divan, enfouit son visage dans les coussins et donna libre cours à ses larmes.

Robert Sanden la laissa pleurer. La nouvelle lui avait porté un coup mortel. Maintenant seulement, il prenait conscience de toutes les conséquences d'une nouvelle – et, cette fois sans doute, définitive – cécité.

– Nous devons aller voir sans tarder le Pr Siri à Bologne, dit-il lorsque la crise de larmes de Luise se fut quelque peu apaisée. C'est le seul qui puisse faire quelque chose.

– Et sinon ? demanda Luise d'une voix à peine audible.

– Sinon quoi ?

– S'il ne peut rien faire ?

– Cela ne change rien. Je t'aimais déjà quand je te croyais aveugle, ne l'oublie jamais. Que tu voies a été pour moi un don de Dieu.

– Mais je redeviens aveugle.

– Le Pr Siri va t'aider. Nous devons partir sans plus attendre.

Luise acquiesça. Puis elle dit ce que Sanden lui aussi pensait :

– Mais comment ?

– Plus rien d'autre n'importe. Au diable ton argent, Monika et ton mari, au diable ta vengeance... il ne s'agit plus que de tes yeux. (Sanden s'assit près de Luise et pressa sa tête contre elle.) Je dirai toute la vérité à Dahlmann et puis nous partirons pour Bologne.

– Il... il va te faire du mal.

– Il est trop lâche. Au demeurant, ce jeu doit cesser. Je n'ai jamais été pour.

– Mais Monika, Robert...

– La police s'en occupe.

– Mais si je dispose d'autres moyens que la police pour apprendre la vérité ?

– C'est fini ! (Sanden se leva. Sa voix, habituellement chaude et douce, était dure, métallique.) Rien au monde, dorénavant, n'a plus d'importance que tes yeux. Nous devons aller voir le Pr Siri, quand bien même il nous faudrait traverser l'enfer. Viens, je te ramène chez toi. Dans une demi-heure, le grand drame Dahlmann sera terminé et nous partirons pour Bologne.

– J'ai peur, dit Luise d'une voix sans timbre. Peur de tout ! Du Pr Siri, de l'examen, de ma nouvelle cécité, de la vie... Je n'aurai plus la force d'être aveugle, je le sais.

– J'appelle à Bologne, dit Sanden d'une voix enrouée.

La conversation fut brève. Il eut le Dr Saviano au bout du fil.

– Venez immédiatement ! cria le médecin. Le Pr Siri est absent, je le préviendrai ce soir. Mettez-lui un bandeau sur les yeux... Elle ne doit plus voir, plus le moindre point de lumière. Il vaudrait mieux assujettir le bandeau avec de l'albuplast.

Sanden raccrocha. Luise, sur le divan, fixait le vide. Il ne se sentait pas le courage de lui répéter les ordres du Dr Saviano.

– Qu'en pense le Dr Saviano ? demanda-t-elle sans lever les yeux.

– Il dit de venir immédiatement.

– A-t-il de l'espoir ?

– Il n'en a pas parlé. Il doit d'abord t'examiner.

– Qu'a-t-il dit d'autre ? (Luise leva les yeux comme Sanden tardait à répondre.) Je ne dois plus voir, n'est-ce pas ? dit-elle doucement. (Sanden acquiesça sans un mot. Sa gorge était sèche et ne produisait aucun son.) Être volontairement aveugle, hein ?

– Jusqu'à l'examen.

– J'ai tout ce qu'il faut à la maison. (Elle ferma les yeux et remit ses lunettes noires.) Ramène-moi chez moi. Je te promets de garder les yeux fermés.

De ne plus ouvrir les paupières une seule fois... Ramène-moi chez moi !

Elle chercha sa main à tâtons et nota combien il lui était difficile de s'orienter de nouveau dans les ténèbres. Sanden lui prit la main; il avait les doigts glacés. À pas lents, ils sortirent de l'appartement et se dirigèrent vers la voiture de Sanden. Luise trébucha à plusieurs reprises et elle fut sans cesse tentée de soulever les paupières pour jeter un rapide regard. Mais elle ne le fit pas. S'il restait une chance qu'elle ne perdît pas la vue, aucun sacrifice ne pouvait être trop grand.

Après ses pourparlers avec le directeur de la compagnie aérienne, Dahlmann avait fini par recevoir l'assurance d'obtenir une place dans un vol pour Zurich. Il alla dans une agence de voyages réserver un billet de train pour Milan, dans une autre un billet pour Gênes. Satisfait, il but une tasse de café suivie d'un cognac.

C'est une course contre la mort, pensa-t-il. Nul ne saura jamais où je suis parti. Encore deux jours, et le grand jeu serait sinon gagné, du moins marqué par une victoire partielle. De bonne heure le surlendemain, avant de partir pour l'aéroport, il tirerait ses deux chèques. En ce moment, il y avait 63 865 marks sur les comptes. La pharmacie des Mores avait vendu la licence du Dahlomed à l'Amérique du Sud. La banque du commerce extérieur avait téléphoné pour confirmer que l'acompte du montant total était disponible.

La chance me sourit, avait pensé Dahlmann en apprenant la nouvelle. Cela augmentait son butin de 20 000 marks.

Vers 11 heures, au moment où Robert Sanden se faufilait difficilement dans les embouteillages, Dahlmann monta dans sa voiture et alluma la radio. Il ne démarra que lorsqu'il eut trouvé une station de variétés. À cause de la chaleur, il ne mit pas sa ceinture de sécurité; d'ordinaire, il ne faisait aucun parcours en voiture sans la mettre, même pas le court trajet pour aller à la poste ou à la banque. Il ouvrit le toit ouvrant, regarda le ciel bleu et songea à quel point la vie pouvait être belle quand on a le cœur content. Il ne voulait pas penser à Monika à cet instant. À présent qu'elle était immergée dans le marais, toute l'affaire lui paraissait un tragique accident qu'il fallait surmonter parce que, aussi bien, on n'y pouvait plus rien changer. Ainsi se consolait-il.

Peu avant la gare centrale, Dahlmann dut freiner brutalement; un cycliste, apparemment ivre, déboucha sur la chaussée sans regarder à droite ni à gauche. Le coup de frein, le crissement des pneus et l'arrêt de la voiture furent si soudains que deux automobilistes, derrière Dahlmann, ne remarquèrent qu'il s'était arrêté que lorsqu'ils emboutirent chacun le coffre de la voiture précédente.

Tôle pliée, cliquetis de vitres qui se brisent, bruit de ferraille des pare-chocs sur l'asphalte... Quelques passants crièrent, le policier au croisement siffla et courut vers le carambolage en plein milieu de l'accès à la gare.

Dahlmann gisait sur son volant, sans connaissance. Un filet de sang coulait du coin gauche de sa bouche sur son col blanc et sa chemise.

– Fracture du crâne, dit un badaud, expert. Vous voyez le sang qui suinte de sa bouche ?

Dix minutes plus tard, Dahlmann était étendu sur une table d'opération à l'hôpital. Il n'avait pas encore repris conscience. Une sœur et un infirmier le dévêtirent. Au secrétariat, un policier examinait les papiers du portefeuille qu'on avait trouvé sur le blessé.

– Je vais aller chez lui, dit le policier en empochant le portefeuille. Je connais la pharmacie des

Mores et M. Dahlmann. J'achète souvent mes médicaments chez lui. Sa femme est aveugle... Et maintenant, cet accident !

Dans la salle d'opération, on commença à examiner le blessé.

La comparution du prévenu Julius Salzer eut lieu en présence de son avocat, Me Kutscher. Le commissaire Faber s'était laissé convaincre qu'un entretien en tête à tête avec Salzer ne servirait de rien; le poète, en effet, avait déclaré qu'il resterait bouche cousue.

– Il faut tourner sa langue sept fois dans la bouche avant de parler, avait-il dit. On fait dire n'importe quoi à quelqu'un. Sans savoir comment, on se retrouve aussi sec dans la peau d'un meurtrier qui a avoué.

Le gros Faber était accoutumé à pareils discours.

– Appelons donc Me Kutscher, avait-il déclaré, affable. Bien sûr que c'est toujours la faute à la police quand on se retrouve au trou ! Les sales vaches ! Pourquoi, aussi, ces gens-là ont-ils des soupçons quand une jeune femme disparaît, qui volette d'un amoureux à l'autre ? Eh bien, attendons Me Kutscher !

L'avocat vint dès qu'on l'eut joint au téléphone. Il laissa ses clients à son assistant. Le commissaire Faber le salua d'un grand geste et s'exclama, d'une voix forte et grasseyante :

– Ah ! La justice faite homme ! Bienvenue, émule de Cicéron ! Comment vont les canaris ? J'ai entendu dire qu'Emma, la verte tachetée, arrivait déjà à se tenir sur une patte...

Les gardiens de la prison grimacèrent. Ils connaissaient le gros Faber – quand il faisait de l'humour, il était particulièrement dangereux. Plus sot l'humour, plus drus les coups qui suivraient.

C'était la manière de Faber. Même l'avocat le savait; il garda son sérieux.

– Emma parvient à dodeliner des oreilles, dit-il.

Le gros Faber fut sincèrement étonné.

– Mais comment diable ? Les canaris n'ont pas d'oreilles, que je sache !

– Justement ! Elle y arrive quand même !

Les deux hommes se regardèrent. L'un et l'autre savaient que le combat dont Julius Salzer était l'enjeu avait déjà commencé. On introduisit le poète; l'atmosphère devint lourde quand Me Kutscher déclara :

– Salzer, vous n'avez pas à répondre aux questions qui vous ennuient. La police oublie souvent de donner cette précision.

– Ce n'était pas nécessaire, répliqua le gros Faber, offensé. Je ne tends jamais de piège...

– Nous verrons. (Me Kutscher s'adossa à la dure chaise des visiteurs de la prison.) Une remarque, tout d'abord, qui n'apparaît certainement pas dans le procès-verbal : l'arrestation de mon client est une idiotie.

– Merci. (Faber souriait jaune.) S'il s'agissait d'un autre que vous, maître, la comparution serait déjà terminée. Mais larguons les bombes. Numéro un – boum ! – qu'est-ce que c'est que ça ? (Il posa sur la table la pile des lettres de Dahlmann et de Monika. Salzer les considéra avec un manque d'intérêt manifeste. Le gros Faber l'observait tel un serpent un lapin.) Ça ne vous dit rien, hein ?

– Non.

– J'aurais cru que si. Ce sont des lettres d'amour.

– Depuis quand donnez-vous dans le fétichisme ? demanda Me Kutscher avec nonchalance.

Le gros Faber avança un peu la tête.

– Maître ! Voici un matériau de charges dont rêve tout policier. Il prouve que Monika Horten était la maîtresse d'Ernst Dahlmann.

– Quoi ? (Me Kutscher sursauta. Faber eut un sourire moqueur. Le coup avait porté. Me Kutscher semblait fort déconcerté et se passait nerveusement la main dans les cheveux.) C'est peut-être une erreur, dit-il, incertain.

– Peut-être. Dans la famille Dahlmann, y a-t-il deux hommes qui se prénomment Ernsti ?

L'avocat garda le silence. Dahlmann et sa belle-sœur, pensait-il. Il fut parcouru d'un frisson glacé. Faber a les preuves. Ce qui explique la chasse à l'argent, la tutelle, les appareils pour rendre Luise Dahlmann folle. Sous le coup du démon de midi, un homme vieillissant se transforme en Satan. Monika Horten... Et, à présent, nul ne sait où elle est. À part Dahlmann, peut-être.

– Qu'a tout cela à voir avec mon client ? demanda Me Kutscher, le premier moment d'effroi passé.

– Rien.

– Je ne comprends pas...

– Je voulais simplement savoir si M. Salzer connaissait ces lettres. Il me dit que non, je le crois. (Faber se tourna vers Salzer qui, blotti sur sa chaise, était pâle comme un linge.) Étiez-vous au courant des liens qui unissaient votre fiancée à M. Dahlmann ?

Salzer secoua la tête. Il ne pouvait plus parler. Me Kutscher répondit à sa place.

– Non.

– Elle ne vous en a jamais parlé ? Pas même fait une allusion ?

– Non !

Me Kutscher regarda Salzer. Celui-ci secouait la tête en silence. Faber remit les lettres dans sa serviette.

– Ce sera tout, dit-il.

Me Kutscher se pencha en avant.

– À quoi rime toute cette mise en scène ?

– Vous le saurez bientôt.

– Vous devriez interroger Dahlmann !

– Cela ne m'était pas venu à l'esprit. Pour ce conseil, presque déroutant, je vous dois mille remerciements, déclara Faber, mordant. Vous êtes un génie, maître.

– Je le sais, rétorqua l'avocat avec simplicité.

On emmena Julius Salzer. Faber et Me Kutscher se faisaient face comme deux boxeurs qui, après que le coup de gong a retenti, brûlent de poursuivre le combat.

– J'exige la relaxation immédiate de mon client, dit Me Kutscher d'une voix sonore. Il ne pèse plus aucun soupçon sur lui.

– Oh que si ! (Le gros Faber fouilla dans sa serviette. Il en sortit un œuf dur, le tapa contre la table, l'écala et le mit dans sa bouche. Tout en mâchant, il fit un signe à l'adresse de l'avocat stupéfait.) Si, justement.

– Je ne comprends pas comment...

– Maître, ne nous compliquons pas les choses ! Laissons encore Salzer au trou quelques jours. Il serait plus grave de le libérer et de devoir l'appréhender demain comme meurtrier. Imaginez un peu ce garçon. Savez-vous ce qu'il va faire dès qu'il sera libre ? Il va foncer droit chez Dahlmann et lui tordre le cou. À juste titre ou non, là n'est pas la question. Un meurtre nous suffit ! Conduisons-nous en gentlemen, et laissons le poète au gnouf. Jusqu'à ce que nous ayons Dahlmann. Je pressens une affaire effroyable ! Venez ! (Faber rassembla les morceaux de coquille en un tas au milieu de la table.) Le gardien va être content. Encore une chose, maître : Mme Dahlmann n'a jamais rien dit ?

– Jamais. Elle voulait même faire une donation en faveur de son mari.

– Sacrebleu ! C'est ce qui s'appelle savoir y faire ! Les hommes qui ont trop d'hormones développent une imagination de superdingues. Allons-y !

Le gardien qui dut ôter les morceaux de coquille ne fut pas content. Il maudit ce « bougre de gros goinfre de commissaire ». Sans crainte – il était seul dans la pièce.

La voiture de police arriva à la pharmacie des Mores en même temps que celle de Robert Sanden. Les deux véhicules freinèrent, et le policier se demanda s'il devait annoncer la nouvelle de l'accident dans la rue ou à l'appartement. Il décida d'attendre que Luise fût rentrée chez elle et lui emboîta le pas.

Il gravit lourdement les marches et sonna. Robert Sanden lui ouvrit. Il avait aperçu le policier dehors mais n'avait pas pensé qu'il venait chez les Dahlmann.

– Oui ? fit-il, debout sur le seuil.

Dans le salon, Luise s'était laissée tomber dans son « fauteuil d'aveugle », ce fauteuil où elle était restée plus d'une année durant à écouter la radio, à lire le braille et à se servir du magnétophone. Ce serait de nouveau son fauteuil lorsque le Pr Siri hausserait les épaules et dirait : « Il n'y a plus rien à faire… »

Car Siri aurait l'honnêteté de le lui dire, elle le savait.

Le policier regarda dans le vestibule derrière Sanden.

– Je voudrais parler à Mme Dahlmann.

– À quel sujet ?

– En quoi cela vous regarde-t-il ?

– Mme Dahlmann est souffrante. Je l'ai reconduite chez elle. S'il s'agit d'une nouvelle désagréable, je vous prie de la ménager. Vous pouvez me le dire, je le lui transmettrai.

Le policier hésita, puis rapporta l'accident de Dahlmann en deux mots. Robert Sanden se mordit la lèvre inférieure.

– Merci, monsieur l'agent. Nous allons appeler immédiatement l'hôpital.

Pour commencer, il apporta un verre à Luise. Else, qui s'était donné du mal pour le déjeuner, était assise, boudeuse, dans la cuisine et mangeait seule un joli chou-fleur et une escalope de veau. Monsieur n'était pas rentré, Madame n'avait pas faim, les escalopes grésillaient dans la poêle – c'était une calamité.

– Qui a sonné ? demanda Luise après avoir bu deux gorgées.

– La police.

– La... ?

Luise bondit sur ses pieds. Sanden la repoussa doucement dans son fauteuil. Involontairement, elle avait ouvert les yeux, la lumière l'éblouit, ses yeux se mirent à larmoyer. Elle les tamponna avec son mouchoir et renversa la tête.

– Ton mari a eu un accident de voiture.

Un frémissement parcourut Luise.

– Il est mort ?

Sa voix était tout à fait claire.

– Non. Il est à l'hôpital. Il faut que nous appelions.

– Charge-t'en, s'il te plaît. (Elle leva la tête, pressant toujours son mouchoir contre ses yeux fermés.) Nous pourrons partir demain pour Bologne; à présent, il n'y a plus de problème.

Sanden opina. Combien sa haine doit être forte, pensa-t-il, pour que la nouvelle ne l'affecte pas...

Il appela l'hôpital. Dahlmann reposait déjà dans sa chambre. Ce n'était pas une fracture du crâne; il avait des contusions à la cage thoracique, trois côtes cassées et l'avant-bras gauche brisé. Aucune de ces blessures ne mettait ses jours en danger, mais on allait le garder au moins deux semaines avant de le renvoyer à ses occupations.

– Deux semaines, c'est suffisant, dit Luise lorsque Sanden eut raccroché. Nous pourrons prendre un train dès ce soir.

L'après-midi, ils rendirent visite à Dahlmann. Il dormait, on lui avait fait une piqûre de morphine pour le soulager de ses douleurs. Luise ouvrit les yeux trois secondes pour le considérer. Il gisait blême dans ses oreillers, son beau visage, si apprécié des femmes, un peu tordu.

– Ma sœur, dit-elle comme elle se détournait, quand il se réveillera, dites à mon mari que je suis venue. Demain et après-demain, je ne pourrai pas lui rendre visite, il me faut aller voir le Pr Böhne, à Münster. Mes yeux pleurent, je dois consulter.

– Comptez sur moi, madame, répliqua la sœur. (Puis, afin de dire quelque chose de réconfortant, elle ajouta :) Ne vous faites aucun souci. Ses blessures, Dieu merci, sont sans gravité.

Luise opina. Sanden la conduisit dehors. Il savait que c'était la première et la dernière visite de Luise. Quand Dahlmann sortirait de l'hôpital, il trouverait une situation changée – une Luise Dahlmann, avec ses yeux, qui aurait pris une décision.

Mlle Pleschke, qui avait attendu bravement tout l'après-midi à l'appartement, fut congédiée provisoirement. Elle en fut contente, car elle avait besoin de quelques jours de vacances. Le futur professeur avait appris l'existence de son rival de la Bundeswehr et traversait une crise de jalousie aiguë. Mieux valait mettre une certaine distance entre elle et lui.

Ils prirent le train de nuit pour le Sud. Luise avait recouvert ses yeux de ouate et mis de l'albuplast. En dépit de ses lunettes noires, tout le monde comprenait son état. Comme c'était bien qu'elle ne vît pas les regards de pitié ! Elle ne l'aurait pas supporté.

Ce fut d'abord le Dr Saviano qui examina Luise. Il se contenta de regarder ses pupilles puis resta silencieux. Mais ce silence inhabituel était assez éloquent. Luise respira à fond à plusieurs reprises et s'obligea à marcher, droite et d'un pas ferme, vers le cabinet du Pr Siri. Elle se retrouva dans la grande pièce encombrée d'appareils et de machines, se tassa sur son fauteuil et regarda le visage osseux du Pr Siri.

– Qu'avez-vous fait, signora... (Il secoua la tête.) À quoi bon les meilleures opérations si vous êtes déraisonnable ? Que vous avais-je dit et répété ? Vous en souvenez-vous ?

– De ne pas m'énerver, de ne pas faire de trop grands efforts, je n'ai pas oublié, monsieur le professeur.

– Et qu'avez-vous fait ? Non, taisez-vous ! Je le lis dans vos yeux. Les yeux ne mentent pas, pas à moi.

Le Pr Siri tira à lui un de ses appareils sur roulettes et dirigea un tube, comme le canon d'un pistolet géant, sur l'œil gauche de Luise. Puis le Dr Saviano éteignit la lumière. De l'obscurité, un faisceau lumineux jaillit à l'intérieur de l'œil.

Aussi soudainement, le faisceau lumineux s'éteignit. On ralluma le plafonnier. Luise ferma les yeux.

Le verdict, pensa-t-elle.

Le Pr Siri imprima une poussée à l'appareil qui s'éloigna sur ses roulettes pour s'arrêter à un mètre. Il se racla la gorge et mit les mains dans les poches de sa blouse.

Luise étreignit les accoudoirs de ce fauteuil où tant de gens avaient entendu prononcer le verdict de ce que serait leur vie future.

– Dites-moi la vérité, monsieur le professeur, pria-t-elle avec orgueil. S'il vous plaît... la vérité !

Le Pr Siri jeta un bref regard au Dr Saviano comme pour quêter son approbation. Ce moment d'hésitation déchira le cœur de Luise.

– Vous avez surmené vos yeux, dit enfin le Pr Siri.

(Luise acquiesça.) Vous n'avez pas suivi mon conseil. Au début, vous ne deviez enlever vos lunettes qu'à intervalles de plusieurs heures.

– C'est vrai.

– Au moins êtes-vous honnête. (Le Pr Siri se leva d'un bond et marcha parmi ses appareils.) Vous en payez la facture, à présent, signora.

– Je... je vais redevenir aveugle ? demanda Luise d'une voix à peine audible.

Il lui avait fallu faire appel à tout son courage pour prononcer la phrase. Puis elle s'abîma en elle-même, privée de ses dernières forces. Elle sentit une sueur froide lui envahir le visage et lutta pour ne pas s'évanouir. Le Pr Siri ne s'en rendit pas compte, il déambulait entre ses appareils, la tête en avant, les mains dans les poches de sa trop courte blouse blanche.

– Quel gâchis ! Pardonnez-moi, signora... Vous ne redeviendrez aveugle que si vous persistez à vous montrer aussi déraisonnable. Ce qu'il était en mon pouvoir de faire, je l'ai fait. Les cornées greffées se sont bien implantées, elles ne sont pas redevenues opaques. La « fenêtre de l'âme » reste ouverte... Mais (il s'arrêta net) vous avez surexcité le nerf optique. Je vous l'avais dit, à l'époque : on ne peut réparer un nerf, surtout le nerf optique ! Nous n'en sommes pas encore arrivés au point de pouvoir remplacer des cerveaux ou des parties du cerveau. La médecine a ses limites au-delà desquelles commence le miracle divin. Vous êtes parvenue à cette limite, signora.

– Et que... que dois-je faire ?

Luise avait surmonté son accès de faiblesse. Toutefois, elle était incapable de se lever du fauteuil et d'aller à la fenêtre pour respirer. Le Dr Saviano, pour sa part, n'osait faire quoi que ce fût sans que le Pr Siri lui en eût donné l'ordre. Il savait que le patron n'était pas à prendre avec des pincettes.

– Devenir aveugle ! déclara le Pr Siri d'une voix forte.

– Je pense...

La voix de Luise lui manqua.

– Devenir volontairement aveugle. Pour au moins trois mois. Vous banderez complètement vos yeux et porterez des lunettes noires quand vous ôterez de temps à autre le bandeau. Vous y verrez, alors, mais sans lumière. Le nerf optique a besoin d'un repos total. Au bout de ces trois mois, il faudra procéder par étapes : vous porterez des lunettes avec des verres sombres qu'on remplacera peu à peu par des verres de plus en plus clairs. Ainsi qu'un enfant apprend à marcher, il vous faudra apprendre progressivement à voir. C'est clair ?

– Très clair, monsieur le professeur.

– Le Dr Saviano va vous faire deux œillères, que vous porterez trois mois durant. Vous baignerez vos yeux et y mettrez du collyre seulement la nuit, dans l'obscurité totale. (Le Pr Siri s'immobilisa en face de Luise. Il voyait à présent comme elle était livide, effrayée, déchirée. Il ressentit de la compassion pour elle.) Vous devez être patiente, signora, dit-il d'une voix basse, inhabituelle chez lui.

– Je serai patiente, monsieur le professeur.

– Pourquoi ne l'avez-vous pas été avant ?

– Ce n'était pas possible...

– Pas possible ! Il n'est rien au monde qui saurait vous empêcher d'être patiente.

– C'est aussi ce que je croyais.

Le Pr Siri pencha légèrement la tête. Son regard se fit inquisiteur.

– Vos affaires privées ne me regardent pas, signora. Ce sont vos yeux qui m'intéressent, et eux seuls. Toutefois, un médecin doit être pour ses patients davantage qu'un thérapeute. Il lui faut être un confesseur et un ami tout ensemble.

Nombre de maladies ont des causes psychologiques; dans pareils cas, pilules et gouttes sont impuissantes au même titre que le scalpel du chirurgien. (Siri marqua une pause. Comme Luise ne répondait pas, il poursuivit après un soupir :) Pensez-y, signora, rien n'importe davantage que votre vue ! C'est une erreur de croire que le reste est plus important. Voir, voilà le véritable don de Dieu. On n'a pas le droit de le jeter aux orties pour des choses éphémères.

Luise acquiesça sans un mot. Je vais redevenir aveugle, pensait-elle. Volontairement, certes, mais quelle différence cela fait-il ? Cela avait déjà exigé des efforts surhumains de voir et de simuler la cécité... comme il serait plus difficile de voir et de devoir être aveugle. Être replongée trois mois durant dans les ténèbres... puis des jours, des semaines dans un crépuscule qui se dissipe peu à peu, s'éclaircit sans cesse jusqu'à ce que les fleurs retrouvent leurs couleurs et les objets leur relief. Et, pour finir, la sempiternelle incertitude : cela va-t-il durer, le nerf est-il guéri ? Ou bien une journée ensoleillée va-t-elle d'un coup revêtir la morosité d'un jour d'automne, les fleurs perdre leurs couleurs et se fondre dans le gris...

Et puis Ernst Dahlmann ! Trois mois encore à ses côtés ? Trois mois de cécité et d'impuissance, livrée à sa scélératesse doucereuse, à ses manigances enrobées de tendresse, à ses diableries de faux amoureux ? Ce n'était pas possible. Dès son retour, elle entamerait la procédure de divorce.

Elle voulait voir encore une fois. Une journée. Tous devraient savoir qu'elle voyait. Vingt-quatre heures de grand nettoyage qui oscilleraient de la joie à l'effroi. Alors, seulement, elle serait prête à retourner dans les ténèbres, libérée de tout ce qui avait constitué sa vie. D'une erreur qui s'était transformée en péché.

Le Pr Siri leva la main. On eût dit qu'il avait deviné ses pensées.

– On va vous cacher les yeux immédiatement, signora. Et, je vous en conjure, n'ôtez pas les œillères ! Pas même une heure. Vous ne savez pas à quel point la lumière peut être dangereuse.

– Je... je vous obéirai, monsieur le professeur, répondit Luise d'une voix ferme.

Le Pr Siri hocha la tête, bien qu'il sût qu'elle mentait. Que pouvait-il faire de plus que la mettre en garde ?

Il donna une poignée de main à Luise, voulut ajouter quelque chose, quelque adjuration, quelque mot pressant. Il se ravisa. Logique et tentatives de persuasion ne servaient de rien quand une femme avait décidé d'agir en fonction de ses sentiments. Il se contenta de dire :

– Tous mes vœux, signora. Nous nous reverrons quand tout sera remis d'aplomb.

Il tourna les talons et quitta son cabinet à la hâte. Le Dr Saviano se détacha de l'arrière-plan où il avait attendu dans le silence et une immobilité quasi totale.

– Maintenant, nous savons, signora. Asseyez-vous, je vous prie.

– Déjà... (Une légère angoisse sourdait dans la voix de Luise. Elle regarda autour d'elle. La pièce était dans la pénombre, mais derrière les persiennes, le soleil brillait, les faîtes minces des cyprès se balançaient dans la brise et les âniers s'abritaient de la chaleur de midi sous la large ramure des pins. Luise baissa la tête et, d'une voix d'enfant pleurnicharde, demanda :) Puis-je... puis-je regarder encore une fois par la fenêtre ? Juste un coup d'œil...

– Non. Le soleil est aveuglant. Le nerf optique serait soumis à une trop forte irritation. Et toute nouvelle irritation risque de nous faire régresser des semaines en arrière. Un malheureux coup d'œil en vaut-il la peine ?

– Oui. (Luise posa ses mains sur ses yeux brûlants, qui s'étaient remis à larmoyer.) Si vous aviez vécu dans les ténèbres éternelles...

– Elles ne reviendront plus – cela doit être votre unique pensée, signora.

– Ce sera aussi la seule qui me donnera la force de supporter l'épreuve. (Luise laissa retomber ses mains et posa le menton sur un étrier.) Je suis prête. (Elle respira à fond et posa les mains sur ses genoux.) Pardonnez-moi, docteur, ce n'était qu'une faiblesse passagère, une révolte... On fait souvent des bêtises quand on cherche à se défendre contre l'inévitable.

Le Dr Saviano, à une table attenante, prépara les œillères. C'étaient des demi-coupelles noires, rembourrées d'une ouate particulièrement douce, qui recouvraient complètement l'œil. Ces œillères étaient une invention du Pr Siri et une concession avouée à la coquetterie de ses patientes. Il était beaucoup trop méridional et amateur de femmes pour ignorer l'importance du rôle de l'esthétique en médecine.

Luise ne bougea pas lorsque le Dr Saviano posa les œillères.

– Ouvrez les yeux, signora. Voyez-vous quelque chose ?

– Non. C'est l'obscurité complète autour de moi.

– Regardez sur les côtés. Aucune lueur ?

– Rien !

– Alors, les œillères sont bien en place. (Le Dr Saviano essaya quelques paires de lunettes sur le nez de Luise jusqu'à ce qu'il eût trouvé la bonne.) Voilà !

Luise se leva du fauteuil. À tâtons, elle sortit lentement de la pièce, tenant la main du Dr Saviano. À présent, le corridor, pensa-t-elle. Il fait un léger coude… le hall d'entrée… non, avant, une porte en verre dépoli avec son inscription en quatre langues : *Entrée interdite.* Et puis les grandes portes vitrées de l'entrée; l'avant-corps à colonnes, les marches, la large avenue qui traverse le parc…

Elle s'arrêta et pressa ses poings sur son cœur.

– Signora ! dit le Dr Saviano d'une voix douce et réconfortante.

– J'ai peur ! (Luise appuya la tête contre l'épaule du médecin.) J'ai peur de ne pouvoir supporter cette épreuve…

– Il le faut, signora ! Il s'agit de vos yeux !

– C'est inhumain.

– Je sais. Mais nécessaire.

– Et si je ne le supportais pas…

– Vous ne devez jamais avoir de telles pensées ! Si vous avez envie d'arracher les œillères, si vous vous sentez au trente-sixième dessous, appelez quelqu'un et faites-vous lier les mains. N'oubliez jamais que ce n'est que provisoire, que ça ne va durer que trois mois.

– Trois mois peuvent ressembler à trois siècles…

– Mais ce ne sont que trois mois, signora. Réjouissez-vous de recouvrer la vue.

Luise chercha à tâtons la main du médecin.

– Merci, docteur, dit-elle d'une voix tremblante, je serai forte…

Robert Sanden ne dit mot lorsqu'on lui amena Luise dans la salle d'attente. Il la prit par le bras, l'embrassa avec tendresse et la conduisit hors de la clinique. Luise sentit la chaleur du soleil et s'imagina la splendeur du parc. Un frisson lui parcourut la gorge. Sanden pressa son bras contre lui.

– Je suis avec toi, dit-il pour la consoler. Tu vas venir habiter chez moi.

– Non. (Luise se figea.) Il est impossible que

j'habite chez toi avant que tout ne soit réglé.

– Dans ce cas, tu vas aller vivre à l'hôtel.

– Mais pourquoi ?

– Je ne te laisserai jamais seule avec ton mari.

– Il est encore à l'hôpital pour deux semaines.

– Et après ?

– Après, tout sera réglé. Dans l'intervalle, Mlle Pleschke s'occupera de moi.

– Je viendrai te voir chaque jour. Je ne te laisserai jamais plus sans surveillance.

Elle eut un sourire douloureux et acquiesça.

– Viens ! dit-elle à voix basse. Il te faut être prudent avec moi, désormais. Je suis fragile comme du cristal, je le sens. Dis-moi tout ce que tu vois; je veux tout vivre avec toi...

Ils rentrèrent par le train de nuit.

Luise dormait, adossée au siège. Sanden scrutait la nuit. Sous eux, les roues avalaient les kilomètres avec bruit.

Il était inquiet, à l'idée des jours à venir. Il avait le vague pressentiment d'aller au-devant d'une catastrophe.

De Soltau, un rapport singulier arriva sur le bureau du gros Faber. Il le lut deux fois et resta pensif devant son casse-croûte au jambon.

Un inspecteur des postes en retraite, habitant le village de Hetzwege, y relatait que le paysan Onno Lütje avait vu deux phares en pleine nuit au milieu des marais. L'agent du poste de police de Hetzwege avait jeté Lütje dehors – c'était un ivrogne notoire –, mais lui, l'inspecteur des postes, accordait une certaine importance à cette histoire.

Le commissaire de police de Soltau, qui avait transmis ce rapport, ajoutait qu'il l'avait fait en raison de la disparition d'une certaine Monika Horten; peut-être y avait-il là une piste possible.

En outre, il était de son devoir d'informer Hanovre de cette observation peu banale.

– Un beau merdier ! (Le gros Faber mordit dans son casse-croûte.) Il ne nous manquait plus que ça ! Un cadavre dans le marais... Je ferais mieux de changer de métier et me mettre à vendre des légumes.

Toutefois, l'information lui parut assez importante pour qu'il se rendît à Soltau, avec la brigade criminelle, puis à Hetzwege afin d'interroger Onno Lütje. Au poste de police, on lui avait dit qu'il ne fallait accorder aucun crédit aux balivernes de Lütje.

– Cet homme est toujours dans le coaltar, monsieur le commissaire, avait dit le gendarme, au garde-à-vous.

C'était la première fois que la brigade criminelle faisait irruption à Hetzwege. Une telle visite exigeait des égards.

Selon toute attente, l'interrogatoire ne fut pas une partie de plaisir. Onno Lütje avait entamé son courage par la boisson. Le gros Faber baignait dans un nuage de vapeurs d'alcool quand il parvint enfin à faire répéter au témoin :

– C'était le diable, monsieur le commissaire... le diable...

Au bout d'un long moment, Onno Lütje considéra qu'il était possible que ce fût deux phares de voiture. Mais alors, il secoua la tête. Dans le marais de Hermes Fiedje, il n'y avait pas de chemin, du moins pas de chemin accessible à des étrangers. Seuls les gens du cru connaissaient les sentiers étroits des marais. Ils ne figuraient même pas sur les cartes.

– Allons voir ce merdier, dit le gros Faber.

Dans le marais de Hermes Fiedje, il n'y avait plus aucune trace. L'endroit où Dahlmann avait garé sa voiture semblait avoir été balayé. Il avait plu deux fois, le sol spongieux était lisse. Le gros

Faber, le gendarme de Hetzwege, le commissaire de police de Soltau, Onno Lütje et Hermes Fiedje, un gaillard à l'allure d'ours devenu, à son corps défendant, le point de mire, se tenaient au bord du marais mystérieux.

– Où est le chemin ? demanda Faber.

– Droit devant. Il se termine au bout d'une cinquantaine de mètres.

– Et après ?

– Après, c'est le marais.

– On ne peut aller plus loin ?

Hermes Fiedje eut un large sourire.

– Essayez donc, monsieur le commissaire !

– Et c'est là que se tenait le diable ! répéta Onno Lütje. Juste ici...

Le gros Faber arrondit les lèvres comme s'il allait siffler. Draguer un marais était une belle saloperie, il le savait à cause d'une affaire où le meurtrier y avait fait disparaître sa victime. Sur des barges plates, il fallait draguer ce magma boueux avec de longues perches. Les chances de succès étaient à peu près nulles; on ignorait à quelle profondeur pouvait s'engloutir un corps que le marais happait pour le fossiliser.

Faber s'en retourna à Hanovre. Un inspecteur déçu resta sur place et glana, aux tables des habitués entre Soltau et Hetzwege, un coquet matériau. Vitupérer la police fournissait un thème inépuisable.

– Nous tenons quelque chose ! disait le gros Faber à mesure qu'il réfléchissait à l'apparition des marais. C'étaient des phares de voiture, aussi vrai que je suis assis ici ! Nous n'allons pas tourner autour du pot; nous devons fouiller ce marais. Je l'ai déjà dit, un beau merdier...

Faber relut les déclarations qu'il avait récoltées les jours précédents. Il tomba sur une remarque intéressante. La bonne des Dahlmann avait déclaré que son employeur était parti en voiture dans la nuit du 23 au 24. Il était rentré tard; quand, elle l'ignorait – elle dormait. De Dahlmann, une fois encore, il n'y avait aucune déclaration à propos de cette nuit-là.

Le gros Faber referma le dossier et attrapa sa bouteille de bière. Il avait chaud tout d'un coup.

La chambre d'hôpital sentait le désinfectant et l'orange. Dahlmann, adossé à trois oreillers, lisait le journal. Il leva les yeux, étonné, lorsqu'on frappa un coup bref et martial à sa porte et que le gros Faber entra.

– Bonjour, dit Faber. (Il tira une chaise près du lit.) Comment vont les petites côtes ? J'ignorais que vous pourvoyiez vous-même à votre ravitaillement... je voulais apporter de la choucroute. Des côtelettes avec de la choucroute... un régal !

Un sourire las tordit le visage de Dahlmann. Il n'était pas d'humeur à être la cible de plaisanteries stupides.

– Quel bon vent vous amène, commissaire ? demanda-t-il sans ambages.

Le gros Faber se racla bruyamment la gorge.

– Pure routine, mon cher. J'ai relu votre déposition et j'y trouve une lacune.

– Une lacune ? dit Dahlmann aux aguets. Comment ça ?

– Il manque l'explication d'une randonnée nocturne.

– Une randonnée nocturne ?

– Oui. Vous êtes sorti, avec votre voiture, dans la nuit du 23 au 24. Vous êtes rentré très tard – ou très tôt, ça dépend du point de vue. Où étiez-vous ?

Dahlmann eut un rictus.

– Dois-je vraiment répondre, commissaire ?

– Ça vaudrait mieux.

– Et s'il s'agit d'une affaire galante ?

Le gros Faber observa Dahlmann, complètement ébahi. Je suis un rien niais, pensa-t-il. J'aurais pu y songer plus tôt. Voyons voir ce qu'il va en sortir.

– Pour la police, il n'y a pas de galants, énonça-t-il avec sagacité. Il n'y a que des suspects.

– Il me faut donc... ?

– Seulement si vous ne vous portez pas préjudice.

– Non. Eh bien... (Dahlmann replia méticuleusement le journal)... j'ai loué à un ami, le Dr Forster, un pavillon de chasse isolé. Vous voyez, commissaire, ce genre de pavillon où les maris gaillards...

Il se tut et fit un clin d'œil à Faber. Le commissaire hocha la tête d'un air entendu.

– Poursuivez.

– J'avais un rendez-vous galant dans ce pavillon.

– Avec qui ?

– Une prénommée Eva.

– Très astucieux ! Eva comment ?

– Je ne connais pas son nom de famille.

Le gros Faber rentra son menton dans son col.

– Vous étiez avec une fille prénommée Eva dans un pavillon de chasse et ignorez son nom de famille ? Mon cher, vous avez tort de considérer la police comme une réunion d'imbéciles.

– Je vous assure, je ne connais pas son nom. J'avais rencontré cette Eva la veille à la gare – un beau brin de fille, au reste. Nous avions bu un café ensemble et je l'avais conviée à une promenade nocturne. Nous avons fait ladite promenade. Je n'ai mis aucun empressement à apprendre son nom, ce devait rester un épisode sans lendemain.

– Je note que vous êtes un homme d'une très grande moralité. (Le gros Faber se gratta le nez.) Et cette Eva ignore aussi votre nom ?

– En effet.

– Vous n'avez pas repris rendez-vous ?

– Non.
– Dommage ! Cette Eva ferait les choux gras de la brigade des mœurs. Passons ! Où se trouve le pavillon de chasse ?
Dahlmann en indiqua le chemin à Faber. Dans les marges du journal, il gribouilla même un petit topo que Faber arracha et mit dans sa poche.
– Qu'allez-vous faire, commissaire ?
Dahlmann respirait. Faber semblait gober l'histoire de la mystérieuse Eva.
– Jeter un coup d'œil à ce nid d'amour.
– Mais pas un mot à ma femme...
– Monsieur Dahlmann ! (Le gros Faber se leva en geignant. Les chaises d'hôpital sont d'un tel inconfort !) Peut-être nous autres policiers sommes-nous des ours mal léchés... nous n'en sommes pas moins discrets. Au revoir.
– Au revoir.
Dahlmann se laissa retomber dans ses oreillers. À la porte, Faber se retourna.
– J'ai complètement oublié de vous demander comment vous alliez.
– Très bien en ce qui concerne ma santé.
– C'est restrictif. (Dahlmann haussa les épaules. Faber refit un pas vers le lit.) Des ennuis conjugaux ?
– Ma femme n'est pas venue me voir depuis six jours. (Le visage de Dahlmann devint dur et anguleux.) Elle a un amant. Vous le saviez, commissaire ?
– Non. Qui donc ?
– Le comédien Robert Sanden.
– Tiens, tiens... des pilules aux cothurnes...
– Laissez, de grâce, votre humour insipide de côté. Je n'ai pas le cœur à rire. Je souffre de l'infidélité de ma femme.
– Mais elle n'a pas de pavillon de chasse, elle, mon cher. (Le gros Faber eut un sourire plein de fiel. Dahlmann se retint de répondre.) Divor-

cez, conseilla-t-il. (Il se dirigea vers la porte.) Ce ne sont pas les Eva qui manquent.

– Merci du conseil.

– De rien, je vous assure. Chez un avocat, ça vous coûterait 300 marks.

La sœur vint; elle replaça la chaise contre le mur et posa trois comprimés roses sur la table de chevet.

– Souhaitez-vous autre chose, monsieur Dahlmann ?

– Oui, ma sœur. La paix ! La paix absolue ! (Dahlmann se renfonça dans son lit.) Et surtout, de la part de gens exécrables comme ce répugnant Faber !

Comme promis, Robert Sanden venait voir chaque jour comment allait Luise. Mlle Pleschke s'occupait d'elle de façon touchante... Apparemment, rien n'avait changé, la vie de l'aveugle continuait comme avant, avec la radio, les disques, les bandes, les lectures à haute voix, les lectures en braille et les déplacements à tâtons. Toutefois, Luise trouvait moralement insupportable d'être aveugle tout en sachant qu'elle pourrait voir.

Qu'elle ne rendît pas visite à son mari hospitalisé ne choquait pas. Elle prétextait des douleurs oculaires ou des nausées.

Au bout de trois jours, elle transgressa l'interdiction du Pr Siri. Elle n'était pas un surhomme. Mais elle choisit pour ce faire la nuit, baissa toutes les persiennes et n'ôta les œillères que quand elle fut certaine que l'obscurité de l'appartement était pratiquement la même que la nuit dans laquelle elle vivait. Le faible rai de lumière qui filtrait à travers les persiennes suffisait pour reconnaître les objets et se mouvoir avec sûreté.

Elle cherchait quelque chose; elle ignorait quoi, mais elle ressentait le besoin impérieux de fouiller les lieux systématiquement. Chaque tiroir, chaque casier, chaque recoin de l'appartement.

Le cinquième jour de sa quête, elle trouva un tas de vêtements. C'était le costume, maculé de sang, de Dahlmann, qu'il portait lors de son accident. L'hôpital l'avait renvoyé, avec l'autorisation de la police, et la bonne l'avait fourré dans le placard à balais avant de le donner au teinturier. Elle découvrit dans le costume tous les objets que Dahlmann avait sur lui ce jour-là : ses clés, un étui à cigarettes, un briquet, un stylo en argent, un mouchoir, son permis de conduire et son portefeuille.

Luise emporta le portefeuille au salon. Elle s'assit près de la fenêtre et tint l'objet en crocodile contre le rai qui tombait des persiennes; mais il était si faible qu'elle n'en pouvait deviner que la forme. Les lettres et les papiers qu'il contenait n'étaient pas identifiables.

Jamais encore Luise n'avait eu en main le portefeuille de son mari. Jusqu'alors, il ne lui était pas une minute venu à l'esprit de fouiller là où un homme a coutume de garder ses secrets. Durant les années heureuses de son mariage, elle aurait vu dans une telle pratique un manque de confiance impardonnable. « On ne fait pas une chose pareille, avait-elle dit un jour dans un cercle d'amies, lorsque la conversation avait roulé sur la nécessité de tenir les maris à l'œil à leur insu. La confiance est le fondement du mariage, oui, la confiance est presque plus importante que l'amour. »

Et maintenant qu'elle avait le portefeuille entre les mains, elle hésitait. Puis retentirent dans son esprit les paroles du Pr Siri et du Dr Saviano : « Pas la moindre lumière... Soyez forte... forte... forte... »

Luise étreignit le portefeuille. Comment pourrais-je être forte ? pensa-t-elle. N'importe qui comprendrait que j'ai besoin de lumière... n'importe qui me le pardonnerait... n'importe qui comprendrait bien qu'il est impossible de remettre le portefeuille en place sans avoir pris connaissance de son contenu...

Elle resta assise plus d'une heure près de la fenêtre, le portefeuille dans la main, à lutter. Elle en appela à sa raison – ce fut pire; des pensées la taraudèrent : C'est là que tu trouveras des preuves... S'il y a un endroit où tu peux découvrir quelque chose, c'est bien dans ce portefeuille ! Tu dois regarder ce qu'il renferme ! Tu dois faire de la lumière. Tu dois examiner tout en dépit des dangers qui te menacent. Et quand bien même cela signifierait le sacrifice de tes yeux... Tu ne peux agir autrement.

Elle posa le portefeuille ouvert sur l'appui de la fenêtre et saisit le levier des persiennes. Elle eut une dernière hésitation, mit ses lunettes noires – elle s'aperçut que c'était de nouveau la nuit. Elle les arracha de son nez, attrapa le levier et le tourna.

Les persiennes se relevèrent en grinçant. Une fente apparut, de la lumière tomba sur l'appui de la fenêtre... Luise cligna des yeux, la lumière, si tamisée fût-elle, l'éblouissait de façon insupportable, une piqûre lui transperçait le cerveau jusqu'à la racine des cheveux. Elle vit les papiers comme si elle les tenait sous le pinceau d'un phare.

Quelques lettres de laboratoires pharmaceutiques. Un mandat d'Amérique du Sud. Trois relevés bancaires, avec 61 796,43 marks en tout... Dahlmann avait calculé la somme et l'avait inscrite sur l'un des relevés. Et puis deux chèques en blanc, non datés – des chèques au porteur –, revêtus de la signature de Luise Dahlmann.

Ce n'étaient pas des faux. C'étaient de vieux chèques que Luise avait signés quand, pleine de confiance envers son mari, elle lui vouait l'amour d'une aveugle. Des chèques que Dahlmann avait conservés sans les utiliser. Des chèques – Luise le comprit aussitôt – qui permettraient à Dahlmann de commencer une autre vie quand il y inscrirait la somme nécessaire. Plus de 61 000 marks.

Luise prit les chèques, referma le portefeuille et baissa les persiennes. Puis elle s'adossa contre son siège, ferma les yeux et joignit les mains.

Pardonne-moi, mon Dieu, pensa-t-elle soudain, de t'avoir mis à l'épreuve ! Ce n'était pas un péché, il le fallait...

Elle alla remettre le portefeuille dans la veste et plia les chèques en blanc en un minuscule carré. Puis elle se remit à explorer la chambre; cette fois, ce n'était pas une quête au hasard, elle cherchait un objet précis, dont elle avait cru qu'elle n'aurait jamais à s'en servir.

Le vieux pharmacien Horten avait fait un jour cadeau à ses filles d'un objet démodé lorsqu'elles avaient été en âge de faire, avec l'école, des excursions et de petits voyages. Luise et Monika avaient remercié, s'étaient regardées à la dérobée et avaient pensé que leur père vivait encore dans un monde bien désuet. Puis elles avaient rangé l'objet et ne l'avaient jamais jeté, parce que c'était un souvenir de leur père. À présent, le cadeau était enfin à l'honneur – dans des circonstances différentes, au reste, que ne l'avait imaginé le vieux Horten.

C'était une bourse de cuir attachée à une cordelette tressée. À l'époque, les filles Horten étaient censées y garder leur argent de poche. La bourse qu'elle n'avait jamais utilisée serait désormais pour Luise la plus sûre des cachettes.

Elle finit par la dénicher dans une boîte contenant des souvenirs de jeunesse. Elle y mit les chèques pliés, passa la cordelette à son cou et cacha la bourse sur son sein.

Elle éprouva un sentiment de triomphe, mais

aussi une tristesse oppressante. Elle avait perdu toutes les illusions qu'elle se faisait autrefois sur l'amour, le mariage, la fidélité, le bonheur, l'avenir et la plénitude. Restait un monde désolé, cruel, impitoyable, que même la présence de Robert Sanden ne pourrait emplir d'amour et de sécurité. Si profonde était la chute du paradis des idéaux dans l'enfer de la réalité que Luise se sentait vide – un voile qui entourait le néant. Tout ce qui avait donné un sens à sa vie n'existait plus; et, à ce moment de son existence, elle se sentait trop faible pour en chercher un nouveau. Il n'y avait que la désillusion, formidable, toute-puissante, ainsi que la haine, tout aussi puissante – deux sentiments qui détruisent une vie mais ne sauraient la reconstruire.

Luise ne dormit pas de la nuit. Étendue sur son lit, elle palpait de temps en temps la bourse sur sa poitrine et souhaitait mourir. S'endormir pour ne plus se réveiller, comme ce devait être magnifique ! Avoir la paix, enfin la paix...

Lorsque Mlle Pleschke arriva à 7 heures et demie, Luise n'avait pas fermé l'œil une minute. Mais elle avait acquis une certitude : elle ne supporterait plus longtemps, désormais, la tension nerveuse de ce jeu cruel.

L'interrogatoire du gros Faber avait donné à Dahlmann une nouvelle énergie. Il savait qu'à présent la police allait passer le pavillon de chasse au peigne fin, mais il était sûr qu'il n'avait laissé aucune trace. Pas la moindre empreinte digitale. Avec un torchon humide, il avait essuyé tout ce qui, dans le coin du lit, avait pu entrer en contact avec Monika. Les policiers ne trouveraient rien. Mais il était sûr également qu'il comptait dorénavant parmi les suspects. Le temps était donc précieux; il devait le prendre de vitesse.

Dans la nuit qui suivit la visite du gros Faber à l'hôpital, la sœur de garde eut une petite émotion.

En venant faire sa ronde dans la chambre, elle trouva le lit de Dahlmann vide. En lieu et place d'une tête qui, à cette heure-là, aurait dû émettre des ronflements, il y avait un mot sur l'oreiller, dont le texte ne contribua pas le moins du monde à rassurer la sœur :

« Chère sœur Innozenzia, ne vous inquiétez pas. Je ne suis pas parti, je fais juste une petite virée et serai rentré au matin. S'il vous plaît, ne donnez pas l'alarme, il ne m'arrivera rien. Bien à vous, Dahlmann. »

La sœur prit le mot et courut, robe volante et cornette au vent, jusqu'au bureau du médecin de garde. C'était, cette nuit-là, un jeune interne qui, fâché d'entendre toquer à sa porte, mit du temps à venir jeter un coup d'œil dans le couloir par la porte à peine entrebâillée. Il ne pouvait l'ouvrir davantage, il n'était pas seul. Marianne, l'aide-soignante, l'aidait à passer les longues heures de la nuit.

L'interne prit le mot, le lut, éclata de rire et le rendit à la sœur effrayée.

– Ne vous inquiétez pas, ma sœur, dit-il, plein de compréhension. Dahlmann sera allé boire un coup. Il n'y a pas de quoi fouetter un chat.

– Mais avec ses côtes cassées…

– Il est bandé, et qui sait à quel point la soif peut être douloureuse… (L'interne grimaça.) Sœur Innozenzia, moins vous en parlerez, mieux ça vaudra. Vous n'avez rien vu. Bonne nuit !

Il ferma la porte, s'étira, bâilla et poursuivit son agréable garde de nuit en compagnie de Marianne. Sœur Innozenzia suivit le conseil de la raison, déchira le mot de Dahlmann et le jeta aux toilettes.

Des ivrognes, ces hommes, se contenta-t-elle de penser. Même des côtes cassées ne les tiennent pas éloignés du zinc !

À ce moment, Dahlmann se trouvait déjà chez lui. Après avoir sauté par la fenêtre de sa chambre et s'être faufilé dans le jardin de l'hôpital, il avait pris un taxi et s'était fait conduire tout droit à la pharmacie des Mores. Le chauffeur, qui en avait vu d'autres, avait feint d'ignorer que son client était en pyjama, sur lequel il avait passé un peignoir. De nombreuses situations exigeaient de prendre un taxi dans des vêtements peu ordinaires. Qu'il dût aussi attendre devant la maison ne l'étonna pas; un vieux chauffeur de taxi est un expert dans les choses de la vie.

Dahlmann, devant la porte, tendait l'oreille. Il n'avait pas ses clés, mais ce n'était pas un problème. Au laboratoire, une boîte renfermait les doubles de toutes les clés, soigneusement étiquetés, ainsi que le prescrit un ordre modèle. La porte de la cour n'était jamais fermée à clé. De la cour, on accédait à un couloir mitoyen qui séparait la pharmacie de l'appartement.

Dahlmann se posta dans la cour et épia par une fenêtre. L'employé de garde était dans l'officine et servait un client. C'était l'occasion rêvée pour se glisser par le couloir jusqu'au laboratoire, y prendre la clé du vestibule et entrer dans l'appartement.

Dahlmann ouvrit sans bruit la porte du vestibule. Il la referma derrière lui, alla coller son oreille à la porte de la chambre de la bonne, entendit sa respiration profonde, se faufila jusqu'à sa chambre et en ouvrit la porte avec précaution.

Luise aussi dormait à poings fermés. Son souffle était régulier et paisible. Dahlmann ouvrit silencieusement l'armoire, en sortit un costume, des sous-vêtements, des chaussettes et des chaussures, alla chercher dans la salle de bains ses affaires de toilette, porta le tout dans le vestibule et le posa sur une chaise. Puis il commença des recherches, avec méthode, après une brève pause de réflexion.

Où met-on un costume qu'on a l'intention de porter chez le teinturier ? pensa-t-il. Et s'il est déjà chez le teinturier, où met-on le contenu des poches ?

Après trois tentatives infructueuses dans la salle de bains, la chambre et la cuisine, il découvrit son costume maculé de sang dans le placard à balais. Il laissa tous les objets, se contentant de glisser le portefeuille et le stylo en argent dans la poche du peignoir. Il revint à son tas de vêtements, le mit sous son bras, quitta l'appartement, referma derrière lui et rejoignit le taxi en attente. Le chauffeur, quoique étonné, ne posa pas de questions. Il y a des cinglés partout, pensa-t-il. Celui-ci sort de l'hosto pour aller chercher ses frusques en pleine nuit... qu'est-ce que j'en ai à faire ?

Ce point de vue se trouva encore renforcé quand, devant l'hôpital, Dahlmann sortit de son portefeuille un billet de 20 marks et le lui mit dans la main en disant :

– Gardez la monnaie... mais bouche cousue, camarade !

Tout se passa très vite, Dahlmann ne remarqua pas l'absence des chèques dans le portefeuille. Sans compter que les billets étaient dans un compartiment à part.

Il se faufila de nouveau dans le jardin pour regagner la fenêtre de sa chambre, jeta ses vêtements dans la pièce et grimpa en gémissant, pris de violentes douleurs dans tout le corps. Il s'assit un moment sur son lit, haletant, et réprima une toux taraudante.

Gagné ! pensait-il. J'ai gagné la course. Demain, je décamperai de l'hôpital, j'irai encaisser les chèques et je partirai pour Zurich. Avant qu'on ne s'apercoive de quoi que ce soit, j'aurai franchi la frontière. Avec 60 000 marks en poche. Libre !

Cette pensée le satisfit tant qu'il se mit à siffloter; il rangea ses vêtements dans l'étroite armoire blanche et se mit au lit, le cœur content.

Lors de sa deuxième ronde, sœur Innozenzia retrouva le fugueur dans son lit. Il dormait comme un loir et souriait aux anges.

– Sac à vin ! dit-elle.

Elle quitta la chambre, furieuse mais soulagée.

Dahlmann, cependant, rêvait du Sud, de palmiers et de mer bleue, de voiles blanches et de jolies filles tout en jambes. Certes, elles avaient toutes le visage de Monika, mais cela ne troublait pas son rêve; il était bien trop heureux.

Le lendemain matin, tout de suite après la visite, il s'habilla. Nul ne remarqua son départ. La sœur faisait les lits dans une autre chambre avec l'aide-soignante. La sœur portière le laissa passer, sans même le regarder; elle crut que c'était un visiteur matinal qui venait du service de la maternité. Dans la nuit, il y avait eu six naissances.

Devant l'hôpital, Dahlmann reprit un taxi et se fit conduire à la banque. D'humeur joyeuse, il s'adossa contre le siège, se sentant libéré et heureux comme rarement dans sa vie. En dépit du fait qu'il n'avait obtenu qu'une partie de ce qu'il aurait pu avoir si ces abominables complications n'étaient pas venues s'en mêler, il avait la sensation d'être enfin un homme libre.

Que peut-on faire avec 60 000 marks ? pensait-il, tandis que le taxi quittait le faubourg paisible où se trouvait l'hôpital pour se glisser dans le bruyant trafic du matin. D'abord, on se repose de sa fatigue d'être le mari aimant d'une aveugle et de devoir continûment dissimuler.

Se détendre, ne rien faire. Un mois. Peut-être à Ischia ou à Majorque, paresser sur la plage, une jolie fille à ses côtés... le doux farniente du Sud.

Mais il s'agissait de se montrer plus rusé qu'intelligent. 60 000 marks, ça représentait une somme. En vérité, c'était une somme ridicule si on considérait qu'il fallait repartir de zéro avec. Il devait les utiliser au mieux. Au cours des mois écoulés, Dahlmann y avait mûrement réfléchi. Il avait échafaudé des plans, les avait abandonnés. Toutes ces réflexions venaient buter pour finir sur la constatation qu'il était pharmacien et qu'il le resterait. Il avait fait des études de pharmacie et, au demeurant, c'était un homme incapable de se tirer d'affaire, dénué de sens pratique, qui ne possédait aucun élan pour, avec une poignée d'argent, s'occuper de choses étrangères à son métier, pour spéculer, se battre, être le pionnier d'un nouveau monde. Cela ne lui convenait pas, il ne cherchait pas la bagarre, il aspirait à la paix et à la sécurité. Sous ses allures de battant, c'était un paresseux.

Que représentaient 60 000 marks ?

Dahlmann n'envisageait pas d'autre éventualité que de partir pour l'Amérique du Sud, d'y acheter un drugstore, une petite boutique à l'américaine dans une petite ville, avec trois jolies vendeuses et un caissier. Le soir, il compterait la recette, boirait un whisky, regarderait la télévision et se divertirait avec sa bonne amie.

C'était le seul luxe que Dahlmann voulait s'offrir; une vie sans femmes ne valait pas la peine d'être vécue.

– Nous y voilà, monsieur ! (Dahlmann sursauta. Le taxi s'arrêta devant la banque.) 5,75 marks, annonça le chauffeur.

Dahlmann lui tendit 7 marks et descendit.

Chaque pas, désormais, s'appelle liberté, pensa-t-il, ravi. Monter les cinq marches jusqu'au hall des guichets, attendre un peu, redescendre les cinq marches... et adieu, triste vie que j'ai menée dans l'ombre d'une femme riche. Adieu, mes années d'homme complexé, adieu, les souvenirs... je les effacerai de ma mémoire pour emmagasiner les impressions neuves d'une nouvelle vie...

Il y avait peu de monde, ce matin-là, devant les guichets. Dahlmann s'assit à l'une des petites tables avec les boîtes de formulaires, prit son stylo en argent de la poche intérieure de sa veste, ouvrit son portefeuille et ressentit une indescriptible avant-jouissance à l'idée de pouvoir bientôt écrire : 60 000 DM, en lettres : SOIXANTE MILLE DEUTSCHE MARK. Bénéficiaire : Ernst Dahlmann, Hanovre.

Dahlmann eut un mouvement de surprise; les quelques lettres et les relevés bancaires étaient toujours dans le portefeuille, mais les chèques manquaient.

Il secoua la tête, feuilleta les relevés, regarda dans toutes les poches du portefeuille... rien.

Une sueur froide envahit soudain son visage. Il était trop pétrifié pour l'essuyer. Une nouvelle fois, il fouilla le portefeuille, les doigts tremblants, bien qu'il sût que le résultat serait le même.

Les chèques en blanc avaient disparu. Sa nouvelle vie, qui dépendait de deux petits morceaux de papier, s'anéantissait. Finie, Majorque; finie, l'Amérique du Sud; adieu, drugstore; adieu, maîtresses...

La débâcle était si brutale, si formidable, que Dahlmann, raide et livide, était incapable de se lever. Comment est-ce possible ? ne cessait-il de se répéter. Il n'y avait qu'une explication : en vérifiant l'identité du blessé, la police avait égaré les chèques.

Je dois agir, se dit-il. Il faut que Luise me signe un nouveau chèque. Je dois l'y amener sous n'importe quel prétexte – paiement de factures, de traites... Je vais bien trouver un prétexte.

Pour commencer, il se fit annoncer au directeur de la banque. Il traîna les pieds, sur le sol marbré, quand on le pria d'entrer dans le bureau directorial. Mais il se ressaisit vite et reprit l'allure dégagée qui lui était habituelle.

– Bonjour, mon cher directeur, dit-il avec pétulance. N'ayez crainte, je ne viens pas dévaliser votre banque. J'aimerais juste signaler la perte de chèques. D'un, non, de deux chèques en blanc. Selon toute apparence, je les ai perdus. (Le directeur pria Dahlmann de prendre place, poussa une boîte de cigares à travers son grand bureau. Dahlmann refusa.) Ne le prenez pas pour une impolitesse, monsieur le directeur, mais je suis pressé. Je ne me souviens plus, hélas, des numéros des chèques, c'étaient de vieux chèques. Je voudrais seulement vous demander d'indiquer à la caisse de ne payer aucun chèque que je ne remettrais personnellement. Il faudra en outre retenir tous les chèques déjà présentés et m'appeler, afin que je vérifie dans la liste des dépenses si le paiement est correct.

– Naturellement, monsieur Dahlmann. Je transmets immédiatement à la caisse. (Le directeur prit le téléphone, mais avant de soulever le combiné, il regarda Dahlmann, un peu étonné.) En vérité, cela n'est pas nécessaire.

Une vague brûlante déferla dans la poitrine de Dahlmann.

– Comment donc ?

– Les comptes Horten-Dahlmann sont clos depuis hier.

Dahlmann eut l'impression qu'on l'aspergeait d'eau glacée. Il faut que je garde contenance, se dit-il.

Il fit un sourire légèrement distordu.

– Ma femme aura été plus prompte que moi ! J'ai remarqué la disparition des chèques hier soir… nous n'en avons pas reparlé. Ma femme est une entrepreneuse-née.

Le directeur ôta ses lunettes cerclées d'or.

– C'est Me Kutscher qui a demandé la clôture des comptes au nom de votre épouse.

– Oui, évidemment. (Dahlmann respira à fond. Sauver la face ! se criait-il.) Me Kutscher assure une partie de l'administration. Je suis débordé par mes travaux de recherche. (Il retrouva quelque peu de son assurance. Il rit même.) Eh bien, mes inquiétudes à propos de ces chèques volés sont devenues sans objet. (Il fit une légère inclinaison.) Mon bon souvenir à madame votre épouse... au revoir, monsieur le directeur !

Et il se retrouva dans la rue. Les cinq marches ne l'avaient pas conduit vers une nouvelle vie. Un peu désemparé, il regarda avec fixité le trafic et tenta de mettre quelque clarté dans son esprit embrouillé.

Il ne voulait pas s'avouer qu'il avait perdu la course. Ce n'est qu'un retard, pensait-il. Mais qui ne doit pas durer plus d'un jour. Le gros Faber est dangereux. Même s'il n'a rien découvert dans le pavillon de chasse, je suis désormais un suspect. Personne ne trouvera jamais Monika, car qui penserait que le marais est un endroit rêvé pour faire disparaître un cadavre ? Toutefois, la vie est souvent dénuée de logique, ce serait une erreur de se croire à l'abri.

Encore un jour, délai limite ! Et si bref un jour soit-il, celui-là sera long, il devra l'être.

Il héla un taxi et se fit conduire chez Me Kutscher.

Si ce n'est pas un gag... pensa-t-il. Ma vie dépend d'une malheureuse signature !

– Que faites-vous ici ? demanda Me Kutscher lorsque Dahlmann pénétra dans son bureau par l'entrée vitrée. Je croyais que vos os étaient hachés menu dans votre poitrine ?

Dahlmann s'assit. Son visage blême était pointu et figé. Me Kutscher fit la lippe. Le silence entre eux était chargé de tension.

– Vous avez fait clore tous les comptes hier ? dit enfin Dahlmann.

– Si fait.

– Pourquoi ?

– Votre femme le souhaitait. Je n'ai pas demandé quelles étaient ses raisons. Je me suis contenté d'exécuter ses ordres. Elle a toujours le pouvoir discrétionnaire.

– Je le sais ! cria Dahlmann. (Son visage blême devint cramoisi.) Inutile de me reprocher sans cesse, à votre manière délicate, que je suis une ganache !

– Je suis un homme courtois – jamais je ne me permettrais de prononcer le terme de « ganache ».

– Quand ma femme vous a-t-elle chargé de cette mission ?

– Hier soir. Il était assez tard. J'ai appelé le directeur de la banque chez lui.

– Sans m'en aviser ? (Me Kutscher ne répondit mot et considéra le plafond. Naturellement, pensa Dahlmann, venimeux; une ganache n'a pas son mot à dire. Il était par contre incompréhensible que Luise fût soudain si froide. Mais il n'avait pas le temps de résoudre cette nouvelle énigme.) Qui paie désormais les factures, les traites ou autres ?

– Moi.

– Ah ! Et c'est vous aussi qui allez me donner mon argent de poche ! (Dahlmann bondit sur ses pieds. En dépit des bandages serrés, ses côtes lui faisaient un mal atroce et l'empêchaient de respirer.) Cher tonton avocat, je voudrais m'acheter une glace... et boire un café... peut-être même une bière. Tu veux bien me donner des sous ? (Dahlmann frappa du poing sur le bureau.) On a dépassé les bornes ! Est-ce là le résultat d'une collaboration longue de plusieurs années à la pharmacie des Mores que d'être à présent tel un mendiant ?

– Ne vous plaignez pas comme Job, mon cher. Parlez-en à votre femme. Cela, toutefois, ne peut se faire qu'en ma présence. Je dois régler toutes les affaires d'ordre professionnel. Toutes !

– Merci.

Dahlmann renonça à parlementer ou à questionner plus avant. Il connaissait trop bien l'avocat. Cela finirait dans les cris et les injures. Il avait besoin de son énergie pour d'autres choses.

– À propos, que faites-vous hors de votre lit d'hôpital ? demanda Me Kutscher tandis que Dahlmann saisissait déjà le bouton de la porte.

– Vous allez rire – je vais visiter une exposition de pigeons voyageurs.

– Astucieux ! Et ils s'envolent du toit de la banque ?

Sans ajouter mot, Dahlmann quitta le cabinet de l'avocat. Me Kutscher attendit d'avoir entendu claquer la porte pour appeler Luise.

– Il sort d'ici, dit-il. Je suppose qu'il rentre chez vous. Je vous en prie, appelez-moi s'il se passe quoi que ce soit. J'ai hélas un rendez-vous, mais je serai chez vous environ dans une heure. Vous serez capable de contenir votre mari ce temps-là.

Me Kutscher commit là une légère erreur; Dahlmann ne rentra pas directement chez lui, il fit un détour par le commissariat.

Le gros Faber était assis à son bureau, affable et environné d'un fort arôme de café. Il déjeunait de trois œufs durs.

– Oui, qui est-ce ? cria-t-il. (Il eut une mine inexprimablement ravie.) Notre homme aux côtes cassées... Dites-moi, le médecin sait-il que vous vous promenez ?

– Non.

– Je me disais aussi... Que faites-vous dehors, dans la vie hostile, et surtout devant moi ?

– Une affaire stupide. Lorsqu'on m'a sorti de ma voiture, deux chèques en blanc ont disparu de mon portefeuille.

– Bureau des objets trouvés, porte 376-379, commissaire Ernst Lachner.

– J'ai déjà fait mettre opposition aux chèques. Je voulais juste qu'on enquête sur leur disparition. Peut-être le policier qui faisait la circulation les a-t-il ramassés quand ils sont tombés de mon portefeuille et les a-t-il oubliés.

– Possible. Les hommes en uniforme ne sont que des hommes, après tout. (Le gros Faber rit de son aphorisme plat.) J'interrogerai les collègues pour savoir qui était de service ce jour-là.

– Je vous remercie, commissaire.

Dahlmann tourna les talons. Arrivé à la porte, un appel le retint. Le gros Faber tapait un œuf contre la table et ne regardait pas Dahlmann.

– Une nouvelle qui va peut-être vous intéresser : demain, nous changeons de boulot. Nous asséchons un marais.

Une vague brûlante parcourut Dahlmann. C'était de la peur, une peur insoutenable, qui lui desséchait le cerveau.

– Un marais ? demanda-t-il d'une voix rauque.

– Eh oui ! (Le gros Faber sentit l'œuf. Il n'aimait pas les œufs qui avaient goût de poisson – on avait nourri les poules à la farine de poisson.) Un trou perdu, du côté de Hetzwege. Un certain Onno Lütje a vu en pleine nuit deux yeux diaboliques au milieu des marais. Vous pensez que c'est le diable, hein ? Moi, je suppose que c'étaient des phares de voiture. Mais que fabrique une voiture en pleine nuit au milieu des marais ?

(Faber soupira à fendre l'âme.) Nous devons draguer le marais avec des perches ou l'assécher. Une belle saloperie !

Dahlmann opina. Sa gorge était nouée, sa bouche le brûlait. La peur le saisit... une peur panique...

Dans la rue, il lui sembla que tout le monde le regardait. Droit comme un cierge, il rejoignit son taxi à pas lents. Ce ne fut que lorsque la portière se fut refermée qu'il perdit contenance. Il s'affaissa sur le siège et ferma les yeux.

C'est fini, pensa-t-il. C'est fini. Il ne me reste même pas un jour.

– À la pharmacie des Mores, dit-il, exténué, après que le chauffeur lui eut demandé sa destination à trois reprises en se raclant la gorge. Rue...

– Je connais.

Dahlmann hocha la tête. Le taxi démarra, se glissa dans le trafic. Dahlmann regarda l'heure. À présent, on a remarqué depuis belle lurette à l'hôpital l'absence du blessé aux côtes cassées. Le médecin est en effervescence. On a dû appeler à la maison. Si tout s'était déroulé comme prévu, il serait dans l'avion pour Zurich.

Je n'ai plus le temps, ne cessait-il de se dire. C'est une course contre la montre.

Il ne manque qu'une petite signature...

Luise attendait son mari près de la fenêtre aux fleurs. Elle tâtonnait sur les points en relief d'un gros livre de braille. Lorsque la porte du salon claqua légèrement, elle leva la tête, aux aguets.

– Il y a quelqu'un ? demanda-t-elle.

Dahlmann s'appuya au mur. Ses côtes lui faisaient mal; après avoir grimpé l'escalier à la hâte et à cause de son agitation, il lui fallait respirer plus vite et, à chaque inspiration, il lui semblait qu'on lui enfonçait un clou dans sa cage thoracique.

– C'est moi, Luiserl... répondit-il d'une voix rauque.

– Ernst ? Que fais-tu ici ? Je croyais que tu étais encore à l'hôpital.

– N'es-tu pas contente que je sois rentré ? (Dahlmann s'approcha avec lenteur. Il voguait de nouveau sur une vague et se maîtrisait à la perfection. Il prit sa voix veloutée de grand séducteur.) Je n'ai tout bonnement pas pu supporter l'hôpital, Luiserl. Tu sais que je n'aime pas rester au lit tant que je puis me traîner sur mes jambes. (Il s'arrêta puis reprit, donnant à sa voix un accent de profonde tristesse :) En outre, Luiserl, tu ne m'as pas rendu visite. C'était insupportable sans toi.

Luise ne répondit mot. L'hypocrisie de Dahlmann l'emplissait de dégoût. Elle tendait l'oreille pour savoir si son mari se rapprochait. Elle percevait un danger indéfinissable – une sensation qu'elle n'avait jamais éprouvée avec une telle force quand son mari était dans la pièce.

La bonne est à côté, pensa-t-elle. Dans une demi-heure, Mlle Pleschke va arriver, dans une heure Me Kutscher. Si je crie, la bonne m'entendra. Et si je crie par la fenêtre, on m'entendra de la pharmacie et de la rue. Cette pensée l'apaisa quelque peu, la peur qui battait dans son pouls s'atténua. Elle posa ses mains sur l'épais livre de braille et tourna la tête vers Dahlmann.

– Tu étais chez Me Kutscher ?

– Oui. Il t'a appelée ?

– Naturellement.

– Tu as fait fermer les comptes. Pourquoi ?

– Que voulais-tu à la banque ?

– Toucher un chèque.

Luise, d'étonnement, pencha la tête sur le côté. Il ne ment pas, pensa-t-elle, ébahie. Il le dit spontanément.

– Tu avais un chèque ?

– Oui. Signé par toi depuis longtemps. À l'époque, je n'en avais pas eu besoin, j'avais pris de l'argent dans la caisse. Et voilà qu'évadé de l'hôpital je veux t'apporter un cadeau. Je vais à la banque... La douche ! Moi, ton mari... on me refuse un chèque !

Porc ! pensa Luise. Les chèques sont dans une petite bourse de cuir, tout contre ma poitrine. Tu mens si bien, comme à l'accoutumée ! Mon Dieu, que serait devenue ma vie si j'étais restée aveugle !

– Je regrette, dit-elle en signe de refus.

– Pourquoi as-tu fait fermer les comptes ?

– Me Kutscher me l'a conseillé.

– Me Kutscher dit que tu l'as appelé assez tard hier soir pour lui en donner l'ordre. Qui ment ? Mon Dieu, pourquoi me mentez-vous tous ?

– De grâce, laisse Dieu en dehors de tout ça !

– Alors, par tous les diables, pourquoi ? cria Dahlmann. Je t'ai témoigné un amour constant, j'ai pris soin de toi, j'ai satisfait au moindre de tes vœux...

Il s'appuya au buffet, le souffle court, et comprima de ses mains sa poitrine bandée. L'air lui manquait; il lui semblait que ses côtes étaient dans ses poumons.

Luise était tendue dans l'effort qu'elle faisait pour écouter. Il ne s'approche pas, pensa-t-elle. Il est près du buffet. Que ne donnerais-je pour pouvoir ôter lunettes et œillères et le regarder, cet homme dont je porte le nom et que j'ai appris à haïr plus que tout au monde !

– Il te faut un chèque ? demanda-t-elle.

La question bluffa complètement Dahlmann.

– Oui, balbutia-t-il.

– Pourquoi ?

– Les traites à échéances, des factures de fournisseurs.

– Me Kutscher sera là dans une heure. Il remplira les chèques.

Dahlmann sentit des fourmillements dans ses doigts. Pour la première fois, l'envie le prit, toute-puissante, de tuer Luise, de l'étouffer. Toutes les barrières qui l'avaient retenu jusque-là tombèrent.

– Tu me traites en mineur, dit-il sourdement. (Sa voix s'était assourdie, une voix que Luise ne lui connaissait pas et qui l'effraya. Elle se leva et alla à la fenêtre, pour pouvoir y crier au cas où il s'approcherait d'elle et l'empoignerait.) Luiserl ! Un bon mariage peut-il se terminer ainsi ? Veux-tu vraiment me remplacer par un comédien ? N'avons-nous pas toujours été heureux ? Souviens-toi des années que nous avons passées ensemble !

Luise se détourna. Comme tout cela est répugnant ! pensa-t-elle. Abject et bas !

Elle entendit Dahlmann ouvrir doucement les tiroirs du buffet et y fouiller, elle l'entendit se glisser jusqu'à son secrétaire à elle, en retourner les casiers. Un sourire de triomphe illumina ses traits.

– Tu ne trouveras rien. Tous les chéquiers sont chez Me Kutscher. (Dahlmann, tête penchée, resta près du secrétaire. Son dernier espoir avait vécu. S'il avait déniché un chéquier, il aurait pu tenter d'imiter la signature de Luise.) Me Kutscher ne va pas tarder, poursuivit Luise avec calme. Il va payer toutes les factures que tu lui présenteras.

C'est fini, pensa Dahlmann. Bel et bien fini. Il ne me reste qu'un ultime moyen pour entrer en possession d'un bien dont je suis l'unique ayant droit. Monika n'est plus, il n'y a pas d'autres parents... et Luise...

Il alla au bar. Il sentit ses genoux fléchir, un frisson terrible le parcourir à l'idée des minutes à venir.

Elle a fait un testament, pensait-il, tandis qu'il prenait la bouteille de cognac. Et même si elle l'a annulé secrètement, au cas où il n'y aurait pas d'autres héritiers, c'est le mari qui hérite. Et si la disparition de Monika n'est pas élucidée, j'aurai à vie la jouissance de la pharmacie...

Monika !

Demain, on drague le marais...

Je suis pris dans un cercle infernal, pensa-t-il avec effroi. Je ne puis tabler sur le fait qu'ils ne trouveront rien. Je n'en ai plus le temps.

Il but. Un verre, deux, trois, quatre, rapidement, l'un sur l'autre. Du courage ! se dit-il. Il ne s'agit plus d'être lâche.

Il but un cinquième verre, un sixième. Il sentit l'alcool se répandre dans son cerveau, tout devenait plus léger autour de lui, sa peur s'estompait, ses mauvaises pensées reprenaient le dessus, les obstacles s'écartaient.

– Que fais-tu ? interrogea Luise, désemparée par le silence soudain. Tu es encore là ?

– Je me pinte, rétorqua Dahlmann, grossier. Comme tous les maris trompés. (Après le septième verre, il remit la bouteille en place dans le bar. Un grand calme l'avait envahi, une froideur singulière. Il n'éprouvait plus aucune douleur dans la poitrine, il n'avait plus peur, une intelligence si claire, si lucide le menait qu'on eût dit que son cerveau était une installation électrique, qui faisait les connexions qu'on lui demandait sans égards ni scrupules.) Nous allons chez Me Kutscher, s'entendit-il dire d'une voix nette.

Luise se tourna vers lui.

– Où veux-tu m'emmener ?

– Chez Me Kutscher.

– Il va arriver d'un instant à l'autre.

– Ce sera trop tard. Je ne t'ai pas dit qu'une traite devait être honorée avant midi. Veux-tu qu'une traite Dahlmann soit protestée ?

Dahlmann se rua hors de la pièce. Il revint avec le manteau de Luise, le lui fit enfiler et lui prit la main. Les doigts de Luise étaient aussi glacés que les siens.

Luise hésita. Il faudrait que je voie, pensait-elle. Je ne puis déterminer s'il me dupe ou si c'est la vérité. Mais je le saurai quand nous serons chez Me Kutscher. Les mensonges ne lui serviront de rien, alors. Il devra fournir des preuves.

Ils descendirent l'escalier et prirent un taxi. Dahlmann, cependant, ne les fit pas conduire chez Me Kutscher; sur les indications qu'il chuchota au chauffeur alors que Luise était déjà montée dans le taxi, ils contournèrent quelques pâtés de maisons, revinrent presque à la pharmacie des Mores pour s'arrêter devant l'immeuble neuf à demi terminé.

Avec la fausse sollicitude qui était la sienne, Dahlmann aida Luise à sortir du taxi, paya la course et prit sa femme par le bras. Il regarda la façade du bâtiment. Sept étages. Une succession de fenêtres, encore dépourvues de vitres, des portes-fenêtres qui menaient à des balcons que ne protégeait aucune rambarde ou balustrade. Ce serait un fier bâtiment de béton et de verre.

C'est d'une main sûre que Dahlmann écarta du front de Luise une mèche que le vent avait décoiffée. Touchant tableau – quelques passants eurent un sourire de connivence.

– Viens ! dit Dahlmann, très calme. (Il conduisit Luise jusqu'à la cage d'escalier, s'arrêta et toqua contre une porte appuyée au mur.) Quelle poisse ! L'ascenseur est en panne. Nous allons devoir monter à pied. Cinq étages… je ne puis t'épargner cette corvée, Luiserl.

Il lui reprit le bras et monta avec elle les degrés de béton. Les pas de Luise résonnaient dans le bâtiment vide, le vent s'engouffrait par les fenêtres et les portes béantes.

– D'où vient ce courant d'air ?

– On aère la cage d'escalier. As-tu froid, ma chérie ?

Il passa son écharpe autour du cou de Luise. Qu'est-ce que ça signifie ? pensait-elle, déconcertée. Pourquoi est-il si prévenant ? Pourquoi ce brusque changement d'attitude ?

Ils gravirent lentement les marches jusqu'au septième étage. Luise ne les comptait pas. De temps à autre, ils s'arrêtaient, reprenaient haleine et recommençaient l'ascension. Le souffle de Luise se fit court, son front se couvrit de sueur.

– C'est sans fin, dit-elle, haletante.

– Nous y sommes presque. Encore quelques marches... Là... nous y voilà !

Dahlmann mena Luise dans l'appartement vide. Les murs n'avaient pas encore de crépi. Les câbles électriques couraient dans les murs, des sacs de plâtre voisinaient avec des tas de gravats.

Sans une hésitation, comme s'ils traversaient le vestibule pour gagner le bureau de Me Kutscher, Dahlmann mena Luise à travers l'appartement jusqu'à la porte-fenêtre ouverte du balcon. Ensuite, il y avait la plate-forme de béton, sans protection, et, dessous, le vide, vingt-deux mètres de profondeur. En bas, les engins de chantier et les baraques avaient l'air de modèles réduits.

– Il y a un courant d'air, dit Luise, qui s'arrêta net.

Dahlmann prit une profonde inspiration.

– Les peintres travaillent, Luiserl. Ils ont décroché les fenêtres. Encore cinq pas, et nous y serons.

Luise continua, la tête levée pour écouter... tout droit sur la porte-fenêtre béante, sur la plate-forme sans balustrade, sur vingt-deux mètres de vide...

Elle s'immobilisa à deux pas de l'abîme. Dahlmann ne la tenait plus, il avait retiré son bras, mais il était encore près d'elle, elle entendait son souffle et le bruit de ses pas. Puis une rafale de vent lui souffla au visage lorsqu'elle franchit le seuil du balcon. Un coup d'air sifflant, qui lui fouetta la face.

– Où suis-je donc ? cria-t-elle soudain. (Son instinct l'avertit qu'il lui arrivait quelque chose d'épouvantable. C'était comme une explosion en elle, la conscience brutale de l'horreur. Il n'y avait plus de retour en arrière, plus de questions, plus d'hésitation. Des deux mains, elle arracha lunettes noires et œillères. La lumière éblouissante fut pareille à une nouvelle explosion, comme lorsque la cornue avait volé en éclats dans le laboratoire... Elle chancela en arrière, lança son bras devant son visage et tenta de reconnaître ce qui l'entourait en ouvrant ses paupières en une fente. Elle vit, surexposés, le néant, une plate-forme de béton brut et la main de Dahlmann qui se tendait vers elle pour l'agripper et la pousser dans le vide.) Assassin ! cria-t-elle d'une voix stridente. Assassin ! Au secours ! (Elle se retourna, frappa Dahlmann, égratigna ces mains qui de nouveau la saisissaient, avec une force muette, effroyable. Le visage de Dahlmann était vide et figé. Il agissait telle une machine qui a pour fonction de saisir et de jeter. Le cri de Luise ne le troubla pas... l'avait-il même entendu ? Il empoigna Luise aux épaules et la poussa sur la plate-forme.) Assassin ! Assassin ! hurla Luise, se débattant. Je vois... oui, je vois ! Je vois depuis des mois. J'ai vu ce qui se passait entre Monika et toi, j'ai vu toutes tes scélératesses, j'ai joué pour toi le rôle de l'aveugle... Regarde-moi ! Regarde-moi ! J'ai des yeux comme toi... Je vois !

Dahlmann relâcha son étreinte. Il regarda fixement les yeux clairs de Luise. Monika ! pensa-t-il, mais c'était une pensée dénuée de tout sentiment. Monika avait raison. Luise a toujours vu. Et tout ce que j'appelais hasard, c'était elle qui le programmait. Et Monika est morte pour rien, pour rien... Luise savait déjà tout...

Il resserra sa prise. Muette, sourde, sa joie criminelle n'était plus humaine. Avec une force formidable, il enlaça le corps de Luise et le souleva du sol. Deux pas jusqu'à l'abîme... Je vais la porter, pour la dernière fois... « Je te porterais », ai-je dit lorsque nous nous sommes mariés... Vois, à présent, je le fais vraiment...

– Tu vas te croire un ange, dit-il tout à coup d'une voix très calme.

Il se mordit la lèvre et retint son souffle.

Je suis fou, pensa-t-il. Fou à lier. Je suis devenu dément... Comme c'est étrange... j'ai conscience d'être fou...

Il laissa tomber Luise parce qu'elle le frappait au visage de ses poings. Un instant, tout s'assombrit autour de lui, il sentit une humidité sur ses joues et sa bouche. Il y passa la langue... du sang, sucré et chaud... Elle a de la force... elle m'a frappé aux yeux, ils sont tuméfiés... Mais d'abord, elle va voler... tel un ange...

Il éclata de rire et fit un pas en avant.

Un pas dans le vide.

Lorsqu'il s'en rendit compte, et qu'il voulut se jeter en arrière, il était trop tard. Son corps bascula en avant, demeura un moment à l'horizontale, puis tourna sur lui-même dans sa chute et se coucha dans un cri strident d'animal.

Luise rentra en chancelant dans l'appartement. Elle n'entendit pas l'impact, elle ne vit pas les ouvriers se presser autour du corps disloqué au pied du bâtiment neuf, ni une femme, devant laquelle Dahlmann s'était écrasé, tomber évanouie... Elle descendit l'escalier à pas titubants, quitta l'immeuble par-derrière, par les garages, et rentra chez elle.

Elle était assise, immobile, telle une statue de pierre, près de la fenêtre aux fleurs lorsque Me Kutscher entra. Le visage de l'avocat était encore livide du choc.

– Votre mari... commença-t-il d'une voix rauque.

– Je sais... Je... je vois, maître...

Ce ne fut qu'à ce moment-là qu'elle perdit connaissance et glissa à terre, avant que l'avocat n'eût pu la retenir.

Le gros Faber fit l'étonné quand Me Kutscher pénétra dans son bureau, bien qu'il attendît sa visite depuis longtemps. Il soupira lorsque l'avocat prononça la formule de politesse :

– Alors, comment va ?

– Nous autres de la criminelle sommes de pauvres bougres, maître. (Faber avala une gorgée de café. Comme à l'accoutumée, il y avait une grande Thermos et une tasse de la taille d'une casserole sur son bureau.) On nous persécute, on nous importune, on nous insulte... pourquoi les gens sont-ils si méchants ?

Me Kutscher s'assit et eut un léger sourire. Il sait fort bien pourquoi je suis ici, pensa-t-il. Et il accuse l'humanité tout entière... Il ne manque pas de raffinement, le gros Faber !

– Que pensez-vous de l'accident ? demanda l'avocat. Atroce, n'est-ce pas ?

Faber acquiesça et contempla le bouchon de la Thermos.

– Près de deux grammes d'alcool dans le sang.

– Qui ?

Me Kutscher se retint à grand-peine de bondir.

– Ernst Dahlmann. C'est bien de lui que vous parliez ? L'autopsie a révélé qu'il était ivre mort. Doit-on considérer ce fait comme une aubaine ?

Me Kutscher posa ses mains l'une sur l'autre. Il comprit aussitôt les conséquences du rapport de l'autopsie. Luise ne serait jamais mise en accusation. Qu'il se fût agi de légitime défense n'avait plus d'importance.

Faber se remplit une nouvelle tasse de café géante.

– Votre Luise a eu là une veine inouïe, dit-il. Pas pour la chute... même...

– Qu'est-ce que ça signifie, « même » ?

– Nous ne nous attendions pas à une chose pareille. (Le gros Faber sourit. Me Kutscher sourit en retour. Les deux hommes se connaissaient, ils ne pouvaient s'en faire accroire.) Si cela vous intéresse... (Faber farfouilla dans ses papiers.) Dans mon brouillon, j'ai la conclusion prête : accident dû à l'ébriété. Dahlmann voulait visiter son immeuble neuf, il est allé sur le balcon non protégé par une balustrade, il a perdu l'équilibre ou a eu un vertige, et il est tombé. Des faits bien étayés, et confirmés par le rapport de l'institut médico-légal. (Faber repoussa ses papiers.) Avec ça, nous pouvons aussi clore l'autre affaire.

– Quelle autre affaire ?

– L'instruction ouverte contre Dahlmann pour meurtre.

– Pour meurtre ?

Me Kutscher sauta littéralement de sa chaise. Faber le regarda avec une soudaine gravité. Puis il hocha la tête à plusieurs reprises et posa ses grosses mains autour de la tasse brûlante.

– Aussi sûr que je me réjouis de vous voir pour une fois réduit au silence, maître, aussi sûr est le fait que Dahlmann était un assassin. Nous le savons depuis hier. Nous avons retrouvé le corps de Monika Horten.

– Où ?

La voix de l'avocat n'était plus qu'un murmure.

– Dans le marais. Nous avons dragué l'endroit avec des perches, sur la base des propos d'un paysan pris de boisson. Une saloperie de travail ! Mais nous avons découvert le corps. Il était enveloppé dans une couverture.

– Et... et comment... Dahlmann l'a-t-il...

Me Kutscher ne put prononcer « tuée ». Il était trop ébranlé.

– Par une piqûre de morphine. Cela aussi, c'est très clair. (Le gros Faber but une large rasade.) Avec la « mort accidentelle » de Dahlmann, nous pouvons tirer un trait. Que tout cela reste entre nous, maître. Voilà ce que je voulais dire en déclarant que Luise Dahlmann avait eu une veine inouïe. Il n'y aura pas de scandale. Reste à décider qui va se charger de lui annoncer la mort de Monika.

– Je m'en charge, dit Me Kutscher à voix basse.

– Vous m'ôtez un grand poids, maître. Je vous remercie. (Le gros Faber retrouva son sourire. Pour lui, l'affaire était terminée. On pouvait se remettre à penser aux choses plus agréables de l'existence.) Dites-moi, maître, où achetez-vous ces cigares à l'arôme somptueux ?

Me Kutscher n'avait, pour l'heure, pas la tête aux passions de Faber. Il était trop intimement lié à la maison Dahlmann pour que la tragédie de Luise ne fût qu'une « affaire » parmi d'autres.

– Suspectiez-vous sérieusement Dahlmann ?

– Oui.

– Pourquoi n'avoir rien entrepris contre lui ?

– Je voulais l'observer en liberté. Vous voyez, c'était le mieux à faire. Maintenant, tout s'est résolu sans trop de remous. Je suppose que Monika sera ensevelie dans la discrétion quand son corps sera rendu.

– Naturellement. (Me Kutscher déglutit. Il avait une boule dans la gorge.) Seulement, je ne comprends pas comment Dahlmann a pu... Je le connaissais depuis des années. En réalité, c'était un couard.

– Peut-être est-ce un accident. (Le gros Faber considéra le plafond.) Aura-t-il injecté une dose trop forte, Monika aura-t-elle eu une hyperréaction à la morphine ? Pour nous, ça n'a plus d'importance, le meurtrier est mort, les dossiers sont refermés. Au fait, Luise Dahlmann est-elle aveugle ou non ?

– Elle voit, mais elle doit être aveugle.

Faber regarda l'avocat fixement, la tête penchée.

– Maître, pas de plaisanteries douteuses !

– Luise Dahlmann était aveugle, on l'a guérie, elle s'est fait passer pour aveugle; ce faisant, elle a soumis ses yeux à trop rude épreuve et doit à présent redevenir volontairement aveugle pour un temps donné, afin que le nerf optique soit mis au repos.

– Et je devrais gober ça ?

– C'est la pure vérité.

– Si on lisait ça dans un roman, on dirait que l'auteur a une imagination débridée. Vous voulez donc me persuader que Luise Dahlmann voyait pendant tout ce temps, tandis que tous, son mari y compris, la croyaient aveugle ?

– C'est exactement ça.

– Cette femme doit avoir des nerfs d'acier ! s'écria Faber.

– Hélas, non ! Maintenant que tout est fini, elle est au bout du rouleau. Et si vous vous demandez comment diable elle a pu tenir le choc... il n'y a qu'une réponse : les forces d'une femme dont l'amour s'est transformé en haine sont inconcevables. Vous-même, à la criminelle, vous devez le voir tous les jours.

– En effet. (Faber soupira.) Ce qu'il peut advenir d'une côte qu'on nous a dérobée ! (Il se leva et s'étira.) Bon, je dois encore en libérer un.

– Libérer ?

– Le jeune poétaillon, Julius Salzer.

Me Kutscher se passa la main sur les yeux.

– Pardonnez-moi, dit-il avec un tout petit filet de voix. Bien sûr qu'il est toujours derrière les barreaux... J'ai demandé hier la relaxation... Je l'avais tout à fait oublié, ce Salzer !

Faber hocha la tête.

– Ne vous tracassez pas. Il se trouve bien au gnouf. Pour la première fois depuis deux ans, il reçoit trois repas par jour, il a une pièce à lui, il peut écrire sans entraves, nul ne le dérange, tout le monde est gentil avec lui. Il sera déçu de se retrouver dans la vie hostile. Ce garçon est effectivement né deux siècles trop tard. C'est le dernier préromantique. (Faber rangea sa Thermos et la tasse géante dans le tiroir gauche de son bureau et le ferma à clé, comme s'il gardait là un trésor.) Vous venez, maître ? Il sera nécessaire de consoler ce garçon... pour Monika aussi.

Me Kutscher acquiesça.

Comment vais-je l'annoncer à Luise ? pensait-il, tandis qu'il suivait la massive silhouette de Faber le long de l'interminable couloir du commissariat. Elle n'a plus les nerfs ni la force de surmonter ce dernier coup.

L'enterrement de Dahlmann eut lieu la veille de celui de Monika. Seuls Me Kutscher et Faber accompagnèrent le cercueil. Le pasteur, au bord de la fosse, prononça quelques paroles sur la faute et le péché et sur la grâce de Dieu, qui est accordée aussi au pécheur, car nous sommes tous des pécheurs, celui-ci plus, celui-là moins. Puis il implora la miséricorde divine. C'était une scène lugubre, celle où trois hommes en noir entouraient une fosse, dans laquelle deux robustes fossoyeurs faisaient descendre le cercueil à l'aide de courroies. Il pluvinait, une vapeur légère flottait au-dessus des tombes, les fleurs fanées exhalaient un fort arôme sucré.

L'inhumation de Monika fut encore plus solitaire. Seul Julius Salzer se tenait près de la fosse, soutenu par le bras du pasteur. Luise était demeurée chez elle, en proie à une fièvre nerveuse. Me Kutscher, le Dr Ronnefeld et Robert Sanden se relayaient à son chevet pour empêcher que son délire n'engendrât une nouvelle tragédie.

Elle avait appris la nouvelle de la mort de Monika avec la même rigidité singulière que celle qui l'avait saisie lorsque Dahlmann était tombé. Puis, sans crier gare, elle était sortie de sa torpeur, s'était mise à hurler, à trembler comme sous l'effet de la fièvre et s'était laissé porter au lit sans résistance. Elle était depuis lors dans un état d'apathie, çà et là interrompu par de nouveaux frissons – mais ceux qui la veillaient savaient que c'était là un calme trompeur et que la crise nerveuse avait oblitéré toute pensée rationnelle. À plusieurs reprises, elle considéra le plafond et dit d'une voix faible :

– Pourquoi est-ce que je vis… ? Pourquoi est-ce que je vis ?

Toujours et encore cette même phrase, comme si un cylindre en elle fonctionnait, qui ne renfermait que cette phrase monotone.

Le Dr Ronnefeld ne lui avait pas rebandé les yeux.

– Elle va devenir folle à lier si elle doit en plus être aveugle, avait-il dit. Dès que la crise sera passée, nous lui remettrons les œillères.

– Mais le nerf optique ne va-t-il pas en pâtir ? avait chuchoté Sanden.

Le Dr Ronnefeld avait regardé le comédien.

– Même si cela était… Nous nous estimerons déjà heureux si Luise reste parmi nous.

Au bout d'une semaine, Luise s'était suffisamment rétablie pour que seuls le Dr Ronnefeld et Sanden se relaient à son chevet et pour que, la nuit, Mlle Pleschke dorme dans un lit à côté du sien. Me Kutscher s'occupait de régler les problèmes de la succession et s'inquiétait du sort de Julius Salzer.

Le jeune poète restait prostré à l'auberge de la Cruche verte, mangeait à peine, regardait fixement devant lui ou partait se promener des heures dans la solitude.

– Ça fait quelque chose, dit l'aubergiste au téléphone à Me Kutscher. Il est devenu si bizarre ! Je l'ai surpris récemment assis devant une photo de cette Monika et lui parlant. J'ai peur qu'il ne devienne maboul...

L'avocat se rendit dans les landes et ramena Salzer à Hanovre. Il lui trouva de l'occupation dans son cabinet, lui fit recopier des actes, porter des documents chez des clients, archiver d'anciens procès. Salzer accomplissait ces tâches consciencieusement et en silence, tel un homme sous hypnose à qui l'on commande de faire telle ou telle chose et qui les fait contre sa volonté.

– Lui aussi surmontera tout ça un jour, dit Me Kutscher au Dr Ronnefeld. C'est le premier grand choc de sa vie. Il mûrira ensuite – si léger soit-il de considérer pareil malheur sous un angle positif.

Quinze jours plus tard, Luise put se lever. On lui avait remis les œillères et Robert Sanden la guidait. C'était comme s'il lui fallait réapprendre à marcher; elle chancela le premier jour, incertaine sur ses jambes, fléchit plusieurs fois les genoux. Le deuxième jour, ce fut déjà mieux. Le troisième, elle se fit conduire au cimetière, en dépit de l'interdiction du Dr Ronnefeld.

Elle demeura longtemps près de la tombe de Monika, se pencha et palpa du bout des doigts les fleurs et les couronnes qui recouvraient le monticule de terre. Elle ne prononça pas un mot et ne parla pas davantage lorsque Sanden la raccompagna dans la large allée du cimetière. Soudain, elle s'arrêta et lui saisit la main.

– Où... où repose Ernst ? murmura-t-elle.

Robert Sanden respira profondément.

– À une centaine de mètres sur notre gauche, derrière une haie d'ifs.

– Emmène-moi... je veux lui parler... pour la dernière fois.

Sanden garda le silence. À quoi bon lui dire qu'elle devait éviter toute émotion ? Il connaissait suffisamment Luise, désormais, pour savoir qu'en se rendant sur la tombe de Dahlmann elle se séparerait de lui pour toujours.

Il mena Luise par quelques allées latérales puis s'arrêta devant un monticule de terre qu'aucune fleur n'ornait. Les fossoyeurs l'avaient juste recouvert de branches de sapin pour qu'il parût moins nu.

– Laisse-moi, Robert... S'il te plaît...

Sanden obéit et alla se poster dans l'allée, derrière la haie d'ifs. Luise demeura près d'une demi-heure sur la tombe de Dahlmann. Ce qu'elle dit ou pensa alors, nul ne le sut jamais. Sanden sursauta lorsqu'il entendit sa voix.

– Robert ! S'il te plaît !

Il courut vers elle, lui prit le bras et la regarda. Son visage n'était ni défait ni blême. Elle était comme d'habitude. Il semblait même que ses traits étaient plus détendus, plus sereins qu'avant.

– Allons-nous-en, dit-elle d'une voix calme. À présent, nous pouvons tous deux espérer des jours meilleurs. (Elle quitta le cimetière d'une démarche lente et droite. Elle s'arrêta, leva la tête et tendit le bras.) Écoute... l'oiseau... comment est-il ?

Sanden déglutit. Il était encore trop ému pour se sentir libéré comme Luise. Il feignit l'enjouement – c'était un rôle qu'il avait représenté des centaines de fois sur scène.

– Rouge, avec un poitrail jaune !

– Menteur ! Un tel oiseau n'existe pas !

– Alors, c'est un oiseau magicien.

– Il chante si merveilleusement... (Elle étreignit la main de Sanden.) N'est-ce pas magnifique de vivre ?

– Si, répondit Sanden d'une voix sourde, c'est magnifique...

Il regarda fixement les arbres. C'est dans un cimetière qu'elle doit le dire, pensa-t-il. Et dans celui-ci. Luise devina ses pensées; elle passa son bras autour de son cou et appuya sa tête contre son épaule.

– La vie continue, murmura-t-elle. Il faut qu'elle continue !

Sanden acquiesça en silence. Quelle femme ! se dit-il. Où puise-t-elle sa force ?

Et il eut vraiment honte de ne pouvoir prononcer une parole, de peur que sa voix ne se mît à trembler...

Après ce « retour » de Luise, ainsi qu'il le nommait, Me Kutscher jugea le moment venu de régler les inévitables formalités de la succession et la poursuite des affaires commerciales.

– Votre mari a laissé 100 000 marks, dit-il à Luise. En cas de décès, il était assuré pour 50 000 marks, et pour le double en cas de mort accidentelle. L'assurance va donc payer cette somme. J'ai tout préparé.

– Je n'en veux pas.

Luise était de nouveau assise devant son magnétophone, les yeux recouverts des œillères et bandés. « Encore un mois de cécité, avait écrit le Dr Saviano en réponse à Robert Sanden. Espérons que le choc nerveux ne laissera aucune séquelle oculaire... ce serait irrémédiable ! »

– 100 000 marks ! insista l'avocat.

– Créez en mon nom une fondation pour enfants aveugles. (Luise détourna la tête.) Je ne veux pas voir cet argent. Ne pouvez-vous le comprendre ?

Me Kutscher approuva, bien qu'il fût sur le point de dire qu'on ne regarde pas d'où viennent

100 000 marks. Mais là était la frontière entre le monde sensible d'une femme et la froide intelligence d'un homme. Aucun pont ne reliait les deux univers.

– Comment devra-t-elle s'appeler ?

– La fondation Dahlmann, dit Luise d'une voix claire. Quel autre nom, sinon ?

– En effet... quel autre nom...

Me Kutscher prit rapidement congé. Incroyable, pensa-t-il dans l'escalier. Il est plus facile de comprendre la quatrième dimension que l'âme féminine. Nous autres hommes ne percerons jamais ce mystère.

La neige avait déjà fait son apparition lorsque le Pr Böhne ôta le bandeau et les œillères de Luise et la conduisit à la fenêtre. Un long entretien téléphonique avec le Pr Siri avait précédé ce moment décisif. Le soleil dorait la cime des arbres du parc, des oiseaux se pressaient sous le toit d'une mangeoire. Un ciel sans nuages formait une voûte au-dessus du paysage glacé.

– Comment est la neige ? demanda le Pr Böhne.

– Bleu-blanc, au soleil, répondit Luise d'une voix forte.

– Sentez-vous une pression à l'intérieur du crâne quand vous regardez le ciel ?

– Non.

– Aucun engourdissement en arrière des yeux, comme si on appuyait sur votre globe oculaire ?

– Non, rien... Tout est si beau... si coloré, même la neige... et... et tout paraît si naturel...

Luise quitta peu après la clinique au bras de Robert Sanden. Je vais voir, se répétait-elle à l'envi, au comble de la félicité. Je verrai toujours, toujours... Les bourgeons au printemps, les fleurs en été, les fruits à l'automne, les fleurs de glace l'hiver.

Je vois !

Le Pr Böhne, derrière la fenêtre de son bureau, attendait que Luise Dahlmann et Robert Sanden regagnent leur voiture et démarrent. L'attente dura inhabituellement longtemps; il regarda sa montre avec étonnement et se tourna vers son assistant.

– Ils ne sont pas encore sortis, Neuhaus, dit-il, un peu inquiet. Cela me réjouit toujours le cœur quand je puis suivre du regard ceux qui quittent ma clinique heureux. Où sont-ils donc, ces deux-là ?

– Eux ? (Le Dr Neuhaus eut un sourire ravi.) Ils font les fous dans le jardin, derrière. Ils jouent aux boules de neige. De vrais gosses !

– Ça vous étonne ? (Le Pr Böhne s'éloigna de la fenêtre. Lui aussi souriait, du sourire que donne la sagesse de l'âge.) Ils courent désormais vers une vie nouvelle et inconnue.

Littérature

extrait du catalogue

Cette collection est d'abord marquée par sa diversité : classiques, grands romans contemporains ou même des livres d'auteurs réputés plus difficiles, comme Borges, Soupault, Goes. En fait, c'est tout le roman qui est proposé ici, Henri Troyat, Bernard Clavel, Guy des Cars, Alain Robbe-Grillet, mais aussi des écrivains tels que Moravia, Colleen McCullough ou Konsalik.

Les classiques tels que Stendhal, Maupassant, Flaubert, Zola, Balzac, etc. sont publiés en texte intégral au prix le plus bas de toute l'édition. Chaque volume est complété par un cahier photos illustrant la biographie de l'auteur.

ADAMS Richard	***Les garennes de Watership Down*** *2078/**6**★*
ADLER Philippe	***C'est peut-être ça l'amour*** *2284/**3**★*
	Les amies de ma femme *2439/**3**★*
AMADOU Jean	***Heureux les convaincus*** *2110/**3**★*
AMADOU J. et KANTOF A.	***La belle anglaise*** *2684/**4**★ (Novembre 89)*
ANDREWS Virginia C.	*Fleurs captives :*
(voir aussi p. 26)	***-Fleurs captives*** *1165/**4**★*
	-Pétales au vent *1237/**4**★*
	-Bouquet d'épines *1350/**4**★*
	-Les racines du passé *1818/**4**★*
	-Le jardin des ombres *2526/**4**★*
ANGER Henri	***La mille et unième rue*** *2564/**4**★*
ARCHER Jeffrey	***Kane et Abel*** *2109/**6**★*
	Faut-il le dire à la Présidente ? *2376/**4**★*
ARTUR José	***Parlons de moi, y a que ça qui m'intéresse*** *2542/**4**★*
AUEL Jean M.	***Les chasseurs de mammouths*** *2213/**5**★ et 2214/**5**★*
AURIOL H. et NEVEU C.	***Une histoire d'hommes / Paris-Dakar*** *2423/**4**★*
AVRIL Nicole	***Monsieur de Lyon*** *1049/**3**★*
	La disgrâce *1344/**3**★*
	Jeanne *1879/**3**★*
	L'été de la Saint-Valentin *2038/**2**★*
	La première alliance *2168/**3**★*
AZNAVOUR-GARVARENTZ	***Aïda Petit frère*** *2358/**3**★*
BACH Richard	***Jonathan Livingston le goéland*** *1562/**1**★ Illustré*
	Illusions / Le Messie récalcitrant *2111/**2**★*
	Un pont sur l'infini *2270/**4**★*
BALZAC Honoré de	***Le père Goriot*** *1988/**2**★*
BARBER Noël	***Tanamera*** *1804/**4**★ & 1805/**4**★*
BARRET André	***La Cocagne*** *2682/**6**★ (Novembre 89)*
BATS Joël	***Gardien de ma vie*** *2238/**3**★ Illustré*
BAUDELAIRE Charles	***Les Fleurs du mal*** *1939/**2**★*
BEART Guy	***L'espérance folle*** *2695/**5**★ (Décembre 89)*
BEAULIEU PRESLEY Priscilla	***Elvis et moi*** *2157/**4**★ Illustré*
BECKER Stephen	***Le bandit chinois*** *2624/**5**★*

BELLONCI Maria	**Renaissance privée** 2637/**6*** (Août 89) Inédit
BENZONI Juliette	**Un aussi long chemin** 1872/**4***
	Le Gerfaut des Brumes :
	-Le Gerfaut 2206/**6***
	-Un collier pour le diable 2207/**6***
	-Le trésor 2208/**5***
	-Haute-Savane 2209/**5***
BEYALA Calixthe	**C'est le soleil qui m'a brûlée** 2512/**2***
BINCHY Maeve	**Nos rêves de Castlebay** 2444/**6***
BISIAUX M. et JAJOLET C.	**Chat plume - 60 écrivains parlent de leurs chats** 2545/**5***
	Chat huppé - 60 personnalités parlent de leurs chats 2646/**6*** (Septembre 89)
BLIER Bertrand	**Les valseuses** 543/**5***
BOMSEL Marie-Claude	**Pas si bêtes** 2331/**3*** Illustré
BORGES et BIOY CASARES	**Nouveaux contes de Bustos Domecq** 1908/**3***
BOURGEADE Pierre	**Le lac d'Orta** 2410/**2***
BRADFORD Sarah	**Grace** 2002/**4***
BROCHIER Jean-Jacques	**Un cauchemar** 2046/**2***
	L'hallali 2541/**2***
BRUNELIN André	**Gabin** 2680/**5*** & 2681/**5*** (Novembre 89) Illustré
BURON Nicole de	**Vas-y maman** 1031/**2***
	Dix-jours-de-rêve 1481/**3***
	Qui c'est, ce garçon ? 2043/**3***
CALDWELL Erskine	**Le bâtard** 1757/**2***
CARS Guy des	**La brute** 47/**3***
	Le château de la juive 97/**4***
	La tricheuse 125/**3***
	L'impure 173/**4***
	La corruptrice 229/**3***
	La demoiselle d'Opéra 246/**3***
	Les filles de joie 265/**3***
	La dame du cirque 295/**2***
	Cette étrange tendresse 303/**3***
	L'officier sans nom 331/**3***
	Les sept femmes 347/**4***
	La maudite 361/**3***
	L'habitude d'amour 376/**3***
	La révoltée 492/**4***
	Amour de ma vie 516/**3***
	La vipère 615/**4***
	L'entremetteuse 639/**4***
	Une certaine dame 696/**4***
	L'insolence de sa beauté 736/**3***
	Le donneur 809/**2***
	J'ose 858/**2***

2622

Composition Communication à Champforgeuil
Impression Brodard et Taupin
à La Flèche (Sarthe) le 15 juin 1989
1371B-5 Dépôt légal juin 1989
ISBN 2-277-22622-X
Imprimé en France
Editions J'ai lu
27, rue Cassette, 75006 Paris
diffusion France et étranger : Flammarion